臺灣原住民文學選集

文論

孫大川 主編

目錄

下村作次郎

〈在日本的臺灣原住民文學研究——以翻譯、出版和書評為主〉（王惠珍譯）

作者：下村作次郎

一九四九年生，現任天理大學名譽教授。曾任中國文化大學交換教授，國立成功大學與國立清華大學臺灣文學研究所客座教授。獲得一等原住民族專業獎章、第五屆鐵犬異邦獎、臺灣文學貢獻獎等。

著有《從文學讀臺灣》、《臺灣近現代文學史》、《臺灣文學的發掘和探究》、《臺灣原住民文學的門扉》等。譯作有《悲情的山林》、《臺灣原住民文學選》（共九卷）、《臺灣原住民族文學論》、《大海浮夢》、《傀儡花》、《都市殘酷》等。

譯者：王惠珍

一九七二年生，日本關西大學大學院文學研究科中國文學博士，現任國立清華大學臺灣文學研究所教授，研究專長為龍瑛宗文學研究、臺灣殖民地文學、東亞殖民地文學比較研究等。

著有《譯者再現：臺灣作家在東亞跨語越境的翻譯實踐》、《戰鼓聲中的殖民地書寫：作家龍瑛宗的文學軌跡》，編有專書《戰鼓聲中的歌者——龍瑛宗及其同時代東亞作家論文集》。學術論文有〈邱永漢文學在臺翻譯的政治性：以譯作《濁水溪：邱永漢短篇小說選》為考察對象〉、〈記憶所繫之處：戰後初期在臺日僑的文化活動與記憶政治〉、〈一緘書簡藏何事：論戰後龍瑛宗的生活日常與文壇復出〉等。

本文出處：二〇二三年四月，《臺湾原住民文学への扉：「サヨンの鐘」から原住民作家の誕生へ》II〈臺湾原住民文学の世界〉第三章，日本：田畑書店。

在日本的臺灣原住民文學研究
——以翻譯、出版和書評為主

（王惠珍譯）

本文主要考察臺灣原住民文學的誕生與在日本接受的情況。臺灣原住民文學從莫那能的詩、拓拔斯．塔瑪匹瑪（漢名：田雅各）的小說出現起算，已經過了二十年，也就是臺灣原住民文學誕生二十年。當然這樣的說法可能會產生誤解，畢竟臺灣原住民文學的神話傳說、口傳文學具有悠久的歷史，即使是創作，書寫文學也早在日治時期就已經出現[1]。因此，「臺灣原住民文學誕生二十年」的說法並不適切。然而，臺灣原住民文學廣被文化界、學界公認，是因為它與一九八〇年代臺灣民主化運動，從臺灣原住民族權利促進運動中，出現了原住民族的詩人和小說家的作品，而本文首先基於這樣的認

1 下村作次郎，〈臺湾原住民族文学史の初歩的構想〉，《天理臺湾学会年報》十三期，頁四三—五七。

知展開論述。

在這二十年間，臺灣原住民文學在臺灣的各種文類中，獲得穩固的地位，進而成為學術研究的對象並展開各種討論，本文則主要探討日本的臺灣原住民文學研究，及其翻譯、出版和書評。

開頭說明了有關臺灣原住民文學的誕生，但對催生原住民文學貢獻良多的人則是吳錦發（一九五四年出生，高雄美濃人），因為他扮演了助產士的角色。吳錦發就讀中興大學時便於《臺灣時報》上發表〈英雄自白傳〉嶄露頭角，自此便努力發表小說，蛻變成臺灣文學中具代表性的年輕作家。吳錦發一方面致力於創作，一方面在當時高雄的《民眾日報》編輯部擔任記者，注意挖掘臺灣文學新的寫手和優秀的臺灣文學。

高雄是當時南部文化界的重鎮，「北鍾肇政，南葉石濤」（北鍾南葉）中的葉石濤，是南部年輕的文學青年和臺灣文學研究者的核心人物，致力於臺灣文學的理論建構，並以張良澤等人為主，發揚鍾理和文學，希望創造出臺灣文學的發祥地，因此在一九八四年於美濃創設鍾理和紀念館。又，第一出版社的柯旗化出版了《臺灣文化》（一九八六年創刊），摸索新的臺灣文化。之後，一九九〇年代聚集高雄和臺南在地的文學愛好者，由陳坤崙刊行《文學臺灣》（一九九一年十二月創刊），在這期間的印象是高雄在地作家宋澤萊頻繁地舉辦文學活動等。

吳錦發身處在南部充滿活力的文學氛圍中，編輯了最早與原住民族相關的選集《悲情的山林》，一九八七年一月由晨星出版社出版，適逢自一九四九年以來全面實施長達三十八年戒嚴令解除的那一年，這本書的出版在臺灣原住民文學發展史上，具有重大的意義。

《悲情的山林》收錄了七位漢人作家的七篇作品，兩位原住民作家的四篇作品，共計九位作家十一篇小說，其中只有拓拔斯．塔瑪匹瑪被收錄了三篇作品，可見吳錦發編輯這本書時很重視拓拔斯的作品。吳錦發在本書的〈序文〉敘述如下：

在本篇序文結束之前，我特別想要向朋友們興奮地介紹，在這幾年我們文壇出現了兩位優秀的原住民作家，那就是高雄醫學院[2]畢業，現在正在服憲兵役的布農族作家田雅各和排灣族詩人莫那能，我認為他們的出現，是臺灣文壇近幾十年來不得

2　現在高雄醫學大學的前身。

了的大事，他們筆觸順暢，充滿詩情的節奏感，以及有尊嚴的人道主義的吶喊，對日漸腐朽、墮落、浮華、膚淺的臺灣文學而言，無疑是一聲警鐘，他們的文學是真正的「人的文學」，我們以擁有這樣的臺灣原住民作家感到驕傲，也感到汗顏。我們更期待在近年之內有更多這樣的原住民作家活躍於臺灣文壇，把臺灣文學推向更高的境界。

本書刊行五年後的一九九二年十一月，由日本田畑書店出版了名為《悲情の山地——臺灣原住民小說選》的日譯本。這本書先由吳薰和山本真知子翻譯底稿，筆者做為監譯，再基於這份譯稿完成譯著。

吳錦發為日譯本寄來〈為了日語版的序〉，其中「做為『加害者』漢民族的一員」，由於「日本也和我們漢民族一樣，曾經是迫害臺灣原住民的『共犯』」，對日本讀者寫道：

這次藉由這本小說集在日本出版的機會，我想讓日本讀者諸位也能理解，對臺灣原住民迫害的罪孽上，日本也在殖民臺灣五十年的歷史中扮演重要的角色。在這期間日本不只毫不留情地以武力鎮壓臺灣原住民的反抗，在第二世界大戰末期也徵用臺灣原住民組織「高砂部隊」，在日本的南洋為了戰爭付出慘痛的代價。

日譯本中除了原註同時也附上譯註，對幫助讀者理解原住民的文學世界提供一點助益，而且日譯本中也收錄以〈臺灣原住民的詩與文學〉（筆者撰寫）為題的解說。筆者的臺灣原住民文學研究是透過《悲情的山林》的翻譯，深化對原住民世界的理解，這篇解說的撰寫堪稱是筆者的出發點。

筆者在接近翻譯的最後階段「一九九〇年的九月初旬」為拜訪編者吳錦發訪臺，當時因吳錦發的照顧，見到了在臺北的莫那能和高雄的拓拔斯．塔瑪匹瑪。前述的〈解說〉就是基於這個時候的印象所寫的，並採用「一、序言——與盲眼詩人莫那能的相遇。二、臺灣文學——創造山地文學，已非夢想。三、拓拔斯．塔瑪匹瑪在文壇的嶄露頭角。四、（作品題解）翻開頁扉」，以這樣的結構，撰寫前往臺灣原住民文學世界的路標[3]。

吳錦發編著的《悲情的山林》當初就是這樣被翻譯轉載到日本的。然而，當時的讀者圈的反應究竟為何？

首先是在臺灣的反應，根據吳錦發的轉述，無法閱讀中文版《悲情的山林》的原住民長老們反而讀了日譯版的《悲情的山林》。誠如前述，當時位居《民眾日報》編輯部主任的吳錦發，接獲那些長老來電告知原住民部落的迴響後轉告筆者，但在臺灣日譯本並未引起太多的關注。

另一方面在日本，則有澤井律之和武藤功撰寫的書評，以及野田正彰在專欄中提及的書評。澤井律之是以鍾理和為主的臺灣文學研究者，並與吳錦發有所往來，因吳的導覽，到訪過屏東縣霧臺鄉的魯凱族部落好茶村。說到魯凱族的好茶村，就是黃春明〈戰士，乾杯！〉[4]的舞臺。澤井懷著「忐忑的心情」造訪，但那裡是遷村後的新好茶村。他見到水泥建造的國民住宅、教會，青天白日旗飄揚，目睹「酩酊大醉的男子一個人踉蹌地閒逛的身影」，心情變得有種微妙的悲傷，像參觀「一種缺乏生動活力的豐年祭」。擁有這樣經驗的澤井在〈臺灣原住民的現實託諸於文學〉（《東方》，一九九三年五月）中，在《悲情的山林》的書評中，以如下的文字總結：

臺灣的原住民的文化、風俗，和他們所處的現實和他們的悲哀……，這些重要的主題，本書《悲情的山林》以文學作品的形式生動地披露。吳錦發指出，曾經支配殖民地臺灣五十年的我們——日本人，和漢民族是共犯。對我們來說，並非誇大其詞，這本書給我們真摯地關心臺灣原住民的未來一個好機會。

澤井的書評中又寫了愉快的小故事：吳錦發帶他導覽參觀魯凱族村落時，聽說是由某位作家開車，卻不知是拓拔斯．塔瑪匹瑪。筆者第一次在高雄見到拓拔斯時，也是乘坐他開的車到郊外參觀布農族的店家，當然，當時介紹拓拔斯給我的人一樣是吳錦發。

接著是武藤功的〈雙重越境的文學：吳錦發編《悲情的山林》〉（《葦牙》十九號，一九九三年九月）是艱澀的書評，這次重讀，再次被迫自覺自己曾是參與本書的翻

---

3 下村作次郎撰、涂翠花譯，〈臺湾原住民的詩與文學〉，《臺灣文藝》十九期，頁一二一—四一。

4 黃春明，〈戰士，乾杯！〉，《等待一朵花的名字》（臺北：皇冠，一九八九年），日語版〈戦士、乾杯〉由下村作次郎翻譯，《バナナボート：臺湾文学への招待》（日本：JICC出版局）。

譯者。武藤十多年前所述如下的觀點，對持續從事原住民文學研究的筆者而言，一直都是不變的警鐘：

（前略）少數民族所處的世界性困難的狀況，在亦處於現代化浪潮中的臺灣，如實地被顯現出來。說起來容易，如果將那個問題視為我們自身的問題，就沒有那麼簡單，非得牢記不可。因此，反省推動現代化的「多數民族」對「少數民族」的壓抑與剝奪，而且被要求對「少數民族」提出尊重與保護的政策，是理所當然。不只如此，我們得自覺自身是處於殺人的文明之中。

接著來看野田正彰的文章，他是位作家，同時也是位精神科醫師，從這樣的立場試圖讀取盤踞在原住民社會中精神問題的存在。野田自從與《悲情的山林》相遇之後，持續地關心原住民文學。如後所述，本書出版十年後，他在專欄中提及翻譯出版的《臺灣原住民文學選》，至今已寫了六篇書評。在此先來看野田有關《悲情的山林》的書評。

野田撰寫了三篇與《悲情的山林》相關的專欄文章。第一篇〈（風的散步道）ころぼっくる[5]的手，小而溫柔地消失時〉（《京都新聞》，一九九九年一月二十日）中，出

自於他以對弱小者的視線，言及阿伊努族的〈ころぼっくる傳說〉與臺灣原住民族之間傳講的「小矮人傳說」，藉此解讀拓拔斯的〈侏儒族〉時提出新奇的觀點。野田是在看見野寺夕子的攝影集《ころぼっくるの手》（たんぽぽの家，一九九八年）中，智能障礙者在庇護工場「やまなみ工房」學習製作的「ころぼっくる」的照片時，聯想到阿伊努族的〈ころぼっくる傳說〉。

根據野田所述，「ころぼっくる」無需贅言，就是來自阿伊努族的傳說中，躲在款冬蒲公英下的小矮人。阿伊努族被大和民族驅趕，渡海到北海道，接觸到「ころぼっくる」。ころぼっくる善於製作土椀，默默地與阿伊努族交換食物，並且只從窗外伸手進來交換。某天，由於阿伊努族人企圖將他們強行拉入家裡，自此他們的身影就不再出現。這是「ころぼっくる」的傳說。將這個阿伊努族的傳說和拓拔斯描寫的布農族傳說「小矮人傳說」相互比較閱讀，阿伊努族的「ころぼっくる」和臺灣原住民族的「小矮人」都是被強者從原居地被驅逐出去的存在。野田談到：「田雅各先生的小說開始談被

5　譯者註：ころぼっくる（Korpok un kur）是愛努語，存在於北海道阿伊努族傳說中的小矮人。

漢族壓迫的少數民族，也曾經背叛弱小民族。藉由這樣的敘事，對處於優勢的漢人主張『我們不想被當作小矮人』」，接著他以「翻開野寺夕子的攝影集，我們是否又將智能障礙者當作小矮人、『ころぼっくる』？」做為總結。這個專欄是為批評「同時代」而寫的隨筆，嚴格來說並非是書評，而是一篇文學作品的解讀。野田的這些專欄紀事，全數收入在《背後にある思想》（暫譯《背後的思想》，みすず書房，二〇〇三年）裡。

其次，第二篇和第三篇分別刊於《信濃每日新聞》的專欄「今日的視覺」，標題分別為〈臺灣原住民的村落〉（二〇〇二年五月三十一日）和〈《文化英雄》的故事〉（二〇〇二年六月七日），這兩篇並未直接提到《悲情的山林》。誠如前述，野田同時也是位精神醫療專家，曾實地親見了蔓延在臺灣原住民族間酒精中毒的情況。野田是在一九九九年九月二十一日臺灣中部大地震時，進入原住民族部落，因他是《災害救援》（岩波新書，一九九五年）的作者，受邀進行與災害救難相關的演講〈巡迴災區：臺中縣、埔里、南投縣〉（《社會斷層》）。接著「第二個月，再巡迴臺灣災區」時，他到泰雅族部落住過一宿，從老太太那裡聽說：「孫子們只會講中文，我們只會說泰雅語和日語，因此無法充分交談，更難和孫子們傳講泰雅族山裡的事、傳說和神話。小孩們也都下平地去賺錢，不在山上耕作，用孩子給的錢購買食物。男人較女人早逝，因每天喝酒而死。我也活得太久了。」從這個時候開始，野田關注到臺灣原住民部落裡酒精中毒的問題。這篇隨筆總結如下：

自此的兩年半後，由於我很想知道臺灣山地原住民的現狀，不只泰雅族，也到訪排灣、布農、阿美、雅美諸族的村落。正如我所料，村落裡蔓延著酒精中毒的狀況。被剝奪以火耕和狩獵方式維生的族人，因無所事事而不斷地喝啤酒；文化喪失與酒精中毒環環相扣。

類似觀察在第三篇〈《文化英雄》的故事〉也提及：「（阿美族）拉姆家的長男，一看是酒精中毒。（中略）。往更深山的布農族村落去，情況亦然。」最後敘述如下：

即使近年來臺灣也採取了對原住民經濟援助的政策，但是如果無法想像該如何生活，及自己的生活方式，年輕人將無法脫離在日常生活中的飲酒問題。我想，為了少數民族的復興，文學比錢財更為重要，應該在自己的文化中創造過著美好生活的文化英雄的故事，並將那樣的書籍推廣普及於原住民社會之中。所幸我們可以用日語讀到《悲情的山林——臺灣原住民小說選》（吳錦發編，下村作次郎監譯，田畑書店出版），這樣的書應便宜地發送，支援原住民出身的作家，藉此與酒精中毒對策相互連結。

這樣的讀法雖然偏離了文學論的本質，但是在東亞，特別是受壓抑的一方，在現代文學的討論上，這類的情況很多。文學肩負這樣的使命，也是文學扮演的另一個角色。

除此之外，他還處理在日本文學史裡《悲情的山林》與日本現代文學史的關係。川西政明所著的三卷《昭和文學史》（講談社，二〇〇一年），上卷裡便有〈三章　日本與東亞日本統治下的文學〉，而川西在這一章設定了「臺灣」這一項，且有關臺灣文學共占了八十二頁，除了提到《悲情的山林》，收錄作品中也提到鍾理和的〈假黎婆〉和拓拔斯的〈最後的獵人〉。

接著，在日本翻譯的臺灣原住民文學，已是《悲情的山林》出版十年後的事，即是二〇〇二年十二月到二〇〇四年三月由草風館翻譯出版了《臺灣原住民文學選》全四卷[6]。全四卷整體是由土田滋、孫大川、瓦歷斯．諾幹、筆者四人所共同編輯的。每卷有各別的負責人，採取責任編輯制。全四卷的書名如下：

⑴下村作次郎編譯・解說《臺湾原住民文学選一：名前を返せ　モーナノン／トパス・タナピマ集》（二〇〇二年十二月）。

⑵魚住悅子編譯・解說《臺湾原住民文学選二：故郷に生きる　リカラッ・アウ／シャマン・ラポガン集》（二〇〇三年三月）。

⑶中村ふじゑ等編譯・小林岳二解說《臺湾原住民文学選三：永遠の山地　ワリス・ノカン集》，（二〇〇三年十一月）。

⑷柳本通彥等編譯，柳本通彥解說《臺湾原住民文学選四：海よ山よ　十一民族作品集》，（二〇〇四年三月）。

以下試看各卷內容及其特色：

第一卷《恢復姓名》是莫那能和拓拔斯・塔瑪匹瑪的作品集。日譯的書名是取自莫那能的〈恢復我們的姓名〉，這一用詞同時也是臺灣原住民族文化運動的象徵。提到臺灣原住民族文化運動，不能不思考莫那能和拓拔斯・塔瑪匹瑪的出現，某種意義上他們

6《臺灣原住民文學選》最終共出版九卷。

正象徵著臺灣原住民文學的誕生。

第一卷裡莫那能的詩是從詩集《美麗的稻穗》[7]選譯了〈恢復我們的姓名〉、〈鐘聲響起時——給受難的山地雛妓姊妹們〉、〈如果你是山地人〉、〈燃燒〉、〈山地人〉、〈歸來吧，莎烏米〉、〈遭遇〉、〈白盲杖之歌〉、〈百步蛇死了〉九篇。而拓拔斯·塔瑪匹瑪的小說是從作品集《最後的獵人》[8]和《情人與妓女》[9]選譯了〈拓拔斯·塔瑪匹瑪〉、〈最後的獵人〉、〈侏儒族〉、〈馬難明白了〉、〈夕陽蟬〉、〈懺悔之死〉、〈撒利頓的女兒〉、〈巫師的末日〉、〈洗不掉的記憶〉、〈尋找名字〉、〈情人與妓女〉、〈救世主來了〉、〈卑賤與憤怒〉十三篇。

據筆者所知，關於這本書的書評有九篇，就東亞相關的文學作品翻譯書來說，算是多的。最早刊出的書評是矢吹晉的〈閱讀現代中國——臺灣原住民文學〈恢復我們的姓名〉的吶喊〉[10]。

矢吹晉在文章一開頭就肯定出版這本書的出版社：「有個名叫草風館的出版社。如隨風搖曳的野草，並不顯眼的出版社，但出版的書每本都很有分量，從阿伊努族到水俣，朝鮮、韓國到越南的問題，皆以一貫之將視線投向少數派而不動搖。」實際上，草風館與十年前出版《悲情的山林》的田畑書店同樣如此用心出版，功績甚大。

矢吹晋是鑽研現代中國論知名的中國研究者，也很關心現代臺灣，《亞細亞的孤兒》在日本刊行時曾與吳濁流交流往來。雖是岔題，但草風館的內川千裕曾在新人物往來社負責吳濁流《亞細亞的孤兒》（一九七三年）的出版工作。言歸正傳，矢吹晋在書評中特別提及莫那能的長詩〈燃燒〉：「莫那能在此一直批判僭稱『美麗島真正的主人』的『閩南人』（所謂『臺灣人』）的錯誤認同感，轉身抨擊僭稱『中國』的『中華民國』，而這個批判中華民國的論述，又直接尖銳地批判中華人民共和國的臺灣政策、少數民族的政策。」評論者說中蘊含在長詩〈燃燒〉中的原住民族的歷史觀。

接下來的書評是村井紀的〈臺灣原住民族自我文學化「滅亡的言論」〉[11]。井村本篇書評最大的特色是，將閱讀臺灣原住民文學的眼光，直接投向阿伊努族文學。這個書

7 莫那能，《美麗的稻穗》（臺中：晨星，一九九八年八月）。
8 莫那能，《最後的獵人》（臺中：晨星，一九八七年九月）。
9 莫那能，《情人與妓女》（臺中：晨星，一九九二年十二月）。
10 出自《週刊チャイニーズドラゴン》（暫譯：《週刊中國龍》，二〇〇二年十二月十七日）。
11 出自《北海道新聞》（二〇〇三年一月十九日）。

評中提及：「我稱之為『滅亡的言論空間』[12]的現象，是因為由過去的事物始見現在的問題，並且得以確認。（中略）。這個言論不只讓阿伊努族人痛苦，而且它具有多樣的形態和擴展性。我注意到在現代臺灣文學之中，因開發而被驅趕的『原住民』（等於先住民族）自身卻把這個言論文學化。」因此他提及拓拔斯．塔瑪匹瑪〈最後的獵人〉，做了如下解讀：

> 作家自身是「原住民」也是個從事偏鄉醫療的醫師，身處森林開發與森林保護的夾縫中，很生動地以年輕夫婦的憂慮為主軸描寫，在自己的山地卻被當作禁獵區獵人的生活。其中，作者並沒有蔑視落後的視線，而是描寫即將消失的獵人生活，以此做為對現代的抗議。

接著，村井提到莫那能的詩〈恢復我們的姓名〉：「這首詩當然並非只是他們的經驗；阿伊努族人只在《ユーカラ》[13]和《人類學的調查報告》中『受到鄭重的對待與關懷』，指向了阿伊努族文學的現狀。」對村井來說，臺灣原住民文學的出現，成為言論化與阿伊努族文學現狀有關焦慮的契機。

村井說到，《北海道文學全集》[14]中，即使「在諸篇作品中有描寫阿伊努族人的，但成為『作家』的卻只看到遠星北斗、バチュラー八重子、森竹竹市、鳩沢佐美夫。」「其中第十一卷做為『阿伊努族民族的靈魂』的九人當中，也只有上述的四人。」因此他質問：「難道沒有阿伊努族民族『作家』和現代文學嗎？」但並非如此，他提到了名叫萱野茂、砂沢クララ、金成マツ的阿伊努族「作家」們的存在。對阿伊努族「作家」的文學寄予如此強烈感受的村井，在文章的最後如下寫道：

如果提倡「共生」，首先該將唱過〈還給我們笑容〉（返せわれらの笑顔を）的戶塚美波子和歌人江口カナメ等人放入〈現代阿伊努族民族文學選〉中。如果說阿伊努族人是無法被取代的鄰人的話，不只是神話傳說，應該分享傳授這些的族人和滅

---

12 Haruo Shirane編，收入《創造された古論》（日本：新曜社，一九九九年）。

13 yukar，阿伊努族長篇敘事詩。

14 全二十二卷，立風書房出版（一九七九—一九八一年）。

亡的言論與之對峙的近現代經驗，在此計良光則等人的現代批評也是必要的，並希望有バチュラー八重子和鳩沢佐美夫等人的全集。

該篇做為書評只不過是篇短文，對少數派來說卻是言論意義深遠的批評。

西倉一善的〈《臺湾原住民文学選一：名前を返せ》（モーナノン、トパス・タナピマ著）〉，是刊載於《共同通信》（二〇〇三年一月三十日）簡單的介紹文章。野田正彰誠如前述自《悲情的山林》以來，持續深入地關心臺灣原住民文學，有關《名前を返せ》，他也在《信濃每日新聞》的「今日的視覺」專欄上刊出〈臺灣原住民的文學〉（二〇〇三年二月七日）和〈蘭嶼島的乘涼臺〉（二〇〇三年二月十四日）這兩篇。前者提到莫那能的詩〈歸來吧，莎烏米〉，而關於這首詩，野田指出，由於日本的殖民地統治和戰後國民黨的山地政策，看到平和的山地遭受破壞的樣貌，和從山地被流放的族人的生活，同時「在這裡也有受到現代的衝擊，飽受來自日本和大陸的侵略而活的東亞少數民族的文化。」後者提到拓拔斯・塔瑪匹瑪在蘭嶼進行醫療活動時所寫的〈救世主來了〉和〈卑賤與憤怒〉，提到達悟族人的生活和核廢料儲存設施。野田拜訪原住民族時，也到訪過蘭嶼，這些作品讓他想起當時在涼臺上與他聊達悟文化的兩位達悟老人。

其次是在〈對世界與人類重生的邀請〉[15]中提到這本書的姜信子，他是一九八六年以《極其普通的在日韓國人》[16]獲得第二屆非虛構朝日雜誌獎的作家。姜信子在一開頭就寫到：「昨年年底偶然收到《臺湾原住民文選一：名前を返せ》，開頭收入一位臺灣原住民排灣族的詩人莫那能的詩。我反覆吟唱〈恢復我們的姓名〉，焦灼的情緒席捲而來。而且從那首詩的一節詩句『受到鄭重的對待與關懷』，讓人聯想到戰前被保管在臺北帝國大學土俗人種學陳列室的，霧社事件領導者莫那魯道的骨骸。」姜信子是從野上彌生子的小說《臺灣》[17]讀到此事，在讀到莫那能的詩後，重新「想起映入善意的文明人作家的眼中，各式各樣的東西和發生的事。」野上彌生子在昭和十年，即是一九三五年參訪臺灣始政四十週年博覽會，十月展開環島旅行，十月二十九日到訪霧社。

姜信子敘述了《臺灣》的作者野上彌生子的視線，「對於美麗、未開化的事情充滿著

15 《週刊金曜日》，（二〇〇三年三月七日）。

16 《ごく普通の在日韓国人》，朝日文庫，（一九九〇年）。

17 野上豐一郎、野上彌生子，《朝鮮・臺湾・海南諸港》（拓南社，一九四二年八月）。

憧憬，對在文明之前無能為力而被吞噬消失的命運，充滿了憐憫」，同時寫著「和對抗那樣的視線而選擇死亡的莫那魯道的骨骸，一起被鄭重地收納在那細長木箱中的，是對他者和世界和未來的想像力。」姜信子和野上彌生子一樣都是作家，透過莫那能的詩，想要完成「對他者、世界和未來的想像力」的重生。姜信子接著以下面幾句話作結：

> 這個聲音[18]所追求的並不是流失的傳統文化和姓名單純的重生，所追求的是被現代思考、文明視線所束縛的人類想像力的重生。這既是呼籲世界本身再生的聲音，也是邀請生活在這個世界的所有人重生的聲音。如果確實聽得懂那個聲音的話，人們就不會停滯在「此時、此地」。因此，我自身也被這種聲音所召喚，與那種聲音一起，抱著迎向自己和世界重生的心情。

接下來兩篇是民族考古學和文化人類學專業的研究者的書評：一篇是野林厚志的〈書評《名前を返せ》〉[19]，另一篇是笠原政治的〈臺灣原住民的自畫像〉[20]。

野林厚志在開頭陳述，「對臺灣的文學史一竅不通」的作者為什麼想要撰寫書評，令人感到詫異，那是因為他在博物館工作的關係，對於表現自我的「表象問題」感興趣。

野林根據從事尤卡坦．馬雅口傳文藝研究的吉田榮人的分類，「⑴現代『原住民』創作的文學。⑵現代『原住民』雖然沒有創作意圖，但可以視為文學的作品。⑶經由原住民的手寫出過去的文學性的紀錄[21]。」記載如下，即是，「考慮到臺灣原住民文學的情況，⑷是非常稀少的。可以認為其理由是原住民除了口頭傳達之外，幾乎沒有紀錄的。在此很明確的，之所以稱作『臺灣原住民文學』，是根據寫作者是原住民，且大致可以分為兩種：一種是創作者明確，有意書寫的創作作品，另一種屬於所謂的口傳文藝。」

基於這樣定義臺灣原住民文學範疇的角度分析本書，野林的書評質疑收錄在這本書的作品及其編者的選擇標準。迄今的評論者未曾有人提出這樣的問題：

18 意指莫那能的詩〈恢復我們的姓名〉。

19 《臺灣原住民研究》（二〇〇〇年三月）。

20 《東方》，（二〇〇〇年五月）。

21 吉田榮人〈異文化を接ぎ木する技法ユカタン・マヤの口承文芸にみる異文化哲学〉，《言語と文化》十三期，頁一二三－一四七。

（前略）第一卷收錄九篇莫那能的詩作。這些都是對臺灣漢族充滿抗議的內容。即使是文學，亦猶如抗議遊行般被接受。莫那能的詩所欠缺的，一言以蔽之，就是意識讀者存在的態度。

原住民文學具有極其重要的意義，是因為可能藉此摸索文學創作者與讀者之間各式各樣的磨合。實際上，文學作品當如何評價，會依著閱讀作品的讀者的立場，產生很大的差異。即使是將「原住民文學」視為由原住民族人所寫出來的，實際上卻是由讀者和詮釋方所想像的存在。有時會發生儘管創作者並未在意文學性，但讀者將它視為文學作品的情況。這種情形與其說作品是原住民自身所寫的，不如說對讀者而言，「原住民性」是重要的。作者非得是原住民不可，只不過是因為讀者和詮釋者想保有將它視為原住民文學的正當性而已。那麼「原住民性」在莫那能的詩中，是以怎樣的形式被表達出來的？不言而喻，無異是在被壓迫的狀況下受到傷害並發出靈魂吶喊的原住民形象。但事實上莫那能的詞語，也只不過是莫那能的詞語，正如和日本文學、法國文學不同一樣，原住民文學也有很多作者，絕非只有一樣。儘管如此，莫那能的作品還是出自於創作原住民文學的主體，其內容對原住民族來說是攸關禁忌的事情，因此讀者們期待該作品能成為「原住民的」。為什麼繼續寫那些內容的詩？這一點非常有趣。如果他的詩是選擇性地被收入的話，那麼不可否認的是，所謂臺灣原住民文學在被翻譯到日本的階段，至少是被有意被想像出來的產物。

如上所述，野林厚志的論點，極其重要。他提出了什麼是臺灣原住民文學的本質性問題，這個問題在日後二〇〇四年六月五日所舉辦的日本臺灣學會第六回大會（於東京大學）中，被問到「什麼是臺灣原住民族文學？」當時，瓦歷斯．諾幹在〈當代臺灣原住民族文學的新視野〉的報告裡，提到了都市原住民的原住民文學的實際狀況，和完全不「原住民的」原住民文學的存在，又對掌握所謂臺灣原住民文學的方法提出疑問和反對，並表達一九九〇年出現的布農文學和泰雅文學等稱呼的主張。

野林又指出另外一點，即是莫那能的詩是否是「有選擇性的選擇」之問題。關於這一點，先言及第一卷《恢復姓名》所收錄的作品。本書所收錄的詩，是譯者從莫那能的詩集《美麗的稻穗》中「選擇」翻譯而成的，所以並不影響說《臺灣原住民文學選》第一卷是誕生於一九八〇年代，欲向日本傳達「臺灣原住民文學」，並帶着明確的「意圖」編輯、翻譯、出版的作品集。

野林也是當代達悟族研究的權威，他在拓拔斯．塔瑪匹瑪描寫達悟族的兩部作品

〈救世主來了〉和〈憤怒與卑屈〉中，發現了原住民中「他者」的問題，在瓦歷斯．諾幹的論文之前，率先指出了臺灣原住民文學歷經二十年才正視的這個問題。對此，野林敘述如下，我想引用部分內容並結束這篇的評論：

臺灣原住民絕非鐵板一塊的存在。不只每個集團都有其獨自的認同意識，而且在集團內部甚至有不少部落存在著相互衝突的認同感。泛原住民意識是在想像中建構出來的東西，但其本身並不是目的，孫大川已很精準地指出，將泛原住民意識做為原住民的原點，乃是為了讓原住民回歸「部落」所做的準備（孫大川，一九九七年，頁四七）[22]。但是，泛原住民意識太過於想要平等地對待原住民同胞，以致於每個原住民社會的實際樣貌，和集團整體所處的狀況卻顯得曖昧不清。

接下來轉看笠原政治的書評。笠原政治與前述的野林厚志一樣，都是長年以來積累了臺灣原住民社會田野調查研究的文化人類學者。笠原的書評與之前野林的筆法不同，對史實和事實的錯誤不放過，並直率地提出質疑，並且嚴謹地進行學術上的考證，包含了指出《名前を返せ》中〈解說〉的一個錯誤，和對一篇小說背景的質疑。

《名前を返せ》的〈解說〉是由擔任編譯者的筆者所撰稿的。關於〈解說〉的錯誤，是指有關高一生的記述。二二八事件也帶給原住民社會很大的影響，但是針對描寫該時代背景的〈洗不掉的記憶〉，解說寫著：「原住民知識分子與二二八事件的關係中，布農族的吾雍．雅達烏猶卡那（矢多一生，漢名高一生）[23]廣為人知。這篇是少數描寫這些原住民知識分子和二二八事件的作品之一。」在此正如笠原所言，有明顯的錯誤，高一生不是布農族而是鄒族的知識分子，且他並非是因「二二八事件」，而是在白色恐怖中因「匪諜罪」於一九五四年四月十七日被處決。當時，鄒族的湯守仁、方義仲、汪清山、泰雅族的林瑞昌（樂信．瓦旦）、高澤照也一起被處決。

另一個指教是對〈黃昏蟬〉的時代背景的疑問。笠原提出，〈拓拔斯．塔瑪匹瑪〉和〈黃昏蟬〉兩篇可否也該稱之為「回歸部落小說」的作品群。然而，後者〈黃昏蟬〉

---

22 孫大川，〈汎原住民意識と臺湾の民族問題の相互作用〉，《*PRIM*》六期，頁二九－五一。

23 筆者於二〇〇五年七月五日在日本成立高一生（矢多一生）研究會，創設刊物《高一生（矢多一生）研究》。

中，生於一九二〇年的主人公因心生嚮往而到城市的情節，是否能成立？令人存疑。的確，一九四〇年代已成年的主人公在戰前如何渡過皇民化時期的生活？並不清楚。而直接「來到城市的情節」究竟應該如何理解？關於是否有必要提示導讀，這一點需要再進一步研究。

最後，從一九八〇年代至九〇年代，臺灣原住民社會變化急遽，熟知此事的笠原並不認為這本書的作品世界誠然真實地反映出當前的原住民社會，陳述如下：

本書中日譯的莫那能和拓拔斯．塔瑪匹瑪的作品以漢語發表至今，已有十多年，有的情況已經過二十年左右。在此期間，臺灣原住民社會發生了很大的變化。「恢復姓名運動」穩健地取得成果，而且「原住民」這個名稱也完全訂定下來，公娼制度被廢除。政府內部也成立了原住民族委員會等。國家政策急轉直下、迅速改善的同時，山地村落區域卻被指定為國家公園，面對進一步發展出的觀光、開發等巨大的衝擊。當思考這樣的現狀，不得不再次感受到與發表於一九八〇年代這本書作品之間的落差。現在或許得要求讀者需要，按照變化的速度閱讀這些詩和小說。

的確，現在已經將八月一日原住民族正名紀念日訂為「原住民族日」（從二〇〇六年開始），並開設原住民族專用的電視臺（原住民電視臺於二〇〇五年七月開播，二〇〇七年改稱為原住民族電視臺），如今出現超乎想像的變化，儼然是臺灣原住民的新景況。

接著是松永正義的書評〈《臺湾原住民文学選一：名前を返せ》〉發表在《ユーリイカ》[24]。松永自一九七〇年代便開始從事臺灣文學研究，也是一位關心臺灣原住民文學的研究者，一九八一年曾發表過〈日本國內新聞中的霧社事件〉[25]。

松永的論點在某種意義上是明確的，他寫道：原住民族的運動是從民主化運動中產生出來的，如果沒有民主化運動這個背景，將無法持續。然而，面對動輒就陷入統一／獨立意識形態的對立情況，容易和中、臺的政治抗爭糾纏不清。從這些無意義化對立的這點來看，在提示臺灣社會應有的未來這點上，原住民族的問題是非常重要的。

24　暫譯為：《百合花》（二〇〇三年五月）。

25　戴國煇編著，《臺灣霧社起義事件研究と資料》，社會思想社。

臺灣文學是如此，現在仍舊是這般，臺灣原住民文學也不免受到嚴酷的政治夾擊。臺灣原住民文學今後會變成怎樣，令人難以預判。但是，原住民族的族人的確如今早已不再是被當政者的政策單方面強迫的存在。換句話說，原住民族自身擔負起「提示臺灣社會未來該如何」的主體的時代即將到來。

《臺灣原住民文學選》的第二卷是《回歸部落．利格拉樂．阿𡠄／夏曼．藍波安集》，誠如標題是利格拉樂．阿𡠄與夏曼．藍波安的作品集，前者是女性作家，後者是海洋作家，故本卷的特點是，將女性和海洋作家集結成一冊。

第二卷收錄了利格拉樂．阿𡠄的〈誰來穿我織的美麗衣裳〉、〈愛唱歌的阿美少女〉、〈眷村的母親〉、〈白色微笑〉、〈想離婚的耳朵〉、〈祖靈遺忘的孩子〉、〈一對情深義重的排灣姐妹〉、〈褪色的黥面〉、〈傷口〉、〈婆婆與菜園〉、〈離鄉背井夢少年〉、〈父親與情人節〉、〈那個年代〉、〈紅嘴巴的vuvu〉、〈穆莉淡〉、〈永遠的愛人〉、〈尋醫之歌〉、〈山地小孩和魚〉、〈公雞實驗課〉、〈誕生〉、〈遺忘與憤怒〉、〈大安溪畔的一夜〉、〈威海要看病〉、〈巫婆，再見〉二十四篇散文，同時也收錄了夏曼．藍波安的一部長篇小說〈黑色的翅膀〉。

這本書的書評有野田正彰的〈《臺灣原住民文學選二：回歸部落》教導新生活方式

的精神之旅〉[26]。野田撰寫了先前提到的六篇和本篇，共計七篇的書評（包括專欄），顯見他對臺灣原住民文學有很濃厚的興趣。

誠如前述，野田第一次訪臺是一九九九年臺灣九二一地震時，當時他走到霧社。從他參訪原住民族社會以來，陸續造訪了排灣、魯凱、布農、阿美、達悟的原住民部落，在此期間，透過《悲情的山林》和《臺灣原住民文學選》持續關心臺灣原住民文學的野田，近來感受到的是原住民族所創造的「教導年輕人新的生活方式」、「文化英雄的故事」，這次終於出現了不負野田所望的作品，就是這本書所收錄的夏曼·藍波安〈黑色的翅膀〉：

第二卷夏曼·藍波安的〈黑色的翅膀〉完全滿足我對原住民文學的期待，很優秀的作品。在臺灣南端的蘭嶼島上，約有三千名達悟族，藉由漁獵飛魚、鬼頭刀和耕種水芋和地瓜等維生。藍波安盡其可能描繪了這個島嶼四周的海洋之美，同時敘述從被中國化教育擺布的四位少年的想法開始，對比祖父母和父母賴以維生的漁獵文

---

26 刊載於《熊本日日新聞》（二〇〇三年六月一日）。

化和臺灣本島的消費與性的魅惑，在達悟的漁獵文化中找到人生充實感的男人們的精神之旅。這是海洋文學的傑作，也是達悟少年在文化變遷中的精神歷練和逐漸成熟的故事。今後，達悟少年通過〈黑色的翅膀〉，得以創造出自己該如何生活和對未來的想像。

這樣的評論不只是期許原住民文學的作家和原住民文學的發展，對我們而言也是莫大的鼓舞。

接續談論的這一篇不是第二卷的書評，而是提到本書的隨筆，那就是小田實的〈關於原住民族的文化，且關於「正義」——我的新年談話〉[27]。

小田是日本知名作家，於二〇〇四年十二月十一日出席在東京舉辦的日臺論壇「臺灣原住民文化和現代」，見到了夏曼・藍波安和利格拉樂・阿𡠄。小田因與兩位原住民作家見面，讓他想到了日本的阿伊努族、夏威夷的原住民毛利族（Kānaka Maoli）。小田在一九九四年八月曾經參加過想自行裁決長年受美利堅合眾國殖民地統治的「國際民眾法庭」，透過在那裡的經驗，他談到比起美國的「正義女神」和過去日本「替天行道」的殖民地國家的「正義」，「平等、公正的分配，取得平衡的夏威夷原住民族的『正義』，遠超乎他們，是上等的『正義』。」由於小田實在這篇文章中提到對夏曼和阿𡠄作品的讀後感，因此下面引用部分內容：

> 來參加「論壇」的一位原住民作家利格拉樂．阿𡠄有一位來自中國——被蔣介石軍隊強制加入少年兵的「外省人」父親，和一位被他買來結婚的排灣族母親。她的作品主題概括起來，就如她的家庭關係中所展示出來的，當代臺灣錯綜複雜的問題是如何進入原住民族的世界，並讓他們的文化逐漸崩解。
>
> 另一位是臺灣南方海上蘭嶼島的達悟族作家夏曼．藍波安——他的小說〈黑色的翅膀〉，是島嶼的「特產」，以他們象徵的文化和歷史的飛魚做為主題，誠如他所說的，這樣的「海洋小說」在現在的中國和世界上都沒有。阻止他們的文化崩潰的，是他們故鄉的自然力量——這是一部讀來讓人感受強烈的小說。

魚住悅子將阿𡠄和藍波安合起來翻譯，收錄在《回歸部落》為名的這本書，並不

---

27 刊載於《每日新聞》（二〇〇四年十二月二十八日）。

是描述因為他們厭倦都市生活而回老家種地之類的事情。我之前提過，他們做為原住民族，在法律上得到認可，並非因政府判斷正確而做出來的事，全然是他們自己發起運動奮鬥而來的。他們在達成一些運動目標之後，住在都市的知識分子們，深感自己已離開故鄉生活太久了，而原住民族的根在故鄉那裡，所以希望回歸部落生活——這就是「回歸部落」。

《臺灣原住民文學選》的第三卷是《永遠的山地——瓦歷斯．諾幹集》，即是瓦歷斯．諾幹個人的作品集[28]。詩二十一篇，如下：

〈綠葉是樹木的耳朵〉、〈逃學〉、〈雨中紅花〉、〈旅行〉、〈缺憾〉、〈汕尾的學生要放學〉、〈山是一座學校〉、〈母親〉、〈繩索〉、〈詩集〉、〈軌道〉、〈默思錄〉[29]、〈三代〉、〈最後的日本軍伕〉、〈終戰〉、〈在烏來〉、〈在大同〉、〈庚午霧社行〉、〈散步八雅鞍部〉、〈山霧〉[30]、〈霧社（一八九二—一九三一）〉[31]。散文二十七篇，如下：〈山的洗禮〉、〈獵人〉、〈何處是故鄉〉、〈汙名的背負〉[32]、〈Lring-Beinox（大安溪）〉、〈隘勇線〉、〈山的洗禮〉、〈獵人〉、〈戴墨鏡的飛鼠〉、〈發火的山羊〉、〈外省爸爹〉、〈白色追憶〉、〈「白色」追憶錄〉[33]、〈山的招待〉、〈死了老獵人之後〉、

〈一九九六年一月一日〉、〈被剝奪的一天〉、〈竹筒飯與地方記者〉、〈石碑無淚〉、〈「厄巴」之戀〉、〈蒡臉〉[34]、〈家，在國家公園裡〉、〈一座神話殿堂〉、〈慢慢十年歸鄉路〉、〈覺醒之路〉[35]、〈山窮水盡？〉[36]、〈彩虹橋〉、〈樂信．瓦旦〉、〈迴看太

28 譯者註：經作者同意，本段落內容略作調整。
29 以上選自《山是一座學校》（一九九四年）。
30 以上選自《想念族人》（一九九四年）。
31 出處不詳。
32 選自《永遠的部落》（一九九〇年）。
33 選自《戴墨鏡的飛鼠》（一九九七年）。
34 選自《番人之眼》（一九九九年）。
35 選自《荒野的呼喚》（一九九二年）。
36 選自《九二一文化祈福：在地的記憶．鄉土的見證》（二〇〇〇年）。

陽伊娜的故鄉〉[37]。很遺憾，尚未有與本卷相關的書評[38]。

《臺灣原住民文學選》的第四卷以《海啊！山啊！》為題譯出，本卷是「十一民族作品集」，收錄了十一族的原住民作家作品，羅列如下：

卑南族，孫大川(巴厄拉邦．德納班)，〈母親的歷史、歷史的母親〉

泰雅族，瓦歷斯．諾幹，〈哦，侯烈馬烈〉。

阿美族，阿道．巴辣夫，〈麵巴樹〉。

阿美族，綠斧固．悟登，〈綠斧固日記〉。

泰雅族，游霸士．撓給赫，〈出草〉。

太魯閣族，蔡金智，〈花痕〉。

西拉雅族(平埔族)，楊南郡，〈為什麼是凱達格蘭〉。

泰雅族，馬紹．阿紀，〈泰雅人的七家灣溪〉。

魯凱族，奧崴尼．卡勒盛，〈雲豹的傳人〉。

布農族，霍斯陸曼．伐伐，〈生之祭〉。

布農族，卜袞．伊斯瑪哈單．伊斯立瑞，〈大地之歌〉。

排灣族，亞榮隆．撒可努，〈飛鼠大學〉。

卑南族，巴代，〈薑路〉。
泰雅族，里慕伊．阿紀，〈小公主〉。
排灣族，伐楚古，〈紅點〉。
布農族，乜寇．索克魯曼，〈霧夜〉。
賽夏族，伊替．達歐索，〈朝山〉。
鄒族，白茲．牟固那那，〈親愛的 Ak'i，請您不要生氣〉。
達悟族，西蘭．書摩根，〈Makarang〉。

自從進入二十一世紀，原住民族除了被認定的邵族和噶瑪蘭族之外的十個原住民族，還有平埔族的西拉雅族出身的作家作品，共計收錄十九篇。本卷的書評有西垣勤的

---

37 選自《新故鄉雜誌》（二〇〇〇年）。

38 瓦歷斯．諾幹的日譯本《都市残酷》（田畑書店）於二〇二二年三月由筆者譯出，原著《城市殘酷》（臺北：南方家園，二〇一三年五月），書評如下：魚住悦子，〈部落と都市、歴史と現代のあいだをさまよう〉，《図書新聞》（二〇二二年六月二十五日），頁三五－四八。山内明美，〈臺湾原住民をめぐる「裂け目」の記憶〉，《週刊読書人》（二〇二二年二月一日），頁三四－四六。石井游佳，〈原住民が憂う伝統の崩壊〉，《東京新聞》。高橋咲子，〈土地と人が織りなす哀切〉，《毎日新聞》。

〈《臺灣原住民文学選四：海よ！山よ！》〉[39]。

西垣勤著有《近代文學風景——有島、漱石、啄木等》[40]，為日本文學研究者。這樣的日本近代文學研究者西垣對本書所收錄的作品深有所感，敘述如下：「我這次讀到本書，深受感動。比方說作品描寫出當今的我們所遺忘的世界，也就是雖然我們必須經歷卻已經無法經歷的世界，其中充滿了引導我們進入那個世界的故事。」他特別關注到伊替．達歐索（賽夏族）的〈朝山〉和游霸士．撓給赫（泰雅族）的〈出草〉。

本文的最後，希望提及小說家津島佑子的專欄。津島佑子的專欄以〈（慢半拍的讀書術）臺灣的原住民文學——強烈的認同意識〉為題，發表在二〇〇五年十月十六日的《日本經濟新聞》上。津島對《臺灣原住民文學選》的評價非常高，其一是因為像本選集這樣的少數派文學，得以在日本出版界出版，令人感到非常驚訝，接著她如下坦率地發表感想：

就算是臺灣整體的現代文學，實際上在日本可讀到的作品並不多，但其中單只原住民族的新文學就翻譯、出版了全五卷。能因此說是莽撞嗎？以普通的資本主義理論而言是無法設想的企畫。現在日本已經陷入賺錢主義，處於最糟糕的狀態，雖然近來一味地感嘆，但一看到這個例子，就得改變想法，不能放棄日本出版界。

雖然津島說《臺灣原住民文學選》是「令人驚訝的」系列，但她對於臺灣原住民所處的歷史環境，卻精準地掌握：「據說在漢族從大陸移居之前就生活在臺灣的原住民，現在（二〇〇五）算起來有十二族，總人口達四十萬左右。他們各自據有險峻的山嶽地帶和離島，不受漢族干擾的領地，保留著獨自的古老文化。但到了日本統治時期，傳統文化被剝奪，在山上被迫從事粗重的勞動工作，或成為日本兵。但是，時代隨時都在改變。從日本統治時期過渡到國民黨的時代，如今實際的狀況是，比起政治，更是一ＩＴ產業的時代。原住民現在也已經到了不能捨棄電腦和手機的時代。」接著，關於臺灣原住民文學的作品世界，她從那些內容中感受到做為「臺灣人」認同意識的探索及其開放性，敘述如下：

39 《殖民地文化研究》三號（二〇〇〇年七月）。

40 績文堂出版（二〇〇四年）。

閱讀最近十年之間輩出的原住民年輕世代的作家們所寫的作品，其中所傳達的是，一方面持續守護傳統文化，另一方面也強烈地希望重新找出身為「臺灣人」認同意識的信心。漢族和原住民族都自認不應該受限於各自的傳統文化，他們的開放性比什麼都令人感到可靠。這些在臺灣的年輕原住民作家看來也愈發充滿氣勢。

本文已詳細地介紹臺灣原住民文學的翻譯、出版及其相關的書評。儘管臺灣原住民文學還只限於日譯的《悲情的山林》和《臺灣原住民文學選》等範圍內，但若仔細觀察在日本的文化界、學術界所提及的書評、專欄、隨筆等，可以了解到來自臺灣文學、現代中國思想、文化人類學者、日本文學、作家、隨筆家、小說家等各領域多方面的關心，這也是臺灣原住民文學世界不斷引發多元閱讀的佐證，臺灣原住民文學最大的特色也在於此。

參考資料

下村作次郎　二〇〇四年七月，〈臺湾原住民族文学史の初歩的構想〉，《天理臺湾学会年報》十三期，頁四三－五七。一九九三年十月，〈臺灣原住民的詩與文學〉（涂翠花譯），《臺灣文藝》十九期，頁二一－四一。

吉田榮人　二〇〇〇年二月，〈異文化を接ぎ木する技法ユカタン・マヤの口承文芸にみる異文化哲学〉，《言語と文化》一三期，頁一二三－一四七。

孫大川　一九九七年五月，〈汎原住民意識と臺湾の民族問題の相互作用〉，《PRIM》六期，頁二九－五一。

野上豊一郎、野上生子　一九四二年八月，《朝鮮・臺湾・海南諸港》，拓南社。

黄春明　一九九一年九月（原著出版於一九八九年），〈戦士、乾杯〉，（下村作次郎譯）《バナナボート：臺湾文学への招待》（日本JICC出版局），頁八七－一〇六。

陳榮彬

〈星球性、反全球化、地方知識——臺灣原住民文學英譯與世界文學〉

現任臺大翻譯碩士學位學程副教授兼臺大臺文所支援教師。近年來之研究興趣為英美文學中譯史、華語文學英譯、世界文學，自二〇二〇年以來陸續執行過與臺灣原住民文學英譯、李仙得遊記中譯與改編相關的兩個國科會專題研究計畫。

譯有各類書籍逾六十種，如梅爾維爾《白鯨記》（聯經）、海明威《戰地鐘聲》（木馬）等，所翻譯之海明威文學經典《戰地春夢》（木馬）曾獲國科會經典譯注計畫出版補助，並獲得二〇二三年第三十五屆梁實秋文學翻譯大師獎優選獎。

本文出處：二〇二二年八月，《臺灣文學研究集刊》二十八期，頁一—三一，臺北：國立臺灣大學臺灣文學研究所。

星球性、反全球化、地方知識
——臺灣原住民文學英譯與世界文學

一、前言

"My position is that texts are worldly, to some degree they are events, and, even when they appear to deny it, they are nevertheless a part of the social world, human life, and of course the historical moments in which they are located and interpreted."（Edward Said, *The World, the Text, the Critic*, p. 4)

一九五二年從德國流亡到美國，執教於耶魯大學的猶太裔教授艾里赫·奧爾巴赫（Erich Auerbach）對當時人類世界的發展趨勢感到憂心忡忡，他在經典論文〈歷史語言學與世界文學〉（Philology and Weltliteratur）中宣稱：「人類生活已經漸漸變得標準化了（standardized）」。奧爾巴赫認為現代人的生活裡存在著各種劃一的標準與形式，這世上所有地方都遭到「標準化」的現象宰制，而反映在語言與文學領域，結果就是伊斯蘭、印度、中國文化傳統遭忽略，歐美、蘇俄傳統大行其道，一切都標準化了，或許只會剩下一種文學語言，因此世界文學實現的那一天也是滅亡之始。因為世界文學是一種矛盾的存在：它建立在民族多樣性與民族間互動的普遍性上面。沒有了多樣性，也就沒有交流可言[1]。

如此悲觀的論調的確並非德國文豪歌德(Johann Wolfgang von Goethe)大力倡議「世界文學」這個概念時的初衷。一八二七年一月二十七日，歌德曾在一封信裡面寫道，他深信「世界文學」正在形成，而且日耳曼人可以在其中扮演最活躍的角色；四天後他又說，民族文學已經沒有太大意義，「世界文學」的時代已經展開，而且大家都必須為了促進這種文學而貢獻心力[2]。歌德雖非「世界文學」一詞的創造者，但他為這個文學概念賦予了前所未有的人文與倫理涵義，因為他是站在民族、國族與國家的文學、文化

---

1 Erich Auerbach, "Philology and Weltliteratur," in *Theo D'haen, César Domínguez, and Mads Thomsen, eds. World Literature: A Reader* (London: Routledge, 2013), pp. 65-66.

2 Johann Wolfgang von Goethe, "On World Literature," in *Theo D'haen, César Domínguez, and Mads Thomsen, eds. World Literature: A Reader*, p. 11.

或經濟互動的角度來思考「世界文學」，他甚至認為「世界文學」對擴展經濟關係也有貢獻，除了讓人們在相互交往過程中更為警惕，也具包容性，更能寬恕他人——尤其是在與各方面背景都非常不同的人交往時[3]。

換言之，歌德認為「世界文學」是一種歌頌他異性（alterity/ heterogeneity）的文學活動，但對於一百多年後的奧爾巴赫來講，「世界文學」的差異性似乎會遭到普遍性取代，因此不但是文學，甚至整個世界都會變得愈來愈標準化。

毋庸置疑的是，就像翻譯研究學者勞倫斯．韋努蒂（Lawrence Venuti）在〈翻譯研究與世界文學〉（Translation Studies and World Literature）一文中所言，我們不可能在沒有翻譯活動的情況下去設想「世界文學」的存在[4]，因此我們或許可以追問：在標準化的世界文學發展趨勢之下，翻譯受到了什麼衝擊？

換言之，本篇論文想探究的是，在「世界文學」的發展進入一個全球化的時代後，翻譯既然是「世界文學」的重要發展憑藉，是否也面臨了某種困境？歌德原本認為，在面對差異性比較大的文化時，「世界文學」的推動者會變得更有包容性，但這是否也反映在翻譯現象上？本論文首先想要探討「世界文學、翻譯、全球化」三者之間密不可分的關係。

其次，則是要透過回顧二〇〇〇年迄今的「世界文學爭論」來指出愛蜜莉．艾普特（Emily Apter）與蓋雅翠．史碧瓦克（Gayatri Chakravorty Spivak）兩位理論家的特殊貢獻：亦即，她們不約而同地強調了「地方知識」（local knowledge）的重要性。

最後，本文用一些臺灣原住民文學的英文譯文來印證她們的說法，並於結論中指出臺灣原住民文學進入「世界文學」領域後的得與失（gains and losses）。

二、世界文學、翻譯、全球化

歌德提倡「世界文學」的概念後，經過一個半世紀以上的沉寂又重新引發學界熱

3 Johann Wolfgang von Goethe, "On World Literature," in *Theo D'haen, César Domínguez, and Mads Thomsen, eds. World Literature: A Reader*, p. 15.

4 Lawrence Venuti, *Translation Changes Everything: Theory and Practice* (London: Routledge, 2013), p. 193.

議，但這一趨勢的產生其實與「比較文學的危機」不無關係。來自歐陸的比較文學家勒內．韋列克（Rene Wellek），首度於一九五九年發表的〈比較文學的危機〉（The Crisis of Comparative Literature）一文中高呼這個口號，中間幾經轉折[5]，到了二〇〇三年，算是由大衛．達姆洛許（David Damrosch）提出了某種程度的解答：比較文學的未來方向應該是一種「既超然又投入」（detached engagement）的閱讀方式（mode of reading）[6]——不管閱讀的是經典、是傑作，或是被達姆洛許稱之為「世界之窗」的外國文學作品。

達姆洛許在這年出版的《何謂世界文學？》（*What Is World Literature*）就此變成「世界文學」這個研究領域的經典，該書所研究的，正如作者所言，是文學作品經過翻譯之後，於世界範圍內的跨國界「流通、翻譯、生產」。這本書與翻譯研究的關係也很密切，因為作者舉了非常多翻譯案例，來分析文學文本透過翻譯跨越國界後的所得或所失（gain and loss），大致上他認為：文學作品如果在翻譯後失去太多，就只能停留在國界或地區的範圍內，但有些作品在翻譯後，儘管風格上有所減損，意義的深度卻加深了，就能成為世界文學[7]。

達姆洛許在《何謂世界文學？》一書裡的許多論述又衍生出兩個討論方向。首先，他認為世界文學不同於那種可能只在航站裡閱讀，不受任何特定脈絡影響的「全球文學」（global literature）[8]。儘管「全球文學」這個詞在《何謂世界文學？》沒有太多著墨，但對於其他世界文學理論家來講，這種文學背後代表的是一種由全球化推波助瀾的文學「同質化」（homogenization）趨勢。

例如約翰．派澤（John Pizer）認為，許多對異國文化比較缺乏敏銳度的美國學生，就算看到翻譯的異國文學作品，在書中的所見所聞還是從美國的視角出發，只有當恐怖攻擊事件發生時，「他者」的形象才會在他們心中高聳起來。受到翻譯理論家韋努蒂的影響，派澤也注意到英文在語言與文化上的強勢影響，許多外國作品都會被按照英文既

---

5 張淑麗，〈世界文學或「世界化」文學〉，《英美文學評論》二八期，頁五三—八七。

6 David Damrosch, *What Is World Literature?* (Princeton: Princeton University Press, 2003), p. 281.

7 David Damrosch, *What Is World Literature?*, p. 289.

8 David Damrosch, *What Is World Literature?*, p. 25.

有的刻板印象去翻譯[9]。從這個角度出發，我們就不難理解近年來引領華語語系文學討論的史書美教授所宣稱的：全球化其實就是美國化[10]。

德國漢學家柯馬丁（Martin Kern）也注意到這種現象，他認為世界文學的理念如今受到「全球文學」威脅，歐美以外國家的文學，不論源自何方，在全球化市場的壓力下，翻譯後都會變成迎合歐美的文學品味，甚至可以說很多文學作品在創作時，就已經考慮到出版後要被翻譯（made for translation）[11]。

這個觀察除了與蕾貝卡．沃蔻薇姿（Rebecca L. Walkowitz）在其專書《為翻譯而生：世界文學年代的當代小說》（*Born Translated: The Contemporary Novel in an Age of World Literature*）裡提出的觀察一致（她認為很多當代小說都是「written for translation」，甚至某些譯本比原文版本更早出版）[12]，也符合另一位世界文學理論家佛蘭柯．莫瑞蒂（Franco Moretti）在《遠讀》（*Distant Reading*）裡面的主張：十八世紀以前的世界文學是由地方文化構成，以多元性為特色，但在十八世紀以後，世界文學因為國際文學市場而統一了，展現出愈來愈強烈的「同一性」（sameness）[13]。美國漢學家宇文所安（Stephen Owen）甚至早在一九九〇年，就針對類似的問題寫了〈世界詩歌？——對於全球影響的焦慮〉（*What Is World Poetry?: The Anxiety of Global Influence*）一文，來批評以中國詩人北島為首的「第三世界詩人」，指出其詩歌作品《八月的夢遊者》有迎合歐美詩歌品味之嫌，因為「太好翻譯」（supremely translatable）[14]。

同樣的悲觀論調也可見於以提出「世界文學生態學」（ecology of world literature）聞名的亞歷山大．比克羅夫（Alexander Beecroft）。他在《從遠古到今日的世界文學生態學》（*An Ecology of World Literature: From Antiquity to the Present Day*）一書，引述作家兼譯者提姆．帕克斯（Tim Parks）對世界書籍市場出版現象的觀察，指出如今許多歐洲寫作

9 John D. Pizer, *The Idea of World Literature: History and Pedagogical Practice* (Baton Rouge: LSU Press, 2006), pp. 4-5.

10 史書美，《反離散：華語語系研究論》（臺北：聯經，二〇一七年），頁一二〇。

11 Martin Kern, "Ends and Beginnings of World Literature," *Poetica* 49.2 (2019), pp. 6-7.

12 Rebecca L. Walkowitz, *Born Translated: The Contemporary Novel in an Age of World Literature* (New York: Columbia University Press, 2015), p. 4.

13 Franco Moretti, *Distant Reading* (London: Verso, 2013), pp. 134-135.

14 Stephen Owen, "What Is World Poetry?: The Anxiety of Global Influence," *The New Republic* (1990.11), pp. 28-32.

者已經漸漸放棄現代主義式的語言實驗，以簡化的風格寫作；能在作品中保留許多地方性文化概念、詞彙（cultural references）的作者只有英語作家，理由是他們的作品不用經過翻譯就可以流傳於世界上（進入世界文學領域）。例如，美國作家強納森．法蘭岑（Jonathan Franzen）就可以在行文中使用大量美式措辭、流行文化詞彙[15]。

比克羅夫甚至呼應奧爾巴赫的主張，認為在如今的世界文學生態系統中大行其道的，都是那些所謂標準化的「世界小說」（standardized world novel）。其次，由於出版產業集中化發展，再加上出版社必須不斷推出譯本來維持作家的文學生涯，除了文學作品在創作時就會考慮到是否能夠很容易地翻譯成主流語言（如英語、法語等），另一個現象就是，在出版產業處於邊緣位置且地方色彩、地域性較強的小眾文學作品，就必須靠政府贊助才有辦法繼續維持下去（這一點可從臺灣原住民文學的翻譯活動獲得印證，絕大多數的出版品都是在政府經費資助下出版）[16]。

愛爾蘭翻譯理論家麥可．克洛寧（Michael Cronin）在其著作《翻譯與全球化》（*Translation and Globalization*）裡面的論述也深具代表性。克洛寧認為，在投資者要求回報，以及英美書市中每一本書被擺放在陳列架上的銷售期已被壓縮為僅僅六週的狀況下，翻譯被當成一種具高度技術性、實用性的操作，對於速度的要求非常高，而且翻譯成品必須有高度的可讀性，讀來平易近人。

另一方面，無論評論家、書評作者都不會核對原文，造成他們對翻譯問題不聞不問，評判翻譯品質的唯一標準就是譯文流暢與否——原本必須擔任譯文品質管控者角色的編輯，甚至必須同時負責好幾種不同文學，這些作品也以好幾種語言寫成，很多時候，編輯並不熟稔那些語言，所以自然談不上真正的品質管控[17]。綜上所述，自歌德以降的世界文學發展，因為與全球化的趨勢密不可分，在資本主義市場邏輯的主宰下，不只翻譯活動變得愈來愈標準化、同質化，甚至文學創作本身也因為必須考慮到要翻譯成英語（或法語，抑或其他主流世界的語言）而犧牲了許多本地的文化元素，但這些元素原本可能是差異性、文學性得以展現的憑藉。

15 Alexander Beecroft, *An Ecology of World Literature: From Antiquity to the Present Day* (London: Verso, 2014), p. 280.

16 Alexander Beecroft, *An Ecology of World Literature: From Antiquity to the Present Day*, p. 249.

17 Michael Cronin, *Translation and Globalization* (London: Verso, 2003), pp. 120-121.

三、「世界文學之爭」、「地方知識」的回歸、星球性

在這股沛然莫之能禦的全球文學浪潮下，我們可以追問的是：因為市場因素的宰制，翻譯是否真的只剩下「歸化」（domestication）一條路可以走？因為寫了《何謂世界文學？》一書，達姆洛許堪稱當代最具權威性的歌德詮釋者，彷彿「世界文學」的代言人，但他那種主要強調文學作品在翻譯後「有所得」的論調（尤其可以從他對中國詩人北島詩作〈回答〉某個英譯本的討論看得出來，他認為唐諾．芬克（Donald Finkel）的詮釋為〈回答〉增添了不少深度）[18]實在過於樂觀，因此，二〇一三年艾普特出版了《反對世界文學》（*Against World Literature*）一書，開宗明義就是要反對世界文學那種「一切皆可翻譯」的論調，批評那是一種擴張主義，一種包山包海的企圖，但事實上這世界上就是有很多事物有某種「無法翻譯的獨特阻抗性」（resistant singularity）[19]，所以她才提倡重視「不可翻譯性」。換言之，艾普特擔心的，是西方文學體系透過世界文學論述把非西方的文學作品同質化，讓西方讀者便於吸收。

但義大利裔美國翻譯理論家韋努蒂對此提出批判，他認為艾普特的立場只是從純粹的美學與哲學範疇出發，太過抽象，而且有毀謗「可翻譯性」之嫌，會進一步讓大家卻

步，不去討論翻譯過程的政治性[20]。在我看來，韋努蒂認為我們該注意的不是「可譯」與「不可譯」的理論探討，而是實際去觀察翻譯過程中具體的決定性政經、社會甚至意識形態因素，然後我們才可以回頭來談，到底什麼是可譯、什麼是不可譯，還有原文因為不可譯而在譯文中失去了什麼。

任何譯者工作時，往往就是要面對許多「不可翻譯性」，但這並不會阻礙他們進行翻譯，而是改用各種策略來面對。換言之，「不可翻譯性」就是譯者的工作日常。就此而論，艾普特的論調的確有小題大作之嫌，而且就像學者史書美在一篇論文中討論能否把史碧瓦克的女性主義理論框架移植到臺灣，用來討論臺灣的在地女性主義，尤其是跟利格拉樂·阿𡠄的原住民女性論述進行整合。她認為，如果把這種行動當成某種形式的「翻譯」，就算兩種女性主義之間的確存在「不可共量性」（incommensurability）

---

18 David Damrosch, *What Is World Literature?*, pp. 22-24.

19 Emily Apter, *Against World Literature: The Politics of Untranslatability*, p. 3; p. 325.

20 Lawrence Venuti, "Hijacking Translation: How Comp Lit Continues to Suppress Translated Texts," *boundary 2* 43.2 (2016), p. 202.

的問題，但還是可以把「可翻譯性」當成這種「翻譯」行動的前提，把「不可共量性」（incommensurability）當成某種「不完整的翻譯」[21]——儘管史書美並未直接與艾普特進行對話，但我覺得這的確可以用來回應她提出的主張：艾普特所說的「不可共量性」[22]不會產生「不可翻譯」的後果，只是要看「可翻譯」的程度有多高。翻譯從來就不是完整的，尤其文學翻譯。

不過，艾普特的相關討論還是有其貢獻，因為她以大學的學術體制為討論脈絡，指出「世界文學」變成各大學用來向全世界各處攻城掠地的武器，課程內容看似無所不包，但其實立論薄弱，而且不但沒有加深地方知識的深度，反而完全忽略掉。提倡「世界文學」的後果是各校外語系所嚴重縮水，導致大學只能從單語的角度教文學，也少了許多非英語的區域研究課程[23]。

艾普特的最大貢獻在於指出了「世界文學」相關討論在方法論上「見林不見樹」的問題：如果把法國學者帕絲卡兒・卡薩諾瓦（Pacale Casanova）於一九九九年出版的《世界文學共和國》（*République mondiale des lettres*；英譯本為《*The World Republic of Letters*》）[24]當成「世界文學」相關討論的起點，的確如此。卡薩諾瓦的這本代表作得益於法國年鑑史學派史家布勞岱爾（Fernand Braudel）與社會學家布赫迪厄（Pierre

Bourdieu），她把前者的世界史、世界體系論述與後者的文學場（literary field）社會學分析整合成「世界文學空間」（world literary space）的概念，將世界的文學生產活動看成從中心到邊陲的動態過程，而且邊陲總是受到中心影響；一方面去凸顯文學體系內部權力不平等的現象，另一方面用波赫士（Jorge Luis Borges）、喬伊斯（James Joyce）與福克納（William Faulkner）等人的作品在被翻譯成法文後才正式受到「封聖」（consecrated）來佐證她的觀點。她的「世界文學空間」，是一個國族文學之間不斷競爭的世界體系。

莫瑞蒂則是在二〇〇〇年和二〇〇三年分別發表了〈世界文學的猜想〉（Conjectures on World Literature）與〈世界文學的猜想：續篇〉（More Conjectures on

---

21 Shu-mei Shih, "Is Feminism Translatable" in *Shu-mei Shih and Ping-hui Liao eds. Comparatizing Taiwan* (London: Routledge, 2015), p. 187.

22 Emily Apter, Against World Literature: *The Politics of Untranslatability* (London: Verso, 2013), p. 3.

23 Emily Apter, Against World Literature: *The Politics of Untranslatability*, p. 177.

24 Pascale Casanova, *The World Republic of Letters, trans. M. B. DeBevoise* (Cambridge: Harvard University Press, 1999).

World Literature），兩者後來都收錄在二〇一三年出版的《遠讀》[25]一書。莫瑞蒂認為「世界文學」不是一個對象，而是一個問題；但多讀作品無益於解決問題，因為光是十九世紀出版的英國小說就有三萬本、甚至六萬本（答案沒人能確定）之多，怎麼讀得完？所以他提出「遠讀」（distant reading）的方法：不細究文本，只研究文學技巧、主題、比喻、文類與文學體系等，被他用「波浪」（waves）來比擬的宏大趨勢。而且莫瑞蒂認為，這一道道「波浪」都是從歐洲往世界的其他地方流動，因此他與卡薩諾瓦都受到歐洲中心論的批評。達姆洛許與前兩者反其道而行：一方面他雖然也知道文學作品被翻譯、生產後流通的世界是一個不平等的空間，但根據他的「現象學」方法論立場[26]，他只進行描述；另一方面，他強調文本閱讀——不過他認為文本的討論固然能夠得益於「地方知識」，但不用太過投入其中（a leavening of local knowledge）[27]而且閱讀每一部作品需要的地方知識各自不同；這方面可以仰賴專家，並非世界文學學者的研究重點。這一點也可從他對於北島詩歌〈回答〉兩個譯本的討論看到：他認為，即便不懂中文，但透過譯本的對照分析也能有所收穫。如果把這些方法論立場拉到臺灣原住民文學的翻譯來看，我們可以看出無論是卡薩諾瓦、莫瑞蒂或達姆洛許都有所侷限。以臺灣原住民文學的文本為例，都是充滿地方性、他異性，在翻譯時很大程度上必須借重譯者對於

「地方知識」的深入了解。

至於史碧瓦克對於「地方知識」的思考，最早始於她在一九九七年受對話基金會（Stiftung Dialogik）之邀，前往蘇黎世所做的演講，講題是〈重新想像星球的絕對必要〉（Imperative to Re-imagine the Planet）。在演講中，她痛批全球化是把一樣的交換體系強制套在所有地方，而所謂「地球」（the globe）其實已經被全球性的地理資訊系統（Geographical Information System）化約為電腦上的經緯度，而且更諷刺的是，世界銀行（一個服膺資本主義邏輯的全球性組織）的標誌剛好就是地球，但是史碧瓦克認為，「沒有人住在那裡，而且我們認為我們能夠以掌控全球性為目標」。相反的，「星球」（the planet）則是充滿「他性」（alterity，即他異性）的一種存在，隸屬於另一個體系；

---

25 Franco Moretti, *Distant Reading*.

26 David Damrosch, *What Is World Literature?*, p. 6.

27 David Damrosch, *What Is World Literature?*, p. 22

我們不但住在「星球」上，而且我們就是「星球」（we inhabit it, indeed are it）[28]。她認為，提出「星球性」（the planetary）這個範疇的目的，是要積極介入並反制全球化，用「星球」這個充滿不確定與基進他異性的另類空間（the indefinite radical alterity of the other space），來讓資本主義的全球化發展轉向，讓世界不再受制於理性思考[29]。

四年後，日裔美籍學者三好將夫（Miyoshi Masao）呼應這種星球性的思考，發表〈星球轉向：文學、多樣性、整體性〉（Turn to the Planet: Literature, Diversity, and Totality）一文，指出文學與文學研究應該建立在一個共同基礎上，以「星球性思維」（planetarianism）的理念來取代「充滿排他性的親族主義、社群主義、國族性、族裔文化、區域主義、『全球化』，甚至人文主義」[30]。

經過〈重新想像星球的絕對必要〉一文的鋪陳，史碧瓦克於二〇〇三年以《學科之死》（*Death of a Discipline*）一書來宣告比較文學這個學門的死亡與重生，她認為比較文學應該以傳統的語言專業來彌補區域研究、史學、人類學、政治理論與社會學的不足，讓「他者的語言」——也就是所謂全球南方（the Global South），不只是「學門的語言」（field language）。換言之，比較文學的研究重點應該從北半球的英語、葡萄牙語、條頓語、法語轉移到南半球的各種語言，而且不能只是把這些「他者的語言」當成研究對象，而是要讓它們成為活躍的文化媒介[31]（這在相當程度上呼應了奧爾巴赫，因為在全球化後遭到忽略的伊斯蘭、印度、中國文化傳統也包含在全球南方的範疇裡）。

在這本書裡，史碧瓦克也重述她自己先前提出的星球性思維模式，指出這種思維是要把人類想像為「星球性主體」（planetary subjects）而非「全球性行動者」（global agents），想像成「星球性生物」（planetary creatures）而非「全球性實體」（global entities）。而且更重要的是：「他異性」並非源自於我們自身，更不是我們否定性辯證思維的產物。我們就被包含在「他異性」之中，但「他異性」也常常「把我們拋往別處」（flings us away）。她也重申一九九七年演講時就已提出的重要宣言：成為人類，就是要

---

28 Gayatri Chakravorty Spivak, *An Aesthetic Education in the Era of Globalization* （Cambridge: Harvard University Press, 2013）, p. 338.

29 Gayatri Chakravorty Spivak, *An Aesthetic Education in the Era of Globalization*, p. 348.

30 Masao Miyoshi, “Turn to the Planet: Literature, Diversity, and Totality,” *Comparative Literature* 53.4 （2001）, p. 295.

31 Gayatri Chakravorty Spivak, *Death of a Discipline* （New York: New York Press, 2003）, p. 9.

保有一種「朝向他者的意向性」（To be human is to be intended toward the other）[32]。

《學科之死》一書的確引起了某種典範轉移的效應，例如學者艾美．埃里亞斯（Amy J. Elias）與克里斯謙．馬拉魯（Christian Moraru）編了一本《星球性轉向：二十一世紀的關係性與地理美學》（*The Planetary Turn: Relationality and Geoaesthetics in the Twenty-First Century*），論文集裡面的作品充分展現出星球性思維模式對於小說、電影、藝術、文化研究等學科的影響；約翰．派澤更以〈星球性詩學：世界文學、歌德、諾瓦利斯與多和田葉子的翻譯性書寫〉（Planetary Poetics: World Literature, Goethe, Novalis, and Yoko Tawada's Translational Writing）[33]來討論旅德日本小說家多和田葉子的德語書寫作品，顯示《學科之死》對於世界文學（與翻譯研究）的確有所啟發。但若是把這本書擺在世界文學爭論的脈絡裡來討論，史碧瓦克的貢獻一方面在於反對達姆洛許提出的世界文學閱讀模式：透過譯文的比對來討論世界文學。最令她憂心忡忡的一種世界文學趨勢，莫過於美國的大出版社因為有利可圖，導致許多學界人士在高額酬勞的吸引下，編輯出版了許多世界文學選集，後果是：區區兩、三章的英譯《紅樓夢》與幾頁的英譯中國詩詞就成為中國文學整體的代表，結果從臺灣到奈及利亞的學生，都是透過美國出版的這一類選集來理解世界文學。體制化、全球化的教育體制也會需要世界文學的教師，最後，比較文學就為此而提供培訓服務[34]。

另一方面，她這種「英譯的世界文學不能取代世界文學本身」的主張，也讓艾普特在《反對世界文學》一書裡承接她的討論。艾普特認為，就是因為史碧瓦克的星球性思維持續遭到漠視，才會造成英語世界中大學的外語系所規模縮水。此一趨勢反映在教育現場，就是英譯的世界文學教科書取代了外語原文作品，反映在書市則是英語宰制了全球性的文學體系：為了全球性的流通，書寫時盡量避開英語世界讀者會感到陌生的地方性文化細節。舉例來說，阿根廷小說大師波赫士早在一九五一年就意識到，他不應該用大量的地方性詞彙來表現布宜諾斯艾利斯的郊區本質與風味，這種寫實主義的手法是行

---

32 Gayatri Chakravorty Spivak, *Death of a Discipline*, p. 73.

33 John D. Pizer, “Planetary Poetics: World Literature, Goethe, Novalis, and Yoko Tawada's Translational Writing,” in Amy J. Elias and Christian Moraru eds. *The Planetary Turn: Relationality and Geoaesthetics in the Twenty-First Century* (Evanston: Northwestern University Press, 2015), pp. 3-24.

34 Gayatri Chakravorty Spivak, *Death of a Discipline*, p. xii.

不通的——那些作品很容易遭到遺忘，甚至已經被遺忘了[35]。

四、從「地方知識」來看臺灣原住民文學的英譯

為什麼關於世界文學的前述所有討論有助於我們重新檢視一九九〇年代迄今的臺灣原住民文學作品的英譯？主要是因為原住民文學在語言上的特殊性。誠如學者江寶釵與加拿大漢學家羅德仁（Terrence Russell）所言，在當代全球化資本主義興盛發展的現況下，世界各地原住民族面臨的最關鍵問題，除了恢復土地權、建立自治權、保持自然資源並恢復傳統經濟功能以外，民族語言的保存還有恢復言說的主體性也是重點[36]。

換言之，臺灣原住民文學雖然以漢語進行書寫，一方面為了建立文學語言的特色，另一方面是為了擺脫漢語的語言宰制，所以往往會在作品中加入大量族語和民族文化要素，甚至自己發明出混雜漢語以及族語的特殊語言。用學者傅大為的話來說，原住民作家的作品裡，之所以有那些讀起來不自然、不標準的國語文字，是因為他們選用了一些原住民族的「概念與感覺，透過漢文迷彩的偽裝，去介入、寄生⋯⋯其真正目的在於偽

裝成本來就不真的漢文，去擠破、顛覆漢文字的框框」[37]。

另一個必須重新檢視臺灣原住民文學英譯狀況的理由，跟近十年來所謂臺灣研究（Taiwan studies）的趨勢有關。誠如學者史書美在其近期代表作《反離散：華語語系研究論》中所指出的，若要將臺灣研究「放回世界」，具體的做法之一就是透過「所有可能的層面與歷史脈絡進入各種可能關係的系統中」，像是比較紐西蘭毛利族和臺灣原住民，因為兩者都與全球南島語系的起源和移民歷史息息相關。例如，夏曼·藍波安的「民族傳奇故事或海洋文學中對海洋的思考，與其他太平洋諸島的海洋思維的比較」，就可能是針對臺灣原住民文學進行比較性研究的新切入點[38]。

---

35 David Damrosch, *How to Read World Literature* (Chichester: Blackwell Publishing, 2003), pp. 108-109.

36 江寶釵、羅德仁，〈原住民學研究理論之商榷：從後殖民理論到華語語系的思考〉，《臺灣文學學報》三十五期，頁一七二。

37 傅大為，孫大川編，〈百朗森林裡的文字獵人——試讀臺灣原住民的漢文書寫〉，《臺灣原住民族漢語文學選集：評論卷》（上）（臺北：印刻，二〇〇三年），頁二二六。

38 史書美，《反離散：華語語系研究論》，頁一三七。

在史書美提出這樣的呼籲以前，其實已有學者黃心雅針對斐濟籍東加作家艾裵立．浩鷗法（Epeli Hau'ofa）[39]與夏曼．藍波安進行比較，另外她也撰文比較夏曼．藍波安與紐西蘭的毛利詩人勞勃．蘇利文（Robert Sullivan）[40]。無論要做什麼類型的比較研究，本質上都是一種跨文化溝通；而在跨文化溝通的過程中，語言與翻譯的問題當然重要無比。不過，就目前來講，雖然夏曼．藍波安的作品屢屢被翻譯成英文，其經典散文集《冷海情深》中，甚至還有不少篇都被翻譯過至少兩、三次，但學界始終沒有認真檢視這些翻譯成果。

根據陳芷凡與邱貴芬兩位學者的研究，一九八〇到一九九〇年代臺灣原住民漢語文學有兩大語言形式上的特徵：首先是「把原住民語言用羅馬拼音或漢語直譯表現出來，藉此強調漢語的語言暴力與原住民的文化他異性（cultural otherness）」，並且故意在漢語中混入「代表他異性的語言符號」，藉此「凸顯自己的族語」，並且呈現出「原住民文學與一般漢語文學有所不同」[41]。其次，原住民作家也擅長「大量運用豐富的民族誌式細節」，此一手法的目標是「讓人注意到原住民文化在現代世界中的價值」[42]。而這種文學語言的特色與翻譯的關係就在於，如同翻譯研究學者珊卓．貝爾曼（Sandra Berman）所說，譯者如果對於「文化價值」、「經濟與政治的不平等」、「透過語言與文化形式表達的他異性」有敏銳感知，那麼他們在翻譯時往往就得決定要讓譯文保留多少原文中的他異性？為了讓讀者能夠更加認同譯文，是不是就必須抹煞一部分的他異性？對於珊卓·貝爾曼而言，這些問題不只是實務或認知層面的問題，也是倫理判斷的問題[43]。

若將這倫理層次的問題與前面所述的全球化、標準化問題掛勾，我們可以發現，近幾十年來有關「翻譯倫理學」的討論，都是為了改善全球化之後只求流暢好讀的翻譯

---

39 Hsinya Huang, "Representing Indigenous Bodies in Epeli Hau ofa and Syaman Rapongan," *Tamkang Review* 40.2 (2010), pp. 3-19.

40 Hsinya Huang, "Re-Visioning Pacific Seascapes: Performing Insular Identities in Robert Sullivan's Star Waka and Syaman Rapongan's Eyes of the Sky," in Simon Estok, Jonathan White, and I-chun Wang eds. *Landscape, Seascape, and the Eco-Spatial Imagination* (London: Routledge, 2016), pp. 179-196.

41 Chih-fan Chen and Kuei-fen Chiu, "Indigenous Literature in Contemporary Taiwan," in Chia-yuan Huang, Daniel Davies, Dafydd Fell eds. *Taiwan's Contemporary Indigenous Peoples* (London: Routledge, 2021), p. 58.

42 Chih-fan Chen and Kuei-fen Chiu, "Indigenous Literature in Contemporary Taiwan," in Chia-yuan Huang, Daniel Davies, Dafydd Fell eds. *Taiwan's Contemporary Indigenous Peoples*, p. 59.

43 Sandra Berman, "Introduction," in Sandra Berman and Michael Wood eds. *Nation, Language, and the Ethics of Translation* (Princeton: Princeton University Press, 2005), p. 5.

標準：既然翻譯的目的是為了促進不同文化之間的相互了解（至少這是歌德設想世界文學時的初衷），那就該包容他異性的存在，不該為了流暢好讀而犧牲異國文化要素——以臺灣原住民文學為例，所謂文化要素至少包括刻意混雜華語、族語的文字，還有原住民部落的傳統文化。關於世界文學應該多多包容他異性，美國學者謝平（Pheng Cheah）的兩篇論文：〈什麼是世界？論世界文學的寰宇主義精神〉（What is a World? On World Literature as Cosmopolitanism）[44]與〈以「世界」反對「全球」：建構一種規範性的世界文學概念〉（World Against Globe: Toward a Normative Conception of World Literature）[45]，都是追溯歌德的翻譯觀去重新論述世界文學對於他者與他異性的重視。

同樣訴諸於歌德的，還有研究浪漫主義時期德意志翻譯史的法國學者安端．貝爾曼（Antoine Berman），他認為，翻譯活動具有「倫理性的目標」，翻譯在本質上是「一種開展、一種對話、一種相互滋養、一種去中心化活動」；如果沒有「造成接觸的事實」，那翻譯就「什麼都不是」[46]。根據安端．貝爾曼對歌德的詮釋，在世界文學的時代來臨以後，自我不會只是透過澈底了解他者來了解自我，而是還會透過「他者對自我的澈底了解」來了解自我[47]。這種倫理傾向，與史碧瓦克的主張也有相通之處：翻譯是一種「『為了……而存在』，或者說『為了他者而存在』的倫理時刻」（an ethical' moment of being-for, or of being for the Other）[48]。

過去，許多譯者在翻譯臺灣原住民文學時過於強調歸化策略，殊不知原住民作家特別強調的語言、文化他異性就被淡化了。這方面陶忘機（John Balcom）相當具有代表性，他在二〇〇五年為哥倫比亞大學出版社編輯、翻譯了《臺灣原住民短篇小說、散文、詩歌選集》（*Indigenous Writers of Taiwan: An Anthology of Stories, Essays, and Poems*）一書，雖然他深知原住民作家的漢語措辭表現「不標準」（not standard）是出於故意，但仍決定把那種句法抹平（smooth out），翻譯成標準的美式英語，理由在於：如果把不標

---

44 Pheng Cheah, “What is a World? On World Literature as Cosmopolitanism,” *Daedalus* 137.3 (2008), pp. 26-38.

45 Pheng Cheah, “World Against Globe: Toward a Normative Conception of World Literature” *New Literary History* 45.3 (2014), pp. 303-329.

46 Antoine Berman, trans. S. Heyvaert, *The Experience of the Foreign: Culture and Translation in Romantic Germany* (Albany: State University of New York Press, 1992), p. 4.

47 Antoine Berman, trans. S. Heyvaert, *The Experience of the Foreign: Culture and Translation in Romantic Germany* (Albany: State University of New York Press, 1992), p.64.

48 Gayatri Chakravorty Spivak, “Translation as Culture,” *Parallax* 6.1 (2000), p. 21.

準的國語譯為不標準的英語，會被怪罪的並非作者而是譯者[49]。

關於此一翻譯策略，學者白安卓（Andrea Bachner）[50]與林姵吟[51]過去都曾有所評論，總結來講就是優劣互見。歸化翻譯當然有助於提升可讀性，但「世界文學」翻譯論述中所強調的相互交流就無法達成目的了。然而，極其不幸的是，過去幾十年來有不少臺灣原住民作家卻是以這種不標準的華語書寫為其主要的文字風格，較顯著者，例如拓拔斯．塔瑪匹瑪（田雅各）與夏曼．藍波安。以下就先以夏曼．藍波安為例來進行討論[52]：若是譯者都以標準化的翻譯方式來處理他的作品，會有什麼結果？

夏曼．藍波安從一九九七年推出散文集《冷海情深》以來，就一直以時而奇詭、時而豔麗的修辭手法，在華語文壇占有重要一席之地，而且他長期聚焦在達悟族的傳統文化（造舟、獵魚、信仰等）與海洋生態思考，除了讓他成為達悟文化的頭號代言人，也是與廖鴻基齊名的臺灣海洋文學作家。《冷海情深》中的〈大紅魚〉有兩個譯本，對於「已西邊的太陽」[53]這句話，兩位譯者都忽略了「西邊」這個名詞被拿來當成動詞使用的特殊語法，陶忘機將其翻譯為「the sun in the west」[54]，湯麗明譯為「the sun was already starting to lower in the sky」[55]，兩者都是選擇流暢好讀的翻譯策略，卻也忽視了文學性。如果想要把「西邊」當成動詞的用法保留下來，或許可以使用「wester」（往西邊移動）這個比較罕見，但有不少文學作品都用過，且又與「west」（西邊）相關的動詞。

另外，這篇散文中，作者以「牠們（魚群）像蒼蠅般地時而順時鐘，時而逆時鐘地環繞在我頭上」[56]的奇特修辭法來形容海裡的魚（奇特之處在於，海裡怎會有蒼蠅？

---

49 John Balcom, "Introduction," in John Balcom and Yingtsih Balcom eds. *Taiwan's Indigenous Writers: An anthology of Stories, Essays, and Poems* (New York: Columbia University Press, 2005), p. xxii.

50 Andrea Bachner, "Cultural Margins, Hybrid Scripts: Bigraphism and Translation in Taiwanese Indigenous Writing," *Journal of World Literature* 1 (2016), pp. 226-244.

51 Pei-yin Lin, "Positioning 'Taiwanese Literature' to the World," in Bi-yu Chang and Peiyin Lin eds. *Positioning Taiwan in a Global Context: Being and Becoming* (London: Routledge, 2019), pp. 10-29.

52 關於John Balcom的翻譯策略之評價，還有拓拔斯．塔瑪匹瑪作品英譯的討論，請參閱拙著：陳榮彬，〈異化與歸化之間：論〈最後的獵人〉的英譯〉，《編譯論叢》十三卷二期，頁三七－七二。

53 夏曼．藍波安，《冷海情深》（臺北：聯合文學，二〇一四年），頁一七七。

54 Syaman Rapongan, "A Large Stingray," trans. John Balcom, in John Balcom and Yingtsih Balcom eds. *Taiwan's Indigenous Writers: An Anthology of Stories, Essays, and Poems*, p. 140.

55 Syaman Rapongan, "The Stingray," trans. May Li-ming Tang, *The Taipei Chinese PEN* 174 (2014), p. 84.

56 夏曼．藍波安，《冷海情深》，頁一七七。

蒼蠅這個比喻的突然出現是為了營造某種陌生感，是一種陌生化（estrangement 或 foreignization）的書寫技巧），雖說湯麗明以直譯方式處理，但陶忘機再次採用比較好懂、好讀的方式處理譯文：「they circled my head, sometimes clockwise and sometimes counterclockwise」[57]，完全略去了「蒼蠅」。

類似問題也反映在《冷海情深》中〈黑潮の親子舟〉的三個譯本裡面。夏曼・藍波安用「太陽刺破了黑夜朦朧的皺紋，平靜的海平面線上生出來一顆紅色的頭顱」[58]來形容海上的日出景象，把日出的壯美氛圍轉化為詭異甚至帶有一點恐怖的感覺。羅德仁的最早譯本（二〇〇五）選擇以直譯的方式完整保留作者的風格：「The sun pierced the murky wrinkles of the dark night and then its reddish skull pushed above the tranquil horizon of the ocean.」[59]後來在二〇一五年出版，由羅雪柔（Cheryl Robbins）翻譯的第三個譯本則是稍有轉化，特別強調「如紅色頭顱一般的太陽」：「The first rays of the sun pierce the dim wrinkles of the dark night. The tranquil horizon emerges a red skull-like shape.」[60]至於二〇〇六年出版，由徐正和「編譯」的第二個譯本則是完全把這個「紅色頭顱」的意象予以抹滅：「The sun penetrated the veil of the dark night. The glaring sun emerged abruptly from the tranquil sea level.」[61]其次，在這篇散文中，夏曼・藍波安寫道：「船英雄般地浮在海面」，羅德仁一樣以直譯方式處理（「The boat floated on the surface of the water like a hero」[62]），徐正和則是將「船」轉化為人（「我們」），因為中文一般不會用「英雄」來形容沒有生命的物件：「We stood on the boat gazing upon the enormous sea as if we were Invincible heroes.」[63]，羅雪柔翻譯的第三個譯本是變成「our boat…… now bobs

---

57 Syaman Rapongan, "A Large Stingray," trans. John Balcom, in John Balcom and Yingtsih Balcom eds. *Taiwan's Indigenous Writers: An Anthology of Stories, Essays, and Poem*, p. 140.

58 夏曼・藍波安，《冷海情深》，頁六一。

59 Syaman Rapongan, "A Father and Son's Boat for the Black Current," trans. Terrence Russell, *Taiwan Literature: English Translation* Series 17 (2005), p. 77.

60 Syaman Rapongan, "Father and Son Build a Boat to Travel Kuroshio Current," trans. Cheryl Robbins, in Fang-ming Chen ed. *The Anthology of Taiwan Indigenous Literature: Short Stories*, Part I (Taipei: Council of Indigenous Peoples, 2015), p. 126.

61 Syaman Rapongan, *Parental-filial Boat of Kuroshio*, trans. Eric Hsu (Taipei: Taiwan Culture Innovation, 2006), p. 47.

62 Syaman Rapongan, "A Father and Son's Boat for the Black Current," trans. Terrence Russell, *Taiwan Literature: English Translation Series* 17 (2005), p. 77.

63 Syaman Rapongan, *Parental-filial Boat of Kuroshio*, trans. Eric Hsu, p. 47.

on the water」[64]，選擇將「英雄」完全略去。此外，在徐正和的譯本中更是把達悟人的「海神」改譯成「Poseidon」——導致臺灣原住民的海神搖身一變成為希臘海神波賽頓，這種翻譯策略堪稱是歸化翻譯的極致[65]。

布農族作家拓拔斯．塔瑪匹瑪的經典短篇小說〈最後的獵人〉在拙著〈異化與歸化之間：論〈最後的獵人〉的英譯〉[66]中已經有甚為詳細的討論。總結來講，拓拔斯．塔瑪匹瑪的文字風格特殊，行文中大量使用各種人類器官，而且許多措辭讀起來非常不自然，但許多譯者（包括陶忘機）都無法把這種風格保留，所以是為了譯文的流暢性而犧牲了特殊風格——或者說，犧牲了史碧瓦克強調的「基進他異性」。

除了〈最後的獵人〉之外，拓拔斯．塔瑪匹瑪的另一篇名作〈巫師的末日〉也遭遇了類似的不幸待遇。文中某位神父在巫莉祖母（即巫師）面前跪下，「眼瞼擠出幾滴淚水」[67]並未被直譯為讀起來比較不自然的「A few teardrops were squeezed out by eyelids」，而是改譯成比較流暢的「several teardrops fall from his eyes」[68]。還有，故事中角色阿杜爾描述他二十歲在平地的工廠認識一位山東人與布農婦女生的混血女孩，兩人一起「回部落交配成為夫妻」[69]，譯者一樣省略掉讀起來較為奇怪的「交配」兩字，改譯成「returned to our village and became husband and wife」[70]。

此外，夏曼・藍波安常將達悟人的文化傳統置入文本中，最常見的就是他往往會提起「男人魚」和「女人魚」，例如〈海洋朝聖者〉中，他曾表示有長輩訓誡他：「在小蘭嶼不要亂射魚，一定要選擇比較精明矯健的男人魚及優等的女人魚（如鸚嘴魚、黑毛、短鮪、胡椒鯛、浪人鰺……），才算是真正拿魚槍維生的男人，這也是村裡老人們來這

---

64 Syaman Rapongan, "Father and Son Build a Boat to Travel Kuroshio Current," trans. Cheryl Robbins, in Fang-ming Chen ed. *The Anthology of Taiwan Indigenous Literature: Short Stories*, Part I, p. 126

65 Syaman Rapongan, *Parental-filial Boat of Kuroshio*, trans. Eric Hsu, p. 56.

66 請參閱註五十二。

67 拓拔斯・塔瑪匹瑪，《情人與妓女》（臺中：晨星，一九九二年），頁五二。

68 Topas Tamapima, 「The Last Day of a Sorceress,」 trans. C.J. Anderson-Wu, in Fang-ming Chen ed. *The Anthology of Taiwan Indigenous Literature: Short Stories*, Part I （Taipei: Council of Indigenous Peoples, 2015）, p. 57.

69 拓拔斯・塔瑪匹瑪，《情人與妓女》，頁五六。

70 Topas Tamapima, 「The Last Day of a Sorceress,」 trans. C.J. Anderson-Wu, in Fang-ming Chen ed. *The Anthology of Taiwan Indigenous Literature: Short Stories*, Part I, p. 60.

兒射魚的一貫原則」[71]。這可說是夏曼·藍波安特有的文學語言：在用漢語書寫的句子中置入了已經翻譯成漢語的達悟文化詞彙，例如「女人魚」原為「oyod」，「男人魚」則是「rahet」。遇到這種情況，不少譯者都會選擇加上譯註，例如羅德仁特別以譯註說明達悟人把魚分成三種（男人魚、老人魚、女人魚），分類根據是魚肉的品質，其中「女人魚」（women’s fish）肉質較好、魚腥味較輕，「男人魚」（men’s fish）則是皮粗肉硬[72]。（徐正和的譯本則是選擇將「女人魚」與「男人魚」略去[73]。）除了羅德仁，湯麗明在翻譯〈大魟魚〉裡提及的「女人魚」時也是加了譯註，她提供的達悟族魚類分類法甚至比羅德仁的譯註多了一種「小孩魚」（children’s fish），且特別強調這種分類法是為了適應不同性別、年紀的達悟人之不同需求[74]（陶忘機的譯本則是跟徐正和一樣，選擇將「女人魚」一詞省略）[75]。

夏曼·藍波安選擇把達悟語的「oyod」一詞譯為「女人魚」，「rahet」譯為「男人魚」，譯者受其影響，又分別英譯為「women’s fish」與「men’s fish」，會讓不明就裡的英語讀者認為，在達悟文化中有一種魚是只有女人可以吃的（儘管他們不知道這種魚在達悟語的原文是「oyod」），另一種魚則是只有男人可以吃（他們一樣也不知道這種魚就是「rahet」），但這是正確的達悟文化資訊嗎？在語言家何德華與人類學家胡正恆合撰的

〈達悟魚名的生態體現和認知語意〉一文中，兩位作者主張「oyod」可直譯為「真魚」，「raet」（即「rahet」）可直譯為「壞魚」，因為「raet 是指不好的、壞的意思，是指稱男性才可食用的魚類・;相對於『壞魚』，oyod 則是『真魚』，是除孕產婦需特別注意外，體現了社會整體的食魚美德，是幾乎任何人都可食用的魚，必須指出：不必只是女人魚」[76]。「女人魚」與「男人魚」的確是許多達悟族人（甚至達悟學者）慣用且不加解釋

---

71 夏曼・藍波安，《冷海情深》，頁一〇七－一〇八。

72 Syaman Rapongan, "Cold Sea, Deep Feeling" trans. Terrence Russell, *Taiwan Literature: English Translation Series 17*（2005）, p. 22.

73 Syaman Rapongan, Smitten with the Ruthless Sea, trans. Eric Hsu （Taipei: Taiwan Culture Innovation, 2006）. 此一譯本無頁碼。

74 Syaman Rapongan, "The Stingray," trans. May Li-ming Tang, *The Taipei Chinese PEN* 174 （2014）, p. 83.

75 Syaman Rapongan, "A Large Stingray," trans. John Balcom, in John Balcom and Yingtsih Balcom eds. *Taiwan's Indigenous Writers: An Anthology of Stories, Essays, and Poems* （New York: Columbia University Press, 2005）, p.139.

76 胡正恆，何德華，〈達悟魚名的生態體現和認知語意〉，曾銘裕編，*Analyzing Language and Discourse as Intercultural and Intracultural Mediation*（高雄：國立中山大學人文研究中心，二〇一三年），頁一九四。

的詞彙，例如夏本・奇伯愛雅（周宗經）與王桂清（Siaman misiva）都是如此（王桂清的用語是「女性食用魚」[77]），因此更是容易加深外界誤解，所以譯者在進行翻譯時，的確要帶著民族誌書寫的精神，多加深入探究。

這個誤譯也印證了艾普特與史碧瓦克兩人對於世界文學所抱持的警戒態度有其必要。「oyod」與「rahet」若照胡正恆與何德華所建議，分別譯為「真魚」（real fish）與「壞魚」（bad fish），恐怕因為語意不清而在日常生活中使用不易，因此除了夏曼・藍波安之外，的確有不少達悟族成員將其稱為「女人魚」與「男人魚」[78]。而這雖不能印證艾普特所謂的「不可翻譯性」，但的確反映出不同語言（達悟語和漢語）之間某種程度的「不可共量性」——事實證明，「oyod」與「rahet」很難在漢語中找到簡潔又精確的譯名。

史碧瓦克在《學科之死》一書特別強調，我們必須擺脫全球化所帶來的資本主義式理性邏輯，開始向「全球南方」的各種語言學習，這對於夏曼・藍波安的作品之英譯的確有所啟發：一方面，在我們看到的羅德仁、陶忘機、羅雪柔、湯麗明、徐正和等五位譯者中，只有羅德仁選擇把夏曼・藍波安那種充滿「基進他異性」的奇特語言保留下來，其他大多數選擇比較通順、流暢的歸化翻譯策略，這可能也在某種程度上反映出全球化帶來的影響；另一方面，我們也看出要翻譯夏曼・藍波安的作品，光是熟稔華語並不足夠，因為他使用的華語是一種已經翻譯過的語言，譯者有必要具備研究達悟語的心態與能力——而達悟語身為南島語系的分支，的確就是史碧瓦克所謂「全球南方」的語言。

此外，如前所述，臺灣原住民作家的書寫往往混合了母語拼音與漢語，用魯凱族作家奧崴尼·卡勒盛（邱金士）的話來說，是為了要借用漢語來「表達魯凱族的生命禮俗這個文學意象」，但另一方面也「盡可能地附加魯凱語，以便魯凱讀者能作比較和指正」[79]。不過，陶忘機在翻譯奧崴尼·卡勒盛的短篇小說〈永恆的歸宿〉時，卻

77 夏本·奇伯愛雅，《雅美族的社會與風俗》（臺北：臺原，一九九四年），頁一九一；王桂清，《蘭嶼動物生態文化》（新竹：交通大學，二〇一二年），頁二二。

78 關於達悟族魚類分類法的詳細討論及其人類學、民族誌涵義，可參閱：高信傑，〈雅美族「魚的分類問題」的再思考〉，《民族學研究所資料彙編》一八期，頁九三－一四七。

79 奧崴尼·卡勒盛，《野百合之歌：魯凱族的生命禮讚》（臺中：晨星，二〇〇一年），頁二〇－二一。

選擇把「荷蘭槍大力給」[80]、美國製的步槍「奇力型」[81]分別簡化成「Dutch rifle」[82]與「American rifle」[83]，省略了魯凱語對於荷蘭步槍與美國步槍的特有稱呼（「大力給」與「奇力型」）。另外，短篇小說中提及主角哦賽「要進行越過祭（Nguaraisy，葉祭）[84]」，陶忘機的翻譯較為簡單：「Esai wanted to conduct a nguaraisy leaf ritual」[85]，省略了「越過」一詞的涵義（是魯凱族傳統上入山後越過高山時，必須舉行的淨化聖禮），但另一位譯者吳介禎（C.J. Anderson-Wu）除了把前述的「大力給」與「奇力型」兩個魯凱語詞保留下來，也更詳細地將這句話翻譯成「This is where Er-Sai chose to conduct Nguaraisy, the leaf ritual for crossing the holy place」[86]，保留了原文中「越過聖地」（crossing the holy place）之涵義。

正因為臺灣原住民作家們的書寫不只是一種文學創作，也是傳達部落生命、文化、歷史的重要憑藉，因此譯者在翻譯時應該要考慮：是否該抗拒全球化對於可讀性、流暢性的要求，把原文中原住民母語的元素都如實保留下來？針對這一點，羅德仁曾於一篇論述其翻譯思想的會議論文中表示：原住民文學的作家往往會在文字中夾帶該族群的傳統價值與世界觀，所以譯者要做的無非是透過原住民眼睛來看待文字所描繪的世界，任何看來不合邏輯、不流暢的語言都是被刻意留在字裡行間的「印記」（imprint），譯者必須如實予以呈現。所以，原住民文學的譯者自然要對原作作家所屬族群的文化、語言有足夠知識，才能判斷哪些是刻意留下的「印記」[87]。

80 奧崴尼．卡勒盛，《野百合之歌：魯凱族的生命禮讚》，頁二五一。

81 同前註，頁二五二。

82 Auvini Kadresengan, "Eternal Ka-balhivane (Home to Return to)," trans. John Balcom, in John Balcom and Yingtsih Balcom eds. *Taiwan's Indigenous Writers: An Anthology of Stories, Essays, and Poems* (New York: Columbia University Press, 2005), p. 101.

83 Auvini Kadresengan, "Eternal Ka-balhivane (Home to Return to)," trans. John Balcom, in John Balcom and Yingtsih Balcom eds. *Taiwan's Indigenous Writers: An Anthology of Stories, Essays, and Poems*, p. 102.

84 同註八十，頁二五五。

85 Auvini Kadresengan, "Eternal Ka-balhivane (Home to Return to)," trans. John Balcom, in John Balcom and Yingtsih Balcom eds. *Taiwan's Indigenous Writers: An Anthology of Stories, Essays, and Poem*, p. 103.

86 Auvini Kadresengan, "Ka-balhivane—Eternal Home," trans. C.J. Anderson-Wu, in Fangming Chen ed. *The Anthology of Taiwan Indigenous Literature: Short Stories, Part I* (Taipei: Council of Indigenous Peoples, 2015), p. 16.

87 Terrence Russell, "Through the Filter Twice: Translating Chinese Language Indigenous Literature," in *Taiwan Literature and English Translation: The Proceedings of the 2005 UCSB Conference in Taiwan Studies* (Santa Barbara: Center for Taiwan Studies at UCSB, 2005), pp. 164-166.

總結而言，譯者的具體做法就是要用直譯的方式保留夏曼・藍波安的奇詭文風、拓拔斯・塔瑪匹瑪讀起來不自然的語言風格，在夏曼・藍波安與奧崴尼・卡勒盛使用族語的地方，甚至可以直接把族語保留下來（例如，oyod 與 rahet），然後在有必要的地方，採用非裔美國哲學家克瓦米・安東尼・阿皮亞（Kwame Anthony Appiah）提出的「厚實翻譯」（thick translation）策略[88]：在翻譯必須履行傳遞知識的任務時，可以用譯註、評註等方式，把譯文置放於「豐富的文化與語言脈絡中」[89]。而事實上，如前所述，羅德仁與湯麗明在翻譯到 oyod 與 rahet 這一組達悟詞語時，就是採用厚實翻譯的策略，只是他們對於達悟族魚類分類法並無充分理解，所以無法傳達更豐富、正確的文化訊息。

五、結語

就如同知名世界文學、比較文學學者西薩・多明哥（César Domínguez）在其專文〈世界文學與翻譯〉（World Literature and Translation）中所說的，在世界文學形成的過程中，翻譯並不一定扮演具有建設性的角色[90]。達姆洛許在《何謂世界文學？》一書中進行的許多觀察相當程度上印證了這種說法。他認為：所有作品在流傳到國外時都會面臨到遭受「操弄」（manipulation）的命運，甚至會變得「面目全非」（deformation），編者、譯者或詮釋者往往會根據自己的切身旨趣與訴求（immediate interests and agendas）來調整譯文內容，而且尤其不幸的是，受害的有較多比例是非西方的作者（或者是居處於非城市、非主流地位的西方作者）[91]。

最顯著的例子之一，是日本古典文學經典《源氏物語》最初被英譯時的命運：如達姆洛許所言，英國漢學家亞瑟．韋利（Arthur Waley）雖然讓小說裡的故事「沐浴在英王

---

88 源自於人類學家克利佛．吉爾茲（Clifford Geertz）的「厚實描述」（thick description）概念。

89 Kwame Anthony Appiah, "Thick Translation," in Lawrence Venuti ed. *The Translation Studies Reader* (London: Routledge, 2000), p. 427.

90 César Domínguez, "World literature and Translation," in Yves Gambier and Luc van Doorslaer eds. *Handbook of Translation Studies, Volume 5* (Amsterdam: John Benjamins, 2021), p. 248.

91 David Damrosch, *What Is World Literature?*, pp. 24-25.

愛德華七世時代那種溫煦的散文風格中」，但原著中的幾百首詩歌作品卻遭刪除，剩餘的少數幾首也遭改譯為散文。此外，韋利也擅自用「換句話說」（paraphrasing）的方式改譯，或是為了說明而在譯文中插入原文沒有的資訊[92]。

如前所述，史碧瓦克與艾普特兩位理論家並非反對世界文學，而是反對許多原作因為透過翻譯成為世界文學作品後完全變了調，所以艾普特才會特別強調文學研究必須回歸「地方知識」，史碧瓦克則是主張文學研究該與區域研究（和政治理論、人類學、史學等人文科學）結合起來，以既有的語言學專業去鑽研「全球南方」的語言，而她們認為這正是世界文學在二十一世紀發展階段最欠缺的。此外，如前所述，無論是珊卓．貝爾曼、安端．貝爾曼或史碧瓦克，許多討論翻譯與世界文學的理論家都指出，翻譯策略的選擇其實是一個倫理的選擇：若說世界文學在歌德提倡之初就是要以各國之間文學的交往為目的，甚至要以文學交往來帶動政治、經濟等其他人類活動的交往，那翻譯就該選擇把較多的他異性予以保留，藉此加強不同民族、不同國家之間的互動與相互了解。

為了保留他異性，一個值得考慮的策略是：譯者卓耀宗在把鄒族資深女作家伐依絲．牟固那那代表作《親愛的Ak'i，請您不要生氣》英譯成「My Dear Ak'i, Please Don't Be Upset」時所使用的策略，於全書末尾放置一個詞彙表，列出所有跟鄒族文化有關的詞彙，一方面減少譯註的使用，另一方面也讓有興趣的讀者可以參考[93]。

如此看來，翻譯對於原作來講，帶來的不見得全部是正面的影響。以臺灣原住民文學的英譯為例，如果譯者在翻譯時不能把那些「基進他異性」（無論是各種風格奇特詭異的語言、漢語與族語族並置的特殊句構，或特地用來彰顯部族文化、歷史、傳統的民族誌式細節）保留下來，翻譯反而是侵害了原住民的主體性。

不過，值得注意的是，前述由陳芷凡、邱貴芬合撰的文章其實已經也指出，從二十一世紀末開始原住民作家無論前輩或新生代，比較關心的反而是普世性的主題，無論瓦歷斯．諾幹、夏曼．藍波安與奧崴尼．卡勒盛皆然，當時的年輕世代像巴代（卑南族）、乜寇．索克魯曼（布農族）也都是如此[94]。以瓦歷斯．諾幹為例，他的《戰爭

---

92 David Damrosch, *What Is World Literature?*, p. 296.

93 Faisu Mukunana, *My Dear Ak'i, Please Don't Be Upset*, trans. Yao-Chung Tsao (New Taipei City: Serenity International, 2021).

94 Chih-fan Chen and Kuei-fen Chiu, "Indigenous Literature in Contemporary Taiwan," in Chia-yuan Huang, Daniel Davies, Dafydd Fell, eds. *Taiwan's Contemporary Indigenous Peoples*, p. 55.

殘酷》一書關切那些發生在車臣、寮國與以色列、巴基斯坦的戰爭，與過去的書寫格局大不相同。如果原住民作家不再像過去那樣進行各種融合族語、漢語的語言實驗或者作品中充滿民族誌式細節的描寫，某種程度上也反映出原住民的主體性漸漸從在地性(locality)走向比較開放的普世性(cosmopolitanism)，邱貴芬甚至認為原住民的「原住民本土性」(indigeneity)已經是「臺灣的自我」(Taiwanese Self)不可或缺的一部分：原住民的書寫既是他者的符號，也是自我的符號[95]。在這樣的情況下，翻譯臺灣原住民文學是否又有其他考量呢？這也是個重要的問題，但並不在本論文討論的範圍內，值得另闢專文深入探討。

從現實層面看來，譯者的選擇當然扮演非常重要的角色，但是正如同學者安．史坦納(Ann Steiner)在其論文〈世界文學與書市〉(World Literature and the Book Market)中所言，外國文學作品在某個國家的翻譯模式，很大程度上取決於該國的銷售體系、出版傳統、政府補助、稅制，以及與文學經濟體(the economy of literature)有關的一切，而翻譯活動的進行方式(包括譯者要如何做翻譯，是採用歸化或異化的策略)只是影響因素之一[96]。

至於，從「文學生態學」角度來看世界文學的比克羅夫雖也指出政府補助的重要性，但他認為更重要的是，首先必須要有足夠的人學習「非歐洲的語言」（這一點呼應了史碧瓦克），這樣才會有夠多的文學譯者，其次是文學教師（比較文學與世界文學）應該多選擇非歐洲文學作品為教材，如此一來出版社才有翻譯的動機[97]。但是，要用什麼方式使用這些非歐洲的語言資源，是要讓它們能呈現出更多豐富性、創新性，還是把它們的特色都予以剝奪，則是要由讀者、教師、學者來共同決定[98]。

此外，這兩年臺灣原住民文學作品的英譯似乎有蓬勃發展之勢。例如，位於紐約州的坎布里亞出版社（Cambria Press）[99]從二〇二〇年開始，在國立臺灣文學館的贊助下，推出了「臺灣文學叢書」（Literature from Taiwan Series），由當時任教於國立臺

---

95 Kuei-fen Chiu, "The Production of Indigeneity: Contemporary Indigenous Literature in Taiwan and Trans-cultural Inheritance" *The China Quarterly 200* (2009), p. 1079.

96 Ann Steiner, "World Literature and the Book Market," in Theo D'haen, David Damrosch, Djelal Kadir eds. The Routledge Companion to World Literature (London: Routledge, 2012), p. 316.

97 Alexander Beecroft, *An Ecology of World Literature: From Antiquity to the Present Day*, p. 297.

98 Alexander Beecroft, *An Ecology of World Literature: From Antiquity to the Present Day*, p. 299.

99 總部位於紐約州阿默斯特（Amherst, New York）的獨立學術出版社，成立於二〇〇六年。

灣師範大學臺灣語文學系的林巾力教授擔任主編。叢書到目前(二〇二二年)為止的七本出版品中，第二本就是布農族作家霍斯陸曼．伐伐名作《玉山魂》(*The Soul of Jade Mountain*)，由羅德仁英譯[100]。同一年稍晚，英國也有出版社推出排灣族作家亞榮隆．撒可努代表作《山豬．飛鼠．撒可努》的英譯本，譯者是另一位任教於香港嶺南大學的加拿大學者石岱崙教授(Darryl Sterk)[101]。在這令人樂見其成的現象背後，隱憂在於臺灣原住民文學作品的英譯仍然未脫政府補助的模式(前者由臺灣文學館贊助，後者的補助單位則是中華民國文化部)。長遠來講，這會讓原住民文學的翻譯無法擺脫比克羅夫所指出的問題：在出版產業處於邊緣位置且地方色彩、地域性比較強的小眾文學作品，就必須要靠政府贊助才有辦法繼續維持下去——無論文學創作與文學翻譯都是如此。

擺脫這種模式的具體做法，或許可以利用原住民作家目前較有普世性號召力的作品，例如：瓦歷斯．諾幹的《七日讀》以臺灣、美國、澳洲三地原住民的相似歷史為對照[102]；夏曼．藍波安的《大海浮夢》一書講述他二〇〇四到二〇〇五年之間遠赴庫克群島國、斐濟、紐西蘭尋找創作題材，後來又到印尼參與行傳統獨木舟「飛拉達悟號」(Vilad，又名 Sandeq Explorere)的太平洋航海計畫(印尼蘇拉威西島至新幾內亞)[103]。這一類具有國際性主題的作品或許都可以嘗試與商業出版社合作，進入國際書市。另外，也要設法加強作家的國際曝光度（例如：瓦歷斯．諾幹曾於二〇一九年前往愛荷華大學擔任國際寫作計畫駐村作家），輔之以英文翻譯，才能促成臺灣原住民文學的國際性流動。

我們不妨以達姆洛許的比喻來當總結。達姆洛許認為，世界文學作品透過翻譯後在世界上流通，其地位無非有三種：經典（classics，例如希臘、羅馬等地的古典文學）、傑作（masterpieces，可以包括古典文學與現代文學）、通往異國世界之窗（windows into foreign worlds），而且任何作品的地位都是可以隨時間變動的。如此看來，若譯者總是選擇標準化的方式翻譯出流暢好讀的譯文，那翻譯還能保有「通往異國世界之窗」的功能嗎？在這種情況下，異國世界是否已經蕩然無存？

最後，在此我要再度標舉加拿大翻譯家羅德仁強調的翻譯思想：原住民文學的作家

---

100 Husluman Vava, The Soul of Jade Mountain, trans. *Terrence Russell* (Amherst: Cambria Press, 2021).

101 Sakinu Ahronglong, Hunter School, trans. *Darrly Sterk* (Wilmslow: Honford Star, 2020).

102 瓦歷斯．諾幹，《七日讀》（臺北：印刻，二〇一六年）。

103 夏曼．藍波安，《大海浮夢》（臺北：聯經，二〇一四年）。

往往會在文字中夾帶該族群的傳統價值與世界觀，所以譯者要做的，無非是透過原住民的眼睛來看待文字所描繪的世界，任何看來不合邏輯、不流暢的語言都是被刻意留在字裡行間的「印記」（imprint），譯者必須如實予以呈現。如果臺灣原住民文學那些語言特色與民族文化的「印記」都遭到抹去，或者因為譯者的能力不夠而遭到無視（例如，譯者根本不知道男人魚、女人魚分別是 rahet 與 oyod，不知道兩者在達悟文化中的實際定義），那麼，翻譯還剩下什麼？

參考資料

王桂清　二〇一二年，《蘭嶼動物生態文化》，新竹：國立交通大學。

瓦歷斯．諾幹　二〇一六年，《七日讀》，臺北：印刻。

史書美　二〇一七年，《反離散：華語語系研究論》，臺北：聯經。

江寶釵、羅德仁　二〇一九年，〈原住民學研究理論之商榷：從後殖民理論到華語語系的思考〉，《臺灣文學學報》三十五期，頁一五九—一九二，臺北：國立政治大學臺灣文學研究所。

拓拔斯．塔瑪匹瑪　一九九二，《情人與妓女》，臺中：晨星。

胡正恆、何德華　二〇一三年，〈達悟魚名的生態體現和認知語意〉，曾銘裕編，Analyzing Language and Discourse as Intercultural and Intracultural Mediation，頁一八七—二一七，高雄：國立中山大學人文研究中心。

夏本．奇伯愛雅　一九九四年，《雅美族的社會與風俗》，臺北：臺原。

夏曼．藍波安　二〇一四年a，《大海浮夢》，臺北：聯經。二〇一四年b，《冷海情深》，臺北：聯合文學。

高信傑　二〇〇四年，〈雅美族「魚的分類問題」的再思考〉，《民族學研究所資料彙編》十八期，頁九三—一四七，臺北：中央研究院民族學研究所。

張淑麗　二〇一七年，〈世界文學或「世界化」文學〉，《英美文學評論》二十八期，頁五三—八七，新北：中華民國英美文學學會。

陳榮彬　二〇二〇年，〈異化與歸化之間：論〈最後的獵人〉的英譯〉，《編譯論叢》十三卷二期，頁三七—七二，臺北：國家教育研究院。

傅大為　二〇〇三年，〈百朗森林裡的文字獵人——試讀臺灣原住民的漢文書寫〉，孫大川編，《臺灣原住民族漢語文學選集：評論卷》（上），頁二一一—二四六，臺北：印刻。

奧崴尼・卡勒盛　二〇〇一年，《野百合之歌：魯凱族的生命禮讚》，臺中：晨星。

Appiah, Kwame Anthony　2000, "Thick Translation." in Lawrence Venuti ed. *The Translation Studies Reader. London: Routledge*, pp. 417-429.

Auerbach, ErichAuerbach, Erich　2013, "Philology and Weltliteratur," in Theo D'haen, César Domínguez, and Mads Thomsen, eds. *World Literature: A Reader*. London: Routledge, pp. 65-73.

Bachner, Andrea　2016, "Cultural Margins, Hybrid Scripts: Bigraphism and Translation in Taiwanese Indigenous Writing," *Journal of World Literature 1*, pp. 226-244.

Balcom, John　2005, "Introduction," in John Balcom and Yingtsih Balcom eds. *Taiwan's Indigenous Writers: An Anthology of Stories, Essays, and Poems*. New York: Columbia University Press, 2005. pp. xixxiv.

Beecroft, Alexander　2014, *An Ecology of World Literature: From Antiquity to the Present Day*. London: Verso.

Berman, Antoine　1992, *The Experience of the Foreign: Culture and Translation in Romantic Germany*, trans. S.

Heyvaert. Albany: State University of New York Press.

Berman, Sandra 2005, “Introduction,” in Sandra Berman and Michael Wood eds. *Nation, Language, and the Ethics of Translation.* Princeton: Princeton University Press, pp.1-10.

Casanova, Pascale 1999, *The World Republic of Letters*, trans. M. B. DeBevoise. Cambridge: Harvard University Press. 2014, “World Against Globe: Toward a Normative Conception of World Literature,” *New Literary History 45.3*, pp. 303-329.

Chen, Chih-fan and Chiu, Kuei-fen 2021, “Indigenous Literature in Contemporary Taiwan,” in Chia-yuan Huang, Daniel Davies, Dafydd Fell eds. *Taiwan's Contemporary Indigenous Peoples. London: Routledge*. pp. 53-69.

Chiu, Kuei-fen 2013, “Cosmopolitanism and Indigenism: The Use of Cultural Authenticity in an Age of Flows,” *New Literary History*, 44.1, pp.159-178. 2009, “The Production of Indigeneity: Contemporary Indigenous Literature in Taiwan and Trans-cultural Inheritance,” *The China Quarterly 200*, pp. 1071-1087.

Cronin, Michael 2003, *Translation and Globalization. London: Verso.*

Damrosch, David 2003, *How to Read World Literature. Chichester: Blackwell Publishing*. 2003, *What Is World Literature? Princeton: Princeton University Press*, 2003.

Domínguez, César 2021, “World literature and Translation,” in Yves Gambier and Luc van Doorslaer eds. *Handbook of Translation Studies, Volume 5. Amsterdam: John Benjamins*, pp. 247-254.

Emily Apter, Against 2013, *World Literature: The Politics of Untranslatability*. London: Verso.

S. Heyvaert 1992, *Germany, trans. Albany: State University of New York Press.*

Hsinya, Huang 2010, " Representing Indigenous Bodies in Epeli Hau ofa and Syaman Rapongan, " Tamkang Review 40.2, pp. 3-19. 2016, " Re-Visioning Pacific Seascapes: Performing Insular Identities in Robert Sullivan's Star Waka and Syaman Rapongan's Eyes of the Sky, " in Simon Estok, Jonathan White, and Wang I-chun eds. *Landscape, Seascape, and the Eco-Spatial Imagination* (London: Routledge), pp. 179-196.

Husluman, Vava 2021, *The Soul of Jade Mountain*, trans. Terrence Russell. Amherst: Cambria Press.

Johann Wolfgang von Goethe 2013, " On World Literature, " in Theo D'haen, César Domínguez, and Mads Thomsen, eds. *World Literature: A Reader*. London: Routledge, pp. 9-15.

Kadresengan, Auvini 2005, " Eternal Ka-balhivane (Home to Return to), " trans. John Balcom, in John Balcom and Yingtsih Balcom eds. *Taiwan's Indigenous Writers: An Anthology of Stories, Essays, and Poems*. New York: Columbia University Press, pp. 100-113. 2015, "Ka-balhivane—Eternal Home, " trans. C.J. Anderson-Wu, in Chen Fang-ming ed. *The Anthology of Taiwan Indigenous Literature: Short Stories, Part I*. Taipei: Council of Indigenous Peoples, pp. 13-29

Kern, Martin 2019 " Ends and Beginnings of World Literature, " *Poetica 49.2* (2019), pp. 1-31.

Lin, Pei-yin　2019, “Positioning ‘Taiwanese Literature’ to the World,” in Chang Bi-yu and Lin Peiyin eds. *Positioning Taiwan in a Global Context: Being and Becoming*. London: Routledge, pp. 10-29.

Miyoshi, Masao　2001, “Turn to the Planet: Literature, Diversity, and Totality,” *Comparative Literature 53.4*, pp. 283-297.

Moretti, Franco　2013, Distant Reading. London: Verso.

Mukunana, Faisu　2021, *My Dear Ak'i, Please Don't Be Upset*, trans. Yao-Chung Tsao. New Taipei City: Serenity International.

Owen, Stephen　1990, “What Is World Poetry?: The Anxiety of Global Influence,” *The New Republic* , pp. 28-32.

Pheng , Cheah　2008, “What is a World? On World Literature as Cosmopolitanism,” *Daedalus 137.3*, pp. 26-38.

Pizer, John D.　2015, “Planetary Poetics: World Literature, Goethe, Novalis, and Yoko Tawada's Translational Writing,” in Amy J. Elias and Christian Moraru eds. *The Planetary Turn: Relationality and Geoaesthetics in the Twenty-First Century*. Evanston: Northwestern University Press, pp. 3-24. 2006, *The Idea of World Literature: History and Pedagogical Practice*. Baton Rouge: LSU Press.

Rapongan, Syman　2015, “Father and Son Build a Boat to Travel Kuroshio Current,” trans. Cheryl Robbins., in Chen Fang-ming ed. *The Anthology of Taiwan Indigenous Literature: Short Stories, Part I.*

Taipei: Council of Indigenous Peoples, pp. 118-145. 2014, "The Stingray," trans. Tang May Li-ming, *The Taipei Chinese PEN 174*, p. 82-89. 2006, *Smitten with the Ruthless Sea*, trans. Eric Hsu. Taipei: Taiwan Culture Innovation.

Rapongan, Syman [Rapongan, Syaman 2005, "A Father and Son's Boat for the Black Current," trans. Terrence Russell, *Taiwan Literature: English Translation Series 17*, pp. 69-83. 2005, "A Large Stingray," in John Balcom and Yingtsih Balcom eds. *Taiwan's Indigenous Writers: An Anthology of Stories, Essays, and Poems*. New York: Columbia University Press, pp. 139-142. 2005, "Cold Sea, Deep Feeling," trans. Terrence Russell. Taiwan Literature: English Translation Series 17, pp. 15-41.

Russell, Terrence 2005, "Through the Filter Twice: Translating Chinese Language Indigenous Literature," in *Taiwan Literature and English Translation: The Proceedings of the 2005 UCSB Conference in Taiwan Studies. Santa Barbara: Center for Taiwan Studies at UCSB*, pp. 163-167.

Sakinu, Ahronglong 2020, *Hunter School*, trans. Darrly Sterk. Wilmslow: Honford Star.

Shih, Shu-mei 2015, "Is Feminism Translatable," in Shu-mei Shih and Ping-hui Liao eds. *Comparatizing Taiwan. London: Routledge*, pp. 169-189.

Spivak, Gayatri Chakravorty 2000, "Translation as Culture," *Parallax 6.1*, pp. 13-24. 2013, *An Aesthetic Education in the Era of Globalization*. Cambridge: Harvard University Press. 2003, Death of a Discipline. New York: New York Press.

Steiner, Ann 2012, “World Literature and the Book Market,” in Theo D'haen, David Damrosch, Djelal Kadir eds. *The Routledge Companion to World Literature*. London: Routledge, pp. 316-234.

Tamapima, Topas 2015, “The Last Day of a Sorceress,” trans. C.J. Anderson-Wu, in Chen Fangming ed. *The Anthology of Taiwan Indigenous Literature: Short Stories, Part I*. Taipei: Council of Indigenous Peoples, pp. 53-63.

Walkowitz, Rebecca L 2015, *Born Translated: The Contemporary Novel in an Age of World Literature*. New York: Columbia University Press.

Venuti, Lawrence “Hijacking Translation: How Comp Lit Continues to Suppress. Translated Texts 2016,” boundary 2 43.2 (2016), pp. 179-186. 2013, *Translation Changes Everything: Theory and Practice. London: Routledge*

黃心雅

〈跨太平洋原住民的生態想像——夏曼・藍波安與太平洋原住民文學〉

現為國立中山大學外文系特聘教授。美國伊利諾大學比較文學博士。曾任中華民國科技部科教發展及國際合作司司長、中山大學文學院院長、中山大學教務長、學務長，以及中華民國英美文學學會理事長，Journal of Transnational American Studies （University of California, E-Scholarship）、Routledge Research in Transnational Indigenous Perspectives （Routledge, Taylor & Francis Group, New York）、Bloomsbury "Literatures as World Literature" Series （London）編輯顧問、Humanities for the Environment (hfe) Asia Pacific Observatory 召集人。研究涵蓋跨國主義、美國少數族裔文學、全球原住民文學、人類世與環境人文等相關議題。

本文出處：二〇二二年六月，《離散・記憶・復振：跨太平洋原住民書寫與實踐》，臺北：書林出版。

跨太平洋原住民的生態想像

——夏曼．藍波安與太平洋原住民文學

一、前言

全世界有四分之一的主權國家領土由島嶼或群島所構成，近年來，太平洋地區因島嶼主權問題導致戰爭增加，氣候變遷所產生的責任、債務與償還（debt and reparation）問題不斷，珊瑚礁漂白、物種滅絕與林地消失等情況，凸顯島嶼生態在世界環境危機議題的重要性。地理學家暨環境歷史學者莫爾（Jason W. Moore）著眼於資本主義世界經濟與世界生態系統的辯證統合（dialectical unity）：「資本主義世界經濟就是世界生態」（capitalism as world-ecology），世界經濟與生態存在著緊密的關係；世界經濟與世界生態互為形塑。倪克森（Rob Nixon）與德勞瑞（Elizabeth M. DeLoughrey）等人則提及島嶼生態美學的重要性，和島嶼潮汐相依的社群，對環境變遷能以各種不同的創意形式予以回應，生態美學足以提升區域與國家對環境危機的反省力（Nixon 二〇一一年；DeLoughrey 二〇〇七年、二〇一一年；Finley 二〇一一年；Araeen 二〇〇九年）。威爾

森（Rob Wilson）則以「星球即海洋」（planet as ocean）觀點出發，說明太平洋海域成為人類處置汙染性核廢料等廢棄物的場域，軍事、經濟與科技發展是太平洋沉重的負荷，然而，海洋是星球的一部分，為宇宙支撐生命與生態的必要元素，他提到：「如果人類選擇開啟互屬與守護的想像，海洋足以成為我們維持生態永續的方法」。威爾森引述笛龍（Ed DeLong）認為占據我們百分之九十生物圈的海洋形塑了一個共享流動的星球之觀點，「海洋召喚廣闊的星球意識，是生物的起源、生存的方法、比擬的對象與生物的終點。」；「鯨魚、海豚、珊瑚礁與海洋微生物召喚共存共享的世界觀」，跨越不同物種、血緣、族裔、地域（Wilson，頁二六二；Helmreich，頁三、九）。

本章透過島嶼及海洋景觀的主動參與，造就時間與空間的認知，以島嶼生態美學與太平洋原住民族群記憶帶領航海方向，隨處充滿立基於傳統知識、跨越畛域的文化想像，由航海原初知識修正當代跨國主義及資本主義全球化論述的偏執，如同實現一段未被「西方文明」軌跡定調的航程，島嶼生態成為殖民與國家劃界的反敘事，是對歐美陸地思維文化的基進反動。這種立基於島嶼生態的論述，重新定義了陸地與海島的關係，加勒比海文評家格立森（Édouard Glissant）指陳「島嶼並非孤立的模式」，亦非「空間自閉的神經質」（spatial neurosis），「每座島嶼都充滿開放的可能」（qtd. Glover 1）。太平洋東加作家浩鷗法（Epeli Hau'ofa）在《我們是海》（We Are the Ocean）書中，以同樣基進的態度看待島嶼的位置，大洋洲是「群島的海洋」（a sea of islands），崩解殖民主義的劃界，也解構陸地觀看「遠洋中散落孤島」（islands in a far sea）的思維，轉化海洋之「無人之境」為「多物種共生連續」（multispecies connectivities）的繁複綺麗的世界。

本章由太平洋島嶼生態美學與航海知識著手，建構太平洋的跨原住民性做為方法（trans-Indigeneity as method），並以東加作家浩鷗法、紐西蘭毛利族作家伊希麥拉（Witi Ihimaera）、毛利族詩人蘇利文（Robert Sullivan）、北美原住民作家荷根（Linda Hogan），以及臺灣蘭嶼達悟族作家夏曼．藍波安等人的作品為例，建構海洋原住民跨越國家主義之「關係詩學」（poetics of relevance），共分三部分：(1)太平洋海洋原住民主權；以太平洋島民航海知識與實踐，形塑「太平洋原住民主權」論述，對抗殖民帝國之海洋劃界。(2)多物種共生連續；以生態環境帶領航海方向，太平洋航海原住民的生態主體，隨生態環境／存在結合，取代語言中心主義及語言結構之權力運作，是為理解太平洋（跨）原住民生態想像的重要取徑。(3)全球情感聯繫；由星球想像，建立跨太平洋相互依存的親密關係，以星球生態環境為依歸，反向拆解國家主義的侷限，再現跨太平洋生氣勃發的原住民共同體。

本章最後以想像跨原住民文化實踐的可能作結，形塑「中心－中心－中心」及「原住民－原住民－原住民」想像連續／共同體，提供巡航太平洋跨原住民文化想像的「根的路徑」，是一個身體與文化皆不被島嶼空間／疆界所限制的主體概念，身分認同在島嶼關係中生產，隨生態環境／存在結合。

二、太平洋海洋原住民主權

海洋文化豐富與遼闊，消融專橫霸權的國家疆界，也孕育了太平洋原住民作家的生態書寫，星辰、風向、海潮、島嶼都是作家航海的參照座標。原住民研究學者迪亞茲（Vicente Diaz），本身是關島查莫洛（Chamorro）原住民，多年來關注跨國文化與太平洋原住民議題，二〇〇一年為專刊《當代太平洋》（The Contemporary Pacific）之客座編輯，由「太平洋原住民文化研究」、「邊緣發聲」（Native Pacific Cultural Studies on the Edge），即至論文〈移動的主權島嶼〉（Moving Islands of Sovereignty）裡，提出「太平洋原住民主權」論述，迪亞茲認為太平洋海洋原住民的航海文化實踐，在來自歐美大陸帝國主義近半世紀的殖民後，仍屹立不搖、代代相傳，是太平洋原住民串連結盟的契據，成為原初知識（original knowledge）的日常生活實踐，其意義有二：⑴以航海知識和航海實踐結盟，重新尋回為殖民主義斷裂的太平洋原住民主體文化主權。⑵以原住民跨越殖民劃界的海洋論述，對抗以「民族－國家」主權為基礎的殖民政治。

迪亞茲的「太平洋原住民文化研究」由二〇〇一年的「邊緣發聲」至二〇一〇年的「原住民主權」論述，呼應了美國原住民研究由一九八九年克魯帕特（Arnold Krupat）的「邊緣聲音」對抗政治以至二十一世紀形塑「中心－中心」對話的必然學術轉向。迪亞茲認為太平洋原住民航海技能代代相傳，例如，加羅林群島（Caroline Islands）稱為「伊塔克」（etak），即是「移動島嶼」（moving island）的航行定位知識，與西方世界的導航模式不同，成為太平洋島嶼超越國族主義及區域架構限制，由地理形構太平洋共同的文化，在殖民帝國到達太平洋前，島民先祖以代代相傳的航海知識與技藝，在眾多島嶼間往來交流，以此形塑跨太平洋原住民主權。

簡要而言，「移動島嶼」的航行定位是計算航行距離或是航行所在位置的技術，藉由第三島做為參考座標，結合對天體的觀察，使用三角法量測出發點與目的地間的距離。對太平洋／南島民族來說，這樣的海域空間想像是地圖，也是無聲的時鐘，將時間與空間概念化，以定出航行者所在的位置。

在歐洲人開始大航海時代的千年前，太平洋／南島民族依靠這項技術，航行四分之三個南半球，海洋民族散播廣大海域。「移動島嶼」所代表的是完全不同於西方的製圖觀念：自我不是經度與緯度的交叉點，不是一個絕對的社會與自然空間，航行者在獨木舟上向目的島嶼的星座所在位置方向移動，當做為起點的島嶼消失在視線，他開始注意第三島如何向另一個星座移動，獨木舟被視為在星空下靜止不動的定點，而島嶼群則在巡航過程中不斷地掠過，故有「移動島嶼」的概念。

島嶼移動是一種感知的操作，不以航海圖中之俯視角度來壓縮和固定空間，而島嶼和宇宙朝向航行者而來。這個「移動島嶼」的概念為原住民及當代跨國文化研究的交會提供一種創新的研究取徑，全然不同於西方地理模式，以無人之境和無人之水合理化疆域的擴張，「移動島嶼」相互連結的概念，強調在太平洋另類／原住民巡航模式當中，認知空間和時間需要島嶼、海洋與天體景觀的主動參與，是為太平洋海洋原住民生態主權的重要利基[1]。

「移動島嶼」的概念，在毛利族作家蘇利文詩集《星舟》（Star Waka）的第五十三首詩裡，發揮得淋漓盡致。《星舟》是史詩預言之作，共二〇〇一詩行牽引人類歷史走向第二個千禧年，一百首詩品以羅馬數字、阿拉伯數字及 waka[2] 編碼：羅馬數字碼詩共三十四首、阿拉伯數字碼詩共十九首、waka 詩共四十七首（其中兩首穿插在羅馬數碼詩群裡）。在一百首詩外，前有詩人〈前註〉（Note）和〈祝禱序曲〉（He karakia timatanga），詩集封底有〈揚帆〉詩領航出發；〈祝禱序曲〉共三十二行，包含在二〇〇一行中，〈揚帆〉詩共十四行，不在二〇〇一行中，是千禧年外的溢出和延伸。由羅馬數字至阿拉伯數字，最後到 waka 編碼，預言人類歷史由羅馬文明至歐美文明，迎向太平洋海洋世紀的來臨，而舟子（waka）詩介入羅馬詩序，又讓直線前進的軌跡循環回到起點，形成整全的圓滿。

〈詩五九〉是整部詩集的高潮，是數字編碼詩的最後，也是引入 waka 詩的開端。全詩共十行，計十四字：「島嶼／島嶼／無人／島嶼／島嶼／鯨魚／島嶼／島嶼／羅伯特／雕刻形塑熱愛漂浮的木舟（totara）」（頁五八），以島嶼意象組織全詩，島嶼的詩行上下接合，形成圈狀的島嶼形象，散落海域，形成三座汪洋中的島嶼。以三為多，再現浩鷗法「我們群島的海洋」（Our seas of islands）的太平洋視野。原住民研究學者艾倫（Chadwick Allen）認為三座島嶼可以分別指紐西蘭的三大島嶼：南島、北島、斯圖爾特島（Stewart Island），也可指涉玻里尼西亞的群島金三角：夏威夷群島、復活島以及紐西蘭（Trans-Indigenous，頁二三九），然而，艾倫忽略了太平洋島嶼的獨特性，這三座島嶼實也暗示了太平洋原住民古老的航海技術，即是迪亞茲所說的「移動島嶼」的概念，以三座島嶼對照星空天體做為航行羅盤，配搭對海浪高度和形狀和潮汐方向的觀察，形塑太平洋原住民傳統的航海史詩與美學：「星球，如同你我所知，不僅是我們的

1 參見迪亞茲論文“Moving Islands of Sovereignty”。「移動島嶼」傳統航海知識已成為聯合國教科文組織原住民教育與公民科學重要項目，屬「復振原住民知識與知識傳播」（Indigenous Knowledge and Knowledge Transmission）之「獨木舟是人民：太平洋原住民航海知識」（The Canoe Is the People: Indigenous Navigation in the Pacific）的關鍵科學與技藝，近年來已形成名為「祖先航海知識」（AVK：Ancestral Voyaging Knowledge）之跨太平洋區域結盟，涵蓋海洋原住民祖先航海知識、海洋、島嶼民族、生態多樣性、氣候等議題。詳見聯合國教科文組織「在地與原住民知識系統」（LINKS：Local and Indigenous Knowledge System）相關網頁：“Indigenous Knowledge and Knowledge Transmission,” UNESCO, https://en.unesco.org/links/transmission/canoe。

2 waka：毛利語，「舟子」、「獨木舟」之意。

母親，而且是所有生命的母親，／穿越寰宇」；「航海人的指南針／星辰的羅盤／海風的羅盤／太陽的羅盤／海潮的羅盤／大海的想望」（Sullivan, Star Waka，頁六四）。

蘇利文《星舟》中每首詩裡都涵納了星辰、舟子或海洋意旨，詩集如同承載文化的舟子。詩人又說「每首詩都是海錨」（sea anchor），掌控航海的方向，詩詞如同海人的視野和海浪的節奏，遵循自然的法則，依星辰的軌跡、雲彩的樣貌和潮汐的規律開展。詩集的〈祝禱序曲〉共有三十二行，兩行為一小節，總計十六個小節，記載了毛利人從玻里尼西亞的家鄉夏威夷群島（Hawaiiki）一路航行，尋找靠岸的港灣，在紐西蘭抵岸，雙語並陳（英文與毛利語交疊），「吟詠的旋律／划啊划！划啊划！／暴風雨／划啊划！划啊划！／千年以來／划啊划！划啊划！／故事的船艦母親／划啊划！划啊划！」之中重複的音節是毛利語的「hoea hoea ra」，「hoea」是划槳航行的意思，可直譯為「划啊划！划啊划！」。「吟唱旋律／暴風雨／千年／故事的母艦／〔……〕／星辰和舟子，給你們的祝禱」，如同遠古部族的儀式，以創世紀的傳說開啟歷史的詩篇，記載了千年以前毛利人的祖先，冒著海上的暴風雨，抵達現今紐西蘭，落地成為在地的部族。將故事的生產與航海的經驗緊密相連，序曲的最後將祈禱祝詞獻給星辰與舟子，獻給兩者的組合，就此展開了航海的詩篇，「划啊划！」定義了「航海的國度」（paddling nation）。

《星舟》有三首醒目的意象詩[3]，除了前述〈詩五九〉外，〈waka 二九〉穿插在羅馬數字詩群裡，是第一首意象詩，共有三行，第一行與第三行連接成為澎湃的海浪，第二行以對角的直線，由左下角往右上角移動，第二行「舟子在波濤洶湧中上下顛簸」（waka pitches），字體放大，如同一艘獨木舟在驚濤駭浪裡乘風破浪而行，再現毛利祖先在紐西蘭抵岸的開創之旅，第三行以玻里尼西亞古老的神話人物「uenuku」，是幻化為彩虹的神，蘊涵了海上的風雨、露珠、浪花、迷霧和雷電所形成的耀眼彩虹，第一行開頭的第一個字「taniwha」，是毛利語「海精靈」的意思，又是海浪的隱喻——「海精靈沖刷著船的兩側」，海面在浪花的高處，而彩虹則在海平面的下方，如同天地倒置，風浪之驚險重現了毛利祖先乘風破浪而來的英勇：先祖「由夏威夷群島啟航／明白回航即是死亡」，舟子在海上顛簸而行，「行舟摘星」（waka reaches for stars，頁七），詩

3 艾倫在《跨原住民：跨國原住民文學研究方法論》的最後一章對三首意象詩有精闢的文本分析，遺憾的是他以美國原住民「土方工程」（earthworks）做為類比，忽略了海洋文化的殊異性。參閱頁二二七－二四二。

行以粗體字並加大呈現，暗示了毛利祖先的船行穩健而堅定，成為玻里尼西亞的過往與毛利的未來的共同聯繫（Allen, Trans-Indigenous，頁二三二）。艾倫在他的《跨原住民性》（*Trans-Indigenous: Methodologies for Global Native Literary Studies*）書中，對詩人的意象詩有精彩的分析，引述毛利神話與傳說的百科全書，也觸及《聖經》創世紀諾亞方舟的典故，但艾倫未觸及太平洋航海原住民族利用島嶼和星辰領航的重要性。詩行中，形成的浪花曲線，同時也是太平洋原住民航海人以觀測星辰和獨木舟的相對位置，繪製航行的心海地圖，如同現代的羅盤一般，導引航海的方向，與南島達悟祖先的航海科技有異曲同工之妙。這首名為〈waka 二九〉的小詩，是唯一一首穿插在羅馬數字編碼詩群裡的詩，如果全詩是一首毛利人的史詩，〈waka 二九〉指涉了毛利祖先航海尋覓安身立命的家園，媲美羅馬文明荷馬史詩的壯烈。

「waka」對航海的毛利族人的重要性不言可喻，〈詩十七〉首先定義「waka」的涵義，「waka」是「獨木舟」的意思，但太平洋島民祖先以「waka」承載如同十八世紀歐洲冒險家船艦的使命，巡航開闢海洋文化的交流融通，「舟船代表祖先／形名皆是。／今日召喚他們的名字／緊繫毛利族人」（Sullivan, Star Waka，頁十），歷史代代相傳，在「回顧與前瞻」間，綿延系譜。毛利祖先的舟船「大如十八世紀探險家的／歐洲船舶／

舟從我們的潛意識冒現，／是來自玻里尼西亞的深層結構／歷史在現代世界的重新回返——舟子是復興的載具」（同上，頁六）。「舟船日日夜夜，周而復始」（Waka Light Dark Shift，頁五六），從海上迷霧間觀看，猶如「一葉扁舟」（Leaf Ocean Ocean Mist，頁五六），但「俯仰天地間」（Uenuku Bird Flight）。前述三行詩句排列為上下兩道弧線，中間一道平行，以意象「行舟天穹與海弧間」，是詩集裡三首意象詩之一。太平洋舟船在島嶼間往返，聯繫整體海域的海島和島民，祖先的世界是一個廣大海域，一個不受近代殖民強權設下的疆界阻礙、人類和其文化與物品遷移交融的廣闊世界。從一個海島到另一個海島，島民航行、貿易和婚嫁，也擴展了可供財富流動的社會網絡（Hau'ofa，頁三三）。遷徙是島民的本性與內在深沉的渴望，海洋提供水道，連結鄰近海島彼此相融，文化透過海水與 waka 的流動傳播。數千年來，海洋的島民在故鄉周圍移動、遷徙，因為「在他們的血液中有移徙的因子」。東加作家浩鷗法說：「大洋洲就是我們。我們是海，我們是大洋。」蘇利文則有相同的想法：「我僅有舟子，漂浮於星空之下，／夜夜日日，隨浪而行，／航海人並非以海鳥或魚維持生命，／而是靠著回憶——有些與／書寫的紀錄矛盾」。西方殖民書寫將太平洋劃界設限，稱島嶼為「遠洋的孤島」，但太平洋原住民的眼，「在千百年前隨著星空閃爍的生命光芒，／串起我們的智慧／從那兩千年來的航海任務中——抵岸」；「在我們的細胞中蘊藏著舟子的線索，／舟子儀式的線索、／航海方式的線索／星星、潮汐與海風的知識」。蘇利文演繹海洋原住民的身體，再現隱藏的過去和壓抑的記憶，召喚細胞基因做為連結部落知識的場域，和祖先親密相連，美國原住民作家莫馬戴著名「血脈記憶」（blood in the memory）的故事連結美洲內陸的地景，蘇利文的基因符碼則召喚星舟遷徙抵岸的記憶，海水親密相連的情感，遂藉由培養身體的技藝／航海的技術持續加強，身體以傳統方式和自然接觸，「享受」（savor）海洋的渴望，「拯救」（save）海洋記憶的失落。

海洋文化的豐富與遼闊，消融殖民霸權的國家疆界，孕育了蘇利文的星辰、舟子與海洋的詩篇。蘭嶼達悟作家夏曼·藍波安同樣依據星辰、風向、海潮與島嶼做為航海的參照座標：

在冬天才看得到的星 Mina-Mahabteng（雙魚座），Mahabteng 你們知道，那是你們經常釣到的在礁岸海溝棲息的魚。這個星是我們的祖先，在很久以前和 Ivatan（巴丹島人）人做生意返航時的座標。他永遠不會改變位置，就在我們部落正北的山頂上（《黑色的翅膀》，頁一八三）。

海洋如同星空，星空如同海洋，自亙古久遠的混沌起，即是海洋族群移動的世界，也孕育海洋民族神話故事的起源。星舟縱橫四海，串起太平洋／大洋洲島嶼民族的共同想望：

「世界地圖是什麼意思，一個島接一個島在大洋洲，他們皆有共同的理想，便是漂泊在海上，在自己的海面，在其他小島的海面，去追逐內心裡難以言表的對於海的情感。也許是從祖先傳下來的話。」達悟就是吃飛魚長大的不變的真理，飛魚是生存在海裡，千年來此不移的情感，在生出來的那一刻即孕育的了（《黑色的翅膀》，頁一六四）。

夏曼・藍波安的海洋書寫與蘇利文《星舟》的參照並讀，強調海洋知識與技能的實踐，充滿對陸地思維的反動與批判，社會學家布赫迪厄（Pierre Bourdieu）所謂「實踐的邏輯」（a logic of practice），著重身體技藝與實踐，對抗西方智識邏輯的暴力，以先民航海知識與實踐，形塑解殖民之跨太平洋原住民主體與主權。

三、多物種共生連續

《星舟》〈詩五九〉之高潮在游行於島嶼間的第三行「no man」，如艾倫所言，「no man」令人聯想到西方經典文本荷馬（Homer）史詩《奧德賽》（Odysseus），面對獨眼巨人（Cyclopes）說出：「我是無名小卒」（I am Nobody）；或者，英國詩人唐（John Donne）經常被引述的詩句：「沒有人是座島嶼，全然獨立」（No man is an island, entire of itself）（Allen, Trans-Indigenous，頁二三八）。然而，艾倫之論未見太平洋島嶼詩人海洋生態的關懷，「no man」也是「非人」多元繁複的海洋生態世界，是太平洋原住民多物種共生共存的生態世界，是一種全然去人類中心的視野，所以「無人／非人」事實上是主體移向大海、島嶼、舟子以及海中多物種的繁複世界，移出「人」的自我之外，觀照「非人」（no man / non-human）的海洋生態[4]，「海洋血脈」，如蘇利文的「血液中的海洋」（the ocean in the blood），抑或浩鷗法的「我們身體裡的海洋」（the ocean in us），或夏曼・藍波安的「我體內的血液就是海洋」，所指涉的正是一個海洋原住民與非人生態組合整全的家族系譜，也是毛利語「系譜」（whakapapa）的真實涵義。

因此，在第二個島嶼的側邊即見「鯨」（whale），鯨為海洋哺乳動物，折衡人與非人的生物機能，是伯妮特（Jane Bennett）所稱「活性物質」（vibrant matter）的中介生命[5]，牽動寰宇生態的中樞機能，回應毛利族傳說中航海英雄沛起亞（Pekea）乘鯨來到紐西蘭島的傳說，是為毛利人的始祖，著名的小說改編電影《鯨騎士》（The Whale Rider）就是重新詮釋這段傳說的精彩作品[6]，鯨豚身體承載太平洋族人的民族記憶，是連結父祖傳承的文化載體，與潮間的浮游生物形成綺麗的海洋生態空間，是多元物種繁複的社群，超越人類歷史可記（measured）的時間，延展為宇宙生態萬物的演化時間。

有趣的是，鯨的毛利語「tohora」，也是一座小島的名稱，「Tohoramotu」是鯨魚島，位於紐西蘭「繁多灣」（Bay of Plenty）裡，是來自大洋洲玻里尼西亞的毛利始祖到紐西蘭上岸的地方（Trans-Indigenous，頁一三八），詩人史筆春秋奠定太平洋海洋民族

---

4 艾倫在《跨原住民：跨國原住民文學研究方法論》的最後一章對三首意象詩有精闢的文本分析，遺憾的是他以美國原住民「土方工程」（earthworks）做為類比，忽略了海洋文化的殊異性。參閱頁二二七－二四二。

5 參見Jane Bennett, *Vibrant Matter: A Political Ecology of Things* (Duke UP, 2010)。

6 鯨豚在太平洋原住民傳統的文化意義，參見Hsinya Huang, "Toward Trans-Pacific Ecopoetics: Three Indigenous Texts," *Special Issue on Eco-criticism, Comparative Literature Studies 50.11* (2013: 120-47.)

宇宙觀的基底，但艾倫顯然忽略了詩中詩人羅伯特（Robert）駕舟尋航島嶼間穿梭，傳遞大洋洲海洋的詩學，蘊涵島嶼和島嶼之間緊密的生態關係，以及毛利祖先遠古傳承下來的航海科技與智慧。航海人觀察海潮的流向、海風的方向、生態的物種、島嶼的距離、星辰的對應，決定航行的距離和目標，島與島之間，有豐富的物種做為聯繫，羅伯特是詩人的名字，他的獨木舟稱為「星舟」，與星辰運行緊密相連，是串連島嶼、生態與天體的媒介，從「移動島嶼」古老的航海技術來看，「星舟」也是一座島嶼／中心，而航行參照的島嶼，則是一艘移動的舟子，海洋景觀主動參與，人與非人緊密聯繫，以及島嶼、星辰與舟子互為主體的概念，是太平洋原住民以海洋為中心、迥異於美洲大陸原住民的文化傳承。最後兩行，「詩人 Robert 雕琢、形塑、熱愛島上原生造舟的樹木 totara」，「totara」既是紐西蘭土生土長的樹木，也有舟子的意思，詩人在舟子的上方，用原生樹種雕琢舟子，既是航行太平洋的的獨木舟，同時也意喻「以文字為舟」，傳承毛利先祖的文化。

臺灣蘭嶼達悟作家夏曼．藍波安在《冷海情深》〈黑潮の親子舟〉同樣記載由父親傳承的造船智慧：「這棵樹是 Apnorwa，那棵是 Isis，那棵是 Pangohen……，這些都是造船的材料。這棵 Apnorwa 已經等你十多年了，是拼在船身兩邊中間的上等材質，這種木材是最慢腐爛的。這棵是Cyayi，就是今天我們要砍的船骨。」在二〇一二年出版的《天空的眼睛》中，夏曼．藍波安說：「每艘木船是由二十一棵樹削成流線型的木板而組合的，每棵樹至少有三十年的樹齡，如此之木船只使用一個斧頭製作而成，即使是他人的木船被破壞，也像是自己的肌膚被刀傷的感觸」（《天空的眼睛》，頁三四－三五）。在《海浪的記憶》之〈樹靈與耆老〉一篇，達悟老人兄弟的對話被轉譯為樹靈間的對話，樹就像人一樣有靈魂，凡有靈魂者就是有生命的，自然和部落、老人和樹木、客體和主體接續，山海形同日常生活的履踐，經驗知識是源自於自然界，船裡的每一片木板就像「上帝」一樣神聖，如同是自己的骨肉，上山來探望樹靈時，要很虔誠地說：「我是你靈魂的朋友，特別來看你」。樹靈與耆老的對話平臺立基於達悟族人的生態宇宙觀，達悟即是「海洋之子」之意，人需要樹木造船、捕魚，在大海中人與船是一體的，尊敬樹是這些住在小島上的人應有的習俗。耆老們的一生就像平靜的汪洋大海一樣，在一般人透視不到的海底世界，實踐他們敬畏自然界神靈的信仰，又從自然界的物種體認到尊重自己生命的真諦。夏曼．藍波安的語言，似乎也詮釋了羅伯特「熱愛島上原生造舟的樹木totara」的原由。

蘭嶼的達悟族是南島文化的起源，太平洋文明的主脈之一，達悟文明則維繫於「拼板舟」，伐木、造舟是達悟男人生命中重要的儀典，船的每一片木板就像「上帝」一樣神聖，如同是自己的骨肉[7]，上山來探望樹靈時，要很虔誠地說：「我是你靈魂的朋友，特別來看你」。樹靈與耆老的對話平臺立基於達悟族人的生態宇宙觀，達悟即是「海洋之子」之意，人需要樹木造船、捕魚，在大海中人與船是一體的，尊敬樹，是這些住在小島上的人應有的習俗。拼板舟以二十一塊木料拼裝而成，樹材不同，因而保存了島嶼樹種的多樣性，如同達悟傳統裡，男人、女人、老人各有應食的魚種，保存了海洋資源的多元物種。達悟耆老們的一生就像平靜的汪洋大海一樣，在一般人透視不到的海底世界，實踐他們敬畏自然界神靈的信仰，又從自然界的物種體認到尊重自己生命的真諦，船板破損得不能出海後，耆老就會選擇死亡的時間，「我的耳朵經常聽到他們說這樣的話：『我在選擇我的死亡季節。』什麼樣的季節、什麼樣的氣候、日子、時辰死亡」（頁二二六）；耆老與船板生命一體，回歸樹靈，「我山裡的樹就送給你造船」（頁二二六）。

達悟人拼板舟的儀典涵納天空與海洋為一體。達悟語 Mata no angit 或直譯成漢語即為「天空的眼睛」或「宇宙的眼睛」，航海人對照星辰、風向、海潮和第三島嶼（小蘭嶼）暗影，在海上用歌謠告訴族人，他們離回航的家還有多遠，南下的星星稱

sasadangen，也稱 masen（天蠍星），北航的星星是 mina mahabteng（北極星），海上的自我不是經度與緯度的交叉點，島嶼、星辰與海洋景觀具有主動參與的能動性，形塑了達悟男人的海洋。

夏曼．藍波安在《天空的眼睛》說：「沒有海洋，你就沒有魚，你也沒有智慧」（頁二九）。海人專注學習洋流的與月亮、潮汐與魚類浮游生物的臍帶關係，而海中的大魚就被稱為 Manilacilat，意為「一閃一閃的魚」，就是達悟人現在稱的 Cilat，Cilat（浪人鰺）映照「一閃一閃的」星辰，意即「天空的眼睛」：「龐大的身軀『又』被月光照射，如巨大的鱗片放射一閃一閃的螢光」。天空海洋連成一體，在《天空的眼睛》代序〈在冬季的海上我一個人旅行〉中，達悟族人在天空裡都有其中一顆「眼睛」：「是我的天眼，在沒有死亡之前，它會一直照明著我走的路，我生命的力氣大的話，或者努力奮鬥，努力抓魚的話，屬於我的天空的眼睛將會非常地明亮。」在飛魚汛期（二月至六月）的五月天學習海洋的課程，俯仰之間，天空海洋交融為一體，成為航海的參考座標。《天空的眼

7　出自夏曼．藍波安，〈樹靈與耆老〉，《海浪的記憶》（臺北：聯合文學，二〇〇二），頁二二〇。

睛》代序以作者孩提時的夢境，進入Amumubu（鯨豚）的體內，同遊大海的浩瀚：

> 我那一天的夢十分地奇特——在深夜的潮間帶，我聽到有人在叫我的名字，說：
> 「切克瓦格要不要去海上旅行，看看水世界的綺麗啊？」
> 「你是誰？」「我是Amumubu（鯨豚）」。
> 「你為何找我？」「嗯……想帶你看很大的世界」。
> 「你怎麼知道我的名字？」「你的曾祖父跟我說的」。

鯨豚身體承載著達悟族人的民族記憶，是連結父祖傳承的文化載體，與潮間的浮游生物形成綺麗的海洋生態空間，是多元物種繁複的社群，超越人類歷史可記(measured)的時間，延展為宇宙生態萬物的演化時間，跟鯨豚遨遊大海，體認「哇！海洋真的很大，沒有源頭也沒有終點」。夏曼・藍波安具現海洋的「多物種社群」(multi-species communities)，飛魚季裡，掠食大魚在飛魚魚群群聚的水下尾隨浮游，鯨豚一一唱誦大魚名字：「那些是鮪魚、黃鰭鮪魚、浪人鰺、梭魚、鬼頭刀魚、丁挽魚、旗魚等等」。

迪亞茲〈移動的主權島嶼〉論及太平洋島嶼原住民航海的另一項傳統知識，稱之為

「蒲客夫」(pookof)的「生物定位系統」,以生態環境帶領航海方向;「蒲客夫」是特定島嶼上的特有種生物知識體系,包含各種生物的行為模式與習慣。太平洋/南島民族藉由生物知識判斷他們所處的海域位置,甚至可以根據生物遷徙的範圍放大或縮小島嶼,其他判斷島嶼的方式還包括其上空獨有的雲之形狀、洋流與海浪的特徵以及星座群等,航海者甚至可以經由嗅覺判斷所處的海域位置。太平洋航海原住民的生態主體,隨生態環境/存在結合,取代語言中心主義及語言結構之權力運作,是為理解太平洋(跨)原住民生態想像的重要取徑。

生態研究學者羅絲(Deborah Bird Rose)提出人類與多物種共同體與地域連接的概念,與太平洋島民的海洋生態知識有異曲同工之妙。在西方現代性知識系統中非人物種曾被歸類於自然生命或裸命(zoe, bare life),即隨時會被剝奪消滅的生命,書寫多物種社群即在為自然生命列傳,成為有政治生命的物種(bio),與人類形成共生關係,兼具創造性與能動力。在《物種相遇》(When Species Meet)書中,哈洛威(Donna Haraway)寫道,「假如我們領會人類優越主義的愚昧,我們即知『生成』(becoming)總是『生成與共』(becoming with)的——『世界的生成』總在緊要關頭的接觸場域中萌生」(When Species Meet,頁二四四)。跨物種化成的想法又與德勒茲和瓜達希的「根莖」

（rhizome）理論若合符節，自然與文化、非人與人類的界線模糊或消失，多物種相遇而產生共同生態的多物種族群。在《異質海洋》（Alien Ocean）書中，賀姆立克（Stefan Helmreich）想像海洋（浮游）生命與人類生命關係互相滲透，說明我們正見證人性也參雜了其他物種的種性，物種的垂直／高低位階關係因而崩解，人類仰賴海洋生物、大魚仰賴小魚、小魚仰賴浮游生物而存活。

夏曼．藍波安在《天空的眼睛》的正式開端，即將敘述分為兩線，人與魚的敘事相互滲透。小說雖以一位歷經風霜的老海人為主軸，寫他島上的部落生活、與孫子的相處，以及面對遠到臺灣工作的女兒死訊，然而，在生動的人文寫照之中／之外，另有一場海洋生命的生存故事，以「浪人鰺」做為第一人稱的敘事者：「此時我的身長已超越一百六十多公分，體重約莫七十多公斤，我這種體型的浪人鰺，他們又稱 Arilis，他們的祖先說是超越他們想像的浪人鰺巨魚。達悟人在二月到六月的飛魚季節獵到我這種魚，是他們最為興奮、最驕傲的漁獲」。海人的故事是現實的面向，而浪人鰺的敘事則是超越人類歷史的神話緣起，傳遞詩人一再強調的「原初知識」。

浪人鰺由創世說起。天神在海洋開了一道路稱之「洋流」，是飛魚族群旅行的路線，當時「人與魚」同時生病，幾乎危及到族群、令之滅絕的地步，天神於是請託飛魚群的頭領「黑翅飛魚神」（Mavaheng so Panid），托夢給達悟人始祖先知，令族人學習捕魚、分類食物與長養生命的方法，因此人類能存活下來。魚類與人類同樣賴海洋為生，黑潮帶來浮游生物，成為人魚共生起源：「黑潮湧升流的海域，海底海溝寬窄深淺不一，這兒是黑潮南端往西流經的地方，浮游生物多元又豐富，我用腮吸吮浮游粒子來補充養分」。人魚交融，魚是人的祖先，又長養人類的生命，是人類知識的起源，人類的故事由魚的口中／視角述說，達悟人又依據揣摩浪人鯵肋骨弧型製作拼板船首尾切浪的「Panowang」——「Panowang 具有切浪的功能與視覺原初的美感」（頁八）。老海人的故事同時由老浪人鯵的口中說出，反向拆解人類中心主義，由魚做為主體的視角，觀看老海人在海洋風浪中與大魚搏鬥的尊榮，評述成熟的達悟男人「最深層的底牌，謙虛的本質，就是憑藉獵到的大魚、飛魚，或其他珊瑚礁魚，海洋是達悟男人共同獵魚的田園」，成就夏曼所謂「自然人」才有的尊榮，才能參與的與大海生物物種共生的「野性的壯闊奇景」：

上萬尾的飛魚從海裡浮衝飛躍，許多的漁夫吶喊著，哇！哇！說是遲，也不算遲，更多的飛魚自動躍進我的船身內，哇！哇！我的身體也被三、四十尾的飛魚撞擊，顯然那位患有幻想症的小子沒有對我說謊。哇！這是掠食大魚在剛入夜之際進行獵殺進食的儀式，這是驚恐的魚群井然的飛奔，也是稍縱即逝的浪雲被我的首航遇見。哇！我說在心裡，是幸運也是讚嘆的心語，千萬尾的飛魚群飛躍海面一次、兩次、三次，之後海洋、飛魚歸於零的寧靜，野性的壯闊奇景只留給繼續運用初始漁撈漁具的自然人。

如此「自然人」視野裡的壯闊奇景，在伊希麥拉的《鯨騎士》中，以騎著鯨魚到紐西蘭的沛起亞創世神話寫起，伊希麥拉的生態詩學以海洋星球為中心：

突然間，海充滿了令人敬畏的歌聲。唱著「你召喚我而我帶著神的禮物到來」。黑色的影子上升再上升，一隻巨大的海中怪物突然出現時，飛魚看到了宏偉巨獸的強大，由海水泡沫的波光閃亮中高高地飛躍而起的鯨魚。看到跨坐在鯨頭上的是個人。騎鯨人看起來很奇妙，水從他兩旁湧出，他張開口換氣。

《鯨騎士》序幕從飛魚的視角觀看，描述人鯨如同伴（共生）之不可分，將非人物種帶入一個島嶼歷史的創世，伊希麥拉書寫人鯨間的密切關聯，像鯨魚般，騎鯨人從海裡冒出頭換氣，如同是《天空的眼睛》的鏡像文本，夏曼．藍波安由鯨與人寫飛魚，伊希麥拉由飛魚寫人與鯨，兩個同樣書寫太平洋海水，生物與島嶼的文本相互呼應。《鯨騎士》故事也同樣分成兩線交融參照的敘述，一個是關於鯨魚及神話，以斜體字呈現鯨魚觀點；另一個是人類和現實社會，包括部落和文化政治。兩個敘事交錯，使海洋世界裡充滿人性，人的世界又滲透有他物種的色彩，成為跨太平洋、跨族群、跨物種的太平洋生物系譜，海洋多物種共生的遼闊意識抹消人類和動物、自然與文化的虛偽界線。

四、全球生態情感

海洋遼闊意識的聯繫，體現了布伊爾(Lawrence Buell)所謂的「全球生態情感」：鄰近和遠處、內部和外部、人和非人藉由星球意識與想像，相互依存、聯繫，反向拆解國家主義的侷限，超越國族，以星球生態環境為依歸，橫跨太平洋甚至星球性的活力，造就生氣勃發的原住民共同體，在太平洋海域以(海)區域力量取代國族觀點，形成了一個共有共享的社群。

在《路徑與根·巡航加勒比海與太平洋島嶼文學》（*Routes and Roots: Navigating Caribbean and Pacific Island Literatures*）書中，德勞瑞（Elizabeth M. Deloughrey）以陸地和島嶼之間的「潮汐辯證」（tidalectics）為立論契據，檢視島嶼作家如何書寫「路徑」與「根」之間複雜的關係，以海洋為歷史，藉由太平洋島嶼巡航文學，將跨海洋想像論述化，成就海洋詩學。德勞瑞的語彙是「潮汐辯證」，借用加勒比海詩人、歷史學家、理論家布拉斯維特（Barbadian Kamau Brathwaite）於一九七四年所提出的理論架構，以海洋潮流在陸地與海洋之間的往復循環、持續不斷地活動之模式，動搖或顛覆國族、族裔或區域論述之框架，結合交錯的史實、跨文化的根源，多元及融合，成為「在海面下的團結／融合」（The unity is submarine）。這樣的概念著重地理空間的流動性，強調時間的循環而非線性前進。歷史是一個不斷被複寫的文本，一代又一代，如同海浪一次又一次在沙灘上留下痕跡也帶走沙礫。以海洋與島嶼為中心，不以島嶼為弱勢邊緣，強調文化地理學的模式，以釐清島嶼歷史與文化生產，為海洋及陸地、離散與在地、路徑與根之間複雜多變的交錯關係，提供有力的論述架構。「潮汐辯證」以布拉斯維特所稱「另類／原住民」（alter / native）的歷史書寫，面對殖民演進的直線模式。這種辯證方式抗拒黑格爾的辯證哲學，從循環／週期模式召喚海洋不間斷的律動，反向拆解殖民主義和物質主義的線性偏見，是另類認識論，也是雜揉歷史與地理詩學的模式，以地理探勘歷史、跨越重洋。這樣的海洋論述與歷史視野，動搖島嶼孤立的迷思，視「島嶼如世界」，將「島嶼（再）世界化」，陸與海之間存有一種充滿能量、經常變動的關係，以這樣的關係重新檢視島嶼文學複雜的空間和歷史。

原住民的知識系統、文化想像、自然生態與人類共榮和諧的傳統宇宙觀，是太平洋原住民書寫的共同命題，也應是原住民海洋書寫持續展延的養分，在集體結盟中創作，再現海洋原住民獨特的生態智慧與知識，並開創承先啟後的海洋詩學。捕魚不再只是對治物質／身體飢餓的方法，而是求得靈魂堅實的路徑。靠近黑潮水域為太平洋海洋豐富生態系統所滋養，達悟人幾世紀以在祖島（Pongso no Tao）環境所發展的傳統海洋生態知識，過著富饒的生活。一九五〇年代，當時的國民政府於蘭嶼本島建立四個工營、十個退伍軍人農場和駐防軍隊的總指揮部，此後蘭嶼又成為臺電儲存核廢料的場所，情勢嚴峻。縱使如此，保留在歌謠、神話和故事裡的達悟傳統知識，成為維持海洋文化於不墜的動力，族人依季節遷徙魚場，於珊瑚礁捕魚替換，維持生計，也有灌溉渠道的溼芋頭田、替換耕作（燒毀然後休耕）的乾芋頭、地瓜和小米補充。魚根據食用者分為三類，給男人、給女人及給長者的，以保護海洋並維持周圍海域的生物多樣性。達悟族根據月亮和潮汐節奏計算時間，歲時依「夜曆」而行、Mi mowamowa 培育森林土地，林木築造傳統房屋和船，將木材分等級篩選，分成建築裝飾（Mivatek）和不裝飾的船用的，使用熟練的造船技巧（Mi tatala），期望他們的船能成為魚的好朋友，維繫達悟族人與海洋密切關係的象徵秩序。

在夏曼．藍波安《天空的眼睛》裡，延續對海洋生態的關懷，展現海洋、星辰與多物種的成熟知識，透過說故事、歌謠、捕魚及划乘拼板舟的肢體技巧，傳承召喚海洋的記憶。有趣的是，在代序中，Amumubu（鯨豚）的出現，呼應了布伊爾、亞當森（Joni Adamson）與史坦溫（Jonathan Steinwand）等人所謂的生態文學的「鯨豚轉向」（cetacean turn）。布伊爾在〈全球共性做為資源與符碼：想像海洋與鯨魚〉（"Global Commons as Resource and as Icon: Imagining Oceans and Whales"）一文中試圖反轉海洋與鯨魚為全球共同消費／濫用的資源和表徵的謬誤，重新定位兩者成為星球想像與意識聚焦的小宇宙。對布伊爾而言，海洋與鯨魚可說是陸生人類基進的他者（radical other），鯨魚更是海洋生態知識的隱喻，如何在倫理關係的想像裡拆解人本與大陸中心的思維，成為二十一世紀文學與文化論述最大的挑戰，也是以跨原住民觀點對比太平洋海洋書寫重要的命題。文本例證俯拾皆是。

以北美太平洋西北岸（Pacific Northwest Coast）馬卡族（Makah）捕鯨傳統為主題的兩部小說——美國原住民作家荷根的《靠鯨生活的人》（*People of the Whale*）與加拿大原住民作家霍爾（Charles Hall）的《鯨魚精神》（*The Whale Spirit*），皆以鯨魚為題旨，由大陸的越界詩學轉向海洋的流動敘事。北美原住民馬卡族居住於華盛頓州西北突角的尼灣（Neah Bay）地區，獵鯨是馬卡人長久以來重要的經濟與信仰活動，具有深刻的文化內涵與傳統延續的意義。二十世紀初，馬卡族為保護鯨魚，同意禁止族人獵捕鯨魚，而此禁令於七十年後方得恢復，一九九九年五月十七日當天馬卡人捕獲灰鯨的消息於美國主要電視新聞網，以現場連線方式播出馬卡人所有的活動與祭儀，但恢復捕鯨又代表著複雜且多層次的文化碰撞與衝突，牽動了人類與海洋及海洋生物的互動關係，更可見社經與意識型態的衝撞，及異文化傳承之間的運作與角力，在馬卡部落、其他原住民部落與美國主流社會都引起諸多的討論。

荷根以長期與彼德森（Brenda Peterson）所做的灰鯨生態觀察紀錄《觀看：灰鯨的神祕之旅》（*Sightings: The Gray Whale's Mysterious Journey*）為本，將長久賴鯨魚為生的馬卡族人虛擬為小說裡的阿濟卡（A'atsika）族人。小說中，阿濟卡族人與鯨魚之間關係親密，在傳統文化中，他們相信自己是鯨魚的後代，捕鯨更是文化傳承的一部分，從捕鯨前後的儀式，到吃下鯨肉的過程，族人的身體與靈魂都與鯨魚緊緊相連，死後，族人的靈魂會回到海上，變成鯨魚的一部分，這樣的傳統部落在白人治理下，逐漸淪為放棄文化傳統的弱勢族群。以一九九九年的捕鯨事件為引，作者追溯白人政府長期的殖民暴力，而迄今猶在的歐美帝國霸權與文化優越感，使得海洋民族放棄海洋傳統，面臨存亡絕續之危機。小說中海洋所形塑的感官經驗與身體技法成為部族復原療傷的觸媒，開啟主角湯馬斯(Thomas)記憶的窗口，蟄伏在身體血液中的故事、記憶逐一被召喚出來，形成抗拒大陸霸權殖民條約及政策宰制的力量，個人、社群、海洋／土地及鯨魚／星球想像合而為一，荷根更展現從地方盱衡寰宇的永續關懷，由生態觀點反思原住民傳統。

荷根探討現代原住民，必定應付對考驗他們與環境關係的複雜議題。故事中的角色露絲(Ruth)回想她和湯馬斯還小時，鯨魚往南遷移的事，「一大群，噴水，牠們呼吸的水氣上出現彩虹。而當牠們北遷，可以看到小小的、黑黑的幼鯨閃耀奪目。每個人看著牠們通過，尾鰭從水裡翹起，水花濺起然後牠們潛入水裡」，那時有鯨魚、神奇的章魚及人類和海洋及其神祕關係的故事。然而，湯馬斯退役時，部落議會決定部落應藉由重建文化捕鯨業來重拾傳統，聲稱捕鯨將活化經歷多年悲慘的高失業率、貧窮、酗酒、家暴及嗑藥問題的部落文化和經濟。荷根以古老的人與鯨之盟約，對捕鯨爭議書寫協商形式，以鯨魚的觀點來看宇宙，以鯨魚古老智慧指出人類歷史的囿限。荷根書道：「鯨魚身上覆蓋著藤壺和其他海洋生物，鯨魚非個別生物而包含整個宇宙生命，殺死一頭鯨魚，人類便殺死了宇宙的一個星球」，跨越人鯨界線，開啟了對他物種的視野，史碧瓦克所言，在星球寰宇間，人類只是過客，星球是我們共同責任，以海洋的生態詩學，荷根修補人天失落的親密關係，反思部落文化的現代社會實踐，應是太平洋原住民書寫的共同取徑。

五、結語

二〇一一年在夏威夷舉行之APEC領袖會議，「跨太平洋夥伴關係」（Trans-Pacific Partnership，TPP），以夏威夷原住民語「OHANA」（家人）為喻[8]。這樣跨越後殖民太

8　“Obama evokes island spirit as model” by Dan Nakaso and B.J. Reyes, Star-Advertiser. POSTED: 01:30 a.m. HST, Nov 13, 2011.http://www.staradvertiser.com/news/20111113_Obama_evokes_island_spirit_as_model.html

平洋海域的宏觀地理與微觀政治，其實已是太平洋島嶼原住民千年以來的實踐，以原住民能動鎔冶回歸廣闊的海洋場域，「我們的群島海洋」是島民敘述展演與言談操練的空間，也是永續生存掙扎的場域，蘊涵了星球視野與原民能動。如浩鷗法所言，從一個海島到另一個海島，太平洋島民航行、貿易和婚嫁，也擴展了可供財富流動的社會網絡；他們遊歷拜訪居住在各種不同自然生態環境的親戚，藉以抒發他們對冒險甚至於打鬥和支配的渴望（Hau'ofa, We Are the Ocean，頁三三）；海洋提供水道，將鄰近海島連結成區域互惠團體，彼此相互融合，讓文化特性透過海洋傳播；組織機構如南太平洋人類環境與生態行動委員會（SPCHEE, South Pacific Action Committee for Human Environment and Ecology）、太平洋區域環境計畫（SPRE, South Pacific Regional Environment Program）、論壇漁業局（the Forum Fisheries Agency），和南太平洋應用地球科學委員會（SOPAC, South Pacific Applied Geosciences Commission）共同倡導無核武太平洋運動、防止有毒廢棄物傾倒和禁止死亡之牆流刺網捕魚法，並與其他小型組織及其他地區運動互相合作；南太平洋海洋科學大學（University of the South Pacific of the Marine Science）與各種海洋資源經營計畫的成立，結合了太平洋魚場和海洋資源相關機構等等——皆凸顯出大洋洲有如一個「群島的海洋」，在全球／地球環境的保護和永續經營上扮演著重要的角色，原住民為海洋的守護者，召喚

「連結其他區域處境相似，有著為所有生物福祉保護海域共同任務的人民」（頁五五）。

東加作家浩鷗法極具特色的比喻「我們身體裡的海洋」（the ocean in us），海洋聯繫個體、賦予能量，使個人軀體在回歸海洋時成為改變的媒介。在〈我們身體裡的海洋〉（The Ocean in Us）一文裡，浩鷗法點出海洋與人體之間微妙的連結，對他而言，「大洋洲」並非意指「國家與國籍的官方世界」，而是指經由海洋血脈「互相連結的世界」（頁五〇），因而，「開展了積極擴展大洋洲，以涵蓋更大區域及更多物種的可能性」，浩鷗法在文章結尾處指陳：「海是我們彼此間以及和其他人之間的通道，海是我們無盡的傳說，海是我們最強大的象徵，海洋在你我之中」。

跨太平洋原住民作家演繹海洋的身體，藉由培養身體的禮節和技藝／技術召喚海洋的基因符碼，讓身體和自然接觸，當夏曼．藍波安和父親選定一棵樹，砍下並做成船，整個過程不僅是一種神聖的儀式，也是一門生態的功課。父親為樹命名時，展現了部落對植物物種豐富的語彙和知識。夏曼．藍波安說：「父親們慣用被動語態，以魚類、樹名等自然生態物種之習性表達他們的意思。所有魚類的習性、樹的特質、不同潮流等的象徵意義，我完全不懂。深山裡清新的空氣吸來很舒暢，但我卻像個白癡」（《冷海情深》，頁二二三）。「被動語態」、「魚類」、「樹名」、「自然生態物種」、「潮流」等環環相扣，逆寫「人本主義」的思維，而由都市返鄉的「現代」孩子渾然無知、「像個白癡」，這樣的世代斷裂有賴身體實踐／展演予以修補，經由身體的儀式召喚沉澱的歷史記憶。

太平洋原住民作家使用海洋的語彙和海島的隱喻，太平洋是海洋原住民書寫／藝術的載體，也是交流往來的路徑，海水的流動牽引文化的能動，跨疆越界。以太平洋原住民作家的網絡，印證「跨原住民性」的文化實踐，由原住民文學／藝術／文化想像的交流互通，充實「跨原住民性」的肌理。數千年來，太平洋島民的祖先在海上暢行無阻，今日，他們依然跨越國界：他們所到之處——澳洲、紐西蘭、夏威夷、美國大陸、加拿大、歐洲以及其他地方——他們在新的海洋資源地扎根，穩定就業和家庭資產，並且擴展親屬網絡，親戚、物質商品和故事橫越海洋流傳——海洋是他們的，因為那一直是他們的家(Hau'ofa，頁三四)；海洋的島民突破藩籬，他們在故鄉周圍移動、遷徙，並不是因為他們的國家窮困，而是因為他們被不自然的國界所拘限，因而與他們傳統的財富資源分隔。他們移徙因為「在他們的血液中有移徙的因子」，如此為「遠洋散落的海島」注入活力，島嶼成為充滿流動性、隱喻、圖繪、行動力、社群和希望，相互連結而成的「我們的群島海洋」。由太平洋內部重新建立的「大洋洲」，成為重建新的太平洋島民

「海洋意識」的方法，佛洛伊德等精神分析學者將「海洋意識」（oceanic consciousness）視為自我和他者之間未分裂前的整體觀照，由下層反向轉化地理政治的劃界，測繪以太平洋的流動性和離散性相互連結的跨原住民雙向交流（crisscross），取代殖民／現代性直線單向的橫跨（cross），形塑海洋原住民「中心－中心」的對話與結盟。「海洋不是阻隔，而是通路」[9]，太平洋的拼板舟／獨木舟／星舟，以行動划過海洋，連結起部落與部落、部落與國家、人類與多物種互為主體之生命共同體。以「太平洋」為海洋原住民生態想像操練的場域，由現代性人本思維轉向人與非人互為主體的生態倫理，「太平洋」是經由海洋血脈相互連結的世界。

9　借用紀錄片導演林建享的美麗而懇切的語言。

參考資料

夏曼．藍波安　一九九七年，《冷海情深》，臺北：聯合文學。一九九九年，《黑色的翅膀》，臺中：晨星。二〇〇三年，《海浪的記憶》，臺北：聯合文學。二〇〇九年，《老海人》，臺北：印刻。二〇一二年，《天空的眼睛》，臺北：聯經。

Allen, Chadwick　2012, *Trans-Indigenous: Methodologies for Global Native Literary Studies*. U of Minnesota P.

Bennett, Jane　2010, *Vibrant Matter: A Political Ecology of Things*. Duke UP.

Buell, Lawrence　2001, “Global Commons as Resource and as Icon: Imagining Oceans and Whales.” *Writing in an Endangered World: Literature, Culture, and Environment in the U.S. and Beyond. Harvard UP*, 196-223.　2007, “Ecoglobalist Affects: The Emergence of U.S Environmental Imagination on a Planetary Scale.” *Shades of the Planet: American Literature as World Literature*. Ed. Wai Chee Dimock and Lawrence Buell. Princeton UP, 227-48.

Deloughrey, Elizabeth M　2007, *Routes and Roots: Navigating Caribbean and Pacific Island Literatures*. U of Hawai‘i P.　——, and George Handley, eds　*2011, Postcolonial Ecologies: Literatures of the Environment*. Oxford University Press.

Diaz, Vicente M. and J. Kehaulani Kauanui　2001, “Native Pacific Cultural Studies on the Edge.” *The*

Contemporary Pacific 13:2 (2001): 315-42. Print. ——. eds 2001, *The Contemporary Pacific 13.2. (2001)*. Print. 2011, "Voyaging for Anti-Colonial Recovery: Austronesian Seafaring, Archipelagic Rethinking, and the Re-mapping of Indigeneity." *Pacific Asia Inquiry 2:1 (2011)*. 21-32. 2008, "Moving Islands of Sovereignty." Sovereign Acts. Ed. Frances Negron- Muntaner. South End P.

Haraway, Donna. 2008, *When Species Meet*. University of Minnesota Press.

Hau'ofa, Epeli 2008, *We Are the Ocean: Selected Works. U of Hawaii P.*

Helmreich, Stefan 2009, *Alien Ocean: Anthropological Voyages in Microbial Seas*. University of California Press.

Hogan, Linda 2008, People of the Whale. Norton. ——, and Peterson, Brenda 2002, *Sightings: The Gray Whale's Mysterious Journey. National Geographic.*

Ihimaera, Witi 2003, *The Whale Rider. Harcourt.*

Kirksey, Eben S. and Stefan Helmreich 2010, "The Emergence of Multispecies Ethnography." *Cultural Anthropology 25.4 (2010)*: 545–576.

Krupat, A. 1989, *The Voice in the Margin: Native American Literature and the Canon. Berkeley: U of California P.*

Moore, Jason W. 2003, "Capitalism as World-Ecology: Braudel and Marx on Environmental History." *Organization & Environment* 16. 4 (December 2003): 514-517.

Nakaso, Dan, and B.J. Reyes 2011, "Obama evokes island spirit as model." Star-Advertiser. Posted 01:30 a.m. HST, Nov 13. 2011, http://www.staradvertiser.com/news/20111113_Obama_evokes_island_

spirit_as_model. html. Accessed November 15, 2011.

Nixon, Rob　2011, *Slow Violence and the Environmentalism of the Poor.* Harvard University Press, 2011.

Rose, Deborah Bird　2009, "Introduction: Writing in the Anthropocene." *Australian Humanities Review 49 (2009)*: 87.Sullivan, Robert　1999, Star Waka. Auckland, Auckland UP, 1999.

Wilson, Rob　2010, " Toward an Ecopoetics of Oceania: Worlding the Asia-Pacific Region as Space-Time Ecumene." *Anthropological Futures Conference. Institute of Ethnology, Academia Sinica,*

Taiwan. June 12-13, 2010.　2012, " Oceania as Peril and Promise: Toward Theorizing a Worlded Vision of Trans-Pacific Ecopoetics." Lecture given at " Oceania Archives & Transnational American Studies." Hong Kong University, June 4-6, 2012.

楊政賢

〈來自「巴丹」？——蘭嶼達悟族人的「南方」意識及其「北方」論述〉

國立臺灣大學人類學博士，現為國立東華大學民族事務與發展學系副教授、原住民族發展中心主任、財團法人原舞者文化藝術基金會董事長。

研究專長包含族群關係、蘭嶼研究、經濟人類學、原住民族知識體系、博物館研究等。近年主持研究領域包含：蘭嶼達悟族文化資產、國立原住民族博物館、臺灣原住民視覺生活藝術與物質文化、臺灣原住民族轉型正義、臺灣原住民族歲時祭儀、臺灣原住民族祭儀樂舞知識體系、散佚海外臺灣原住民族文物研究與當代蘭嶼觀光發展與社會文化變遷等。

本文出處：二〇二二年六月，《原住民族文獻》五十期，頁五五—七一，新北：原住民族委員會。

來自「巴丹」？
——蘭嶼達悟族人的「南方」意識及其「北方」論述

一、前言

臺灣蘭嶼（圖一）至菲律賓巴丹島（圖二）[1]此一跨國境海洋島嶼鏈區域（圖三），長期以來即存在著一個文化類緣關係密切而經常被討論的跨境「族群」，該族群在蘭嶼稱為「Tao」[2]，在巴丹島則稱為「Ivatan」。回顧臺灣蘭嶼與菲律賓巴丹島的區域研究史，考古學者 Hsiao-chun Hung（二〇〇八年）試圖從區域考古的研究來說明新石器時代早期臺灣、綠島、蘭嶼、巴丹群島、巴布漾群島與呂宋此一人類活動區域，彼此之間的群族遷徙與文化整合現象。其中，針對巴丹群島考古的重要性，Hung 提出了以下幾點看法，包括點出巴丹群島可能是臺灣與呂宋島之間移民的跳板，巴丹群島曾出現東南亞玉器來源的作坊遺址，以及巴丹群島當地族群與蘭嶼的 Tao 族具有文化上和語言上的特殊類緣性等。Peter Bellwood 與 Eusebio Dizon（二〇〇五年，頁三三）亦指出，巴丹群島最早的新石器時代聚落是在距今四千年前由臺灣遷移而

圖一：由蘭嶼青青草原南端遠眺巴丹群島方向南方海域，眼前可見小蘭嶼。（楊政賢提供）

圖二：由菲律賓巴丹群島 Itbayat 島 Santa Rosa 山上北望蘭嶼方向，眼前可見其北方四小島。（楊政賢提供）

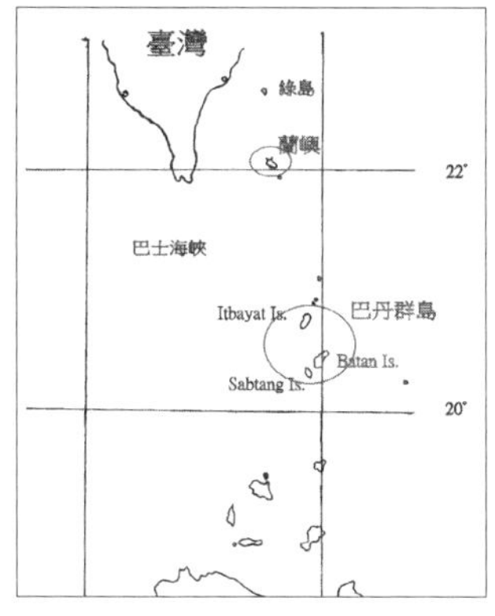

圖三：臺灣、蘭嶼、巴丹群島與呂宋島相對位置圖。（楊政賢繪製）

1 此處「巴丹島」一詞，係泛指「巴丹群島」諸島之總代稱。文中若遇有群島中個別島嶼需分開稱之時，則使用各島名稱加以區隔。

2 本文為反應目前現況，對蘭嶼島上居民的族稱，筆者於文中將採當地族人口語上的說法 Tao。至於文中所引節錄文獻，為了忠於原著，而繼續沿用「雅美」或「達悟」。因此，文中所出現之 Tao、雅美與達悟，所指涉者，皆為蘭嶼島上的同一族群，特此註明。

來，其後與臺灣密切地持續往來至少持續到距今一千三百年前，這些頻繁的互動包含了臺灣板岩和玉料的搬運、輸送（很可能是經由綠島及蘭嶼）到巴丹島及 Itbayat 島。因此，上述的研究結果，間接反駁了之前部分學者主張巴丹群島最早的史前居民是經呂宋島由南而來的說法。此外，Yoshiyuki Iizuka、Peter Bellwood、Hsiao-chun Hung 與 Eusebio Dizon（二〇〇五年，頁一〇八）則以菲律賓北部巴丹省 Itbayat 島 Anaro 遺址出土的玉器為例，進行其非破壞性礦物學研究，並與臺灣花蓮縣豐田地區之玉料進行綜合比較研究，發現該遺址出土玉器的玉料都來自於臺灣花蓮縣豐田地區。從上述的考古發現可知，臺灣、蘭嶼、巴丹群島與呂宋，在史前時代維持著一定的物資流通與文化交流網絡，互有往來。Hung（二〇〇八年，頁一三五—一三七）的研究亦呼應上述 Peter Bellwood 與 Eusebio Dizon 的推論，指出西太平洋的黑潮（Kuroshio）儘管是由南往北的相反流向，但它並未抑制某些族群從北往南的遷移動能。整個史前階段，臺灣、綠島、蘭嶼、巴丹群島、巴布漾群島與呂宋等區域，族群的多向遷徙與文化的整合互動，可謂相當頻繁。

針對蘭嶼與巴丹島兩地的淵源關係，臧振華提出蘭嶼地下考古資料，佐證兩者歷史淵源的重要性：

蘭嶼的雅美人都是從巴丹島遷移而來的嗎？何時來的？有無可能巴丹島的居民是來自蘭嶼？或者是，他們是否有共同的祖先，而這個共同祖先在哪裡？他們是在何時何地分開的？事實上，無論從比較兩地的語言和文化特徵，或爬梳神話傳說，或甚而進行「尋根之旅」，似乎沒有辦法為這些問題找到一個比較清晰的答案。而保存在蘭嶼地下的考古資料，恐怕是有可能進一步釐清這個問題關鍵之所在（臧振華，二〇〇二年，頁一二七）。

由上可知，臧振華對蘭嶼島上的人或文化都是來自巴丹群島的說法抱持保留態度。臧振華（二〇〇二年，頁一二七）舉甕棺葬、陶器與石器的類緣關係等考古資料為例，說明蘭嶼史前文化中的臺灣類緣關係，他進一步推測，「蘭嶼和巴丹島的史前居民至遲在三千年前可能共同來自於臺灣的東海岸，這些人群的全部或部分，有可能即是今日蘭嶼和巴丹島民的祖先」。總之，從考古證據發現，臺灣、蘭嶼、巴丹與呂宋之間人群流動的過程，可能並非單一路徑就能釐清的，詳細的情況應比想像中還要複雜許多，而蘭嶼目前六個部落的人群分布現況，應該就是歷經多次移動的結果。

臺灣蘭嶼與菲律賓巴丹島跨國境的「族群」關係為何？若從神話傳說與口述歷史

資料裡，似乎也可以找到許多族群互動的歷史與文化遺留。舉例而言，漁人部落流傳巴丹島巨人「Si-Vvakag」的傳奇故事，述說著巴丹島巨人 Si-Vakag 與漁人部落巨人 Si-Mangangavang，兩人因蘭嶼與巴丹島互相貿易往來生意而相識、相知、相惜，後來成為好友的一段歷史往事（余光弘、董森永，一九九八年，頁九一）。其中，蘭嶼 Tao 即是用豐富的「飛魚和鬼頭刀」等魚貨與巴丹島 Ivatan 交換「黃金」。這則神話傳說一方面隱喻了 Tao 族人得到珍貴「黃金」做為「誇富」的物證；另一方面，亦顯影了蘭嶼 Tao 人「因為航海到南方，釣鬼頭刀魚致富的英雄事蹟」的歷史圖像（夏曼．藍波安，二〇〇三年，頁五九）。此外，就目前蘭嶼島上的文化遺留而言，亦可歸納出巴丹山藥（ovi no dehdah）、牛皮甲、巴丹刀、鐔子和武器等古物相傳來自巴丹島的「物資」（余光弘、董森永，一九九八年，頁九一—九六；Beauclair 一九五九年，頁二〇九）。傳統習俗方面，漁人部落西邊的 Sira do Kawanan 家族迄今仍保留所謂的飛魚「四刀切法」[3]，相傳即是習自巴丹島人的風俗習慣（余光弘、董森永，一九九八年，頁九三）。而瑪瑙（agate）在族人眼裡被視為最名貴的飾品之一，通常在女兒出嫁時，母親會以瑪瑙傳給女兒。根據記載，此一習俗和菲律賓北方的巴丹島極為相似（劉其偉，一九九六年，頁二六五）。因此，對相對在北方的蘭嶼 Tao 而言，「南方」所指涉的是巴丹島、Ivatan

人、飛魚與鬼頭刀、黃金、瑪瑙、鐔子、武器、飛魚切法等美好意象與具體文化內涵。

有鑒於此，本文擬在兩地既有考古發現與口述歷史之外，試圖從蘭嶼傳統歌謠文本裡的「南方」意識、島名與族名裡隱含的「北方」相對方位，以及島嶼生態負荷所帶來的客觀環境制約等面向切入，解析蘭嶼達悟族人是否來自「巴丹」，以及後來兩地為何中斷南北跨海交流的可能因素，海的彼端是否就是「原鄉」？誰又是誰的「原鄉」等等議題，進而探討自巴丹島遷居蘭嶼之後 Tao 族人可能的「南方」意識及其「北方」論述。

二、以「史」入「歌」：傳統歌謠裡的「南方」意識

John Urry 認為「憶態」（remembering）是一種社會建構、社會溝通及社會制化。在

3 相對於漁人部落的 Sira do Kawanan 家族的飛魚「四刀切法」，蘭嶼其他部落與漁人部落其他家族皆普遍流行飛魚「三刀切法」的文化傳統。

永無中止的過程中，「過去」（past）會不斷地被建置於當下時空（Urry，一九九五年，頁四）。浦忠成（巴蘇亞．博伊哲努）（二〇〇七年，頁二〇八）則從神話分析的角度，具體指出蘭嶼巴丹兩地隱含的文化類緣關係，「在達悟人的神話觀念中，對於空間包括天上、地下、地上及四方的觀念都各有其特殊的認知……南方最大的意義在於它是飛魚來自的地方，並且與達悟人記憶中具文化血緣親屬的巴丹有關」，例如，蘭嶼傳統工作房落成，或平常夏日夜晚眾人齊聚一室的拍手歌會（karyag），都曾出現在與巴丹島往來的歷史記憶裡。根據鮑克蘭（Inez de Beauclair）一九五〇年代在漁人村所蒐集到的口述神話傳說，事件所發生的時間可能是在十七世紀中葉，在巴丹島上，女人們為了歡迎從蘭嶼過去的八十名達悟男人，而有拍手歌會的舉行，「……Ibatan[4]的女人們歡迎訪客，而在夜晚，她們與他們聚集在一起並歌唱 mikariak，屬於男人與女人的歌唱，以拍手伴奏……」（呂鈺秀、郭健平，二〇〇七年，頁一九—二〇）。蘭嶼朗島部落丁字褲文史工作室的負責人夏曼．夫阿原對傳承迄今的蘭嶼拍手歌會，亦曾有以下的詮釋說明：

Tao 族拍手歌會只有在整個捕撈季節結束的六月分，一直到九月（有時候會延長到十一月）這段期間的夜晚舉行。Tao 族的拍手歌會有很多傳說，有的人說是跟半人半鬼學得，有的人傳說是說到菲律賓有一個比較好的海上貿易的時候才有的一個歡樂的活動。然而，拍手歌會的歌詞我們常常不認為是上流、高尚的。一般我們舉行的地方是在高屋，拍手歌會在 Tao 久遠的歷史裡頭是表達男女追求、彼此喜歡的一個場所，他們放下整個在捕撈季節的勞動過程之後，為了要舒坦自己，大海的壓力，在勞動過程所累積的壓力，透過拍手歌會紓解……拍手歌會我們會唱，我們不是為了歌唱而唱，Tao 人的歌唱的形式是，在重建一個現場、重建一個勞動的現場、重建一個歷史的現場，重建一個曾經發生過的事情（丁字褲文史工作室，二〇一〇年）。

此外，從部落耆老吟唱拍手歌會的詞意中，我們亦可以找到族人指涉拍手歌會，可能源自巴丹島的說法：

---

4 原引文所指 Ibatan，拼音接近 Ivatan，同樣是指涉巴丹島的另一種寫法。

> 拍手歌會有很多說法，有人說是從蘭嶼的石洞裡面的瀑布、從紅頭的深山，和我們有關係的巴丹這個地方，其實比較多的人是說來唱我們的旋律漂浮不定，讓他們跟不上，其實就是在取笑巴丹人他們不會唱拍手歌會……我們沒有文獻可以考察這件事情，這個歌是說我們蘭嶼人很會唱的，而你們菲律賓人、巴丹人的族群不會唱，意思是讓旋律漂浮不定，讓他們跟不上我們的節拍（丁字褌文史工作室，二〇一〇年）。

從上，我們可以探見，Tao 族人隱隱約約記得取笑巴丹人不會唱拍手歌會的光景，這也展現了昔時兩地往返貿易的閒暇之餘，藉由拍手歌會彼此較勁、進行聯誼歡樂的另一種族群關係的互動場域。

再者，蘭嶼 Tao 人與南方巴丹群島 Ivatan 人兩者究竟有何族群類緣或歷史關係？茲列舉 Tao 部分事涉族群關係與歷史憶態的傳統歌謠歌詞文本，分析說明如下：

蘭嶼文史工作者夏本·奇伯愛雅（一九九六年，頁二〇四—二〇九，二四二—二四三）共記錄了四首流傳於蘭嶼論及南方巴丹島的民間古謠，分別為紅頭部落兩首同名的〈分手〉、〈踏上異地〉與漁人部落的〈海上交易〉。此四首古謠中，兩首〈分手〉與〈海上交易〉主要提及 Tao 人與 Ivatan 人在海上相遇，之後衍生朋友情誼，並分享釣鬼頭刀魚的知識技能與豐收榮耀，最後則透露出彼此必須各自南北返回自己島嶼的無奈與離別情愫。而〈踏上異地〉此首古謠，則是描述一位婦女自蘭嶼重返巴丹島原鄉的離別傷感與近鄉情怯，歌詞大意如下：「請妳不要回頭探望那遠離的孩子們，眼前所看到的一座青山，是我們的家鄉[5]，也是我們的目的地，家鄉的人多，非常熱鬧」。同樣的故事情節，董瑪女在一場野銀部落工作房落成禮歌會的紀錄中，亦曾記錄到一位來自南方的巴丹島人迎娶蘭嶼朗島部落婦人之後，因巴丹島饑荒遂攜妻重返落居蘭嶼，後來成為野銀部落的祖先氏族之一的口傳文本（董瑪女，一九九五年，頁一四九—一五〇）。

余光弘、董森永（一九九八年，頁九一）曾提及巴丹島巨人 Si-Vakag 的傳奇故事，以及漁人部落 Si-Mangangavang 父子合作建造一艘十六人座的大船，航行到菲律賓巴丹島交易的家族事蹟。Si-Mangangavang 和他的船員和巴丹島人維持長期的生意往來，蘭嶼人也因此與巴丹島人建立了情感，相知相惜，後來甚至成為好朋友。當時，兩地的交易過程中，蘭嶼 Tao 人即經常以豐富的飛魚與鬼頭刀等魚貨與巴丹島 Ivatan 人交換黃

5　意指菲律賓巴丹島。

金。對此，夏曼・藍波安（二〇〇三年，頁五九）認為，巴丹島巨人Si-Vakag的傳奇故事，一方面可以看到Tao族人得到珍貴黃金做為誇富物證的隱喻，另一方面，亦可從中理解Tao族人「因為航海到南方，釣鬼頭刀魚致富的英雄事蹟」之歷史過程。

夏本・奇伯愛雅（二〇一一年）蒐集了一首Tao人向巴丹島人學來的〈物品亮相歌〉古謠，該歌詞大意旨在描述蘭嶼大船下水禮期間，來訪的巴丹島客人如何誇大所攜前來物品的貴重，並且暗諷蘭嶼大船裝飾雖然華麗，卻比不上裝有馬達與螺旋槳、可以衝過急流的巴丹島機動船的競爭心態（同上，二〇〇一年，頁三二一—三二三）。此外，夏本・奇伯愛雅記錄另一首源自伊法旦部落[6]的〈快跟來歌〉，該古謠歌詞則提及族人自蘭嶼前往巴丹島的海上景觀視野，歌頌激勵著眾人嚮往眼前巴丹島的一切美好（同上，二〇〇一年，頁二〇一—二〇三）。再者，董瑪女（一九九五年）在一次工作房落成禮禮主回唱的歌詞中提及，自己曾是野銀部落有名望的人，家中不時會有漂流在海上的Ikbalat人到訪的情事（同上，二〇〇一年，頁一四三—一四六）。該歌詞所云「Ikbalat」係一具體島嶼名稱，即現今菲律賓巴丹群島中地處相對北方的「Itbayat」島（該島地理位置詳參本文圖三）。浦忠成（巴蘇亞・博伊哲努）（二〇〇七年，頁二〇七）在解釋族群遷徙歷史的口傳機制時亦曾表示：「這些遷徙所經的地名在一些民族重要祭典的歷史頌中，常是要集體唸誦的，以維護集體的記憶」。換言之，許多族群的傳統祭儀歌謠裡，確實經常記錄著族群的起源、遷徙、環境變遷、文化適應與重要事物等集體記憶，並且反映出歌謠做為地方社會的一種文化體現及其階段性的部落歷史。

綜上所述，我們可以探見昔時蘭嶼 Tao 與菲律賓巴丹群島 Ivatan 之間，彼此男女通婚、海上交易、文化交流、島際互訪等歷史事實的歌謠記憶，在沒有文字紀錄的過去年代裡，族人藉由傳統歌謠的傳遞機制，適可將其口述歷史與集體記憶寓居於歌謠此一文化載體。蘭嶼 Tao 傳統歌謠裡所指涉的「南方」意識，或許正隱含指涉出 Tao 與南方巴丹群島 Ivatan 之間，種種曾經互動的族群關係及其歷史「憶態」。

6 伊法旦（Ivatas）部落相傳是曾在蘭嶼存在過的一個舊部落。該部落原本是一個大部落，人口有二百五十戶、五百多人。一九二五年至一九三〇年間，流行了幾年的霍亂，不少族人因而死亡。一九三二年部落只剩下六戶、人口十幾個人。一九三五年某天，有位婦人自殺，用火燒了自己的房，從此絕大部分部落人陸續往椰油（Yayo）部落遷移，伊法旦部落就再也沒有人居住了。

三、相對方位：蘭嶼島名與族名的「北方」論述

（一）島嶼名稱

傳統上，蘭嶼Tao族人稱呼自己所在的島嶼為「Pongso no tao」，意為「人之島」。此外，蘭嶼另有一在地稱呼為「Mahataw」[7]，意為「漂浮在海上」（胡正恆，二〇一〇年，頁二四）。Mahatao（圖四到圖八）是現今菲律賓巴丹省省會Basco市南方的第一個市鎮，舊稱San Bartolome，是西班牙人於一七八三年所命名者，當時屬於Basco西班牙首領管轄下的村落。一七九八年Don Pedro Mallao正式創立了Mahatao城。一九一〇年，居民為了紀念其來自西北海岸Mahatao小鎮的祖先，沿用了Mahatao做為新興城鎮的名稱。根據筆者的田野調查資料，Mahatao一詞的巴丹語意與蘭嶼相同，亦用於指稱「漂浮在海上」、「海中的島嶼」等。現今巴丹島名為Mahatao的市鎮，其命名即因其部落海域魚群豐富，魚汛期間，經常可見成群漁夫漂浮在海上，以傳統Matao（海上浮釣）技法釣捕飛魚與鬼頭刀等洄游魚群的盛況，因而得名。Mahatao部落境內東岸的Diura漁村，是島上目前唯一僅存每年仍依歲時舉行招魚祭儀式的聚落。至於蘭嶼島

Mahatao 的名稱由來與巴丹島 Mahatao 部落的歷史關係與族群遷徙，兩者是否有所關連，仍須進一步考證。

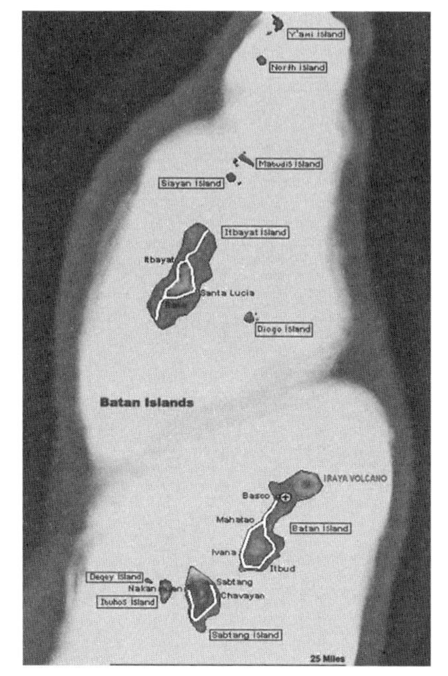

圖四：菲律賓巴丹群島十座島嶼的名稱與相對分布圖。（楊政賢提供）

圖五：菲律賓巴丹省 Mahatao 市鎮一景。（楊政賢提供）

7　原引文所指 Mahataw 係指蘭嶼另一名稱，與巴丹島其中一個市鎮名稱 Mahatao 發音雷同，兩者拼音書寫符號僅一個字母的差異。

圖六：Diura 漁村一景。Diura 位於巴丹島東岸，是 Mahatao 夏季捕魚的臨時聚落，冬季東北季風盛行時則返回西岸過冬。（楊政賢提供）

圖七：位於 Mahatao 市鎮 Diura 漁村的入口意象招牌。Diura 是目前巴丹島每年仍會施行招魚祭的聚落。該招牌所繪者，正是鬼頭刀追捕飛魚的食物鏈生態示意圖。（楊政賢提供）

圖八：Diura 漁村港澳。岸邊停放有現今巴丹島 tataya 樣式的傳統漁船。（楊政賢提供）

由於 Tao 族人過去是一個沒有發展文字紀錄，而以口傳系統與口述歷史為主的族群，因此，我們僅能從一些文獻史料中一窺島外他者對蘭嶼的歷史描述。回顧文獻，蘭嶼被介紹給歐洲，最早約為一七二六年，Valenlyn 的地圖上就已出現 Gluto Tabaco 島之記載；一七八五年法國航海者 La Peruz 的地圖上，也有 Votel 或 Votel Tabacosima 之記載；一七九一至一七九二年 Avilaudet 航海到此，地圖上也有 Votel。因此，蘭嶼在西方人所繪古輿圖上，大多被標示為 Tabaco 或 Votel 之島名（臺東縣政府，二〇〇八年，頁九）。此外，臺東的卑南族把紅頭嶼叫做 Botol[8]，意謂「罣丸」；排灣族則把它叫做 Ichurikorikozu，是「離島」的意思（移川子之藏，二〇〇五〔一九三一〕年，頁十）。

中國宋朝趙汝恬《諸番志》（一二二五年）中曾提到此地區，記載為談馬顏國（徐瀛洲，一九八四年，頁八）[9]。明朝張爕《東西洋考》（一六一八年）中稱蘭嶼為紅豆嶼。至於紅頭嶼之稱謂，乃由於蘭嶼是座古老火山小島，安山集塊岩為主要地質，全島有九座山峰，由於本島最高峰為紅頭山（海拔五百四十八公尺），旭日東升，大地映

8　根據筆者的田野調查資料，臺灣東部部分的阿美族稱蘭嶼為「Votel」，並且流傳有祖先經過該島或從該島輾轉遷徙到臺灣的起源傳說。Votel（或稱 fotol）此音與文中所述卑南族語「Botol」拼音相近，是否為區域性相互採借的語言現象，仍須進一步考證。

9　許多學者都認為談馬顏即 Tobaso，因為兩者發音接近。但日人金關丈夫曾撰文考證，認為此說法錯誤，談馬顏並非僅指蘭嶼，而是包括此島在內的更廣泛地域的名稱（徐瀛洲，一九八四年，頁八）。

紅，景色絢麗，故由此得名。文獻上紅頭嶼始見於中國清朝黃叔璥之《臺海使槎錄》（一七二四年），之後的日治時代亦沿用之（稻葉直通，一九五二年）。而蘭嶼這個名稱，是一九四七年臺灣省行政長官公署民政處鑒於紅頭的名稱極易引人聯想到紅蟲毒害的恐懼，再加上該島盛產五葉蝴蝶蘭的特有種，所以才將紅頭嶼改稱為蘭嶼（洪敏麟，一九七八年，頁一）。總之，無論是 Tabaco 或 Votel 島、談馬顏國、紅豆嶼、紅頭嶼或蘭嶼的稱謂，都是蘭嶼島外的西方人、中國人、日本人、臺灣人等島外他者單方賦予該島的相對指稱與描述。

日本學者移川子之藏曾提及部分蘭嶼島民指稱南方的島群叫做 Ditarum、Dimaburis、Dibaraban、Dimarabanga、Dikubarat、Dibatan 等等，其中 Dibatan 島比較大，Dikubarat 比較小。Dimarabanga-ponso（白色的島）是亡靈永居之島，人死後個別的靈魂（paghat）飛向這個遙遠的小島。根據語言學者森口恆一的說明，字首的「I」或「Di」代表位置（或島的位置），例如 Itbayat 島的住民稱蘭嶼為 Di-Hami（北方之島）；又如 Dibatan 島的住民把蘭嶼叫做 I-Hami 或 I'Ami，這是一八九七年鳥居龍藏率先前往調查時，把島上住民命民為 Yami 族（雅美族）的緣由。I'Ami 與 Yami 音同，同樣是「北方之島」的意思。蘭嶼是巴丹文化圈的極北，南方各島嶼上缺乏飲用水和沙濱，但是蘭嶼得天獨厚有很多小溪，海岸多沙濱，少斷崖，是這些群島中最理想的居住地（移川子之藏，二〇〇五〔一九三一〕年，頁一二一—一二三）。

關華山（一九八九年，頁一四九）亦引「方位」的觀點探討雅美人的世界觀與宇宙觀，他指出，「死靈並非一概的惡，其中頭部靈、祖先靈多少是中性的，前者在人死後，遠走南方白島，便與活人無涉了」。從中，我們可以探見雅美人的神靈信仰，雅美人認為在死後，其亡靈依然要回到心之所繫的「南方」白島。關氏亦指出蘭嶼島上的雅美人，由於與南方的歷史淵源，這也使得雅美人認為自己已身處北方。也就是說，雅美人把蘭嶼視為世界觀的「重心」，卻不是其「中心」。雅美人把此中心讓給了大海（同上，頁一五〇）。因此，關氏認為雅美人，「把南方的歷史經驗，定作一個方向teyload，而島本身這時只被視為一個點。至於其反方向，他們稱為teyrala。由於雅美人的歷史經驗再沒有往北的，所以teyrala相對於teyload，只能說是面山的方向」（同上，一九九一年，頁一六七）。總之，無論是雅美人的世界觀或宇宙觀，「南向」始終顯而易見，並且是文化重心的方位。

（二）族群稱名

蘭嶼當地島民自稱為Tao、Tao do Pongso，意指「人」、「島上的人」。此外，則另有諸如Teirala（夏曼・賈巴度，一九九七年，頁四四）[10]、Irala（Benedek，一九九一年，頁一三；陳玉美，二〇〇一年，頁六〇）或Irara（胡正恆，二〇〇八年，頁二〇；翁瑜敏，一九九八年，頁五五）等Tao族人的自稱，或巴丹島Ivatan族人的相對指稱。關於Teirala[11]、Irala或Irara等詞語意的由來，根據李壬癸（一九九七年，頁二七）的考證是源自南島民族一個史前時代的慣用語，亦即南島民族普遍慣用的一組相對方向的語詞，「向海（PAN*laHud）與向陸（或「高地」PAN*Daya）」。Benedek（一九九一年，頁一三）亦指出Irala與Ilawod為一組相對的概念詞，Irala意指「陸地」，Ilawod則有「海外」之意。對此，陳玉美（二〇〇八年，頁四五二）則進一步指出，「在蘭嶼Ilaod一詞過去被用來指稱巴丹島，亦指海外、異域，現在亦指臺灣本島。以蘭嶼島為單位時，Ilaod是往海的方向，也是指南方、前方的意思；Ilala是往陸上，往山的方向，也是指與南方相反的方向（北方）、後面、蘭嶼的意思」。翁瑜敏（一九九八年，頁五五）依島民的訪談資料說明：「『伊拉拉（Irara）』是伊巴丹人對蘭嶼雅美人的稱呼，意思是『北方的人』，傳說這群人為了逃避西班牙人的迫害，移去北方的蘭嶼，也有另一種說法是因颱風漂流到蘭嶼」。因此，綜上所述，根據南島民族語言學相對方位的用詞慣性，Teirala、Irala或Irara的島嶼稱名，似乎隱喻著Tao來自南方原鄉（巴丹島）的集體記憶，在絕對的海洋座標與彼此相對的方位上，蘭嶼成了一個位居北方（巴丹島的上方、北方）的島嶼。

關於蘭嶼島民的族稱「雅美族」一詞，相傳是源自一八九七年日人鳥居龍藏首次赴蘭嶼調查後，隔年於《東京地學協會雜誌》發表之〈臺灣通信（八）：紅頭嶼行之二〉報告中稱島民為Yami（參見圖九）。自此以後，雅美族這個名稱便成為該島原住民族名，並被官方文書與學術刊物引用迄今。鳥居甚至倡言，站在學術的立場，應該認同每一個地方或部落固有的傳統地名，並加以保存尊重（鳥居龍藏，一八九七〔一九九六〕年，頁二五〇－二五二）。對此，移川子之藏針對蘭嶼Yami一詞提出他的見解，「即使是在與

---

10 亦參筆者二〇〇七年田野採集資料。

11 Teirala在Tao語意的方向名稱上，係指「北方」之意（董森永，一九九七年，頁一五六）。

蘭嶼雅美族有著密不可分的關係的菲律賓巴丹島方面，ami 看來也是北之意，且在巴丹群島的北端有 y'ami 島(北之島)。蘭嶼的種族名雅美也非自稱，而是北島 y'ami（i-ami）之意的轉音」（移川子之藏，一九九三〔一九四〇〕年，頁五〇三）。然而，蘭嶼的現生島民除了 Tao、Tao do Pongso 之自我認同的族稱之外，另有諸如 Teirala、Irala、Tao doTeirala 等意指「北方人」、「北方的人」之族群自稱或別稱。從上可知，無論是自我論述或他者指稱，蘭嶼島名與族群稱名的各種說法，相對南方的巴丹島而言，蘭嶼及其島民始終是以「北方之島」與「北方的人」的語意來呈現，這是一種兩地族群遷徙集體意識的投射；同時，也隱約指涉出兩地之間，蘭嶼 Tao 族人族群遷徙歷史過程中的方向與路徑。

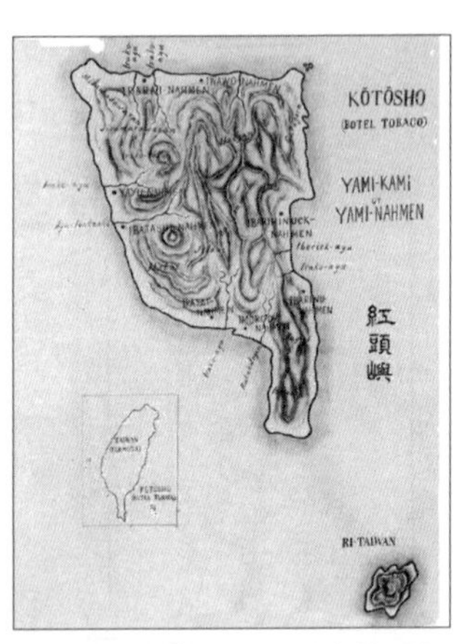

圖九：鳥居龍藏一八九七年手繪「紅頭嶼」原圖。（楊政賢提供）

四、交流中斷：島嶼生態負荷的競合關係

蘭嶼與巴丹兩地基於史前考古證據，以及兩地口傳資料具有高度文化類緣關係的揭露，在在說明了兩地從史前時代到口傳時代續有往來，關係密切。然而，造成兩地不再南北跨海交流的可能原因為何？除了文獻記載提及兩地男人的爭風吃醋、不當交易等歷史因素之外，筆者認為島嶼生態負荷所帶來的客觀環境制約，恐是重要因素之一。徵之歷史，我們可以發現兩地中斷交流之後，連帶後續即帶來諸如生態環境、社會結構、文化採借、相對方位，以及創世神話的創新等文化發展變遷的殊異發展。

Robert Layton（二〇〇〇年，頁四九－六八）論及族群起源與創世神話時，曾指出部分古老人群的傳統中，創生年代（creation period）是文化與土地連結的開始點。不斷重述創生年代的神話傳說，使得人群得以與其土地連結在一起，成為文化最堅實的一部分。那時地域群與其他地域群間要連結成一個區域群的方式，是依靠一些旅行英雄，這些英雄祖先從一地旅行到另一地，有時也會經過同一個地域群。因此，藉由在儀式中不斷重述、重演這些祖先的事蹟，便同時凸顯個別地域群的獨特性，也表現出整個區域網絡的連結方式。以蘭嶼廣泛流傳的「黑翅膀的飛魚」神話為例，該故事描述飛魚天神啟

示Tao祖先開始食用飛魚，族人重新記取飛魚祖先的訓誡，因此開始懂得善用飛魚資源，修補了人與飛魚之間的關係，從此繁衍族裔的過程。這則飛魚神話隱喻著Tao祖先接受了來自天神的啟示，它是一種轉化，引導著Tao族人重新找回自己文化的秩序，並發展出獨樹一格的飛魚文化體系。此外，「黑翅膀的飛魚」也告誡Tao祖先，要為每年飛魚的到來舉行招魚祭儀式，「你們要在十月的時候砍伐做火把用的蘆葦莖，十二月時我們看見你們所砍的蘆葦莖已堆在那裡之後，我們就會從南方慢慢地飛到你們這個島上，所以你們要在一月時為我們舉行招魚儀式，我們就會很快地回到你們的島」（余光弘、董森永，一九九八年，頁七－九）。從上可知，蘭嶼Tao族人為了發展飛魚捕撈的永續生業方式，因而衍生出招魚祭儀及其漁團社會組織的共構關係。也因此，蘭嶼透過創世神話開啟了異地生存的序幕，也藉由「在地化」之後的經驗與知識累積，建立了屬於Tao本身獨特的海洋知識及其核心的文化內涵；同時，兩地文化的發展也就此面臨了分道揚鑣的命運。

有鑒於此，針對兩地中斷交往的客觀環境因素，夏曼．藍波安提出一個兩邊係依賴星星、風向、潮流等專屬海洋知識，始能進行南北航海的在地觀點，他認為：

為什麼沒有繼續呢？傳說，最終是因為 Ivatan 人不想再與達悟人 minganangana（航海交易），可是 Tao 人堅持還是南下試圖繼續進行之，最後在巴丹島以戰爭結束往來的交易，歷史過去真實的事件，在沒有文字的記載下，成為 Tao 人現今的「神話故事」，Ivatan 人早已忘記的歷史記憶（夏曼．藍波安，二〇〇三年，頁九）。

此外，關華山檢視蘭嶼特殊「生態窩」雙村的歷史發展模式，他認為：

就紅頭、東清與朗島部落早年的人口而言，其所居之生態窩太豐饒了，所以可以容納後來的巴丹島移民，但其都只能居於較差的地塊。其中野銀成功地形成一聚落，而 Iwatas 卻很可能因選址出了問題而絕滅，漁人的外來移民與本地居民也成功融合在一起，朗島的小聚落到日治初期也融入它自己。而雅美人與巴丹島人間的交往可能因為一方為保衛自己的資源，另一方想再移入而起了鬥爭，很可能這就是大約三百年前的流血事件，正阻絕了更多的移民，使得蘭嶼往後可以保持一個相當程度的封閉人文與生態系統（關華山，二〇〇八年，頁二六六）。

綜上所述，兩地中斷交往的客觀環境因素，夏曼．藍波安表示是起因於「Ivatan 人不想再與達悟人minganangana（航海交易）」，而關華山則認為是「一方為保衛自己的資源，另一方想再移入而起了鬥爭」。事實上，筆者認為這兩種歸因皆涉及島民面對島嶼有限生存空間的意識與警覺；同時也暗喻著，Tao與Ivatan儘管可能是同源共祖的同一「族群」，但仍逃避不了皆必須面對客觀環境與資源有限制約下的生存考驗與競合關係。換言之，「島嶼生態負荷」儼然是兩地除了男人爭風吃醋、不當交易等歷史因素之外，另一個造成兩地交往中斷的重要環境因素之一。

五、結語：海的彼端是「原鄉」？

蘭嶼與巴丹兩地基於地緣關係與族群文化類緣的客觀事實，以致目前部分族人口述歷史與學理建構出現「巴丹島可能是蘭嶼島民的原鄉之一」的論述。然而，部分學者對此仍持有不同的看法，余光弘（二〇〇一年，頁一六）即認為，「兩地雖有若干相似之處，但相異之處卻更有過之，造成兩地文化發展差異的主要原因為巴丹移民抵達蘭嶼後，面臨生態環境的大幅改變、原有社會結構的難以複製，以及島上其他族群文化元素的採借等因素」。再者，針對蘭嶼各個部落文化內涵的內部差異性，余光弘則認為，「『非雅美』的各個族群可能是先雅美人占居蘭嶼者，也可能是雅美族人口尚少、還未均勻分布全島時的後來者，無論其為先來後到，他們的文化特質應該多少會融入雅美文化中，稀釋其中的巴丹成分」（同上，頁三九）。因此，我們若從蘭嶼的考古發現、起源神話與文化內涵等面向進行更細緻的分析，或可推論蘭嶼全島的 Tao 族群，當初可能並非集體行動、一次到位或計畫性地遷居蘭嶼。而隨著時空的遞變，蘭嶼與巴丹，以及蘭嶼各部落之間，其文化發展呈現出「兩地雖有若干相似之處，但相異之處卻更有過之」的殊異現象，也就不難理解了。此外，針對「來自巴丹」這種鄉愁寄望與一廂情願的推論，也引來部分蘭嶼島民的不同意見，一位 Tao 族人即曾表達他所抱持的不同觀點：

我從海洋知識或自己的航海經驗發現蘭嶼的祖先可能來自南方沒錯，但不一定是從巴丹島直接到蘭嶼。有可能是某個南方的地方經由恆春、臺東、綠島，來到蘭嶼。從季風、洋流、地形等海洋知識與條件來看，這樣的航線也是有可能的。所以，巴丹人也有可能是從蘭嶼由北向南遷徙過去的，巴丹島怎會變成是蘭嶼的原鄉呢？

上述族人試圖從南島世界的航海知識出發，告訴我們月亮、星辰、潮汐、洋流等環境因素，以及對蘭嶼 Tao 人原初理論（泛靈信仰文化體系）理解的重要性。因此，上述的觀點，正好提供我們一個重新思考蘭嶼與巴丹族群遷徙路線的參考。換言之，所謂的族群遷徙路線，可能因年代的歷史縱深，以及季風、洋流、地形等海洋環境因素的影響，因而形成海洋島嶼空間上複雜而不同層次的遷徙網絡，而非一般學理所推論單一的遷移路線。

此外，楊政賢（二〇一二年，頁四六）亦指出，相對於 Tao 似乎只有由「南」向「北」單向路線的族群遷徙記憶而言，Ivatan 的族群遷徙路線與方向則較多元複雜，例如：史前與口傳時期，部分 Ivatan 人咸信其早期祖先可能是來自北方臺灣（Formosa）的移民後裔（cf. Hidalgo，一九九六年，頁一一；Philippine Information Agency，二〇〇二，頁八）；而近代階段，部分 Ivatan 則是為了躲避西班牙的殖民統治而南遷至巴布漾群島（Babuyan Islands）等（Hidalgo，一九九六年），即是一條由「北」向「南」的遷徙路線。反之，Ivatan 從巴丹本島（Batan Island）陸續往北遷居依特巴雅島（Itbayat Island）以及更北的北方之島（蘭嶼）等，如此的遷徙路線，則是一個由「南」向「北」的移動方向。相對於蘭嶼此島不可能成為一個「中心」，以及 Tao 僅有由「南」向「北」單向路線的族群遷徙口傳歷史而言，巴丹本島則是以「中心」本島自居，Ivatan 亦在不同時期有不同路線的族群遷徙，往返於巴丹本島及其鄰近的衛星離島網絡裡，彼此南來北往，互相交錯盤結。

總之，在蘭嶼與巴丹之間的廣大海域，海的彼端是否就是「原鄉」？誰又是誰的「原鄉」？或許，對長期寓居廣大海洋的 Tao 與 Ivatan 此一島、國之間的「族群」而言，所謂的「南方」可能是地圖上客觀的絕對座標，而所謂的「北方」亦可能也只是某些時空脈絡之下主觀的相對方位。

參考資料

丁字褲文史工作室　二〇一〇年，《蘭嶼 Tao 族 Mikarayag 拍手歌會音樂展演暨影音採集計畫成果報告書》，蘭嶼：丁字褲文史工作室。

余光弘　二〇〇一年，〈巴丹傳統文化與雅美文化〉，《東臺灣研究》六期，頁一五－四六，臺東：東臺灣研究會。一九九八年，《臺灣原住民史——雅美族史篇》，南投：臺灣省文獻委員會。董森永合著。

呂鈺秀、郭建平　二〇〇七年，《蘭嶼音樂夜宴：達悟族的拍手歌會》，臺北：南天。

李壬癸　一九九七年，《臺灣南島民族的族群與遷徙》，臺北：常民。

洪敏麟　一九七八年，〈光緒二十三年臺東廳吏之蘭嶼探查史料〉，《臺灣文獻》二九期，頁一－一五，南投：臺灣省文獻委員會。

胡正恆　二〇〇八年，林美容、郭佩宜、黃智慧編，〈歷史地景化與形象化：論達悟人家團創始記憶及其當代詮釋〉，《寬容的人類學精神：劉斌雄先生紀念論文集》，頁四四五至四八二，臺北：中央研究院民族學研究所。二〇一〇年，卿敏良總編，〈簡介蘭嶼地理資訊：一個地景人類學的觀點〉，《雅美 Tao 海特展專輯》，頁二四－二七，臺北：臺北縣立十三行博物館。

浦忠成（巴蘇亞．博伊哲努）　二〇〇七年，《被遺忘的聖域：臺灣原住民神話、歷史與文學的追溯》，臺北：五南。

夏本．奇伯愛雅　一九九六年，《雅美族的古謠與文化》，臺北：常民文化。二〇一一年，《雅美族歌謠：情歌與拍手歌》，新竹：國立交通大學。

夏曼．賈巴度（施馬高）　一九九七年，《蘭嶼部落地景地名空間文化之調查》，臺東：臺東縣立文化中心。

夏曼．藍波安　二〇〇三年，《原初豐腴的島嶼——達悟民族的海洋知識與文化》（碩士論文），新竹：國立清華大學人類學研究所。

徐瀛洲　一九八四年，《蘭嶼之美》，臺北：行政院文化建設委員會。

翁瑜敏　一九九八年，〈咫尺天涯覓芳鄰——八重山與巴丹群島紀行〉，《經典》二期，頁五〇至七三，臺北：慈濟傳播人文志業基金會。

陳玉美　二〇〇一年，《臺東縣史．雅美族篇》，臺東：臺東縣政府。二〇〇八年，林美容、郭佩宜、黃智慧編，〈兩性、工作、時間與空間：從蘭嶼民族考古學資料重新思考「考古遺址」〉，《寬容的人類學精神：劉斌雄先生紀念論文集》，頁四四五至四八二，臺北：中央研究院民族學研究所。

楊政賢　二〇一二年，〈島、國之間的「族群」：蘭嶼 Tao 與巴丹島 Ivatan 的口傳歷史〉，《南島研究學報》三卷一期，頁二七—五四，臺東：國立臺灣史前文化博物館。

董森永　一九九七年，《雅美族漁人部落歲時祭儀》，南投：臺灣省文獻委員會。
董瑪女　一九九五年，《芋頭的禮讚》，臺北：稻鄉。
臧振華　二〇〇二年，〈保存蘭嶼地下史料的重要性：一個學術的觀點〉，刊於《二〇〇二臺北市原住民文化祭系列活動——南島民族世紀首航暨海洋文化國際論壇論文集》，財團法人臺灣原住民部落振興文教基金會編，頁一二七—一二九，南投：財團法人臺灣原住民部落振興文教基金會。二〇〇五年，〈從考古資料看蘭嶼雅美人的祖源問題〉，《南島研究學報》一卷一期，頁一三五—一五一，臺東：國立臺灣史前文化博物館。
臺東縣政府　二〇〇八年，《九七年度臺東縣雅美族祭儀普查建檔計畫期末報告書》，臺東：臺東縣政府。
劉其偉　一九九六年，《臺灣原住民文化藝術》，臺北：雄獅。
關華山　一九八九年，〈雅美族的生活實質環境與宗教理念〉，《中央研究院民族學研究所集刊》六十七期，頁一四三—一七五，臺北：中央研究院民族學研究所。
移川子之藏　一九九三〔一九四〇〕年，黃秀敏譯，〈方位名稱和民族遷移及地形〉，《臺灣南島語言研究論文日文中譯彙編》，頁四八八—五〇三，臺東：國立臺灣史前文化博物館籌備處。二〇〇五〔一九三一〕年，移川子之藏等著，楊南郡譯，〈紅頭嶼與南方巴丹群島：口碑傳承與事實〉，《臺灣百年曙光：學術開創時代調查實錄》，頁一〇—三一，臺北：南天。
鳥居龍藏　一九九六〔一八九七〕年，楊南郡譯，〈臺灣通信（八）：紅頭嶼行之二〉，《探險臺灣：鳥居龍藏的臺灣人類學之旅》，頁二五〇－二七〇，臺北：遠流。

稻葉直通　一九五二年，劉廣麟譯，〈紅頭嶼〉，《臺灣文獻》一卷，頁一〇－三七，臺北：國史館臺灣文獻館。

楊翠

〈兩種回家的方法——論伊苞《老鷹，再見》與唯色《絳紅色的地圖》中的離／返敘事〉

一九六二年生，臺中人，國立臺灣大學歷史學研究所博士，現任國立東華大學華文系教授。曾任《自立晚報》副刊編輯、《自立週報》全臺新聞主編、《臺灣文藝》執行主編、臺中縣社區公民大學執行委員、行政院促進轉型正義委員會主任委員。

著有散文集《最初的晚霞》、《壓不扁的玫瑰：一位母親的三一八運動事件簿》、《年記一九六二：一個時代的誕生》，傳記文學《永不放棄：楊逵的抵抗、勞動與寫作》，學術論文《日據時期臺灣婦女解放運動》、《少數說話：臺灣原住民女性文學的多重視域》，並與施懿琳合著《彰化縣文學發展史》，與廖振富合著《臺中市文學史》。

本文出處：二〇一五年四月，《民族學界》三十五期，頁三五—九五，臺北：國立政治大學民族學系。

兩種回家的方法——論伊苞《老鷹，再見》與唯色《絳紅色的地圖》中的離／返敘事

一、前言

排灣族女作家達德拉凡．伊苞（Dadelavan Ibau，一九六七年出生，以下簡稱伊苞）的《老鷹，再見》（二〇〇四年），以及圖博女作家茨仁唯色（Tsering Woeser，一九六六年出生，以下簡稱唯色）的《絳紅色的地圖》（二〇〇三年），兩部文本皆具旅行文學性質，亦皆以西藏為旅行地點，本論文扣緊作者的生命歷程，文本中的旅行路徑、西藏圖像、故鄉想像、歷史敘事、文化認同，以及旅行／書寫主體的自我辯證等面向，進行比較研究。

伊苞出生於一九六七年，一九九一年畢業於玉山神學院，一九九二年曾歸返部落，從事排灣族母語寫作，一九九三年任中研院民族所研究助理，曾深入部落進行田野工作達八年之久，其後長期從事劇場工作。伊苞的教育過程與文化實踐歷程，體現臺灣原住

民族近代知識精英及文化工作者的某種典型：接受現代、漢式（或西式）教育，接觸或接受西方宗教，在原鄉／異鄉、自我／他者之間，來回移動、追尋與思辨，企圖尋找自我生命實踐的著力點。

伊苞一方面熟悉部落的語言和文化，一方面以純熟的漢語，以及現代教育所習得的知識和媒材，進行書寫與文化反思，她的書寫中，經常彰顯出思想矛盾與自我拉扯。伊苞的矛盾體現在幾個層面：首先，是她與部落的關係：伊苞與部落族人感情親密，經常往來於部落與臺北之間，部落甚至是她的研究「田野」。然而，不僅她自身不斷糾結於離／返之間，族人也認為她已逐漸遠離，「妳的路，看起來，是愈走離我們愈遠了」（伊苞，二〇〇四年，頁二三）。其二，就信仰的面向而言，伊苞與部落巫師情誼深厚，巫師經常問她：「妳要不要學習成為一個巫師」（伊苞，二〇〇四年，頁七一），這表示在巫師眼中，伊苞既具有巫術潛質，也是神靈喜歡的人。然而，伊苞畢業於西方宗教脈絡下的「玉山神學院」，在部落傳統信仰與西方宗教之間，在離／返之間，經常陷入矛盾拉扯。其三，在語言使用方面，她嫻熟於部落語言，並以此進行田野筆記，同時，她自身的散文書寫，也是先以母語思考，經過自我轉譯而成，卻寫成被視為「很中文」的《老鷹，再見》：

我會使用排灣族的語言來思考，再轉換為國語，但是讀者看到我的文章，也說我的敘述很「中文」呀，我覺得這是情感的提升，我一直想像母語，一再地思考最美的、最好的、最適切的中文表達（林宜妙、陳芷凡訪問紀錄，二〇一五年一月三十日）。

《老鷹，再見》是伊苞二〇〇二年八月一趟西藏朝山之旅的旅行文本，這次朝山之旅，以藏西阿里地區的聖湖和神山為目的，然而，包括伊苞、攝影師張智銘（Michale Chang）與其他同伴，都沒有登山經驗（伊苞，二〇〇四年，頁九四）。由於旅程道途艱辛，伊苞自陳已事先做好死亡的準備，去西藏之前，曾留下遺書：

去西藏前，領隊說西藏轉山很危險，很多人去了，不一定回得來。我當時以就死的決心來準備，所以寫了一份遺書寄給我的老師，清楚交代，若發生意外，請老師把保險金用來籌設「原住民戒酒中心」（伊苞，二〇〇四年，頁二〇三）。

這樣的遺書，既表現她出走的覺悟，也彰顯她對家鄉（包含多重指涉：臺灣、原住民族、排灣族、部落、族人）的依戀情感，而此種鄉情，更體現在《老鷹，再見》一書中。

伊苞轉山之旅的時程，觀諸文本，以進入尼泊爾與西藏邊界之日算起，開始於八月十一日，而文本最後寫到翻過卓瑪拉山頂，準備下山回家，是八月二十日，旅程未完，文本已止。《老鷹，再見》先是連載於《人本教育札記》，二〇〇四年出版單行本，書名副題為「一位排灣女子的藏西之旅」，圖文並茂。西藏之旅因而既是出走，也是返鄉；伊苞曾經自述，西藏之旅讓她找到「心靈故鄉」，也成為本書的書寫動能：

我在西藏花了四天的時間轉山，感覺生命的層次在改變。我在西藏身體發生了很大的不適，可是我會打坐、會觀想，我覺得西藏就是我心靈的故鄉。回來之後，我發現我真的改變了，我相信我們都有一個藍圖，才會到這個世界，才會寫到這本書。寫這本書好像不是我寫，好像有一個人叫我寫，每天凌晨四點起來寫，起不來會有一個聲音叫我起來，所以我才說有守護神（池麗菁記錄、撰稿，二〇一五年一月三十日）。

圖博[1]女作家唯色的書寫和思索，與伊苞相近。唯色一九六六年出生於拉薩，「唯色」之名，意為「永恆的光芒」，其血統具混雜性，祖父為漢人，從四川來到藏東康地德格，娶了康巴女子，而她混血的父親又娶了後藏日喀則的女子。十五歲以前，唯色都在藏區生活，十五歲到成都，進入西南民族學院預科高中部，其後就讀漢語文系，一九八八年畢業，一九九〇年重返拉薩，擔任《西藏文學》雜誌編輯。至二〇〇四年六月為止，她在中國的發聲幾乎被全面禁錮。

唯色的書寫歷程，歷經重大轉變，從追求個人內心情感及藝術化表現，到傾向於現實關懷，她自言，大約是在一九九五年前後開始發生變化：

> 我記得我變化的時候是九五年，那個時候，跟十一世班禪喇嘛，還有達賴喇嘛轉世的靈童有關，中國不承認，另立一個，我們那個時候就天天開會，我就覺得特別荒謬。我以前寫詩，跟現實好像沒有太大關係，都是很個人、很內心、很藝術化，追求自己要追求的那種東西。但是那天，我寫了一首詩。我從來沒在開會的時候寫一首詩，跟現實有關的詩（唯色，二〇一二年，頁七）。

一九九五年的轉變，不僅使唯色的文學開始具備現實性與批判性，同時也是她以文學返鄉的初航，更使她成為中共當局眼中的「異議分子」。二〇〇三年，唯色散文集《西藏筆記》以「政治錯誤」為由被查禁（唯色，二〇〇六年，頁一二）[2]；同年，遊記《絳紅色的地圖》由臺灣時英出版社出版，二〇〇四年，圖文書《絳紅色的地圖》由中國旅遊出版社出版時，亦被中共查禁；二〇〇六年，唯色在中國大旗網、藏人文化網上的部落格，皆遭中共強行關閉。唯色現居北京，來回於北京與拉薩之間，依中國與西藏的政治局勢而定，有時被限制無法歸返拉薩，有時被禁足於北京寓所，長期受到政治監

1 目前一般共識用法，指涉「族群」而非「地域」時，不稱「西藏」而稱「圖博」（Tibet）（或譯圖伯特）。「西藏」是被賦予的地名，而「圖博人」則緣自「Tibet」的音譯。然而，由於兩部文本皆出版於十年前，文本中亦皆使用「藏人」，本論文為避免行文之間顯得混亂，在稱呼作家身分屬性、強調民族課題時，謂之「圖博」，但述及文本中的人事地，仍以「西藏」、「藏人」稱之。另一方面，唯色自身亦對這兩個名詞的使用表達了看法，認為二者不可偏廢：「我想過以『圖伯特』來恢復被湮沒的歷史，也認識到『西藏』的現實意義不可被湮沒。」（唯色，二〇一一年，頁一七）。

2 唯色也因而被解除在《西藏文學》的編輯職務（唯色，二〇〇六年年，頁一二），《西藏筆記》其後易名為《名為西藏的詩》，二〇〇六年由大塊文化重新出版。

管[3]；自二〇〇四年後，她的著作都無法在中國出版，但長期維持在部落格「看不見的西藏」等網路平臺向世界發聲，成為當前世界最知名的圖博女作家之一。

唯色著作豐富，寫作文類多元，橫跨詩、散文、小說、口述歷史、報導文學，作品幾乎都在臺灣出版，除了前述諸書之外，還包括《西藏在上》（詩選集，青海人民，一九九九年）、《殺劫》（再現西藏文革時期的歷史圖像，大塊文化，二〇〇六年）、《西藏記憶》（西藏文革的口述歷史，大塊文化，二〇〇六年）、《念珠中的故事》（短篇故事及小說集，香港大風，二〇〇七年）、《看不見的西藏》（圖文集，大塊文化，二〇〇八年）、《雪域的白》（詩選集，唐山，二〇〇九年）、《鼠年雪獅吼：二〇〇八年西藏大事記》（日記體散文集，允晨文化，二〇〇九年）、《西藏：二〇〇八年》（散文集，聯經，二〇一一年），並與其夫、山東籍漢族作家王力雄合著《聽說西藏》（文化與政治論述，大塊文化，二〇〇九年）、《圖伯特這幾年》（文化與政治論述，允晨文化，二〇一二年）。

唯色的作品無法在中國出版流傳，卻被翻譯成英、法、德、日等近十國語言，並獲得世界多種獎項，包括二〇〇五年的「赫爾曼／哈米特獎」（Hellman Hammett Grant）；二〇〇七年更連獲三項獎項，包括入圍「紐斯塔國際文學獎」（The Neustadt

International for Literature)、挪威作家聯盟的「自由表達獎」(Freedom of Expression Prize)、印度的西藏記者協會的「無畏言論者獎章」(Fearless Speaker Award)等(唯色，二〇〇九年，頁二三五—二三六；二〇一四年，九月廿日)；二〇一〇年連獲香港「獨立中文筆會」第五屆林昭紀念獎、「國際婦女傳媒基金會」的二〇一〇年度新聞勇氣獎；二〇一一年，獲荷蘭克勞斯親王基金會頒發「克勞斯親王獎」；二〇一三年三月，獲美國國務院頒發「國際婦女勇氣獎」。西方學者指出，唯色是「運用現代傳媒表達觀點的第一位藏人」(唯色，二〇〇八年，封面扉頁)。然而，由於中國政府對她採取軟禁監控，不允許出境，以上獎項她都無法出席領取(唯色口述、楊翠筆錄，二〇一二年，頁七)。

---

3 直到最近，唯色的行蹤仍然受到中國當局嚴密監管。二〇一四年八月八日，唯色從北京返拉薩，一抵機場，即被當地警方「請喝茶」(盤問、檢查、查扣物件)。她說：「我的行李被一件件打開、錄影，包括內衣、藥、化妝品，包括書、電影光碟，甚至電腦被拷貝、手機被一頁頁錄影等等，我只覺得蒙受屈辱，就跟被搜身還被錄影一樣，比他們各種指責都屈辱。」(唐琪薇訪問紀錄，二〇一四年九月二十日)。

與伊苞《老鷹，再見》相同，《絳紅色的地圖》緣起於唯色一九九七年一次「朝聖之旅」，此次旅程，既是為了尋找「香巴拉」（淨土中的淨土），也是為了拍攝一部關於文成公主的電視劇。其後，電視劇未成，但團隊完成一部《尋找香巴拉》紀錄片。唯色說：

被命名為「尋找香巴拉」的朝聖之行，也是同時擬作的一部紀錄片的名字。在一份有關這部片子的大綱上，其中這樣談到這次旅行及影片的宗旨：……我們決定去尋找香巴拉，親自去雪山聖域，尋找開發內心世界的方法（唯色，二〇〇三年，頁三〇、三二）！

唯色這趟朝聖之旅，始於一九九七年八月十八日，從北京出發，歷時一個月，走了兩千多公里，九月十八日來到拉薩的楚布寺，一九九七年歲末《絳紅色的地圖》動筆，一九九八年五月完成，二〇〇三年才得以在臺灣出版。

伊苞《老鷹，再見》的轉山朝聖，唯色《絳紅色的地圖》的尋找香巴拉，兩者旅行寫作的緣起具有高度相似性，兩書無論從作者抑或文本的角度，都有高度的可比較性。首先，從作者的角度來看，兩位作者都是女性作家，並具備高度相似性：⑴兩人的「世代性」相同，伊苞出生於一九六七年、唯色出生於一九六六年。⑵相對於漢人主流文化，兩人皆屬於少數民族，其族群在歷史發展過程中，皆曾受威權體制（含殖民體制）、主流文化入侵與操控。⑶兩人的族群文化，都以深邃的宗教信仰為母體，「宗教性思惟」均影響兩人的思惟理路與文字內涵。⑷兩人的族群文化傳統，在現當代都面臨現代化與漢化的侵襲，造成生活空間與文化內涵的多重扭變。⑸兩人都透過書寫傳達對族群、歷史、文化、自我的內／外多重思辨，以及對威權體制與主流文化的反思。

扣合作者與《老鷹，再見》、《絳紅色的地圖》二書，更具備高度可比較性：⑴二書都以「西藏」為書寫對象。⑵敘事者都以「旅行者」的姿態進入西藏。⑶旅行目的皆具有「朝聖」的宗教性涵義。⑷旅行時間：都於夏季八月中旬（伊苞十一日、唯色十八日）啟程，文本中的季節感、空間感、身體感，包括顏色、氣味等均相似。⑸兩人都強調一種「在路上」的能動姿態[4]。⑹兩人的書寫策略，在形式上也有共通性，都具有旅行文學、報導文學的涵義，以及手記體的書寫特質（伊苞標註時間與地點，唯色以地點為主）。⑺兩部作品的主題意識，都包含離／返課題、故鄉意識、族群歷史記憶與文

4 董恕明在論述伊苞時，亦特別強調此種移動的姿態（董恕明，二〇〇八年，頁一三二）。

化思辨、西藏空間語境、生／死課題、主體的存在感與認同感等等，有高度相似性。

當然，伊苞與唯色，《老鷹，再見》與《絳紅色的地圖》這兩個參照組，除了前述諸多類同性之外，亦有值得深入觀察的殊異性，異同互現，形就本論文更高度的研究價值。就作者的角度觀之，兩人的身世背景、兩人與部落（族群）關係之殊異性，以及返鄉路徑、文化反思進路之殊異性，皆可再深入論述。就文本的殊異性觀之，首先，兩書雖然都以西藏為書寫對象，然而，《老鷹，再見》進入西藏，其實是歸返排灣，對伊苞而言，走得更遠，讓她得以更理解故鄉，此種離／返辯證，不斷出現在文本中；而《絳紅色的地圖》雖是旅行紀錄，卻彷彿一直「在家」，敘事者的旅程，是一趟故鄉歷史、家族生命記憶的旅程，文本中那張「旅行地圖」，既是空間上的地圖，更是精神上的地圖。其次，伊苞文本中，敘事者與父親、巫師的深摯情誼，與唯色文本中的父親、仁波切之間，頗有相似之處，但敘事者不同的面對態度，也展開不同的離／返思辨。其三，兩個文本中的故鄉意象、敘事的美學手法，有其異同，此亦是本論文所欲探析的課題。

二、兩個離鄉者的返鄉書寫

本章將扣緊前述兩位作者的生命歷程及書寫位置，論述《老鷹，再見》與《絳紅色的地圖》的創作緣起，並比較兩個文本的敘事結構、書寫策略之異同[5]。

（一）《老鷹，再見》：從離開、遺忘寫起

以敘事結構來看，《老鷹，再見》是一部從離到返的寓言之書。本書的文字部分，分為四個單元及後記，除第一單元外，主文是以日記體形式書寫，標記日期與地點，內容則採取兩條文化時空交叉敘事的軸線，一條是在西藏的旅遊實境，以現在進行式描述

5　首先必須說明，筆者並不認為散文中第一人稱的「敘事者我」，直接等同於「作者我」，然而，一方面由於《老鷹，再見》與《絳紅色的地圖》皆屬自傳式散文體，作者我／敘事者我，兩個「我」確有高度疊合性；另一方面，為求論述行文的方便性與簡潔性，以下行文之間，作者我／敘事者我，有時可以替置，請讀者依文脈語意判斷。

她對藏地的自然景觀與風土人文的觀察，以及她與藏人的對話，包括宗教禮俗、歷史文化等；另一條軸線則是部落記憶，以過去式的回溯法，觸及她自身的排灣生命經驗、儀式涵義、部落風土、族人情誼等等。

從各單元的標題來看，亦是如此，第一單元「藏西　部落」、第二單元「聖湖　巫師」、第三單元「巾幡　鷹羽」、第四單元「唵　嘛　呢　叭　咪　吽」；前三個單元的標題文字，以空格區分成前後兩部分，前半指涉西藏，後半指向排灣，最後一個標題，以佛號從精神上將兩者扣合。圖像部分，同樣分為兩個區塊：彩色大幅圖片是藏西的地理風土、人文景觀，而黑白小幅圖片置於文字下方，是排灣族部落的人物、習俗紀事。《老鷹，再見》的西藏相關圖文，符合旅行文學的表現形式，出現在二〇〇四年，正逢臺灣旅行書寫的「熱潮」[6]；然而，《老鷹，再見》卻又不僅是一部旅行見聞錄，無論從結構安排、文字內容、圖像涵義等方面來觀察，這趟藏西之旅，也正是伊苞個人複雜的自我思辨與文化返鄉之路。

首先觀察第一單元「藏西　部落」。本書沒有「前言」或「序言」，然而四個主要單元中，「藏西　部落」與其他三個單元的體例不同，未以日記體書寫，也非正式進入藏西之後的紀錄，觀其內容，可視為旅行的前奏曲，具有「前言」或「序言」的意義。這段前奏曲，是從敘事者「我」的出生和家族寫起，包含五個小單元，兩條軸線交織：自我回溯的生命記憶，和出發上路的旅行前奏。「後記」則與「藏西部落」前後呼應，皆處理離／返課題，「後記」可視為作者自述，短短數頁，移動路徑由外而內：旅程結束，從臺北返回屏東高樹，下車後，舉目皆親族，盈耳皆族語，作者感到自己回到家了：

居住在大武山山麓的排灣人，世代交往熱絡，彼此具有聯姻關係，聽見老人家親切而熟悉的排灣語，經過一天的舟車勞頓之後，心情終於落實，我不是在旅行，我回到家了（伊苞，二〇〇四年，頁一九九）。

作者也在此說明她自身的創作與返鄉的關係：包括《老鷹，再見》一書，以及舞臺劇《祭．遙》，都是從「遺忘」寫起：

6　九〇年代，臺灣旅行書寫開始掀起熱潮，「華航旅行文學獎」、「長榮寰宇文學獎」陸續舉辦。二〇〇三年，紅樹林文化出版公司出版了一系列「臺灣文學旅行系列」。二〇〇四年，兩本旅行文學選集誕生，分別是孟樊編，《旅行文學讀本》；胡錦媛編，《臺灣當代旅行文學》。

我作了生平第一部戲——《祭・遙》。故事內容是關於排灣族悲傷的靈魂和巫師的凋零。劇中有個悲傷的靈魂，開頭是這麼唱著：「每個人的靈魂深處都有一首歌，一首古老的歌，只是，有人忘了，我也忘了。」（伊苞，二〇〇四年，頁二〇五）。

《老鷹，再見》正是在書寫各種「遺忘」與「記憶」，從「忘了」寫起，從靈魂的悲傷寫起，從認同的糾結與矛盾寫起，朝向記憶的梳理與建構，藉以重新思辨自我的文化身分與認同取徑。以部落集體的「忘了」而言，信仰失落是最大關鍵；文本中敘述，巫師常對她提及，傳統信仰已被外來的神取代，人們遠離原來的世界，連傳統的神祇也感到孤單害怕：

> 居住在大武山的創造神，坐在綠葉蓊鬱的榕樹下看著山下的人民，他身後寧靜的湖泊，魚群自湖中跳躍，有外侵者從他身邊走過，他感到孤單害怕（伊苞，二〇〇四年，頁七八）。

部落中人與神愈離愈遠，人與人亦然；如文本中敘及，部落老婦人擅說故事，但敘事者的耳朵卻想離開她們、離開那些故事：

> 她們的頭上有一棵樹，樹上長滿故事，……我憤而離去，再也不想知道關於她們，關於部落的種種（伊苞，二〇〇四年，頁一八〇—一八一）。

在此，「故事」是一個深刻的隱喻，代表原鄉、歷史、傳統，也是部落族人之間的情感連帶關係；敘事者「離開那些故事」，表示與部落的歷史、文化、生活脈絡產生脫鉤。而當這個「離開者」，原本有機會成為「故事」的核心傳述者（巫師）時，「離開者」的內在自我矛盾更見強烈；文本中，巫師不斷詢問敘事者想不想學習成為巫師，敘事者都以「離開」作答。這是由於在主流社會中，她的膚色與身分造成沉重負擔，使她不斷面臨必須剝落這層負擔的精神焦慮，「我必須不斷削去我身上的氣息，我的原來色彩，以適應不同的概念和價值，才不致傷痕累累」（伊苞，二〇〇四年，頁一四八）。然而，削去原來的氣息與色彩，僅能讓自己暫時藏身主流社會，「離開那些故事」，放棄學習成為巫師，卻讓自己孤兒化，無論在部落或異鄉，都失去歸屬感：

巫師不會再要我當巫師了，我不再看見奶奶突然對著看不見的人說語，部落不再有群體聚集的能量。在異鄉、在部落，我是個孤兒，失眠當伴（伊苞，二〇〇四年，頁一四八——一四九）。

《老鷹，再見》正是從離開與遺忘寫起，通過旅程中每一次的記憶與思念，讓心靈逆轉，走在歸返的路上。綜觀伊苞《老鷹，再見》的敘事結構，從第一個單元的敘事者出生、巫師夢境寫起，中段是各種離開與遺忘，後記則是歸返部落與鄉音，其所彰顯的，是先回歸、再出走、再回歸的複雜離／返迴路。文本中敘事者的離／返迴路，與伊苞自身相同：離開，是為了逃避與遺忘，而歸返，則是為了以更強壯的主體，回饋故鄉更多力量：

每次回去部落，孤寂感很強烈排山倒海而來，死亡率那麼高，有沒有人去反省為什麼？我每次回去時，我會陷在那個無形的……，不知怎麼解釋。所以，我一直在外面吸收養分，我一定要讓自已壯大起來，有一天我要回去，可能那時候就像當初去山上教小朋友，那個願力就成熟了，就會回去，回去喚醒部落的人尋找最根本的東西(池麗菁訪問紀錄,二〇一〇年三月二十六日)。

《老鷹,再見》因而彰顯出伊苞如何從部落田野出走,走向異文化的風土,再逆轉旅程,踏上自我的返鄉之路的複雜歷程,經由出走、上路、歸返,她對母文化的認知更深刻、情感更深摯、自我圖像更清晰,如《老鷹,再見》的結尾所言:

我的故事呢?藏西之旅開啟我的心靈,從整理、撰稿到導演《祭‧遙》,這段期間,我發現了自己的心靈對外在事物的開放與接受度的寬廣(伊苞,二〇〇四年,頁二〇五—二〇六)。

對於部落族人,還有對巫師的思念,我拿起來,然後,放下(伊苞,二〇〇四年,頁二〇六)。

從「離開那些故事」,到整理「我的故事」,從「拿起來」到「放下」,離鄉者的返鄉之路有了一個獨特的歸著點;觀諸文本脈絡,此處所謂「放下」,並非一般物理性意義的身體歸返或離開，而是精神意義上的返鄉、安置自身。《老鷹，再見》不斷彰顯出此種逆向的歸返路徑，彷彿走得愈遠，故鄉圖像愈見鮮明，愈得以在異鄉感知故鄉的呼喚；正如旅途中，她好幾次「總以為自己在回家的路上」（伊苞，二〇〇四年，頁一三）。

由此可見，《老鷹，再見》一書，確實與伊苞自我的文化認同辯證密切相關，她與巫師的情感連帶，她對部落的離與返，都關係著她自身的認同思辨。再者，「西藏」做為一個召喚故鄉的地點，與一般的旅行地點不同，而是具有特殊意義的地點；正因為西藏的少數民族處境，及其若干文化細節（如自然神靈、生死觀、老鷹圖騰等等），與排灣族頗有互通性，因此，西藏的朝山之旅，更打開她與部落對話的通聯路徑。

（二）《絳紅色的地圖》：從「陌生人」到「見證人」

唯色《絳紅色的地圖》的敘事結構，除了前言、後記、補充之外，主體分成七章，除第七章外，標題皆以「地點」標示，包括「從拉薩出發」、「文成公主的家鄉」、「蒼茫的安多」、「壯麗的康巴大地」、「西藏的門戶」、「回到拉薩」，鋪展出一張旅行／返鄉地圖。另外，本書第七章題為「聖潔的衛藏」，出現在線性的旅行地圖結束之後，透過一本《衛藏道場勝跡志》的導遊手冊[7]，做為導覽地圖，將幾趟西藏旅程中的所見所思，雜揉在一起，以「追尋靈魂淨土」收尾；本章做為文本主體結構的末章，其在敘事結構中所發揮的作用，與《老鷹，再見》的「唵　嘛　呢　叭　咪　吽」一章，異／同互現；兩者皆指向精神性原鄉的歸返，差異之處在於，「唵　嘛　呢　叭　咪　吽」指向自身的、唯心的主體返鄉與救贖，而「聖潔的衛藏」做為一本導覽手冊，其所隱喻的返鄉與救贖，既關乎自我，也關乎民族集體，既是內在精神性的，也是外在物理性的（佛寺、僧人、活佛、宗教地景、信仰故事）。

總體觀之，《絳紅色的地圖》的內容，基本包含三個面向：其一，透過具體的移動路徑與時序，以空間地圖的形式鋪展，從「從拉薩出發」寫起，到第六章「回到拉薩」，在這趟旅程的線性時間中，標記地點，展開地景人文的描繪。其二，穿插西藏的歷史、

7 《衛藏道場勝跡志》作者為欽則旺布，是一位高僧。所謂「衛藏法區」是古稱，指康巴區與安多區。唯色指出，《衛藏道場勝跡志》是一本導遊手冊，簡要地介紹了衛藏地區絕大部分的道場與勝跡（唯色，二〇〇三年，頁三六六－三六七）。

記憶中的西藏、神話傳說中的西藏、宗教的西藏等等，造成文本的多重敘事線圖，以及錯織的時間軸線。其三，經常涉入敘事者對於家族、身分、族群文化認同的思辨，以及對家鄉、西藏、佛法的眷慕之情。深入觀察，《絳紅色的地圖》涉及的議題十分豐富，包括認同課題，如對姓名、血統、語言、歷史的思辨；離／返的課題，著重於旅者／遊子如何以旅行地圖、歷史記載、生命記憶、宗教信仰，進行返鄉實踐；同時，本書以繁複的元素，如顏色、氣味、地景、鷹與彩虹、父親與母親、習俗文化、歷史與記憶等，載入「故鄉母體」之中。

本書「前言」題為「西藏日記」，從一九九〇年初春寫起，這是唯色返回西藏開始思辨自我身分認同的關鍵一年。她述及，當初抱著夢想返鄉，卻發現自己是故鄉的陌生人，「在我重返出生之地的時侯，我無異於一個陌生人了」（唯色，二〇〇三年，頁一）。唯色的返鄉書寫，正是從「陌生人」的自覺開始。她提及某日黃昏走進大昭寺，內心受到撞擊，震撼日漸擴延：

突然間，一種非常奇特而複雜的感覺，一點點地，一點點地在心底瀰漫開來，猶如一滴墨汁落在一張質地毛糙的紙上。我的眼睛溼潤了。我的喉嚨哽塞了（唯色，二〇〇三年，頁四）。

返鄉者從走進大昭寺那一刻開始，因為「在故鄉變成陌生人」的覺知，激發更深的返鄉欲望，通過不斷在故鄉街巷轉經與行走，「陌生人」慢慢與故鄉氣息相通：

我走著。我終於目睹了光明那緩慢卻不可阻斷的歷程。而且，從黑夜裡走出來的人原來是那麼多，宛如一條經歷千迴百轉的河流，我融入其中，也就融入了另一種生活的芬芳氣息裡（唯色，二〇〇三年，頁七）。

唯色從「陌生人」寫起，與伊苞從「忘了」寫起，有異曲同工之妙。此後，唯色進入漫長而堅定的返鄉書寫歷程。在被中共查禁的散文集《西藏筆記》的書前扉頁中，唯色以一首短詩表達了她對故鄉的情感：

西藏，我生生世世的故鄉，如果我是一盞酥油供燈，請讓我在你的身邊常燃不熄；如果你是一隻飛翔的鷹鷲，請把我帶往光明的淨土！（唯色，二〇〇六年，前扉頁）。

在《絳紅色的地圖》最末頁，此詩以作者的「祈禱文」形式再度出現。唯色返鄉後，先是自覺如故鄉的陌生人，繼而故鄉意識如同「滴落一滴墨汁」般擴染。《絳紅色的地圖》做為一本重要的返鄉之書，至為鮮明。在另一本書中，唯色也曾援用《絳紅色的地圖》的書背介紹，詮釋自己的離／返與書寫意義：

> 儘管一生被置換太多，但就像雖然被換血，從未被換心。就像我在第三本書《西藏：絳紅色的地圖》的前言中自述：「這本書其實是一份紀錄，一份關於這樣一個人心路歷程的真實紀錄：一個以夢想為生的詩歌寫作者，一個血統不純且至今與母語隔若關山的藏人，一個曾在異鄉飄蕩多年的遊魂，當她終於在命定的時刻重返命定的故鄉，恰如西藏的一句諺語：『鳥落在石頭上，純屬天緣』，於是一份在前生往世就結下的因緣終於顯現[8]。」

這段話清楚註解唯色返鄉後的書寫涵義，彰顯出她的返鄉心路，她深信：「當人在路上，心向光芒，某個注定的祕密，終究將與你不期而遇」（唯色，二〇〇三年，頁八）。正如前述，《絳紅色的地圖》的「前言」，寫的是唯色自一九九〇年返鄉後，如何在故鄉安置自身，因而可以視為這次「尋找香巴拉」旅程的前奏曲，與《老鷹，再見》的第一單元「藏西　部落」意義相同。而在「後記」中，她則述明本書的寫作，緣自閱讀一些西藏相關書籍，從中感受到記憶的比重與價值，因而確立自己做為「見證人」的寫作方向：

是否，我終於明確了今後寫作的方向，那就是做一個見證人，看見、發現、揭示，並且傳播那祕密——驚人的、感人的卻非個人的祕密？正如一位一生致力於用「記憶」對抗「遺忘」的猶太作家埃利．威塞爾說過：「讓我們來講故事。那是我們的首要責任。評注將不得不遲到，否則它們就會取代或遮蔽它們意在揭示的事物。」那麼，讓我也學著來講故事吧。讓我用最多見的一種語言，卻是一種重新定義、淨化甚至重新發明的語言來講故事……（唯色，二〇〇三年，頁四七〇——四七一）。

8　書中所陳述的訊息，與目前所見的臺灣版本有一些出入，或許是被查禁的中國版本也未可知，筆者未能取得該查禁版本，無法比對。差異點在於：其一，書名並未有「西藏」二字。其二，這段話並未出現在二〇〇三年臺灣時英版的「前言」中，而是在封底。其三，唯色所記文字，與封底文字有幾個字的出入（唯色，二〇一一年，頁三三二）。

唯色自期以書寫抵抗遺忘、以講述見證存在，透過書寫、見證、揭示、傳播，書寫者方得以真正返鄉。伊苞與唯色的書寫／離返歷程，看來似乎恰好相反，伊苞是為了遺忘記憶、洗刷印記，唯色是為了抵抗遺忘、建構記憶；然而，通過書寫，無論是「想忘掉記憶」，抑或是「想記取記憶」，「記憶書寫」都成了主體。通過記憶書寫，兩者都有兩條旅行路徑，既朝向內在自我，「每個人的心中都有一個香巴拉」（唯色，二〇〇三年，頁二九），又朝向外部的客觀世界，透過旅行、移動，使主體維持「在路上」的能動狀態：

然而唯有在路上，是的，只有在路上，我才能抓住那因緣，猶如抓住那免於墜入深淵的救命繩索。我要抓住這根繩索往上攀升。並且我要祈禱，所有的、脆弱的生命都一起抓住這根繩索往上攀升，因為我相信，繩索的那一端絕非某些唯物主義者所說的空空蕩蕩，恰恰相反，繩索的那一端正是香巴拉！（唯色，二〇〇三年，頁三二）。

整體而言，《老鷹，再見》與《絳紅色的地圖》做為離鄉者的返鄉之書，是關鍵性文本，通過前述關於文本敘事結構、章節安排、前言與後記的爬梳，可以發現，兩者的離／返路徑恰好相反，卻殊途同歸。伊苞熟知部落人事、以母語思考，甚至被巫師視為傳人，但在主流文化擠壓之下，被迫選擇「遺忘」、「離開那些故事」；而唯色則是在肉身歸返之後，才發現自己在精神上有如故鄉「陌生人」，而決心以書寫見證記憶，循線返鄉。

由此觀之，《老鷹，再見》中，敘事者不斷在異鄉思及故鄉，正是對自已的「離開」無止盡的反覆辯證。正因為「返鄉意識」無時不在，「離開」就成為她必須不斷面對的課題；正因為「遺忘」已成事實，「記憶」就成為無法揚棄的義務。而《絳紅色的地圖》中，唯色以旅人／歸鄉遊子的雙重視角，藉由一次「尋找香巴拉」的朝聖之旅，以「在路上」的能動姿態，尋訪故鄉、尋訪淨土、尋訪自我的歷程，以書籍史料、傳說故事、日常生活、感官體驗（顏色、氣味、味覺）等多重角度，探索「絳紅色的地圖」與自我身世的密碼。無論是伊苞從「企圖遺忘者」到「記憶言說者」，或是唯色從「陌生人」到「見證者」，兩人的書寫，都交織著集體／個人、大歷史／小敘事、今／昔等多重歷史敘事與時間軸線；其次，兩者的逆反路徑，最後都指向相同的歸趨：書寫記憶、見證存在、精神返鄉。

三、渡口與母體——歷史敘事與返鄉辯證

《老鷹，再見》與《絳紅色的地圖》，都是以旅者兼遊子的雙重視角，從遺忘寫起，從「陌生人」寫起，通過一趟具體的旅程，藉由一張標記著時／空記號的旅行地圖，探析自己的離／返歷程，以及故鄉對她自身的意義。然而，兩部文本異同互現，最大的差異，正是由於伊苞走進西藏，記憶故鄉，而唯色走進故鄉，見證記憶，從而造成文本中主體的移動視角、進入故鄉的路徑，以及「西藏」對返鄉者的意義，皆有其異同。

首先，最大差異之處，在於兩部文本的「時間性」，以及「西藏」的空間隱喻。《老鷹，再見》中，「現在進行式」所關聯的時空，並非排灣部落，伊苞是以「回溯式」的記憶書寫，走進「過去式」的故鄉。因此，西藏與排灣部落，自我與他者，有時形成互文關係（相似的地景、習俗、文化），有時形成差異對比，內容具有較高的複雜張力；「西藏」對返鄉者而言，是一個「渡口」，同時由於「轉山」旅程的艱困，「渡口」具有「考驗」、「接引」的雙重涵義。而唯色走進西藏，雖是旅行，卻是返鄉，因此，《絳紅色的地圖》是以「現在進行式」的觀察視角，進入過去／現在／未來三重時間性交織的故鄉；無論是過去、現在或未來的「西藏」，都具有「母體」的涵義，在文化敘事方面，

具有較高一致性。

其次，兩者都著力於「歷史敘事」，在文本中產生幾個作用：敘事者藉以辨識故鄉（特別是被主流強權支配，以致失落記憶與文化主體的部分）；並且藉由書寫歷史，開通渠道，引渡返鄉。差異之處在於，伊苞的歷史書寫著重於部落傳統的習俗、巫師的話語、親族的生活記憶，而唯色的歷史書寫則更多元複雜，包括民族的歷史敘事（文成公主、西藏文革），庶民的歷史記憶與故事傳唱，以及家族史與身分印記等。以下的論述著重於兩個面向：兩部文本中的敘事時間與移動路徑、兩部文本中的歷史書寫；這兩者在論述上必須交織，方可見其幽微之處。

（一）《老鷹，再見》：通過「渡口」的考驗與接引，回返精神母體

《老鷹，再見》中，伊苞將「現在進行式」的西藏，與「過去式」的家鄉相互扣連的方式，既召喚出少數民族的負面歷史記憶，也召喚出少數民族的文化主體記憶，兩者的相互辯證，更映襯出敘事者我（離鄉者）自身的離／返辯證。旅程中，通過地景、人文、信仰為「渡口」，遊子不斷回返過去式的信仰文化、生活記憶，召喚家鄉的原初圖

像。事實上，旅程一開始，旅者就已啟程返鄉：在尼泊爾要進入西藏之時，「走在異鄉／記憶原鄉」，就成為這段旅程的基調：

> 透過無聲雨，彷如一片片石板，層層堆疊的記憶，重回歷史現場。父母的吟唱、巫師的禱詞，伴隨著山上的景物、踩在土地上的雙腳、割傷的小腿，從遙遠的故鄉呼喚著異國遊子的靈魂（伊苞，二〇〇四年，頁一二）。
>
> 偶爾我閉起雙眼，巴士冒著黑煙吃力地在蜿蜒山路緩緩前行。好幾次當我睜開眼的時候，我總以為自已在回家的路上（伊苞，二〇〇四年，頁一三）。

順時移動的旅程，交織著逆時移動的記憶行旅，因而「總以為自已在回家的路上」。身體在異鄉，記憶卻返鄉，觀察文本的版面配置，頁一三有一幅黑白小圖：三個沒穿上衣的小孩排排站，圖說是「達來村，放學回家的小朋友。」其後，移動路徑翻過一座座異鄉山村，「蜿蜒的山路，每過一個轉彎，我的記憶就都鮮明了起來」（伊苞，二〇〇四年，頁一六）。記憶時間則回溯到童年，一群孩子在山林野外嬉戲玩耍，畫面帶出部落生活空間與生活細節，尼泊爾的山村與故鄉的山村空間地景疊合：

我出生的山上是一個陽光充足、雨水豐沛的地方，父母在豐沃的土壤種植芋頭、南瓜、小米、玉蜀黍、花生和蕃薯。每當落日燦紅，我和父親從溪谷撈魚回來，加在母親燉煮的樹豆湯裡。微風輕吹，我和家人坐在耕地小屋前，望著紅陽鋪成美麗的層層山巒。溪水潺潺，飛鳥歸巢。母親的悠悠歌聲揚起：「多麼的好，在這山中，誰帶來我的思念。」父親回唱：「是哥哥我，妹妹。我看見天空的彩虹，我追著彩虹而來。」（伊苞，二〇〇四年，頁一三——一四）。

這一段記憶場景，書寫手法有如一部微型紀錄片，兩個視窗互嵌：現在進行式的移動旅程，景致快速變換；過去式的記憶畫面，以長鏡頭遠眺，時間流動緩慢，近乎停格，故鄉景致有如一幅靜觀畫作。《老鷹，再見》以此開啟返鄉之路，然而，其後的故鄉書寫，最初這幅靜觀美景（過去烏托邦）卻產生裂變，呈現雙重面向：其一，過去烏托邦崩毀，記憶中的故鄉，逐漸被塗抹死亡的顏色；其二，因為原初的故鄉崩毀，過去烏托邦不再，遊子為逃避而離去，又因思念而歸返，離／返辯證由此展開。

原初的故鄉崩毀，首先緣自主流文化的擠壓，形成負面的歷史記憶，甚至抹除自身歷史主體。下文開始論述《老鷹，再見》中的歷史敘事，探析伊苞如何以「現在進行式」的西藏，召喚出少數民族的負面歷史記憶。

八月十二日，「現在進行式」是隊伍從聶拉木向薩嘎前行，途經珠穆朗瑪峰自然保護區哨站，眼前聳立喜馬拉雅山，文本以一九七〇年代臺灣流行歌曲〈中華民國頌〉中的歌詞「青海的草原……」做為中介，牽引出「過去式」的家鄉記憶，包括河流、大武山、神靈、傳說、老人的砍樹儀式，以及自己童年時期與「喜馬拉雅山」有關的往事：

> 小的時候，我是部落公認的聰明小孩，部落的人以為我在平地讀書生活，將來會很有做為。有一天，我按捺不住心中疑慮問老師：「喜馬拉雅山，為什麼叫喜馬拉雅山？它有大武山那麼高嗎？」想不到老師就此認定我是無可救藥的笨蛋（伊苞，二〇〇四年，頁五四）。

眼前的喜馬拉雅山與祖靈所在的大武山連結，被老師指為「笨蛋」，彰顯出主流社會教育體制的偏見；在日常生活中有著具體實感、在傳統信仰中有著神聖性意義的大武山，在主流社會的教育現場，這雙重意義都被取消，連帶的，連族人的價值也被貶抑。下一則敘事，同樣由於文化差異而產生的文化震盪，雖然並非如「笨蛋」這般負面，卻也造成主體文化認知的自我斷裂感。八月十九日，等待犛牛的漫長時間，敘事者思及一路上的溝通過程，語言的表達與理解落差，憶及自己首次認識漢字「租」字，卻無法了解其間的「所有權」涵義：

一個人怎麼可能不在自己埋葬肚臍的地方居住呢？天空下，大地上的家，一定是屬於自己的啊。我想了想，然後大聲說：「怎麼可能，是自己的啦。」過了很多年以後，我北上工作租房子，才真正了解和接受「租」在漢人社會的意義（伊苞，二〇〇四年，頁一二四）。

敘事者後來終於「不在自己埋葬肚臍的地方居住」，成為離鄉遊子，藏身在漢人主流社會中，然後不斷思索著離／返的課題。這些無論是負面或正面的自我／他者、今／昔的連結與對話，都召喚出少數民族的文化主體思辨。

另一種歷史敘事，是部落的各種「故事」。八月十三日，從薩嘎進入帕羊，海拔已高達四千六百零八公尺，敘事者與星星相望，思及故鄉巫師口中關於星星的愛情故事；這段記憶以「星星」為中介，愛情故事不是主體，巫師和「說故事」才是連結敘事者與部落的重要鏈結：

這個已經快被我遺忘的故事，讓我想起那位充滿智慧，帶我認識排灣族的生命、死亡和宇宙觀的巫師，以及那段說故事的日子（伊苞，二〇〇四年，頁五八）。

離鄉者「離開那些故事」之後，在旅途中，通過西藏這個也是「少數民族」的「渡口」，重返巫師、重返故事，重返部落歷史記憶，也讓自己的靈魂返鄉。這一夜，當敘事者難以適應海拔四千六百零八公尺高度的稀薄空氣，感到自己即將窒息而死，通過祭師千年傳唱的歌，現在進行式與過去式產生交融，在異鄉的遊子，靈魂得到撫慰，精神得以返鄉。

最鮮明的歷史敘事，「西藏」現在進行式／「排灣」過去式的連結，是與空間地景和宗教信仰有關。西藏高海拔的地理空間，以及獨特的生死觀，經常召喚出敘事者對家鄉的記憶，大武山是最常出現的空間地景與文化象徵；八月十九日，她與西藏的拉醫師，交換關於死亡、喪葬、山神等信仰及習俗時，提及了大武山：

「我的家鄉有一座山叫大武山，我們稱大武山叫 Kavulungan。」我豎起大拇指，跟拉醫師說：「大拇指的排灣話也叫 Kavulungan。意思是山中之山，眾山之母。同時大武山也是創造神的所在地。」（伊苞，二〇〇四年，頁一二七）。

大武山一再出現在文本中，替置了現在進行式的西藏地景，成為敘事主體。此外，文本花了很長篇幅，由敘事者向拉醫師介紹排灣族的死亡觀、生命觀與喪葬習俗：

「人們相信埋在屋室內的家人，他們身上所佩戴的鷹羽、雙腳所踩著的土地，如陽光的祝福照耀著家人，過去排灣族人有句話說：『我們的墳墓在那裡，我們的家就在那裡。』」（伊苞，二〇〇四年，頁一二八）。

旅行中的異文化訪查者，成為家鄉文化的口譯者，向他者翻譯我族文化，透過對異鄉人敘說「家」，遊子重新溫習了「家」，並以言說返家。在轉山中，敘事者見到伏地長拜的朝聖者，感受到他們對信仰的虔誠，想到家鄉大武山的祖靈，以及家鄉失落的信仰：

> 我不斷在心中問，要磕上多少個長頭才會完成啊，難道要日夜不斷磕頭下去。……如果大武山的祖靈還在，如果誦唸死者亡魂引渡大武山、迎接祖靈回部落的巫師還在，如果沒有殖民，如果有堅持，我是不是也是大武山的朝聖者（伊苞，二〇〇四年，頁一五九）。

這番話充滿離鄉者的自省，彰顯出筆者使用「排灣過去式」的涵義：離鄉者所反省的，不僅是外在各種形式的殖民，事實上，「如果有堅持」一語更指出，文化實踐者的自我覺知與努力不足，也是造成祖靈孤單、巫師與儀式凋零、傳統文化成為「過去式」的原因。基於這樣的自省，《老鷹，再見》中，敘事者通過西藏這個「渡口」，往返於此時此地的西藏，以及昔時原鄉的排灣，形成風格鮮明的「自省式書寫」。

八月十四日，旅程的現在進行式，是從帕羊出發前往瑪旁雍錯湖，然而，文本中這一日的紀錄，卻以部落的豐收祭開場，「今天是部落豐收祭的頭一天，族人一起灑掃和整理村落環境，下午集體到墳墓清掃」（伊苞，二〇〇四年，頁六六）。懷著缺席部落豐收祭的心事進入阿里，看著藍天，返鄉的欲望強烈，「無盡的深藍，讓人好想回家。……迷路的孩子，想要回家。真的好想回家」（伊苞，二〇〇四年，頁六八）。西藏的藍天是渡口，湖泊也是渡口，部落豐年祭的這一日，遊子走到世界海拔最高的淡水湖，聆聽繞湖習俗的故事起源，敘事者思念巫師，「聖湖的故事讓我想起巫師，巫師十指交纏抱於膝上，我看見手指、手背上紋身的人形圖紋，在歲月中皺褶也模糊了」（伊苞，二〇〇四年，頁七一）。

他鄉的「故事」，召喚了伊苞對故鄉「故事傳述核心」的巫師的思念，《老鷹，再見》中的歷史敘事，總是融合了集體性與個人性、文化性與情感性、宗教性與物質性等多重元素。八月二十日，旅程進入急陡坡，高度日益攀升，身體面臨考驗，敘事者在太陽穴疼痛欲裂之時，藏族老人的轉經與唸誦佛號，成為最好的「渡口」，部落巫師又在彼方等待接引：

當沉靜的老人轉著轉經筒，口唸著：唵、嘛、呢、叭、咪、吽。我低著頭，輕輕開啟我的雙脣，心無掛礙地誦唸著：唵、嘛、呢、叭、咪、吽。唵、嘛、呢、叭、咪、吽（伊苞，二〇〇四年，頁一八九）。

唵、嘛、呢、叭、咪、吽，這一句藏傳佛教著名的佛號，恍如一則通關密語打通了時間與空間、他者與自我的文化疆界，引渡遊子的身體與信念，歸返自身文化的歷史／靈力場域：

巫師曾經告訴過我，只要我開口誦念經語，存在天地日月的萬物眾神會幫助我……「……你只要學習接受，眾神會幫助你開啟與生俱存的靈力。往你的裡面凝視，你感知到他們的存在，是你感知到他們。」……我終於明白，我具足的能力，它在那裡，我從未失去它。只是後來加注太多的想法和評斷。……此刻，我又重新回到那個「老我」本身。問起自已八歲時候問的問題，為什麼出生在部落？為什麼我是排灣族人？這是巫師說的嗎？貫穿全身的力量，自內底的種子湧生出的力量（伊苞，二〇〇四年，頁一九〇）。

文本的這一段，用來詮釋西藏做為返鄉「渡口」，至為貼切。其「渡口」的涵義，展現在幾個層面：其一，歸返母文化中的傳統信仰：西藏與排灣，都具有深厚的信仰文化，通過西藏，敘事者歸返部落的信仰文化。其二，歸返敘事者與巫師的緊密關係：敘事者被巫師認為具有特殊靈力，有資格學習巫術，成為巫師的接班人，她雖然未曾習巫，但巫師確是她心靈導師，通過另一種靈力的媒介，敘事者歸返開發她靈力的精神導師。其三，歸返自身（一個排灣族人）的靈力之源：敘事者通過「渡口」的考驗與接引，認知到自身「具足的能力，從未失去」，並且「自內底的種子湧生出力量」，度過身體與信念的難關。

（二）《絳紅色的地圖》：通過多重歷史敘事，走進文化母體

伊苞筆下做為「渡口」的西藏，既強調旅程的艱難，也連結故鄉的地景人文；相較於此，唯色筆下的西藏，則充滿顏色、氣味、味覺等具體的感官體驗，藉此勾勒出背後的歷史人文厚度。唯色以旅人之姿進入西藏，卻回歸現實、歷史的雙重「母體」，在旅程中，她既是導覽員，也是與母體緊密結合的返鄉主體。

朝聖之旅展開之前，唯色已重返拉薩，在《西藏文學》雜誌擔任編輯，經常往來於北京與拉薩之間。《絳紅色的地圖》不同於《老鷹，再見》之處在於，伊苞的遊記，是走進異鄉（現實西藏）、記憶／想像故鄉（排灣部落的今昔）的時空交叉歷程；而唯色的

遊記，則是走進故鄉（現實的西藏）、記憶故鄉（歷史的西藏）、想像故鄉（「香巴拉」，具有永恆的時間性）的歷程。簡言之，《老鷹，再見》走進過去式的故鄉，故鄉圖景或如靜觀山水，或則充滿死亡的顏色；而《絳紅色的地圖》則走進現實中、記憶中、想像中的多重故鄉圖景，故鄉充滿鮮活生猛的生命力。

如前所述，唯色清楚指出，她要以書寫做為見證人，傳播「祕密」；觀諸文本，此處所指「祕密」，即是西藏的歷史人文、宗教哲學，以及西藏獨立自主的政治／文化主體。因此，此處所謂的「母體」，指的是文本中的多重歷史主體（西藏的、庶民的、家族的），以及自成一個體系的藏傳佛教（寺院、僧人、仁波切、佛法）。《絳紅色的地圖》中的歷史書寫，包含文成公主、西藏文革、庶民歷史記憶、家族歷史記憶等，至為凸出，成為一大特色。

首先論述關於文成公主的書寫。此次旅程的原初目的之一，即是尋找材料，籌拍文成公主的電視劇，因此，文本中多處穿插著文成公主的歷史紀事，以及敘事者的歷史評價。有意思的是，《絳紅色的地圖》雖不否認傳統的歷史敘事——漢民族的文成公主與西藏歷史文化及宗教信仰的發展有關——然而，卻將追索焦點放在四個層面，技巧性地以圖博做為歷史敘事主體。

其一，指出文成公主的歷史功績被誇大，她舉引王力雄《天葬》中的論述：

似乎是因為文成公主進藏才使西藏有了文明，包括醫療知識、技術工藝、烹調知識、蔬菜種子，甚至西藏的佛教都是文成公主帶去的。就算這中間有若干真實，然而過分強調，就成了一種民族自大的傾向，似乎只要漢民族嫁出去一個女兒，就能改變另外一個民族的文明和歷史……（轉引王力雄，一九九八年，頁一七）。

舉引之後，唯色自身的歷史評述是，「不過西藏人是純樸的，善良的，也是最懂感恩的，……他們十分憐惜這個千里迢迢帶來了佛陀之像的異國女子。」藏人將文成公主視為白度母的化身，將尼泊爾公主視為綠度母的化身，表示藏人「在對於佛教的根本信仰上，少有分別心」（唯色，二〇〇三年，頁四二）。以「憐惜」、「少有分別心」，詮釋藏人對待文成公主的態度，解構了文成公主對西藏歷史發展的唯一性、至高性位置，也從而解構了漢族的歷史支配論。

其次，唯色將歷史焦點放回人，放回女人，以「女性成長史」的視角來詮釋：

但我們想知道的是，無論正史或者野史，官方或者民間，究竟哪一種能夠真正地承載一個女子的全部生命，那包含了愛、幻想、青春和意志的生命？那不斷地放棄自我，最後融入佛界的生命？（唯色，二〇〇三年，頁四二——四三）。

文成公主從神聖的、天朝使者的殿堂被請下，賦予人的主體，呈現她自我生命的掙扎與成長歷程。文成公主遠赴西藏，不再是一則西藏的被教化史，而是文成公主的成長史。

其三，唯色反過來彰顯藏區地理空間對於這位異國公主的影響：進入安多，來到日月山，相傳公主在這裡東望長安，滿懷鄉愁，但仍決意西行：

為了表示義無反顧，特意將義父皇帝所贈，可現長安景象以慰鄉愁的日月寶鏡摔得粉碎。這一摔，摔出一個大不同的公主來，猶如脫胎換骨，那悲悲切切的女兒本性消失了，西藏人所以為的菩薩心懷大概就是在這時得以孕育（唯色，二〇〇三年，頁六四）。

亦即，在《絳紅色的地圖》中，文成公主的西來史，是一個少女歷經西藏地理空間的艱困挑戰之後，自我成長與渡化的歷程；這一段文字之後，唯色著力於描寫日月山上藏人的生活景觀，指出藏人在海拔三千五百公尺的高度生活，其物理性身體，已經是具備差異主體的「人種」：

是否可以這樣說，在數千年與大自然的協調並存中，藏人已經成為一個特殊的人種？——當然是適應缺氧狀態的人種（唯色，二〇〇三年，頁六五）。

其四，訴諸具體的生活與記憶的落腳處，將文成公主安置在西藏，呈現「日久他鄉是故鄉」的認同歸趨；《絳紅色的地圖》並不強調文成公主的「所來之處」，而是關切西藏如何成為她的「所在之處」。文本中，八月十八日，旅程首先前往文成公主的家鄉西安，然而，西安遍處不見她的蹤跡，反而西藏處處可見她的故事：

她身上的如「青色優鉢羅花之香氣」，怕是永遠地瀰散在西藏的山川大地上了。恐怕只有西藏人最記得她，不過他們不說文成公主，他們用藏語稱呼她「甲薩」。至今西藏還流傳著「甲薩」的許多故事……（唯色，二〇〇三年，頁四三）。

其實文成公主早就是西藏人了。她似乎不屬於這裡，似乎從來不曾在這裡生活過，因為西安，或者說長安已沒有她的身影，已沒有她的蓮花一般的芬芳了（唯色，二〇〇三年，頁四四）。

傳統的漢人主流歷史詮釋，強調漢族外嫁女兒如何改變西藏的文化，強調漢族對藏族的「教化」，而唯色則將文成公主放回她自身、放回西藏的地理風土，放回一個人在一塊土地的生活經驗與成長，從素樸的面向彰顯了西藏的歷史主體。

《絳紅色的地圖》中第二個重要的歷史敘事，是西藏文革，篇幅不多，點到為止，卻從西藏主體的視角，反思了文革對藏區所造成的巨大破壞，在西藏文革幾乎全面噤聲的年代，具有高度價值[9]。如寫到藏地活佛仲巴仁波切，這一世仲巴仁波切的傳奇身世與自我實踐，都與前世的經驗和「文革」密切相關：

前世仲巴曾到過這裡，正值整個藏地天翻地覆、發生大變的時候，他被投入大獄長達數年，以致搞垮了身體，後獲釋返回雲南麗江，臨行前將法帽、法器寄存在一個與他有深交的信徒家裡，這便是他後來轉世的家庭。而此世仲巴仁波切絕對是藏地中一個非常罕見的活佛。他的魄力之大，竟決定在雲南雞足山重新修復在「文革」中被毀的石鐘寺（唯色，二〇〇三年，頁四九—五〇）。

文本述及前世仲巴仁波切因文革入獄，此世仲巴仁波切則重新修復文革所毀壞的寺院，輕描淡寫，卻清楚揭露文革對西藏信仰文化的摧殘。文中描寫十四到十五世紀的西藏佛教改革者宗喀巴大師真身所在之處「甘丹寺」，文革時完全被摧毀的畫面，觸目驚心：

那曾經珍藏宗喀巴大師的真身法體的歡樂之地，在史無前例的無產階級文化大革命中，轉眼就被毀掠一空。山下的村民們興高采烈地拆梁揭瓦，吭哧吭哧地扛回

9　王力雄指出，西藏文革的史料，在官方的西藏自治區檔案館，一九六六至一九七一年的六年間，也僅存三件史料，即使到了二〇〇〇年以後，還是呈現一片空白，可見西藏文革對中共而言是個大禁忌（王力雄，二〇〇六年九月）。

各自的家裡打算重蓋新居；來自內地和拉薩的紅衛兵則沒這麼多的小肚雞腸，他們自有使命在身，須得將佛像砸碎，經書燒盡。神聖的寶塔終於被你一鋤我一鍬地給挖開，露出了跏趺而坐、長髮繞足、面帶微笑的宗喀巴栩栩如生，一時嚇得眾人紛紛後退。但旋即，宗喀巴臉色大變，跌下法座，一位年邁的僧人不顧一切地撲上前去，用袈裟將法體包裹起來，差些被亂棒打死不說，法體也在大火中燒得只剩下了一塊頭蓋骨……（唯色，二〇〇三年，頁六〇）。

佛教改革者臉色大變、跌下法座、燒得只剩頭蓋骨的敘寫，傳神彰顯出文革時期西藏歷史被掏空、文化被焚燬的荒謬情境。經書、壁畫、佛像、寺院，一切都被毀棄，無一倖免；文本寫到類烏齊鎮的類烏齊寺，以壁畫聞名，文革過後，只剩一片廢墟：

在那場轟轟烈烈的無產階級文化大革命中，別說壁畫，別說金屬鑄造或泥塑的佛像，整座寺院都從大地上消失了，就連支撐大殿的一百零八根紅柱也不見了，只剩下一片廢墟。這幾乎是藏地所有寺院的下場，幾乎沒有哪一座寺院能僥倖逃過厄運。那時候，在那片荒草萋萋的廢墟上，悄然淚下的恐怕只有四周的大山了（唯色，二〇〇三年，頁二四九—二五〇）。

確然，西藏文革最鮮明的歷史景觀，就是寺院的摧毀，唯色研究指出，從一九六六年文革在西藏展開，到一九七六年毛澤東死亡，「西藏自治區境內原有的二千七百座寺院僅只剩下八座」（唯色，二〇〇六年，頁二三），可見破壞之嚴重。《絳紅色的地圖》即是透過書寫「破壞」，以彰顯西藏文革的歷史敘事主體。事實上，唯色一向著力於西藏文革的歷史建構，《絳紅色的地圖》只是初發，其後更出版圖文報導文學《殺劫》，以及口述歷史《西藏記憶》。西藏歷史報導文學《殺劫》出版於西藏文革四十周年，成為西藏文革到目前為止最重要的歷史見證。該書的書名，即以逆寫的策略，顛覆了「文化大革命」的主流敘事；唯色說明，「殺劫」（Sha Jie）是藏語「革命」的發音，而「文化」的藏語發音為「Ren Lei」，與「人類」同音，「所以用漢語表達藏語中的『文化大革命』一詞，就成了對西藏民族而言的『人類殺劫』」（唯色，二〇〇六年，頁七）。

除了透過逆寫策略，反思主流歷史敘事，奪回敘事主權，唯色也透過書寫西藏庶民歷史記憶，從正面彰顯家鄉的歷史圖像。比如書寫果洛人勇敢對抗外來強權，四〇年代曾與馬步芳的軍隊決一死戰，「馬步芳和他的軍隊殺人如麻，至今安多的大地上還留箸被他們殘殺的藏人的血跡，但果洛人從未向這些侵略者低過頭」（唯色，二〇〇三年，頁八八）。

此外，唯色更將圖博人對外來侵略者的抵抗，與其精神典範「格薩爾王」的傳說故事緊密扣連，也為故事提供了獨特的意義；書中幾次寫到民間如何通過說書傳唱，將深富民族文化底蘊的故事，世代傳遞。旅程進入康巴，唯色花了許多篇幅闡述「格薩爾」，無論口傳或手抄本，「格薩爾」都以民間史詩的形式出現。如在安多的結古小鎮，有個格薩爾王的傳唱者，「據說她本是牧女，一次放牧小眠，醒來便能說格薩爾了。她可以無休無止地說下去，只要戴上一頂樣子古怪的小白帽。但沒有白帽，她是不會唱的」（唯色，二〇〇三年，頁一一七）。

格薩爾王的傳唱，至少有六層意義：其一，歷史主體：格薩爾王揭示西藏歷史自成一格的發展系統。其二，理想藏人形象：唯色指出，「無論是歷史或史詩與傳說裡的格薩爾，均集中了所有遊牧藏人的理想品質」（唯色，二〇〇三年，頁一六〇），此種理想的英雄騎手形象，與理想漢人形象完全不同；其三，未來想像：格薩爾帶著一種未來性，因為格薩爾重返人間的預言，與北方的神祕之地、理想國度「香巴拉」有關。其四，空間獨特性：格薩爾王是從西藏特殊的空間語境中發展出來的，「大草原，成片的森林，魂山或魂湖」（唯色，二〇〇三年，頁一六一）。其五，庶民情感：格薩爾的故事固然具有英雄神祕性色彩，然而，它最大的意義卻是「人間性」，通過傳唱與聆聽，讓藏人的情感與靈魂，相互滲透流動：

可以說，西藏人的情感中最深沉、最動人的一部分恰恰蘊含在說唱格薩爾的時候，在那欲訴還休、一唱三嘆的背後，在那飽含期待的目光深處（唯色，二〇〇三年，頁一六四）。

其六，說唱者的特殊身分：此種庶民情感，是由說唱者所喚起的，格薩爾的傳唱者，大都出身普通牧民，因為各種因緣，一夕之間，成為格薩爾的傳唱者。唯色舉引藏學家石泰安的文字，說明說唱者的多重角色，「如果說唱史詩是一種宗教和巫術行為，那麼實施這種作法的專業說唱藝人，在所有詞義中都是一個以神通為特徵的人物；他不但是詩人、說唱家和音樂家，而且還是通靈人、占卜師和『薩滿』」（唯色，二〇〇三年，頁一六二—一六三）。亦即，格薩爾的傳唱者，同時具有歷史的、宗教的、文學的、藝術的多重身分。

文中除了格薩爾的傳唱，經書與印經院亦關涉歷史，充滿文化母體的氣味。旅程來到敘事者在康巴的德格老家，進入一所印經院，對古老印版產生親密感：

我把印版放在膝上，細細地端詳著，輕輕地撫摸著，忽然覺得一陣暈眩。這印版散發著一種奇妙的味道，既不馥郁，也不淡雅，更不腐臭，卻足以使人迷幻。雖與陳年有關，更與某種情感有關，……假如我能夠，我願意化身為這印版上的一個字，願意湮沒在這千千萬萬的印版之中，不為別的，只為了變成誰的密碼，讓誰把我放在這裡，一直留在這裡，留在我的德格老家——這些印版，似乎讓我看見了一個美妙的前景，我對來世的承諾，再好不過如此(唯色，二〇〇三年，頁一五〇)。

印版是故事的繁殖場，是記憶的集散地，是一個具有過去、現在、未來三重時間向度的中介場域，傳遞佛法密碼和歷史記憶。作者以詩人作家為志，在故鄉的信仰文化語境中，對這些密碼感到喜歡，同時，當她說願意「化身為這印版上的一個字」、「留在我的德格老家」時，書寫者的故鄉母體，更清楚地連結到她的身世。

家族歷史與個人身世，正是《絳紅色的地圖》中的另一個「母體」。書中關於家族記憶的書寫不少，經由序言的參照，我們可以將文本中的敘事者與作者唯色的「家族記憶」，視為同等內容來理解。透過書寫，唯色面對了自己的血統、故鄉與認同課題。德格是父親的老家，此次西藏之行，家族記憶正是一個核心母體，透過「血統混雜性」、「故鄉在哪裡」的思辨，最後歸趨於祖母與母親的原鄉、祖父生活、父親出生、自己成長的地方——西藏。離開拉薩前往成都念書之後，在「民族學院」成為「少數民族」，而漢族祖父、藏／漢混血父親，卻又讓她認識到自己的「血統混雜性」，非漢非藏，格格不入，她以處身「一塊狹長的邊緣地帶」來形容：

從小，我就困惑於故鄉這個概念。如同困惑於我的血統……有些東西，譬如血統，它一旦混雜就不倫不類，難以挽回，使得人的真實處境如置身於一塊狹長的邊緣地帶……。而終生躑躅在這樣一塊邊緣地帶，這本身就已經把自己給孤立起來了，這邊的人把你推過來，那邊的人把你推過去，好不容易站穩了，舉目四望，一片混沌（唯色，二〇〇三年，頁一六五）。

唯色的經驗，與後殖民論述者愛德華·薩依德（Edward Said）相似，同樣因緣於

「混雜性」而來的「渾沌感」，薩依德曾自陳，自童年以來即深刻感受到國族／民族認同上的矛盾：

> 我畢生保持這種多重認同——大多彼此衝突——而從無安頓的意識，同時痛切記得那股絕望的感覺，但願我們全是純阿拉伯人、純歐洲人和純美國人、純基督徒、純回教徒、純埃及人，等等等等（Said，陳永國、張萬娟譯，二〇〇〇年，頁五）。

矛盾性與多元性，既是薩伊德的認同課題，同時也讓他得以藉此對自我身分認同進行反覆辯證，逐漸建構出自我主體意識，一種類似唯色在「一塊狹長的邊緣地帶」的流動性認同位置：

> 偶爾，我體會到自己像一束常動的水流，我比較喜歡這種意象，甚於許多人比較重視的那種固態自我的意象。……我生命裡有這麼多不諧和音，已學會偏愛不要那麼處處人地皆宜，寧取格格不入（Said，康永國、張萬娟譯，二〇〇〇年，頁四〇五）。

《絳紅色的地圖》中的認同亦然：即使處身「一塊狹長的邊緣地帶」生命主體終究必須選擇認同的歸趨，選擇一處可以安頓自我的所在。文本中的漢族祖父，即演繹了「異鄉是故鄉」的生命實踐：他在動亂的大時代，因為某個歷史事件的驅動與左右，逃到了藏地，娶了康巴女子，似乎曾有一番做為：

他的生存能力自然與他的人生經驗相當。他脫下戎裝，隱瞞身世，不久，娶得一位年輕的康巴女子，生下子女七人，淘金、教書，後為國民黨管制的縣政府的財政科長和縣參議員（唯色，二〇〇三年，頁一四二）。

在大混亂的時代裡，在國共鬥爭的複雜歷史情境中，一個輾轉流離的川地男子，歷經戲劇性的人生，娶了圖博女子，當過國民黨的官，又把兒子送去當共產黨的兵，最後卻通過宗教救贖，歸宿到絳紅色的寺院與梵聲：

然而三十多年後，……他乾脆把家中值錢的東西和飼養的牲畜一併供奉給了寺院：成為德格城中最為虔誠的漢人，較之不少的藏人還要澈底。他一下子變窮了，但他不管。當他於每個清晨和黃昏，跪在絳紅色的大門口，雙手合十，念珠繞頸，用字正腔圓的川東口音放聲唸誦佛號，一顆白髮蒼蒼的頭顱分外顯眼，許多轉經的藏人都不禁嘖嘖讚嘆（唯色，二〇〇三年，頁一四二——一四三）。

最後，漢族祖父認知到，異鄉才是他安身立命的所在，而這個異鄉，就成了融鑄日常生活、親情連帶、信仰文化、地理空間等複雜元素的「家鄉」：

他的歸宿已不在漢地而在德格了，在那個飄曳著袈裟、迴盪著法號、瀰漫著桑煙的小城。想當初，他沒有姓氏，沒有原籍，沒有親眷和朋友；他起先是一個人，內心惶恐，兩手空空，身上有傷，匆匆而至；漸漸地，一種東西安慰了他，容納了他，……他要回去，終究還是要回去，回到他那長長的因緣鏈上的其中一個故鄉，真正的故鄉——德格（唯色，二〇〇三年，頁一四四）。

至於敘事者的混血父親，十三歲就被送去當兵，經過漫長的時空繞行，最後也歸返到另一個母體——拉薩：

他帶著他的日喀則妻子，三個兒女，從已經變成紅色而非絳紅色的拉薩出發，在漢藏混雜的地方繞了一大圈，繞了整整二十年，最後，恰是一個再也無法抑制的祕密，讓他返回了拉薩（唯色，二〇〇三年，頁一四四）。

唯色通過文學化的書寫來闡釋這個「祕密」，她以「算術題」擬喻人生，當父親的生命終了，算式完成之後，卻留有一個除不盡的餘數，這個餘數，就是驅使父親返鄉的「祕密」：

一直延伸到來世，來世他將以一名比丘，做為這餘數，這抽象符號的完美體現。而這正是他在離開從來就不自主的現世之後，由藏醫院天文曆算所的喇嘛卜算出來的（唯色，二〇〇三年，頁一四五）。

父親除不盡的餘數，就是來世成為比丘，此世與來世的關聯，被以生命餘數的概念，創造性地轉化並昇華了，這也成為唯色自身歸返故鄉母體的重要關鍵。唯色在接受筆者口訪時指出：

父親他是軍人，經常去寺院。藏人有個習俗，就是一個人去世了，家人要到西藏的天文曆算所，去算一算，比如說，算他今生是個什麼樣的人，來世會成為什麼樣的人，這是一個傳統。我給我爸爸一算，說他來世是一個比丘，我就覺得很好，他來世是個比丘太好了。以後我每次去寺院，就感到特別親切，所以我就特別愛去寺院，後來，我去大昭寺都比我上班的時間還多（唯色，二〇一二年，頁九）。

德格老家，幼時僅來過一次，卻已烙下印記，《絳紅色的地圖》寫到重返德格老家，情感翻湧，既生疏，又親密，但一經辨識，立時連結，成為返家路徑：

愈來愈溼潤的空氣中，隱隱地混合著一股熟悉而又親切的氣息。這是屬於個人的氣息，祕密的氣息，僅僅與親緣相關的氣息。這樣的氣息，哪怕在人為的強制下——以地理上的疏遠，或心靈上的隔絕——僅剩下一縷，也足以瀰漫一個人的整整一生（唯色，二〇〇三年，頁一三九）。

家族歷史記憶與親族情緣，成為「最初母體」的概念，父祖們以生命見證的故鄉，終而成為唯色的認同歸趨，也是她可以安置自身的所在。

唯色熱衷於歷史書寫，《絳紅色的地圖》一書，以文成公主、西藏文革、民間的格薩爾故事、個人生命經驗與認同等四重歷史敘事，辯證建構出圖博的歷史主體，彰顯出個人的歷史意識。無論是文成公主、西藏文革、果洛人抗暴，都是在特殊的情節編排下，以逆寫的策略，營造出西藏的歷史主體；而民間的格薩爾故事、個人生命經驗與認同，則是以主體自我言說的策略，彰顯「圖博自述歷史」的概念。她體認到「西藏」是被各種主流敘事插入的場域，「做為西藏本身卻無從說起，原因在於它並不在場。它看似在場卻不在場，它是缺席的」（唯色，二〇〇六年，頁三四五），因此，唯色強調「自己言說」的重要性。海登．懷特（Hayden White）指出，所有的歷史敘事，都是通過情節編排進行解釋，為故事提供意義，不同的史家，以不同的情節編排故事，賦予歷史不同的意義詮釋（White，彭淮棟譯，二〇〇三年，頁三七六），唯色的歷史書寫，在材料選取、情節編排方面，也展現出獨特的敘事策略，彰顯出她的史觀。

統整本單元的討論，伊苞《老鷹，再見》與唯色《絳紅色的地圖》中，皆通過旅行者的旅程與視角，走進西藏，記憶故鄉，兩者有以下幾個共通點：其一，皆以現在進行式走進西藏，感知西藏的地景風土，訪查在地歷史人文。其二，敘事時間皆是雙軸進行，一邊是現在進行式的線性推移，一邊是過去時間的記憶回溯。其三，皆通過旅行者所見的西藏地景與人文，做為返鄉的引渡路徑。其四，兩者所歸返的「家鄉」，皆具有幾個共同要素：歷史的、空間的、宗教的、親族的、精神的等「多重鄉土」。其五，兩者都非常重視歷史書寫，通過記憶爬梳，辨識並指認家鄉的圖像。

兩者的差異性，主要體現在兩個層面：首先，兩者歸返的時空線圖有異。伊苞《老鷹，再見》中，敘事者以現在進行式走進西藏，卻歸返了過去式的故鄉，因此就記憶的「當下」而言，這是一則「逆時啟程」的返鄉進行式；而唯色的《絳紅色的地圖》中，現在進行式的西藏（強調空間性）與過去式的西藏（強調歷史感），交織融匯，形成既繁複又相融的敘事時空線圖。其次，「西藏」對二者而言，不盡相同。《老鷹，再見》的西藏，旅行者所見、所感、所知的地景與人文，都成為召喚故鄉記憶的「渡口」，通過渡口的檢驗與接引，敘事者得以歸返家鄉的童年記憶、生活細節、傳說故事、祭典儀式、歌謠吟唱、父母與巫師……。而《絳紅色的地圖》中的「西藏」，則富有鮮活的感官元素，以及歷史人文、寺院僧人、傳說故事、祭典儀式、故事傳唱等，特別是通過對主流歷史敘事的反思、庶民歷史經驗、家族歷史記憶的書寫，更讓西藏成為一個豐饒的「原鄉母體」。

四、紛繁的故鄉意象——故鄉想像與美學意識

扣緊前章述及的「故鄉意象」，本章進一步分析兩部文本各自使用何種元素，彰顯出何種故鄉圖像；另一方面，也分析文本的美學手法。

(一)《老鷹，再見》：死亡意象與夢境、意識迷離、自言自語等書寫手法

《老鷹，再見》使用許多元素來形構故鄉圖像，觀察這些元素，故鄉被建構成三種圖像，表徵了三種「時間狀態」：

(1)「樂園」：有陽光、雨水、豐沃土壤，有巫師、父親、母親，有豐富的神話傳說，有嚴謹的儀式祭典，有守護族人靈魂的吟唱。

(2)「失樂園」：以大量的「死亡」意象描繪故鄉。

(3)「樂園」與「失樂園」交替的中間狀態：以大量的巫師話語、自身與巫師的對話，以及各種夢境、意識迷離狀態、自言自語等中閾性思惟狀態，來彰顯故鄉介於「樂園」與「失樂園」交替的中間狀態。

若以線性時間來審度，這三個時間的時序，應是一、三、二，然而，線性時間具有「不可逆性」，如果按照線性發展時間來書寫，家鄉之趨於死亡，樂園之失落，就成為無可挽回的命運了。《老鷹，再見》的書寫策略，打散線性時間，樂園／失樂園錯置，前者充滿靜止的陽光畫面，而後者則充斥死亡色澤，但這兩者都不是敘事者真正的救贖之路，反倒是「樂園」與「失樂園」交替的中間狀態，那種處於生死存亡的中閾性時空，才揭示了救贖行動之必要，以及起死回生之可能。亦即，若樂園已然消亡，挽救行動就失去意義，「中介」（in-between）具有重要的能動性涵義即在於此。

要書寫「起死回生」，必先書寫「死亡」；「死亡意象」是《老鷹，再見》最鮮明的家鄉圖像。文本中書寫死亡，有兩個面向，其一是物理性的肉身之死，其二是精神性的部落文化精神之死；前者與後者密切相關，只要部落的精神未亡，肉身之死不過是生命的自然節奏。前述敘事者旅行中與藏族醫師交談，提及排灣族葬在家裡、蹲踞姿勢等葬儀，詮釋了排灣族的死亡觀——死亡對他們而言，是生命的一種轉換，物理性的肉身死亡並不可怕，族人相信死後能夠回歸大武山祖靈之地。在此種文化脈絡中，死亡意象被賦予美麗的顏色、正面的力量；如巫師所言：

「死亡的顏色．是美麗的色彩。」當我撫摸巫師的手背、手指上的人形文身時，她說：「這不單是一種階級的象徵，它也是一個記號。有一天當我要離開人世的時候，手背上的人形文會浮現出鮮明美麗的色澤。這是我回家的記號，我會準備好離開這個世界，回到大武山與祖靈相見。」死亡的顏色是一種力量嗎？一群部落老人堅持某種生活方式而凝聚的力量，受到現代社會的衝擊，仍然堅持著祖先留傳下來的，善的能量（伊苞，二〇〇四年，頁一三〇—一三一）。

死亡，是生命的另一種狀態，死者以記號為憑，供祖靈辨識，而得以「回家」庇護族人，族人雖傷心不捨，但並不恐懼不安。文本花了很多篇幅，描寫蘇立阿坡奶奶死亡的各種儀式，包括部落為死者祝禱與送行、吟唱內容、族人的表情與互動等等，儀式中，巫師還分配土地給死者，唸誦著：「這是你的土地，你要栽種」（伊苞，二〇〇四年，頁一三六）夜間儀式結束，「前一秒還那麼悲慘地哭著呢，燈一亮，好像這世界所有的陰霾都過去了，剩下的是一片光明和希望」（伊苞，二〇〇四年，頁一三八）。這是由於排灣族的生死觀中，「死亡」本身即具備黑夜與陽光兩種色澤，形成兩種「相生相涉」的意象：

我低著頭，想著死亡。它是像黑夜時靜默的山林？還是白天裡燦爛的陽光？透過黑夜，生命才得以延續，但陽光下一張張皺摺的臉孔也有深沉的哀思啊！這是個難題（伊苞，二〇〇四年）。

排灣族的生死觀中，物理性的肉身之死，換得精神上的靈魂安頓，死亡繞過黑夜，在大武山上陽光長駐，死／生自然輪轉。然而，文本中，絕大多數的死亡圖像，打亂了正常輪轉，充斥著不自然的肉身之死，以及不可抗拒的精神之死。「死亡」伴隨著現代生活、價值觀扭曲而來，扣連著苦悶、酒精、失敗，「死亡」大舉以「惡死」的形式襲入部落，部落被「死亡」籠罩，死亡的顏色不再美麗，只剩悲傷：

村子裡，一家一家的輪流死亡，我們活著的人，就是忙著挖土埋葬（伊苞，二〇〇四年，頁二〇四）。

我迷迷濛濛的雙眼，在彼此侵擾的歲月裡翻轉，瘋狂捲入在這麼多的悲傷裡，不停地翻轉。悲傷的酒、悲傷的歌、悲傷的道路、悲傷的家園、悲傷的生命（伊苞，二〇〇四年，頁一八一）。

不正常的身體死亡，以及各種祭典儀式、傳說故事、歌謠吟誦的消亡，都指向部落在精神層次的「死亡」。死亡意象纏繞著現實部落，為了逃避死亡，敘事者曾經選擇出走，然而，她終歸知道，死亡無法逃避，傷痛只能接受。正由於現實的部落充滿「失樂園」的悲傷景觀，《老鷹，再見》除了以古老的「樂園」靜美記憶，參照「失樂園」的荒蕪景象之外，更必須面對故鄉的「死亡進行式」，試圖尋找出路。整體觀之，《老鷹，再見》中，主體與部落的精神出路，都與「中介性」有關：其一，通過「西藏」這個具有「中介性」的「渡口」，主體回歸部落。其二，在「樂園」與「失樂園」交替的中間狀態中，尋找出口。其三，通過具有「中介性」角色——巫師，尋找部落的出路。其四，通過具有「中介」涵義的回憶、夢境、意識迷離狀態、自言自語等手法，讓主體從自身內在尋找出口。

文本中，大量出現巫師的身影、話語，以及敘事者與巫師的對話，第一個單元「藏西部落」的開頭與結尾，更以兩個夢境貫串，皆與巫師有關。全書開場，從巫師的夢境、敘事者的出生開始寫起：出生時受到巫師祝福、親人疼惜的部落孩子，靈力茁長之後，離家遠行，親族安靜守候。而全書的最末頁，巫師再度現身，旅者已經返家：此頁有一幅黑白小圖，穿著現代服飾的伊苞，與穿著傳統服飾的巫師，緊緊依靠，圖說如此詮釋：

巫師與我，注定要見面的。我跟巫師說：「無論跑多遠，我的左腳右腳，終是要轉彎回來看見你」（伊苞，二〇〇四年，頁二〇六）。

文本中間，通過敘事者的「想起」，巫師身影不斷出現；巫師的手指手背紋身、她握著巫師的雙手把玩、巫師幾度問她要不要學習成為巫師、巫師解夢、巫師詮釋死亡、巫師的背袋、巫師談起外來宗教、巫師口中的傳說與吟唱、巫師操演的儀式等等。

這些不斷出現的巫師，可以從情感連帶、部落文化、巫師的中介性等三個角度來詮釋：其一，情感的角度：伊苞筆下的巫師，是與她情感親密的老奶奶。其二，從部落文化的角度：部落的任何動靜，都少不了巫師，部落的歷史記憶，也靠巫師傳遞。其三，從巫師是一個人／神「中介者」的角度：文本中，巫師操演所有儀式，包含書中著墨甚多的出生、死亡、豐收，巫師「中介」了人／神、自然／人文、歷史／現實、生者／死者，也「中介」了敘事者與家鄉，抽離了巫師的角色，文本中的家鄉必將空洞化。

除了巫師的角色之外，前文述及，《老鷹，再見》擅於利用一種中閾性的狀態（夢境、身心分離、意識迷離……），以及自言自語，營造空間轉換、場景轉換、視角轉換的情境，而使得主體在既定的線性旅程中，得以流動／擺盪／移動於兩個時空界面，開啟更多對話空間，從而讓主體產生更多能動性。

首先論及夢境、（擬）宗教情境轉換的書寫策略；前述「藏西　部落」的開頭與結尾，以兩個夢境貫串；開頭是從敘事者出生寫起，包含巫師的夢境、母親的擁抱、父親生前的話語：

她走向湖邊，彎下身來取用湖中之水。風起，枯葉飄落湖中，她聽見聲音，開始哭泣。孱弱的靈力受著環境的牽動，秋風、落日、夜雨、季節變換，孩子的靈四處遊走。當我從母親的雙腿鑽出來的那一晚，巫師作了這個夢。按照習俗母親將我的臍帶埋在屋裡的石板下，她把我抱在懷裡，接受祭師的祈禱、祝福。……「有一天我走了，你拿什麼做依靠。」這是父親生前常跟我說的話（伊苞，二〇〇四年，頁七）。

這一段的敘事手法，揉合了夢境與宗教情境，以此開場，使這部「旅行文本」，從一開始就與部落、家鄉、親族、信仰、認同等課題密切相關。部落孩子的靈，在巫師的夢境中，在母親的臂彎中，在父親的話語中，四處遊走、逐漸茁長，意象鮮明。此單元的最末尾，已經出發在路上的旅者，倦乏入睡、進入夢境，書的下一頁，描寫她第一次離家求學，家鄉巫師的臨行祝福，巫師、父親、母親再度現身：

> 我第一次離家到外求學的那個早晨，巫師來家裡為我祝福時對我說：「若我從大武山回來人間，妳會知道是我回來嗎？」父親在廚房燒火，爐鍋裡的樹豆和山豬肉散發著香味。母親坐在巫師身旁，我背著窗口坐在矮凳上向著她們。清晨的陽光從窗口照在我的背上，落在客廳的石板上（伊苞，二〇〇四年，頁三〇）。

以文本的敘事脈絡來看，這一段似在旅者的夢境中出現，卻又有如記憶實景，有著明確的影像感，包括食物氣味、人物動態、陽光色調，活生生是一幅生活實錄。通過夢境，肉身正在西藏旅行的移動主體，逆時跨界，踰越了線性時間與現實景框，得以歸返童年記憶中的靜美家鄉。

另一種書寫策略，是透過身體的疲倦、疼痛，使意識進入昏昧迷離狀態，逸出現實時空，產生流動與轉換，而得以飛越身體的疆界，歸返家鄉的某個記憶時點。移動中的身體，會遭遇各種疲倦、疼痛，敘事者因為不適應西藏高度而患高山症，吃了很多藥，以致意識迷離，任意竄流：

闃宥靜寂的屋室，記憶之流，令我毫無招架之力，排水倒灌，淹沒我。……我記起家鄉，在迎亡靈的儀式中祭師撫慰生者的吟唱。我輕輕開啟我的口，以吟唱的方式來安慰我的靈魂以及我遠方的朋友和家人：「我是達德拉凡家的孩子，我對你們感到抱歉……」祭師千年傳唱的歌，就在靜靜的夜裡，我在心中不斷吟唱，直到曙光來臨（伊苞，二〇〇四年，頁六四—六五）。

文本中，這樣的召喚，經常是在旅者身體處於極限狀態，意識介於昏昧與活躍的邊界之際，「記憶之流，排水倒灌」，敘事者開始吟唱，主體（身心）都找到出口。旅程另一段亦然，敘事者感到胸悶、無法呼吸，腦中閃過〈忍耐〉這首歌，意識則倏忽飄盪到父親與母親歡喜對唱的情境（伊苞，二〇〇四年，頁一八七—一八八）。或者，通過一種擬宗教情境的轉換，讓主體產生飛躍感；如旅途中，身體已達極限，太陽穴疼痛欲裂，在「唵、嘛、呢、叭、咪、吽」法號中，畫面場景轉換，巫師與她說話，前方是如觀世音一般的神山，敘事者感到身體有如脫殼而出，自我與自我開始對話：

我脫離軀殼，對面看見自己的身形。「這就是你。」聲音說。出其不意地，像貓頭鷹從黑暗的樹枝上飛過來，撞到心房。我還來不及回神用腦袋思索這是怎麼回事，一連串的聲音又出現。……「死亡，死亡如影隨行，只好遺忘。遺忘那沒有了儀式，沒有了神話的部落，遺忘昨天的前天的。遺忘從前過去，以為這樣，眼前就沒有死亡。你哼唱自己的歌來，愉悅的思念的句句是死亡的哀思啊！死亡的哀思是延續族人的命脈是潛藏個人生命裡巨大無比的力量。」（伊苞，二〇〇四年，頁一九一—一九二）。

《老鷹，再見》中，「精神出口」經常來自巫師與敘事者自身，因此，文本慣常以夢境、意識逃離、自言自語等書寫策略，讓敘事者分裂成說話者與聆聽者，透過多重聲腔交織對話，開啟出口，引渡靈魂。前一段文字十分精彩地彰顯出敘事者如何在異鄉，通過肉身的疲倦困乏，而進入精神的高昂亢奮之中；現實上，身體似乎走在死亡的邊界，一如失去儀式與神話的故鄉，籠罩死亡；然而，這使敘事者看得更清楚，在死／瀕死的中介狀態中，對「死亡的哀思」，反而成為延續族人命脈與個人生命的力量。

（二）《絳紅色的地圖》：以感官書寫，彰顯人文、自然、信仰三要素

與《老鷹，再見》的「死亡意象」充斥不同，《絳紅色的地圖》中的故鄉意象，最特別的是兩個層面，一個是歷史色澤鮮明，一個是感官知覺空間鮮活。在歷史書寫部分，前章已經詳論，此處不再贅述，整體觀之，唯色將故鄉營造為充滿厚重歷史感的現實生活場域，通過從松贊干布、文成公主時代的歷史的辯證、西藏文革歷史的圖繪、民間口傳史詩中的歷史情感，以及家族親緣所形構的歷史記憶，以及藏區宗教史的紀錄等等，來營造「絳紅色的家鄉意象」。「歷史敘事」做為一種書寫手法，體現在文本的取材、構圖，特別是藏區宗教史的部分，包括各地區、各寺廟、各僧人的宗教故事，十分厚重，有時甚至感到不易閱讀與消化，形成強烈的厚重感，也因此，通過他者閱讀上的「陌生感」，彰顯出藏傳佛教的獨立體系與獨特內涵。

第二個層面，是感官書寫的運用，唯色的書寫手法，經常混雜著嗅覺、味覺、視覺，特別是氣味與顏色的營造，讓西藏／家鄉成為一個鮮活可感的「知覺空間」。整部文本的氣味，是由酥油、青稞、酸奶、梵香、花香所組成，這些氣味並非單獨存在，亦非僅是物理性的存在，它們形成家鄉獨特的空間語境，一如引路浮標，讓遊子藉以辨識

方位，依循氣味，找到返鄉路徑。其中，酥油、青稞、梵香，最常出現，書中的每座寺院，都浸透這些氣味。唯色如此描述一座格魯教派寺院裡的供品：

> 青稞等五穀堆積銅碗內，上面插著梵香；酥油如脂，塗染成紅白二色凝結於銅製燈盞中；幾尊形如頭蓋骨的小型銅鼎裡，盛滿青稞酒和用藏紅花等植物泡製的聖水；還有幾個用糌粑做的「朵瑪」即「食子」上塗滿了紅色，並用酥油捏出了好看的紋路（唯色，二〇〇三年，頁二六一）。

此段對於供品的書寫，非常具象化、充滿細節，形狀、顏色、氣味俱全。這些物質，就是神聖性的引航路標。又如談及此次朝聖之旅，因為仲巴仁波切的引路，才得以「看見」更多，而這「看見」，也是嗅覺、味覺、視覺兼有：

> 可以說，我們是被仁波切帶上路的，是被他的混合著酥油、青稞和梵香的特殊氣息帶上路的。……他的笑聲裡有一種陽光的成分，燦爛，透明，是西藏寺院屋頂上的陽光，和每個人家屋頂上的陽光一樣，又不盡一樣；又似在陽光下流淌的山泉，無比清澈，無比甘醇（唯色，二〇〇三年，頁三九）。

酥油、青稞、梵香的人文氣味，與陽光、清泉等自然意象扣合，再加上仁波切的笑聲引路，人文、自然、信仰，三者雜揉，形成一條路徑，讓旅行者／歸返者得以「上路」。書中提及西藏的地名，也經常賦予獨特的「味道」（嗅覺與味覺）符碼：

每一個名字都瀰漫著一種宗教的芬芳氣息。那是混合著酥油、青稞和梵香的氣息，在這樣的氣息中，靈魂會像「隆達」上的經文隨風而去，但卻不是茫然而去，那遍布虛空的十方諸佛一定會含笑接納，如接納在外飄蕩多年的孩子（唯色，二〇〇三年，頁八四—八五）。

更多時候，這些味道是一種日常生活的氣味，在燦爛陽光下，藏人感到歡喜，不拘節日，在野地裡搭起帳篷、鋪上卡墊，擺上牛肉、青稞酒、酥油茶、酸奶，歡樂歌唱。唯色如此書寫酸奶的味道：「這時我看見了酸奶，是在一個老婦擱在地上的木桶裡，我高興得快跳起來了。我知道這一定是最純的酸奶，就像拉卜楞寺的酸奶，釅得都沒法倒出來，我從未吃過那樣好吃的酸奶」（唯色，二〇〇三年，頁一〇一）。酸奶與前述酥油、青稞相同，都不僅是單純的食物氣味，而是混雜著人文、自然、信仰的複合味道，因為所有的食物都不僅是食材而已，同時也是文化；正如文本中的敘事者所言：「就像不知如何形容那酸奶的美味，我無法講述那些寺院給我的感受」（唯色，二〇〇三年，頁一〇二）。藏傳佛教最獨特的性格，便是世俗生活與宗教信仰的緊密揉合；因此，酸奶、酥油、青稞與寺院，幾乎是一整座城市、一整個西藏的氣味。如她描寫拉薩帕廓街的城市氣味：

> 各種各樣的氣味：真假難辨的古董的陳舊氣味，美麗絲綢的幽幽香味，梵香、藏香、印度香等香料之味、有人家的窗戶裡或附近的茶館裡飄出的咖哩味兒和甜茶味兒，混合著擦肩而過的羊皮長袍和狐狸帽裡的動物膻味，以及遊客尤其是金髮碧眼的老外身上的濃郁的體味和撲鼻的香水味兒，而在這所有的氣味之中，充溢不在的是酥油味，彷彿所有的東西都是從酥油裡取出來的，所有的人和物，只要從這條街上經過，都會染上酥油那奶香濃郁的味道。這就是白日的帕廓街，從來都是熙熙攘攘如故，喧喧譁譁如故，一直到夜幕降臨。帕廓街啊，它緊傍著寺院，卻坦然地洋溢著一種世俗的快樂（唯色，二〇〇三年，頁三三九—三四〇；唯色，二〇〇六年，頁二一一—五〇）。

帕廓街充滿世俗的氣味，而它的盡頭，就是大昭寺，「那是終點也是起點」（唯色，二〇〇三年，頁三五六）；帕廓街同時也是著名的轉經路，世俗與神聖，在同一條路上，「人們都說，帕廓街不僅僅是提供轉經禮佛的環行之街，而且是整個西藏社會全貌的一個縮影」（唯色，二〇〇三年，頁三三七）。唯色以世俗的氣味與形象描繪帕廓街，最後點明它「緊傍著寺院」，彰顯出西藏世俗與神聖並存的生活圖景。

除了味道，顏色更是唯色用以描繪西藏的重要媒材，全書色彩亮麗豐美，有如一條長幅「經幡」的文字演義。如她描寫日月山頭的經幡，說明「經幡是那種印有諸多經文並裁成長條的織物，以藍、白、紅、黃、綠五色連為一串，象徵地、水、火、風、空五大要素，一般都掛在山巔、路口、湖邊或屋頂上，使之能夠在風中飛揚」（唯色，二〇〇三年，頁六五）。經幡的顏色，就是西藏的地理空間、歷史人文，以及宗教信仰的複合顏色，書中描寫貝諾仁波切的家鄉，色彩繽紛如經幡：

他出生的那個小鄉村有很高的山，山是紅色的，遍布鮮花香草，被認為是神山；山間有一條湍急的大河，夏天像綠松石，秋天像紅珊瑚，冬天像白海螺，色彩十分斑斕，村子也由此得名「澎康」，意思是龍王的聚寶盆（唯色，二〇〇三年，頁三一三）。

出現在仁波切身上的顏色，也正是果洛女人身上的各種色彩；世俗與神聖疊合：

> 綠的是松耳石，紅的是瑪瑙和珊瑚，黃的是琥珀，竟大如鵝卵石。這些真假難辨的寶石，錯落有致地分掛在她微微低垂的頭顱兩側，在藍天白雲的襯托下驚人地美麗，使她看上去很像是從遠古的部落裡緩緩走來的酋長夫人（唯色，二〇〇三年，頁八七）。

除了經幡、寶石的繽紛顏色之外，「紅色」是全書出現最多的色澤；如描寫安多的當卡寺的「紅」，層次繁複，用力至深：

> 這是一座非當素樸的小寺，卻處處塗染著濃烈的紅色，不是通常見到的絳紅色，也不偏紫；不鮮豔，更不亮麗，反而十分沉鬱，在泥土砌成的牆上，在緊閉的門上，在粗大的柱子和梁上，這樣的紅，這樣間或斑駁的紅，這樣也有別的顏色——像黑色、黃色、綠色和白色——點綴、襯托、補充的紅，啊，這樣大面積的紅，卻不泛濫，隱隱地節制，使你一開始只會感到美，但這美裡面含著一種東西，很有力，你卻說不出來。這小寺似乎與別的寺不同。一開始，你的眼睛被染紅了，是漸漸染紅

的，愈往裡走愈是紅。……當然更有那混合著酥油、青稞與梵香的某種特別的氣味無比濃郁（唯色，二〇〇三年，頁一一一—一一二）。

連續好幾頁，都以顏色和氣味領航，註解著一座寺院的風景與氛圍，通過多層次的紅色書寫，當卡寺形象鮮活。《絳紅色的地圖》中最關鍵的顏色，就是「絳紅色」。書中，「絳紅色」具有多重意象：

其一，「絳紅色」是物理性的、感官可見的色彩。在藏地，舉目都是絳紅色，土地、房子、山色、僧侶的長袍、書冊的表面等等，即使你是完全不了解藏地文化的外鄉人，也會因絳紅色數量之多而感到震撼。

其二，「絳紅色」是親族與家園的意象：

那麼，就讓親緣，那隱而不見的親緣，牽引著我內心的命中之馬，把我帶往那絳紅色的房子吧！那才是我的家園，我唯一的、永遠的家園。我知道，在我絳紅色的家園裡，我的親人們早已換上了絳紅色的衣袍，正靜靜地等候著我（唯色，二〇〇三年，頁一四五）。

其三，「絳紅色」營造出西藏獨有的信仰文化。這個信仰文化，最表面可見的，是僧侶的長袍，文本中，穿著絳紅色長袍的僧侶，出現次數極為頻繁。

其四，「絳紅色」是佛法的表徵。僧侶即是佛法的傳遞者：文本中有一段寫到佛法如花，而花朵之所以長開不敗，正是因為那些穿上「絳紅色衣衫」的僧侶們的傳遞：

它則被悄悄地傳遞著，從藏在這只絳紅色衣衫裡的手中，傳至藏在那只絳紅色衣衫裡的手中。是不是只有穿上絳紅色的衣衫，才有資格收到那朵最美的花兒？是不是只有如此相傳，花兒才會常開不敗？（唯色，二〇〇三年，頁二〇三）。

啊，一件件絳紅色的袈裟在我的眼前像花朵開放，如鳥兒飛翔，在司徒仁波切曾經的住所，我深深地沉醉在這樣一個幻象構成的美妙世界裡（唯色，二〇〇三年，頁二〇一）。

其五，扣合前述幾項，「絳紅色」是複合式的「家鄉（故鄉）意象」，包含了親族、家屋、生活場域、地理空間、信仰文化，以及情感依附，更擴及整體西藏，蘊含著獨特的歷史經驗與宗教語境。故鄉或家鄉，對唯色而言，已不僅是一個特定的生長地點、生活空間，或者父母出生之地，而是精神母體的歸趨之地：

漸漸地，我也知道了我的老家或故鄉在何處，實際上，老家或故鄉是十分抽象的概念，它無法落在任何具體的地點上，即使似有一、兩個地點，比如拉薩或德格，那也只是因為塗染在這些地點上的顏色是絳紅色——所有顏色中最美麗的顏色。如此而已。假如非得找一個確實的地點不可，那就是拉薩，那就是德格，或者說，整個西藏（唯色，二〇〇三年，頁一六八—一六九）。

其六，「絳紅色」是「淨土」（永恆家園）的意象。當家鄉從單一地點，擴展成複數地點，成為「整個西藏」時，已取消物理性的地點涵義，而成為精神性的故鄉指涉，成為一個「香巴拉」。

其七，「絳紅色」所表徵的「淨土」，是自我內在純淨心靈的意象（內在的靈居所）。書中〈第六章　回到拉薩〉有一段「絳紅色的上師」，是朝聖之旅前兩個月，敘事者在大昭寺遇見貝諾仁波切，尊為上師，經歷了自我心性的覺悟歷程。此處的「絳紅色」，既是上師的表徵，也是心中淨土的隱喻：

> 我唯一能夠肯定的是，我的心中有一顆信仰的種籽。是一顆絳紅色的小小種籽（唯色，二〇〇三年，頁三〇八）。

> （仁波切）絳紅色的袈裟上面落下了幾朵白色的雪花，雖然很快就融化了，但誰都看見了那一瞬間的「梅朵」[10]。這時我忽然有了一種類似於過去的故事中那些弟子們在明瞭心性時的覺悟。確切地說，只是若有所悟（唯色，二〇〇三年，頁三三五）。

我們可以說，《絳紅色的地圖》中，「尋找香巴拉」的朝聖之旅既是尋找傳說中的淨土，也是尋找實體的故鄉、尋找心靈安置處所之旅。而「絳紅色」既是家園、老家、故鄉，也是「淨土」，是生命的「靈居所」，是一個既有具體的地理性空間指涉，又富含宗教與哲學思惟的豐富意象，這樣的宗教與哲學思惟與整個西藏（不只是拉薩，不只是德格）相扣，也與唯色的自我救贖相扣，「尋找香巴拉」因而也是自我救贖的歷程。

整體觀之，唯色《絳紅色的地圖》使用了感官元素極強的書寫策略，透過氣味與顏色，描繪出一幅揉合自然地景、歷史人文、家族親緣、宗教信仰、心靈居所的「鄉土意象」；而伊苞《老鷹，再見》，則書寫了大量的「死亡」和「悲傷」的顏色，使用夢境、意識迷離、自言自語等手法，讓主體（包括個人主體與部落主體）處於「中閾性」的生存狀態，以此彰顯出故鄉處於「樂園／失樂園」的曖昧情境，以召喚救贖的可能。兩者手法迥異，然而，就賦予行動主體（旅行者、返鄉者）高度的「能動量」，通過主體自身的內在思辨、信仰為通路，以達致「自我救贖」的可能而言，兩者有著一致性。

五、結語

本論文鎖定排灣族女作家伊苞的《老鷹，再見》，以及藏族女作家唯色的《絳紅色的地圖》兩部旅行文學文本，針對作者本身的身分背景、家心的離／返，以及文本中的敘

---

10 梅朵，是藏語中專門指「花」的詞彙，此處指「雪花」與真正的「花」。

事結構、旅行路徑、歷史書寫、西藏圖像、故鄉意象、美學手法、文化認同、移動／認同主體的自我辯證等議題，進行比較研究。

從作者的角度來看，伊苞與唯色的世代、性別、少數民族身分等，都有相似性，而他們對主流文化的批判、反思，對於弱勢文化主體的思辨與追索，以及在多重文化邊界中遊走，尋找認同歸趨的思想歷程，也有很多相似性。以上這些屬於作者個人的元素，也都反應在文本中：《老鷹，再見》與《絳紅色的地圖》兩部旅行文本，無論在旅行目的、移動路徑、書寫形式、敘事時空、敘事策略、主題面向等方面，都有高度的可比較性。

本論文的研究成果，大致可以從以下幾個角度來進行統整。首先是文本的敘事結構與作者返鄉路徑：伊苞的《老鷹，再見》，在敘事結構方面，採取兩條文化時空交叉敘事的軸線，在每單元的「標題」即已標明（如「藏西　部落」、「聖湖　巫師」、「巾幡　鷹羽」）。一方面藉著前往西藏的旅遊，描述她與藏人的對話、觀察西藏的自然景觀、宗教禮俗、人文歷史，另一方面則帶出排灣生命經驗、儀式涵義、部落風土、族人情誼，哀憫部落的死亡與悲傷，包括巫師凋零、青壯男女的生命靈力亦日漸稀薄等。伊苞是一個熟悉部落文化、能吟唱傳統歌謠、幾乎成為巫師實習生的排灣族，然而，卻也是一度背離者，想「離開那些古老的故事」，想洗刷自身的顏色，以安全藏身主流社會中，因此，《老鷹，再見》是從「離開」與「遺忘」寫起，為了書寫那些被「遺忘」的故事，記憶因而更清晰地再現。

而唯色的《絳紅色的地圖》，敘事結構採取空間性的「旅行地圖」概念，各單元順著旅行的路徑，標記西藏各區地點，將西藏的地理空間、歷史記憶、信仰文化、敘事者個人的家族故事，錯雜其間，文本表面看來是線性的旅行地圖，但實則時間軸線複雜交織。不同於伊苞是一個身體離鄉的文化熟悉者，唯色是身體返鄉之後，才發現自己是故鄉的「陌生人」，《絳紅色的地圖》因而是從「陌生人」寫起，以「見證人」之姿，通過旅行與書寫，建構故鄉的歷史記憶。兩本返鄉之書的差異在於，伊苞是通過記憶與書寫，「拾回已知」，唯色則是通過學習與見證，「填寫無知」。

第二，關於兩部文本的「時間性」、「西藏」的空間隱喻及歷史敘事。《老鷹，再見》走進「現在進行式」的西藏，以日記體彰顯線性時間序，其西藏書寫除聚焦在藏西風景、山川湖泊、人文景觀之外，最特別的是做為一個「前往轉山朝聖的旅者」的旅程，包括痛苦的身體經驗、宗教與心靈經驗等等。而其部落書寫，則是以「過去回溯式」的記憶書寫形式呈現，記憶線圖跳躍、無序，在西藏朝山之旅的現在進行式中，關於原鄉的過去式記憶不時被召喚出來，時而緣於空間地景（與排灣故鄉相似的地景）、風俗習慣（喪葬、祭典儀式）、人物，有時經由夢境與宗教為媒介。因此，「在西藏，憶及排灣人事物」，鋪展成《老鷹，再見》的兩條主要敘事軸線，有大幅彩色圖片的西藏，看似文本主體，卻是文化他者，僅有小幅模糊黑白照片的排灣，看似文本中的附屬，卻隱然成為主體；就此而言，「西藏」猶如「渡口」，經過身體的考驗與地景人文的接引，旅行者歸返原鄉。

《絳紅色的地圖》中的「西藏」，則同時具備現在式（旅行當下）、過去式（歷史記憶）、未來式（理想家園）等三個層面，其中，歷史敘事是唯色特別著力之處。唯色的歷史書寫，其一是對主流的逆寫，如透過書寫文成公主，反思漢人主流歷史敘事中的「教化觀」，以及透過書寫西藏文革，批判主流社會對西藏歷史人文的破壞。其二是對庶民歷史記憶、格薩王傳唱、宗教史的書寫，演繹西藏歷史主體敘事。其三是通過對家族歷史與自我身世的追索與思辨，扣合前項，彰顯出主體的返鄉路徑，而西藏（複合著地理空間、歷史人文、信仰文化、家族親緣的「西藏」），則成為她亟欲歸返的「原鄉母體」。

再者，論及這兩部文本最鮮明的美學手法，以及關於「淨土」的書寫與自我追尋的涵義。《老鷹，再見》中充滿「死亡」意象，「死亡」從傳統的美麗色澤與神聖力量，變質為黑暗、悲傷、無法再生，文本藉以彰顯故鄉正處於「樂園／失樂園」的瀕死邊界；同時，文本擅用各種「中閾性」的策略，如夢境、意識迷離、自言自語，以及具有人／神「中介性」角色的巫師，營造出時空跨越的能動性，主體藉以跨越各種疆界，找到通路，獲致救贖，因此，「主體」本身就是靈居所。《絳紅色的地圖》則擅於經由感官書寫，營造鮮活的知覺空間，特別是氣味與顏色的運用，揉合了自然、人文、信仰等元素，綰結世俗的西藏與神聖的西藏，最後通過「絳紅色」的多重涵義，將現實的、歷史的、未來的、個人的、家族的、民族的、身體的、精神的「西藏」，全部揉合，指向主體的自我安置與救贖，與《老鷹，再見》相同，唯色指出，「淨土」就在主體自我心中。

最後，統整論述本研究在「民族文學比較研究」的意義。當前的臺灣文學研究深富「跨界性」特質，「跨界」取徑幾個向度：跨領域、跨媒材、跨國（或跨文化界域）。「跨領域」標幟著問題意識、研究視角、研究方法、理論援用的跨界性，臺灣文學研究跨向歷史學、社會學、人類學、哲學、文化研究，乃至自然科學，無論是挪用、對話、辯證，皆已有不少研究成果。而「跨媒材」則除了前述的跨領域涵義之外，更衝擊到「文學」本身的範疇界定、邊界標定，以及跨越的可能。以往的研究方法，將詩與小說並置研究，即有適切性之虞，而今，不僅詩、小說可以並置論述，文學與視覺藝術、表演藝術、影像藝術之間，都可以並置研究。而跨國（或跨文化界域）此種研究地圖的敞開性，又以「臺灣文學與東亞研究」為主要發展方向，透過與臺灣在地理空間與歷史發展上極具關聯性的東亞國家，如日本、韓國、中國，乃至滿州國，進行比較研究，擴展臺灣研究的場域。

然而，民族文學的跨界比較研究成果較少，臺灣原住民族女性作家作品的數量本已不多，相關研究向來較為匱缺，將之與世界其他少數民族女性作家及其作品進行比較研究者，至今未見，本研究就此而言，具有開創性的意義，期能拋磚引玉，引發更多民族文學的比較研究成果；同時，本研究特意採取「文本細讀」的比較研究策略，著重於許多文本細節的比較與討論，亦是由於相關比較研究尚仍闕如，本研究期望能以較具體細膩的研究內容，開啟更多關於「民族文學比較研究」的對話空間。

參考資料

王力雄　一九九八年，《天葬——西藏的命運》，香港：明鏡。

池麗菁（記錄、撰稿）　二〇一五年〈【女書文化夜沙龍——對談與即興】系列第二場：伊苞：鼓動——傾聽生命的聲音〉，檢自：http://goo.gl/4S8NHL，二〇一五年一月三十日。

林宜妙、陳芷凡（訪問、記錄）　二〇一五年一月三十日，〈達德拉凡．伊苞訪問稿〉，檢自：http://goo.gl/mgGjdH。

唐琪薇　二〇一四年九月二十日，〈藏族女作家唯色拉薩機場被「請喝茶」〉，檢自：http://goo.gl/t5dSSV。

唯色　二〇〇三年，《絳紅色的地圖》，臺北：時英。二〇〇六年，《名為西藏的詩》，臺北：大塊文化。二〇〇六年，澤仁多吉攝影，《殺劫》，臺北：大塊文化。二〇〇八年，《看不見的西藏》，臺北：大塊文化。二〇〇九年，《雲域的白》，臺北：唐山。二〇一一年，《西藏二〇〇八》，臺北：聯經。二〇一四年九月二十日，「看不見的西藏」，檢自：http://goo.gl/z7IR。二〇一二年七月十五日，唯色口述，楊翠筆錄，〈唯色訪談逐字稿〉，中國：北京。

董恕明　二〇〇八年，〈在混沌與清明之間的追尋——以達德拉凡．伊苞《老鷹，再見》為例〉，《文學新論》八期，頁一二九—一六一，嘉義：南華大學文學系。

達德拉凡．伊苞　二〇〇四年，《老鷹，再見》，臺北：大塊文化。
Said, Edward　一九九九／二〇〇〇年，彭淮棟譯，《鄉關何處》，臺北：立緒文化。
White, Hayden　二〇〇三年，陳永國、張萬娟譯，《後現代歷史敘事學》，北京：中國社會科學。

王應棠

〈跨文化理解與翻譯——魯凱族田野經驗與閱讀原住民漢語文學之間的對話〉

東華大學教育與潛能開發學系多元文化教育研究碩博士班副教授退休。

臺北遷居花蓮的新移民，臺大建築與城鄉研究所博士。長期穿梭於城鄉山海原住民生活地區，喜歡結交原住民朋友，尤其是各類文化藝術工作者。工作、研究領域與興趣，集中在原住民文學與藝術、族群文化認同、家的意義、聚落保存與發展、原住民文化傳統的當代處境等議題。著作有《詮釋學、跨文化理解與翻譯》上、下冊。

本文出處：二〇一二年三月，《臺灣社會研究季刊》八十六期，頁一七九—二〇六，臺北：臺灣社會研究雜誌社。

跨文化理解與翻譯
——魯凱族田野經驗與閱讀原住民漢語文學之間的對話

一、前言

本文首先從我在魯凱族好茶部落田野中的「錯誤」與「錯愕」經驗出發，指出其中凸顯出的課題已經不再是一般的跨文化對話中的理解困境，而是連族群內部的人對自己族群傳統的認知都存在巨大差異的現象。然後轉到當時事件中的要角奧崴尼在因緣際會之中，從「報導人」、「翻譯」與「顧問」等做為本族與他族的中介者，逐漸轉為魯凱族的作家，透過漢語書寫展開族群文化的紀錄與文學創作，以詩歌、散文、報導及小說等多樣的文類呈現，而創作之依據絕大部分係其對自身文化之採集與詮釋之成果，因此他的所有作品均可視之為自我書寫之民族誌來閱讀。穿梭在魯凱族好茶的田野經驗與閱讀奧崴尼漢語書寫文本的體驗，我嘗試將「（魯凱族好茶部落）田野做為文本」與「（魯凱族作家奧崴尼的漢語書寫）文本做為田野」並置，凸出二者共同的跨文化理解的基本問題。接著論述奧崴尼的具體書寫文本案例，討論原住民漢語書寫在生產與接受過程中，所涉及的語言與文化脈絡問題，並進一步討論以「翻譯做為跨文化理解的模式」對此一議題的啟示，做為初步結論。我以原住民漢語文學做為跨文化理解的媒介，並將翻譯做為跨文化理解的模式，讓我們可以透過「翻譯」，昭示了一種包含他者，並且邊界可以在跨文化對話的歷史進程中不斷擴大的特質。受到詮釋學的啟發，強調我們對自身文化的自我理解永遠需要走出自身，在遭逢差異中才能反思自身文化的未言明的前見，從而擴大對自己文化的理解。而在理解的過程中，初期所發生的「錯誤」、「錯愕」等不理解或誤解的現象，正是預設了彼此可以相互理解為前提。

二、「錯誤」與「錯愕」：由田野經驗引發的跨文化理解課題

在我與原住民的相遇經驗中，魯凱族好茶社區的兩個事件一直在記憶裡印象深刻，卻還不能充分理解，它們都與「族群傳統」在當代劇烈變遷的意義流轉有關。這要從我自己在好茶部落的規劃實務經驗談起。由於石板屋的族群文化特質，遷村之後的舊好茶部落，在一九九一年被指定為二級古蹟，讓當時做為規劃實務工作者的我有機會從

一九九四年起參與好茶部落保存的計畫。規劃團隊基於強調居民參與部落保存的概念，在開始籌組規劃團隊進行規劃工作時，就刻意將兩位社區居民納入工作成員之中，一位是原住民運動參與者台邦．撒沙勒，另一位是被稱為好茶史官的奧崴尼．卡勒盛，成為規劃過程中的顧問兼翻譯，並協助社區訪談工作的進行。他們從出生到青少年階段都在舊好茶的母體文化環境中成長，並先後到平地接受高等教育，我們認為他們熟稔魯凱、漢語兩種語言及其文化脈絡，應該可以勝任顧問兼翻譯的工作。

規劃工作進行初期，規劃團隊與社區發展協會曾經在一九九四年二月十四、十五日兩天合辦舊好茶尋根之旅，希望能激發村民參與保存計畫，當時參加者達百餘人，包含老、中、青、少年各年齡階層。為提高參與並助興，我們提供了一些獎品供晚會摸彩。按照平地人的想法，我們理所當然地就依購買價格高低訂出頭獎為放影機，貳獎是傳統的陶壺，參獎傻瓜型照相機。在籌劃活動時，當地顧問並沒有提出任何問題，活動結束後卻立即聽到有些族人批評的聲音，認為陶壺是魯凱人的神聖物品，應列為頭獎。對於我們從價格考量的觀點，在面對異文化的價值差異所犯的「錯誤」，讓我印象深刻。

由於好茶外流人口嚴重，平日村內僅有老年人與稚齡孩童，至週末，在外地工作的青壯村民才會回來參加教會禮拜，與親人團聚。為因應此一現象，規劃團隊剛開始是選擇在週末赴新好茶與村民討論。規劃工作進行一段時間後，規劃團隊決定在新好茶設立駐地的規劃工作站，藉由工作人員長期在地與村民互動，以了解聚落的實際狀況與需要。

決定常駐工作站後，反思尋根之旅禮物的「價值與價格爭議」事件所犯的「錯誤」，我們對工作站的成立儀式相當重視。經請教當地顧問奧崴尼，決定依循魯凱傳統儀式程序進行：殺一頭豬，準備了相當豐盛的傳統魯凱食物，如阿拜、奇拿富等，也在兩週前先聘請村民釀造傳統小米酒，準備在當天一起享用。由於事前有挨家挨戶邀請，儀式當天再經由村長廣播告知，參加的村民相當踴躍。整個過程經由規劃團隊與部落共同籌備、參與儀式、向村民說明工作室成立目的後，按照魯凱階層制度，將豬肉與內臟等禮肉，依頭目、貴族與平民身分分贈。原先的構想是在儀式完成後大家都會留在會場，在共享酒食的過程中促進情感的交流，以利後續工作的進行；沒想到說明會一結束，村民就一擁而上，拿了食物各自回家，留下一臉「錯愕」的工作人員，連籌劃顧問奧崴尼也沒有料到會是這種狀況。

從「錯誤」到「錯愕」，上面提及的兩個事件凸顯出的課題已經不再是一般的異文化接觸中的相互理解困境，而是連族群內部的人對自己族群傳統的認知都存在著巨大差異的現象。這些現象牽涉的問題相當複雜，暫且表過。而當時事件中的要角奧崴尼在因緣際會之中，從「報導人」、「翻譯」與「顧問」等做為本族與他族的中介者，逐漸轉為魯凱族的作家，透過漢語書寫展開族群文化的紀錄與文學創作。生命的轉折，讓他成為族群文化書寫的主體，我則成為他在漢語寫作路上的「顧問」之一，對他的作品進行評論（王應棠，二〇〇三年a），他的書在出版時，我也為其寫過序。

奧崴尼透過漢語書寫展開族群文化的紀錄與文學創作，以詩歌、散文、報導及小說等多樣的文類呈現。《雲豹的傳人》出版於一九九六年，以作者唯恐即將消失的故鄉魯凱族好茶部落文化、人與土地的報導採錄為主，個人經驗的表露很少。長篇民族誌小說《野百合之歌》在醞釀多時後，於二〇〇一年出版，旋於次年（二〇〇二年）獲巫永福文學獎；《野百合之歌》的故事情節以西魯凱加者榜眼社[1]獵人哲默樂賽及其家族為主軸，主要是在誕生與死亡的歷程中，具體而生動地描繪了外來文化尚未大舉進入前，與大自然共處的魯凱人的日常生活、生命歲時禮儀、禁忌與情感表達。而相較於《雲豹的傳人》，《神祕的消失》在主題上仍有部分延續著魯凱族的神話傳說紀錄，如〈巴嫩嫁到達露巴淋〉、〈哩咕烙！禰在那裡？〉，而與《野百合之歌》同樣是處理誕生與死亡的歷程，不過不再以虛構的小說敘事形式來表現，而是以作者生命經驗中最親密又沉重的情感教育之呈現；全書占最大比例的都是纏繞著與自己關係深厚親友之死亡的糾葛與不捨，他寫幼子（〈生命禮物〉）、髮妻（〈永恆的戀人〉），也寫童年啞巴好友與孤獨族人的亡故（〈沉默的人〉、〈孤獨的人〉），即使是回憶他母親對子女情感的〈芋葉上的露珠〉，也細緻地描述了他大妹小時候從鬼門關救回小命的故事。在這些自傳色彩極為濃厚的文字中，藉由幾個與死亡相關事件的具體感受，用極具民族風格的語言傳達了作者的款款深情。透過生存與死亡相互交纏的敘說，奧崴尼的書寫在個人經歷中，依然夾帶著他所念茲在茲的族群滄桑。這樣的悲憫其實也超越了個人與單一族群的宿命，他所哀悼的傳統生活世界，已經在現代文明衝擊下面臨了急遽消亡的命運，卻又經由記憶與想像交織成的文學語言得以流傳於世。而這種由文字書寫所欲傳達的意義得以獲得廣大讀者的共鳴，使用的語言就十分重要。奧崴尼選擇漢語創作，但又附加許多魯凱語，而且還加詳細說明，宛如創造一個不同族群相互理解的介面，或者，用他和我都喜歡的字眼，開啟一扇族群對話的「天窗」（王應棠，二〇〇六年，頁一一三—一一四）。

1　加者榜眼社：昔稱舊好茶部落。

由於奧崴尼的創作依據絕大部分係其對自身文化之採集與詮釋之成果，以及個人遭遇與社會文化變遷撞擊下的感受，因此他的所有作品均可視為自我書寫之民族誌來閱讀。將奧崴尼的原住民文學作品視為跨文化理解媒介的理由是：⑴作者對族群文化傳統紀錄與傳承的書寫動力（族群文化代言人）。⑵作品呈現之族群生活世界紀實描述與語言思維邏輯之族群特性。⑶對社會文化變遷中的族群遭遇與主體感受之自我表述。為了將穿梭在魯凱族好茶部落的田野經驗與閱讀奧崴尼漢語書寫文本的體驗視為一場對話，我嘗試把「（我的魯凱族好茶部落）田野經驗做為文本」與「（魯凱族作家奧崴尼的漢語書寫）文本做為田野」並置，凸出二者共同的跨文化理解的基本問題。

如何透過並置進行對話？人類學者對異文化的研究中，將文化視為文本的隱喻，使觀察者（人類學家）與被觀察者均能在可見的行動中閱讀到意義。這種跨文化理解的觀點，是將理解本身視為對話的過程，以達到意義的共享。此一觀點引發了研究者如何從報導人觀點的詮釋資料中建構其詮釋的問題，而將文化視為意義系統的研究焦點轉移至詮釋過程本身。進一步，透過既有民族誌書寫的反思，實驗民族誌將寫作本身視為對話，而不是文本。「對話」表示人類學家（及其讀者）必須與一文化進行主動的雙向交流，在一文化系統內部及不同文化系統之間進行詮釋。當代實驗民族誌寫作的視野，產生於修正的詮釋人類學對民族誌研究過程的影響，其中一種趨勢是關乎民族誌對文化差異的表述。在尋求表述「在地人觀點」的努力中，力圖採取不同的文本策略以傳達出當地經驗的豐富而精緻的理解，可稱之為「關於經驗的民族誌」。實際的經驗總是要比傳統社會科學所能表述的更為複雜，「關於經驗的民族誌」正試圖充分利用田野取得的知識，跨越現有民族誌文體的侷限，描繪出更全面、更豐富的異文化經驗圖景（Marcus & Fischer，一九八六年，頁一七－四四）。更進一步，Fischer（二〇〇六年）指出，做為一種文化批判方式的民族誌實踐，少數族群自傳和自傳體小說也許可以成為多元化後工業社會的關鍵形式。他認為，乍看之下「似乎是個人主義的自傳式尋求，其結果是對傳統的揭示，對擴散的身分和身分的容器碎裂時，那神聖閃光的重新匯集」（ibid，頁二四四）。他檢視了幾份少數族群自傳和自傳體小說，認為「它們之中沒有一部作品僅僅是控訴，也……沒有一部作品只譴責了自我和族群之外的壓迫者；所有人都想像性地描述了新的身分和世界的創造，並非幼稚地致力於直接再現，而是暗示或召喚文化的生成（emergence）」（ibid.，頁二四八）。對文化傳統的書寫與認同的探詢，不再只是懷舊式的哀悼，而是指向未來。這些作品能履行人類學的文化批判承諾，亦即，讓人意識到那些被理所當然地接受下來的方式，其實是社會文化的建構。而促使文化批判成為強力的形式路徑，應把讀者置於相似性和差異性的開放本質中，讓其展開不斷的辯證對話（Marcus & Fischer，一九九八年，頁二二二）。

另一方面，James Clifford（二〇〇六年）視民族誌文本為寓言的觀點，是將民族誌當成一種有影響力的、經由故事設計出情節的表演。他認為，寓言使我們特別注意到文化表述的敘事特徵。作品若是要讓不同生活方式的行為被理解，就要在寫實描述的「科學」限制中，補充寓言性的附加意義，用來支撐對差異性和相似性的有節制性的虛構。而跨文化理解之所以可能，即在民族誌對特定差異的敘述預設並指向一種內在的相似性。他認為，我們關於其他文化的大部分知識必須視之為偶然的，是互為主體間對話、翻譯和投射的存有疑問的結果。將經驗翻譯成文本的做法保存了事件，並延展了事件的意義；而這種文本化表達可以視為觀察、解釋、對話的成果。這些論點對我們即將展開的討論，尤其是做為跨文化理解媒介的原住民文學作品如何做為一種自我書寫的民族誌來閱讀，提供了富有啟發的視角。

本文從我在魯凱族好茶部落田野中的「錯誤」與「錯愕」經驗出發，接著論述奧崴尼的具體書寫文本案例，討論原住民漢語書寫在生產與接受過程中，所涉及的語言與文化脈絡問題，進一步討論以「翻譯做為跨文化理解的模式」對此一議題的啟示，然後嘗試跨越翻譯的語言學範圍，從文化翻譯的觀點來處理語言與權力的關係。

三、經驗與翻譯

奧崴尼雖然視魯凱族的石板屋為族群文化的重要遺產，但也省察古蹟與古物僅僅是歷史偶然的遺留物，只有語言的流傳物才能延續真正的傳統。他在〈白石頭〉（奧崴尼，一九九六年，頁一七二）一文中提到，大頭目家石板屋前牆壁的白石頭是記錄英雄殺敵的標誌與紀念，為使族人紀念他的英勇與偉大，特別安置於屋前耀眼的地方；由於時代的變遷，別族人都不明瞭白石頭的意義，也不認識這位英雄人物。他感慨地說：「這是一個悲哀，也是諷刺。這說明了事物象徵性意義的脆弱，只有書寫的文字和符號才能傳之久遠。」這一感慨與省思，正可說明奧崴尼提筆書寫的動機與目的。

作家奧崴尼是個很有魅力的說故事的人，我們常在舊好茶的石板屋中徹夜長談，有時我也隨手記下幾則故事。他曾談到基督教會到好茶一邊傳教，一邊帶進救濟物資所造成的趣事。在他小時候，教會從美國進口奶粉、當成救濟品分配給物資缺乏的好茶人，他們喝了卻不能適應，都下痢拉肚子，牧師只好叫族人不要喝。奧崴尼當時在念小學，中午回家，想換個方式吃，於是將奶粉加水搗成如麵糰狀再油炸，但吃了仍然拉肚子。大家後來都不敢吃，奶粉拿去餵豬，豬都沒事而且長得肥肥壯壯的。這件事被美國的教會知悉後，就不再送奶粉來了。我當時聽到的直接反應，是將這個故事當成一則教訓：一個地方的好東西不一定對另一個地方好[2]。其實如果將身體當成一個消化外來食物的翻譯媒介之隱喻，那這就是原住民與外來物質接觸過程中，翻譯失敗的一個經驗案例[3]。另外一則故事也是關於救濟物資，那時天主教從美國募集送到好茶的救濟衣物多為女裝、女鞋，奧崴尼的一位小學男同學就將分到的高跟鞋鞋跟鋸掉，穿著女裝、女鞋去學校，大家看了他的模樣都哈哈大笑，說他穿了兩隻「百步蛇」——因女鞋是尖頭，去掉鞋跟之後，前端上翹呈三角狀，活像百步蛇昂首翹立的頭型。我當時也像他的小學同學一樣大笑，並沒有多想。現在重讀，似乎其中隱含著好茶魯凱人的跨文化接觸經驗，在對外來物品的「挪用」與「誤用」中，做出了在地文化的反應。我們很難設想，在一個沒有百步蛇出沒，並且沒有將百步蛇當成神聖圖騰的族群，能生產出這則故事。

上述異文化接觸透過物質的使用所產生的「誤用」與「挪用」現象，在語言交流過程中則是透過翻譯與詮釋來進行。在舊好茶進行石板屋調查紀錄期間，一個冬日的夜晚，當工作暫時告一段落，吃完晚飯，躺在奧崴尼家石板屋鋪著月桃蓆的地上聊天，閃爍的星星突然從天窗出現在眼前，美麗的景象讓人難忘。奧崴尼說，天窗的魯凱語叫做「athaw」，而這個詞也用來稱呼魯凱人頭顱上的天靈蓋——天窗，石板屋的天靈蓋，經由這個洞，讓室內與天空有一個交流的通道；而人的天靈蓋則是人體與精靈世界的界面。魯凱語言如此精妙地揭示了魯凱人的身體、家屋與其生活世界的關係，首次經由 athaw（天窗）這個詩意的詞深深吸引了我，也是我對魯凱語言中的隱喻與象徵特質產生興趣的開始。

這些年來，隨著我與奧崴尼的交談次數日漸增多，他總是會在不經意中引用一些生動的魯凱字，如 masalai，原意是指植物的嫩葉在熾烈的陽光下曝晒後，因失去水分導致葉片下垂的情況，引申形容一個人懶洋洋的樣子。還有，rudrun 是「作物成熟」的意思，可用來形容人長大成熟到可以結婚時。而成熟即是「在老化中」，所以奧崴尼說：

2 記得作家（也是翻譯研究者）思果，曾將這種教訓翻譯為「張三的熊掌，李四的砒霜」，較為傳神。

3 謝謝許暉林博士提供此一詮釋視角。

「結婚就是老化」。在一次田野對話（王應棠，二〇〇三年b，頁九四－九五）中，他提到alupu[4]（狩獵），最原始的意義是「尋找」、「尋尋覓覓」：

奧：狩獵，alupu，就是說最最原始的時候，是尋找的意思，尋尋覓覓。那他們有時候用在……沒有食物、維生困難的家族，他會說「我日日夜夜在尋找」的時候，他就會用alupu，說「我日日夜夜狩獵」。

王：alupu是不是也可以用到別種工作上？

奧：嗯，比如說，只要是掌握不到的東西，你可以有這個盼望而且去尋找，可是不一定能拿得到的意思。比如說男孩子一直尋找女人，被愛，就是找不到，那就說「我日日夜夜alupu，但是還是獵不到」（笑）。

王：你上次還有說過，你們男人釣女人、女人釣男人，也是用這種狩獵的話。

奧：有啊，有一些狩獵的語言、言詞啊，比如說，那個叫做dingai。dingai就是「找到」的意思，但是它概念是放在繩套法，假如說你把一個繩套放在路上，然後有個動物踩到的話，叫moi-dingalan，就是「被抓到」、「被找到」

的意思。那女人家假如是不經過結婚，偷偷跟這個男孩子發生關係，然後成為夫婦的話，說 dingai 這樣子，就是「發生關係被抓到」的意思，這是不合理的婚姻，沒有經過結婚就同居。

王：可是這個跟 dingai、「做繩套」狩獵，是一樣的意思嗎？

奧：一樣的概念。假如說，我們常常描述一個男孩子，他很博得女人歡心的時候，就是「很會做繩套」，這樣子。

王：很會釣女人。

奧：很會釣女人（笑）。

將 alupu、dingai 這兩個字用到男女的感情追逐戰中，無論是男追女叫「做繩套」，女追男叫「做陷阱」，都是只有狩獵的民族才能使用如此具象的譬喻。

而更具隱喻與象徵的語詞也在我們的談話中不斷出現，尤其是談到魯凱語言中有關

---

4 原引文拼為 alubu，為與奧崴尼後來拼法一致，逕改。

情感的語詞，有相當細微的區分（王應棠，二〇〇三年b，頁一〇三）：

奧：比如說「愛」這個字。愛是沒有辦法交換的東西，它是「給予」的意思喔！我們叫做kelibak，就是很疼愛自己的太太，結婚了以後會用這個「maga-kelibak」。但是還在談戀愛，我們用「互相喜歡」。

王：那就很不一樣了。互相喜歡要怎麼講？

奧：malaga-dalam；dalam就是喜歡，malaga-dalam是互相喜歡。那假如說，媽媽對孩子的愛，也不一樣。孩子愛媽媽，我們叫做kelibak，kelibak dineini是「他愛他的媽媽」。但是媽媽愛孩子，就不用kelibak，它用ma-tha-lai。所以我們結婚了以後，對我們自己的太太，我們用這個最崇高的字，無論你撒嬌、無論你的錯誤，我都可以包容，因為我愛你的時候，ma-tha-lai。你寫一封信，你說dear的時候，就用thalalaili，那個是指包括他的錯誤你都要包容了，就像母親跟孩子的關係。

王：愛就有這麼多種！

奧：三個，很重要，這是單一的詞句。若用比較多的詞的說法，「像芋頭葉的露珠」，就是說斷腸人，類似這樣。就是用比較多的文字去描述一個東西，然後把它變成是「我親愛的」的意思。

王：你剛剛說「像芋頭葉的露珠」，這表示斷腸？

奧：就是母親對孩子、愛人對心愛的女朋友的一種說法，「我為你每天緊張，就像那個露珠一樣，遇著微風就在那裡蕩漾，好像要掉下去啊！」

王：提心吊膽啊？這也是一種愛，關愛。

奧：太多了！kamaleli，也有這樣的說法，kamaleli 是說假如這個母親對這個孩子的愛，太過分地呵護他，不想去工作，也變賣了所有的東西，就為了要讓他長大、指望他太多，它就是 kamaleli，就是說「我為你傾蕩所有的」……描述河流，水已經乾了，「愛你而乾了」的意思。

這些語彙對在母語及部落生活傳統中成長的奧崴尼而言，是唾手可得的語言資源。在奧崴尼的《神祕的消失——詩與散文的魯凱》（二〇〇六年）中，類似的例子不勝枚舉，現舉其中與上面兩段交談引文主題直接相關的兩個例子來看，在對話與書寫中的同與異之處。奧崴尼在〈狩獵的人生〉（二〇〇六年，頁一一〇—一一一）裡說：

魯凱語對「狩獵」一詞，最原始的名詞概念，叫「阿鹿捕」動詞，即「尋找」或「尋覓」之意，是指「尋找」一個特定的目標而不確定存在，或縱使找得到目標，也不確定能否拿得到，即使可能拿得到，也不一定是當初預設特定的目標，一切都很不確定。

作完魯凱語「阿鹿捕」(alupu)的漢語界定後，他更細心地為不熟悉魯凱世界的讀者說明其文化脈絡(奧崴尼，二〇〇六年，頁一一一)：

魯凱人在最原始之初所謂「哇阿鹿捕（wa-alupu）」即「去尋找」的意思，是指一位男孩，身上帶著「部（bu）」即「弓」之意和「萊哩（lhaily）」即「箭」之意。在高山叢林裡尋尋覓覓找不特定的動物，當找到了目標，就拉起弓箭對準動物，當「拉起弓，箭射出去」的這種動作，魯凱語叫「巴納（pana）」即「獵獲」的意思，有「射出必中」的涵義。而專業狩獵的人，魯凱語稱作「達爾—阿鹿阿鹿捕（tara-alualupu）」，即「專門尋找」的意思；靠著狩獵而很幸運地獵獲很多，滿足族人所需，我們也稱作「弓箭神射手」之意。

另一例為回憶他母親對子女情感的〈芋葉上的露珠〉，描述他大妹小時候從鬼門關救回小命的故事，文章開頭就先將此一隱喻情感的語詞作細緻的說明（奧崴尼，二〇〇六年，頁七三）：「芋葉上的露珠（yia keteketane）是母親形容我的大妹妹，在母親心中珍貴得猶如是芋頭葉上一顆露珠。她的生命微風流動中，隨時會從芋頭葉上滑落消失的一種耐人疼惜的，母親對子女的情感。」然後再詳細鋪陳病危的過程，與父母親及族人如何努力挽回小生命的感人故事。尤其對於父親請求巫師，巫師作法祭拜祖靈的過程，加入魯凱語、漢語並陳的方式完整記錄禱詞，這些共同作用於描述他大妹妹的生命如何從鬼門關搶救回來的過程中，強化了母親對垂危子女那搖搖欲墜、提心吊膽的心情。此一心情用「芋葉上的露珠」的語彙來形容，著實具有魯凱式的寓言作用，既貼切又飽含文化脈絡。

這些語彙從原意到寓意的使用中，充溢著文學的鮮活意象，對原住民作家而言，正是取之不盡的泉源。而對不同族群的讀者，也具有極大的吸引力，可以從這些語詞的特殊涵義一窺族群生活世界的具體形象。那時候心裡這樣想：從這個角度來看原住民作家漢語書寫的意義與作用，他們運用具有族群特色的語言所創作出來的作品，透過語言的轉換／翻譯，讓漢語讀者能夠理解時，不就是開啟了一扇相互交流的天窗嗎？從這扇逐漸開啟的天窗，是否可以讓漢語讀者在驚豔之後，得以醞釀進一步想要深入理解的渴望，有助於對話與交流的持續進行呢？

我當時的過度樂觀在一次原住民文學研討會的討論爭議中受到不小衝擊。一位研究生報告他對泰雅族某作家漢語文學作品的分析與詮釋後，會場中的一位泰雅聽眾認為他的理解有問題，應該要多到部落實地了解。但這位研究生不以為然，他認為對作品的研究應放在「文本」本身，假如他的理解有問題，則是作品書寫本身的問題，與他是不是具有作品所涉的族群知識與經驗無關。這個爭議雖然跟我沒有直接關係，卻對我之所以會對那些具有生動隱喻與象徵涵義的魯凱語彙銘記不忘，並對從語言與生命經驗的視角解讀奧崴尼的作品（王應棠，二〇〇三年 a）的預設未加反思的狀況，有所啟發。

四、翻譯做為跨文化理解的模式

如將上述個人經驗放在更廣的脈絡來看，這就牽涉更根本的對原住民文學書寫的理解此一課題。上面提及的爭議，其實指出當我們遭逢陌生的跨文化事物或文本時，

「理解的可能性條件是什麼？」的問題，而「理解如何發生？」正是當代詮釋學的基本議題。從詮釋學觀點具體回應此一爭議之前，我想先介紹最具影響力的當代詮釋學者Gadamer 在《Truth and Method》（一九八九年）一書中探討的詮釋學基本問題，做為討論的基礎。從 Gadamer 的觀點，詮釋學的任務在於對事物之意義的探問，這是詮釋工作的堅實基礎。事物的意義經常具有多樣性，但仍有最恰當的意義。至於意義則是整理出事物之可理解性（Heidegger，一九六二年，頁一九三）。從具體事物轉為文本的探討，他指出當我們試圖理解一文本，我們就會準備好此一文本將告訴我們某些意義，因此對文本之它性（alterity）會很敏感。此一敏感性涉及了研究者投射（project）之先前意義與前見，這就揭示了研究者對文本之先前理解結構因此成為獲致恰當意義的必要過程。在方法論上，有意識的理解不僅關乎形塑預期的觀念，還須檢視這些觀念，由此才能從事物本身獲得恰當的理解（Gadamer，一九八九年，頁二六九）。這就要求研究者開放自己，讓探究對象來不斷修正我們的前見，經由預設整體、了解部分、更深入掌握整體的詮釋學規則，亦即詮釋的循環，來獲致恰當的意義。恰當理解的判準即呈現在部分與整體間的和諧無矛盾，但整體與部分永不會相融，而是逐步深入並且更清楚地呈現出事物的意義（ibid.，頁二九一——二九三）。

Gadamer 認為，文本的意義由詮釋者個人的歷史處境以及整體歷史的客觀途徑所共同決定。因此，詮釋者對文本意義的理解會超越作者，這顯示「理解」是有生產性的活動，而非重複作者賦予文本的意義。而對文本的理解是詮釋者的視域與文本的視域透過語言的媒介產生視域融合的結果（ibid.，頁三七四－三七八），由於歷史、社會與文化處境與專業訓練提供的視域會有差異，不同詮釋者永遠是以不同的方式理解文本。

但是，此一論述並非倡議文本意義的相對主義理解與詮釋觀。為何詮釋不是主觀的、偶然的，也非相對的？Gadamer 說，「只有一種正確的詮釋」是不可能的，因為文本的意義是文本與詮釋者之語言融合的成果。他稱詮釋過程產生的經驗為「詮釋學經驗」（ibid.，頁三五八），而真正的詮釋學經驗是一種詮釋者與文本相互開放的平等對話關係，有如一個活生生的「我（詮釋者）－你（文本及其傳統）」關係。詮釋者在聆聽文本之際開放自己，要能夠聆聽到反對自己的聲音，並接受它，如此才能產生新的經驗（ibid.，頁三六一－三六二）。將詮釋視為是對話的活動模式，必須受限於文本對象的語言（課題）之視域限制，又受詮釋者自己視域的限制，在視域融合中得到新的經驗與意義。

進一步，詮釋過程即是一個不斷測試的過程，藉由提高對方反對理由之力量，來修正自己的前見以獲致共同理解，因此能在一更大的視域中獲得更深入的知識。在此一意義上，對話即是在一個統一的面向看見事物，在完成共識的過程中形成新的概念（ibid.，頁三六七—三六八）。

在更根本的層次，Gadamer 認為人文科學的探究方式就是問與答的思考方式，思考是自我提問，而提問總是來自自身的視域與歷史脈絡。Gadamer 認為，文本的意義是相對著提問視域而產生，他引申歷史學家 Collingwood 對歷史研究的見解，藉以建立人文科學的探究模式。Collingwood 認為，對歷史事件的研究只有重構出有關人物的歷史行動所回答的問題時，我們才了解該歷史事件的意義。Gadamer 將此一洞識轉為「理解文本即是理解它所回答的問題，而文本則可視為回答此一問題的答案」的探究模式，並主張在對文本所問的問題進行重構時，必須超越文本的歷史視域才能進行。因此，重構其實是能生產新意的創構（ibid.，頁三七〇—三七四），因為在重構一個文本回答的問題時，已融入了我們的當代疑旨（problematic）。在此一「問—答」的對話中達致理解，不是申明自己的意見，而是轉型到一個新的自我（ibid.，頁三九七）。

視理解文本為對話交談的過程，即是在此一過程中讓文本說話，使其成為對我們的提問的回答。在此一觀點的啟發下，我反思先前視奧崴尼的《野百合之歌》（二〇〇一年）為民族誌小說（王應棠，二〇〇三年a），其實隱含了將小說文本視為作者對自己族群原初生活世界的提問之回答，而閱讀文本的過程則可視為一個對話過程。因為要在文本中鉅細靡遺地交代各種生命禮儀的細節，必須對魯凱族的生活與文化有相當程度的探討與了解，才能深刻掌握其中的意義。作者體認到魯凱語中充滿自然形象的特性，翻成漢語必然大大流失原來的意義，文中不時需作註解，尤其是在儀式中的禱詞刻意用魯凱語和漢語並列，對母語和儀式的紀錄保存費盡苦心。他的書寫方式旨在使用漢語書寫的同時加入魯凱語，保留了母語得以流傳的痕跡。我對其中一個情節特別留意：

作者對主角已成為偉大的獵人卻不願佩戴象徵尊榮的百合，留下一個耐人尋味的謎，等待讀者自己詮釋。我們依稀可以發現獵人哲默樂賽拒絕佩戴百合的理由，是因為遠古他的祖先偉大的獵人戴立和藍豹兩兄弟從來沒有戴過百合，因此他也不能戴，其意志的堅決甚至表現在交代他的妻子：「當我死的時候，務必記得一件事，絕對不可以給我佩戴百合，寧可妳用蔓草。」卻不考慮妻子為此需遭受親友的指責與族人背後的批評（頁二六九）。從這一事件約略傳達出作者有意拋出一個議題，即族群文化傳統雖是主導生活行動的規則，但這些也是人為約定俗成的結果，不是永

> 遠不可改變的定律，這是我的猜測。……從奧崴尼的生命經驗與寫作歷程交織出的故事，透過語言的創新進行文學創作並記錄族群文化傳統的面貌，它不必然代表族群的共識，但可以成為再出發的起點，就像獵人哲默樂賽不戴百合的事件（王應棠，二〇〇三年a，頁一七〇—一七二）。

現在回顧過去我為何選擇從語言與生命經驗的角度來閱讀奧崴尼的作品，其實是察覺作品中特有的殊異性，必須從語言的特殊性與文化的脈絡加以補充，才能克服文本閱讀的障礙；這是理解他的作品或類似處境的其他原住民漢語書寫文本不可或缺的條件。而我對獵人哲默樂賽不戴百合事件所做的詮釋，正是在與文本來回閱讀過程中做出的一種猜測，帶有我個人的視域特性，但也只是可能性之一，不同讀者可以有不同的解讀。這個結論經由上述Gadamer對「理解文本即是理解它所回答的問題，而視文本為回答此一問題的答案」探究模式的啟示，正指出讀者的理解是與文本不斷來回問答過程，意義是經由讀者視域與文本視域融合的結果，而理解中發生的視域融合則是語言的成就。

雖然Gadamer指出，對話預設或創造了一個共同語言（ibid.，頁三七九），但在多元族群與文化的社會，如何對話？用哪一種語言對話？怎樣達致理解？都是重要的課題。從語言做為交流溝通媒介的前提出發，像奧崴尼這樣的原住民作家選擇漢語寫作，有其不得不然的理由。一方面書寫出來之後，只要是能看得懂漢語的人，都是他可以對話的對象，這就擴大了書寫作品的閱讀群眾，不只是創造了他跟漢人溝通的管道，另一方面也是原住民各族群的溝通平臺。假如每一個族群只用自己的語言書寫，若沒有經過翻譯的中介，就只能自我封閉在自己族群的邊界。

透過漢語的書寫，不只是在表述或再現自己的族群、文化處境，其實也牽涉到如何書寫的課題。由於原住民過去沒有文字，這首次的書寫，而且是第一人稱的書寫，是自己在寫自己的族群文化，這跟過去人類學家寫民族誌，或是外人用其他方式把他們當成一個對象來書寫，確實是有很大的不同。這裡僅就原住民漢語書寫文本的理解與使用的語言問題進行探討。

對漢語讀者來說，原住民用漢語來書寫的作品，難道因為使用這些讀者熟悉的語言，就真的可以毫無困難地理解嗎?沒這麼簡單。我用右方一個簡化的文本與文化語境關係示意圖來說明這個問題(圖一)：當我們將原住民漢語書寫當作一個文本、一個Text，它就處在原住民文化語境（Context1）與漢語文化語境（Context2）的重疊地帶，所以讀者要瞭解這個Text，需不需要具有文本所屬的原住民族群文化語境知識，才能

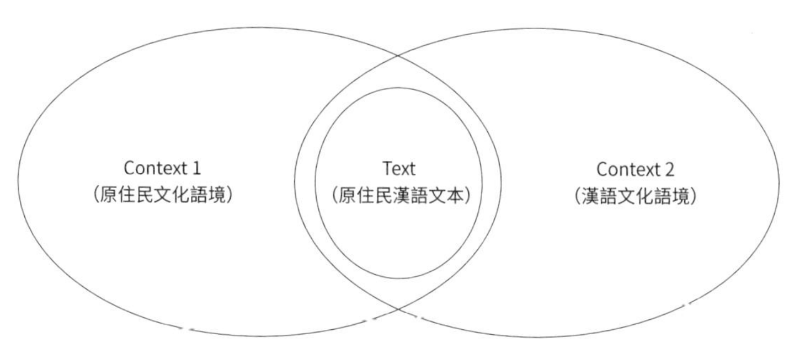

圖一：文本與文化語境關係。（王應棠提供）

夠更加了解？答案顯然很明顯。這種跨族群的理解跟同一族群文化之內的人對一個文本的理解問題，顯然是不一樣。這就產生了非常多值得討論的問題，而且都跟「怎麼理解」息息相關。

回到前述對原住民漢語書寫作品的理解是否應只關注「文本」本身，還是與作品所涉的族群知識與經驗緊密相關的問題，就很清楚了。雖然原住民作家用漢語書寫，但是書寫的內容卻是差異極大的非漢語世界的事物，加上作者常常夾雜母語拼音或原漢雙語並列，沒有相關族群脈絡知識其實很難進入文本的意義世界中。我有一個漢人學生提到閱讀原住民文學作品的經驗表示，她在閱讀過程中，發現自己當初看那些故事時，只要是用原住民語寫的，她都跳過去，所以對作品所述的故事或是其中的景象，捕捉進腦袋裡面的其實是很少的。她的閱讀經驗顯示，一般人在閱讀不同族群的書寫，所發生的理解跟接受的問題[5]。而我對奧崴尼作品中那些特別具有族群意象的語詞之所以會特別留意並深刻體會，則和我在好茶的經驗與知識背景息息相關。

從語言與意義的關係著眼，陳芷凡認為，當奧崴尼以漢語書寫，試圖開展一種「溝通」且「傳播」的語言觀，文本呈現之時卻也凸顯了文化間的隔閡，使得語言與意義並非線性對應。此狀況不在於母語標示的干擾，也並非顛覆漢語邏輯的突兀形式，而是語句所帶出的文化內涵，展現了脈絡上的根本差異，形成意義再現的種種層次（二〇〇六年，頁一七）。她的論點呼應了前述的分析。

原住民使用漢語做為日常交流語言其實已經是非母語的言說情境，能否在對話交流中達致理解是首先最基本的要求。另一名原住民研究生談到自己的經驗時說，縱使已經讀到研究所，但是有的時候對漢語還沒有相當熟悉，要把族語翻譯成漢語，依然是很辛苦。他提及以前帶原住民小朋友課輔，小朋友提到他爸爸有痛風這件事，但不知道「痛風」這個詞，就說他爸爸的手跟腳好奇怪、很可怕，怎麼長那麼多生薑？他的另外一個課輔學生講到自己的爸爸失業的原因，是因為他第一天去應徵工作的時候遲到，老闆問他怎麼會遲到，他說因為他的排油煙機壞掉。老闆覺得很奇怪，這個理由跟遲到有什麼關係？其實他要講的是摩托車的排氣管壞掉，所以在半路上必須將摩托車送修，因而延誤了時間[6]。這兩個例子說明了原住民對漢語的熟悉度，在翻譯的路上有很大的影響，也會造成閱讀者如果沒有族群相關背景，往往會造成理解的困難。

從上述跨文化理解的問題，呈現在原住民作家的具體書寫活動時，就涉及語際翻譯的語言與語境脈絡問題。陳芷凡（二〇〇六年）的碩士論文〈語言與文化翻譯的辯證——以原住民作家夏曼．藍波安、奧崴尼．卡勒盛、阿道．巴辣夫為例〉，即從「文化翻譯」的角度探討原住民文學，已展現相當富有啟發性的成果，值得詳細徵引。她強調採用此一角度觀察原住民文學，是在不忽略⑴語言之間的不對等權力關係，以及⑵原住民作家做為族群文化代言人，背後占有的書寫位置（ibid.，頁三）的前提下，將原住民漢語書寫視為文化翻譯的實踐。她認為，翻譯正是原文與譯文兩種不同「文字」體系及其背後所隱藏的不同的「文化」價值觀之間，互相開放、改變、創造的歷程。而臺灣內部族群語言翻譯所牽涉的文化課題，在於原住民漢語書寫做為翻譯自己族群文化的再現，

5 謝謝博士班研究生陳姿君的經驗分享，這一段參考她提供的課堂筆記。

6 這兩個故事是布農族研究生阿浪的經驗分享，謝謝他。

是回歸、重新認識自身文化思維的歷程(ibid.,頁二一一)。

而在討論原住民文學中的語言殊異現象中,她認為後殖民的翻譯論述容易將原住民漢語書寫中「不流利」的語句視為一種異化(foreignization),但在她考察個別文本,卻發現大部分反而是在族群語境下不自覺運用族語思維的結果,形成原漢語雜揉的樣態。具體考察文本後,她認為原住民作家們大多採取一種開放的書寫態度,創造一個不同族群彼此交流,進而相互尊重的平臺。因此,文化翻譯打開一個社會空間,不僅在原漢關係,也在原住民各族群的連結產生效果(ibid.,頁二二一—二二四)。

陳芷凡引述、討論後殖民視角的文化翻譯觀後,總結:

此種以「異化」抵抗、去殖民的書寫,在「重新翻譯」和「重寫歷史」的渴望中強調(殖民)歷史和翻譯的關聯,潛藏著一種反而是鞏固了殖民世界存在的風險,此論述對中心的消解其實十分有限,因為異化的思維仍著眼於對帝國的批判與挑戰,「霸權中心」依舊是論述的核心。……上述馴服與異化的切入角度,及自我與他者兩者之間的對立,容易忽略了兩者文化邊界常常是互相滲透,存在著交會的模糊地帶,並且隨著條件的抽換而變化(ibid.,頁二二三—二二四)。

透過仔細爬梳文本與田野調查訪談的參照，她實際體會了作家與文本創作、作家訪談所透露的訊息、部落空間與作品的對應關係等文化翻譯的各個面向。她指出，如廣泛視跨文化相遇為文化翻譯，則須仔細分辨不同層次的對應關係(ibid.，頁二四一—二四二)。在陳芷凡的研究基礎上，我把奧崴尼的書寫行動視為雙重翻譯的過程：首先，他以母語對所要表述的族群文化進行紀錄與詮釋，因為魯凱族過去並沒有文字，因此首度以母語拼音表述的成果，其實是以一個實際「生活世界」的經驗來支撐，進行一種「凸出重點的詮釋」，這即是Gadamer對「翻譯」的界定(一九八九年，頁三八七)。其次，奧崴尼再對此一魯凱族群文化的「譯本」進行漢語轉換，成為第二次翻譯。正是在語際轉換中，翻譯者必須認知到魯凱語與漢語之間的異己性與敵對性，並在此一處境中，尋找一種有別於既有的魯凱語與漢語的新語文，來貼切表達書寫者對族群文化議題的理解與詮釋。我曾指出奧崴尼在《野百合之歌》中的獵人祭禱詞，認為這些禱詞，就是原始的文學意象。但是僅僅記錄禱詞並不能形成文學創作，而是在作者的翻譯過程中賦予的文學性所致。試讀：

賜給他們各種不同的獵物，猶如瀉水、依如山崩

他們若遇到苦境和艱難，牽引他們避免遭受

由於語法與修辭均不同於一般日常漢語，呈現出盎然的詩意（王應棠，二〇〇三年a，頁一六九）。

從我指出的「在作者的翻譯過程中賦予的文學性」出發，陳芷凡（二〇〇六年，頁九四）進一步將原住民漢語文學的產生視為文化與書寫作品的對話，把文化脈絡當成原作（一個廣義的文本），經由原住民作家的選取與詮釋而成為作品，不斷建構出「翻譯」的多層意義。不過，陳芷凡所使用的「文化翻譯」做為一個分析概念仍不清楚，我在下節會進一步討論。

五、翻譯、權力及其他

與奧崴尼談到魯凱語有關「火」、「光」的語詞時，他提到「火柴叫做 banaswe、番仔火（閩南語發音）」（王應棠，二〇〇三年b，頁九八）。火柴這個外來物品隨著族群接觸與交易，而以閩南語的發音進入魯凱語日常語詞的現象，其實正顯示族群接觸過程中，經由語言的滲透逐漸模糊了各自的語言與文化邊界的事實。透過語言的線索，將原住民漢語書寫視為一種文化翻譯的產物，對臺灣這個多元文化並存的社會有何啟示呢？Gadamer在《Truth and Method》（一九九八年）第三部分有關翻譯中的理解問題之討論，為跨文化文本的理解提供相當有價值的論述（劉建明，二〇〇六年），但也有其侷限性。「翻譯」在Gadamer的詮釋學理論具有相當特殊的地位，他認為翻譯是以翻譯者理解的方式所進行的再創造活動；翻譯總是凸出重點的詮釋，所以翻譯會比原文更清晰，但也會失去原文的某些寓意。翻譯者必須保持自身的語言風格，但仍認知到原文的異己性與敵對性（Gadamer，一九八九年，頁三八六—三八七）。在翻譯中，原文的語詞與所指涉的事物是緊密聯繫的，在譯文中卻失去此一聯繫，必須找到不同的語詞來貼近所指之同一事物，因此所有的翻譯都已經是「詮釋」了。進一步，詮釋過程即修正過程，並超出既有語言的限制，因為加入了新對象的意義。因此，語言的範圍隨著理解的擴大而擴大。在詮釋中的修正活動讓詮釋者不斷超越自己的語言限制，修正對事物之了解（Gadamer，一九八九年，頁四〇二）。運用在跨文化文本理解的過程中，理解者的能動性實踐就在凸顯其前見，讓其從無意識進入意識之中，成為對跨文化理解前提的追問、反思和批判的核心基礎。如何在跨文化理解中，使理解者的前見與理解對象達成一致，便構成了跨文化理解的深層根據。這說明了跨文化理解是一個包括原文和理解者、原文文化語境和理解者的文化語境脈絡等的理解，以及前理解的因素在內的互動過程，讓我們獲得跨文化理解的新視域。

但是Gadamer詮釋學觀點的許多重要概念，如時間距離、前見、視域融合、傳統的持續流傳等，比較強調同質語言共同體的理解條件與時間的持續流傳特徵，缺乏對空間間距、視域覆蓋、傳統斷裂或文化殖民等與弱勢族群文化的生存經驗息息相關的概念。不同文化與民族的空間間距、強勢傳統對弱勢傳統的視域覆蓋、弱勢文化的傳統斷裂或文化殖民等議題，正是當前世界關於現代／傳統關係討論中的核心議題（李河，二〇〇五年，頁一四一－一四二），而這些都是要透過翻譯與權力關係的視角才能開展討論的空間，這就需要藉助於當代人類學與文化研究論述對翻譯研究的啟發。

人類學的反思顯示，若將翻譯視為跨文化理解的模式或隱喻，要進一步考慮到「『文化翻譯』被當作根據不平等社會的更廣泛關係產生的制度化實踐時，可能牽涉的問題」（Asad，二〇〇六年，頁一九〇）。民族誌做為書寫異文化的文本，「文化翻譯」的過程不可避免地陷入權力的條件中，最基本的課題即是語言之間的不平等。由於第三世界的語言與西方世界的語言(尤其是英語)相比較為弱勢,後者更容易生產和傳播人們想得到的知識(ibid.,頁二〇〇)。文化翻譯的人類學事業,可能在被統治社會和統治社會的語言中存在的不對稱趨勢和壓力的事實所損害。為了弄清楚它們在界定有效翻譯的可能性和侷限性問題上的關涉程度,人類學家需要探究這些過程(ibid.,頁二〇八)。這種語言之間的不對等關係同樣存在於原住民語言與主流漢語之間。

進一步,李河(二〇〇五年,頁一四〇)在討論「語內翻譯」與「語際翻譯」中的文本差異現象時,認為「語內翻譯」描述的是一個文本在「同質語言共同體」內部進行歷時性流傳的過程,「時間距離」成為「語內翻譯」的重要條件。而在「語際翻譯」,「原本」和「譯本」則分屬兩個不同的語言共同體,它們之間不存在共享的傳統在流傳過程中的「時間距離」,而是橫亙著不同語言、文化之間的「空間間距」,所涉及的不只是語言間的關係,更是不同文化傳統之間的關係。前者的翻譯活動呈現的是同一傳統內的「文本流傳」,而後者則是在當代現代化與全球化過程中,讓「文本流通」成為最基本的文化生存狀態,它甚至決定了文本能否得到流傳的問題。此一問題在 Gadamer(一九八九年)的詮釋學視域中並未觸及,而 Bourdieu(二〇〇五年)則透過「語言交換的經濟學」視角來處理。「文本流通」指的是文本在不同語言之間實現的空間中的單向或雙向流動，成為以「語際翻譯」為基礎文本的跨文化活動。「文本流通」的概念，促使我們要不斷進入與「他者」的對照之中，刻畫著不同語言文化共同體之間的隔閡因素。它是以產地性為前提的超地域性活動，表現了象徵資本（symbolic capital）的位勢和力量。它需要以接受地的需求或需求製造為前提，同時也是文本流通機制的再生產（李河，二〇〇五年，頁一四三），這就涉及文化生產場域的運作了。Bourdieu 認為文本的「流通」特性為：文本（text）脫離其語境（context）而流傳，這意味著它與那個使自己成為一種產品的文化生產場域相脫離。對文本的再詮釋由於必須依據接受場域的結構，因此誤解（misunderstandings）勢在難免，但其影響是好是壞則不一定。由此會有這樣的結果：來自異域的判斷（foreign judgment）會有些類似於來自後代的判斷（the judgment of posterity），讀者會依其所處場域的社會條件而獲得一個間距（distance）與自主性（Bourdieu 一九九九年，頁二二一），只是在此一狀況下，空間間距替換了時間距離。

Gadamer 一方面認為語言的邊界即是我們理解世界的邊界，因此他說「能被理解的存有是語言」。另一方面，他認為我們在理解中發生的視域融合是語言的成就，透過言說讓事物到達語言文字（一九八九年，頁三七九）。Gadamer 借用光照亮物而隱蔽自身現象，將語言視為光的隱喻，指出我們透過語言的媒介了解言及的具體事物，語言本身卻隱身在事物的意義之後。這種觀點似乎認為：我們在理解中掌握了意義而忘卻語言的物質性是普同性的。得魚忘筌。但是文學作品的語言卻與日常理解活動的語言不同，他認為「文學文本並非只是把講過的話記下來，文學語言並不是指示人回到所說出的詞。……它做為文本的語言存在，要求重複原來的字句，卻並非回溯到原初的說話，而是預見一種新的、理想的說話」（Gadamer，二〇〇七年，頁四二四－四二六，黑體為筆者所加），這尤其表現在詩歌的語言特性中。從這一觀點來看，原住民文學做為跨文化理解的媒介，所使用的語言儘管是挪用漢語，卻也在使用中塑造新的語詞並賦予舊語詞新的意義。而正是在語言的實驗與錘鍊中，會豐富、擴大雙方語言可以表述的文化世界之內容與邊界。卑南族學者孫大川在一次題為「原住民給臺灣的禮物」的對談會中提到[7]，在語言領域，已經出現「有口皆杯（碑）」、「身心俱啤（疲）」、「山（三）民主義」等通行在原住民地區的創造性歪改，這一現象也在考驗漢語文化的容受度。

7　孫大川為原舞者舉行書法展覽義賣會與系列演講，此處提及三個歪改「成語」，俱見於其書法作品與二〇〇八年十一月二十九日之演講對談中。

六、結語

透過語言的線索，將原住民漢語書寫視為一種文化翻譯的產物，對臺灣這個多元族群與文化的社會有何啟示呢？經由上面的討論，再回本文主要關心的議題：在多元文化社會中的「跨文化理解」到底意味著什麼？我以自身在魯凱族好茶部落的田野經驗與魯凱族作家奧崴尼的文學作品為出發點，將原住民漢語文學做為跨文化理解的媒介，並將翻譯做為跨文化理解的模式的討論，彰顯出透過「翻譯」，昭示了一種包含他者，並且邊界可以在跨文化對話的歷史進程中不斷擴大的特質。我們對自身文化的自我理解永遠需要走出自身，在遭逢差異中才能反思自身文化中未言明的前見，從而擴大對自己文化的理解。在理解的過程中，初期所發生的「錯誤」、「錯愕」等不理解或誤解的現象，正是預設了彼此可以相互理解為前提。偶然翻閱日本漢學家吉川幸次郎談到他在中國留學的經驗，他下面這段話或許可以成為跨文化理解中，最為迷人的描述：

要產生真正的友情，第一步必須是互相真正地了解對方，必須捨棄過去那種只從自己方面來解釋對方的天真態度。真正的了解對方是了解對方的本身，並且了解對方與自己的不同之處。親近之情產生於相同之處，但如只看相同之處，那只是朦朧的親近之情，而不能產生真正的友情。所謂友情，必須有尊敬，而尊敬正是在了解對方與自己的相異之處後，才能真正產生的（吉川幸次郎，二〇〇八，頁一九四）。

在當前的臺灣，多元族群如要共同生活在一起，相互理解是最基本的條件。原漢關係除了文本的流通做為跨文化理解的媒介，經由此一管道而引發的直接互動更能拉近距離，在尊重差異及平等對話的過程中，進而相互豐富彼此的文化。

參考資料

王應棠　二〇〇三年a，〈語言、生命經驗與文學創作：試論奧崴尼從《雲豹的傳人》到《野百合之歌》的心路歷程〉，《原住民漢語文學選集：評論卷（下）》，頁一四九—一七三，臺北：印刻。二〇〇三年b，〈開啟一扇族群對話的天窗：與魯凱族作家奧崴尼．卡勒盛關於魯凱語言的一次交談〉，《原住民教育季刊》二九期，頁九三—一〇八，臺東：國立臺東大學原住民教育研究中心。二〇〇六年，〈奧崴尼的天窗〉，奧崴尼著，《神祕的消失——詩與散文的魯凱》序，頁一三—一五，臺北：麥田。

李河　二〇〇五年，〈處於傳統與現代緊張關係中的文本流通〉，《巴別塔的重建與解構——解釋學視域中的翻譯問題》，頁三一六—三三九，昆明市：雲南大學。

陳芷凡　二〇〇六年，〈語言與文化翻譯的辯證：以原住民作家夏曼．藍波安、奧崴尼．卡勒盛、阿道．巴辣夫為例〉（碩士論文），新竹：清華大學臺灣文學研究所。

奧崴尼．卡勒盛　一九九六年，《雲豹的傳人》，臺中：晨星。二〇〇一年，《野百合之歌》，臺中：晨星。二〇〇六年，《神祕的消失——詩與散文的魯凱》，臺北：麥田。

吉川幸次郎　二〇〇八年，《我的留學記》，北京：中華。

Asad, T.　二〇〇六年，〈英國社會人類學中的文化翻譯概念〉，《寫文化：民族誌的詩學與政治學》，頁一八二—二〇八，北京：商務印書館。

Bourdieu, P. 1999, The social conditions of the international circulation of ideas. In R. Shusterman (Ed.), *Bourdieu: a critical reader* (pp. 220-228). Oxford: UK: Blackwell.

Ficher, M. M. J. Clifford, J. 二〇〇六年，〈論民族誌寓言〉，《寫文化》，頁一三六—一六二，北京：商務印書館。二〇〇六年，〈族群與關於記憶的後現代藝術〉，《寫文化》，頁二四〇—二八四，北京：商務印書館。

Gadamer, H. G. 二〇〇七年，〈文本和解釋〉，《真理與方法》II，頁三九八—四三六，北京：商務。

Gadamer, H. 1989, *Truth and method*. New York: Crossroad.

Heidegger, M. 1962, *Being and time*. New York: Harper & Row.

Marcus, G. E., & Fischer, M. M. 1986, *Anthropology as cultural critique: An experimental moment in the human sciences*. Chicago: The University of Chicago Press. 一九八八年，王銘銘、藍達居譯，《做為文化批評的人類學：一個人文學科的實驗時代》，北京：三聯。

黃國超

〈番人之眼的理論旅行——論Walis Nokan（瓦歷斯．諾幹）文學中的「理論」及運用〉

國立成功大學臺灣文學所博士，清華大學人類學研究所碩士，現任靜宜大學臺灣文學系副教授，靜宜大學南島民族研究中心主任。

高中時期受《人間》雜誌啟蒙，大學接觸耕莘青年山地學習工作團，從此與原住民族人權議題糾纏，尤其是弱勢者如何發聲。學術興趣為臺灣原住民族漢語文學、林班歌謠調查、山地歌謠卡帶蒐集、臺灣原住民族社會運動與社會發展等議題，著作散見《臺灣文獻》、《臺灣原住民族研究學報》、《臺灣原住民研究論叢》等。

本文出處：二〇一六年六月，《臺灣原住民族研究》六卷二期，頁四一—六三，花蓮：國立東華大學原住民民族學院。

番人之眼的理論旅行

——論Walis Nokan（瓦歷斯·諾幹）文學中的「理論」及運用

一、前言

泰雅族作家Walis Nokan（瓦歷斯·諾幹）是一九八〇年代崛起的「原運世代」原住民族作家中，創作產量、文學類型、議題面向最廣泛的一個，其作品類型涵蓋了新詩、散文、小說、報導文學、社會評論、二行詩及微小說等，曾榮獲多項重要文學獎項的肯定，一九九〇至九二年間創辦《獵人文化》，積極從事文化評論與參與部落再造工作。自一九七六年嘗試寫詩至今，瓦歷斯的文學書寫已經超過三十年的光景，被譽為是一位集文學創作、文化論述工作及原住民運動於一身的邊緣戰鬥者。本文借用薩依德（Edward Said）的「理論旅行」概念[1]，探討「西方理論」在瓦歷斯·諾幹文學創作與社會評論歷程中的傳播與運用；這些理論如何打造文風剽悍的「番人之眼」，促使他化番刀為利筆，寫下一篇篇有關泰雅族及原住民族命運的吶喊與社會變遷紀錄。

吳錦發在〈論臺灣原住民現代文學〉中提到：「隨著世界原住民復興運動的勃興，

以及臺灣以黨外為主導的民主運動的升高，覺醒的原住民知青，配合著接續而來的街頭運動，原住民社會內部所產生的各項議題才逐漸攤開，所謂原住民忠實的文學紀錄者已隨著社會現實面的衝擊，以一支筆抗議整個體制對臺灣原住民族的壓迫，遂產生了第一批原住民社會培養的優秀作家，包括排灣族盲詩人莫那能、布農族小說家田雅各、泰雅族詩人／散文作家柳翱、雅美族詩人施努來，散文家郭建平、母語傳說和神話說話人周宗經。……臺灣真正出現的第一批原住民作家，是在八〇年代初（民眾日報，一九八九年七月廿一日－廿六日）。」

孫大川說：「嚴格來講，臺灣原住民族漢語文學的形成，乃是一九八〇年代中期以後的事。鬆軟的歷史環境、飽滿的主體自覺、多元文化的價值肯定，的確為原住民介入

1　簡單說這個模式是這樣的：第一階段為起始點，也就是理論或思想進入論述的最初環境。第二階段則指思想或理論從最早的起始點移轉到另一個時空的距離。第三階段涉及思想或理論被接受或遭排斥的條件，思想或理論被移植時必然要面對這些條件。而且被引介後能否為新環境所接受，端賴這些條件所構成的情境。第四階段也是理論或思想成功獲得調適的階段，即思想或理論在新的時空環境中成功轉型而產生新的效應（李有成，二〇〇六年，頁一六〇）。

臺灣的書寫世界創造了相當有利的條件。沒有文字的原住民，借用漢語，首度以第一人稱主體的身分向主流社會宣洩禁錮在其靈魂深處的話語，這是臺灣原住民文學的創世紀，是另一種民族存在的形式」（二〇〇三年，頁九）。

瓦歷斯．諾幹，一九六一年生於臺中市和平區泰雅族 mihu 部落。他曾以瓦歷斯．尤幹、柳翱等名發表文章，作品涵蓋詩、散文、評論、報導文學、人文歷史等，作品曾獲時報文學獎、聯合文學小說新人獎、臺灣省文學獎等無數文學獎項。瓦歷斯不只有詩、散文、小說那樣的跨界書寫，他更一再地創發「新體」（二行詩），也為了糾正近來「極短篇」像詩或座右銘的偏鋒現象，倡導三百五十字的「微小說」。著有《永遠的部落》、《番刀出鞘》、《荒野的呼喚》、《泰雅孩子臺灣心》、《想念族人》、《山是一所學校》、《戴墨鏡的飛鼠》、《番人之眼》、《伊能再踏查》、《迷霧之旅》、《城市殘酷》、《戰爭殘酷》、《荒野發聲》、《當世界留下二行詩》、《字字珠璣》、《字頭子》等書。浦忠成（巴蘇亞．博伊哲努）說：「原住民作家中真能巧使文字的，非瓦歷斯．諾幹莫屬，這跟他過去師專語文組訓練背景有關」（二〇一四年，頁三）。

陳芳明在〈後現代或後殖民：戰後臺灣文學史的一個解釋〉表示：「文學史的歷史解釋，並不能脫離作家與作品所賴以孕育的社會而進行建構」（二〇〇二年，頁二三）。當代臺灣原住民族文學的評價與解釋，也應該放在臺灣歷史發展的脈絡中來看待。原住民族文學從作家、市場到學術研究，逐漸獲得了相對穩固的社會基礎，固然有吳錦發等人早期的支持和鼓勵[2]，以及晨星出版社等長期以來系列式出版文學作品等社會網絡或物質生產條件的支持，但在這些「下層基礎」之外，我好奇的是，一九八〇年代原運，以及被稱為「原運世代」的原住民族作家們，與當時各種理論思潮的關連性是什麼？當然，特別是對我在這篇文章想要討論的泰雅族作家瓦歷斯．諾幹。舉個例子來說，前述「世界原住民復興運動的勃興」到底對一九八〇年代的原住民運動者，有著怎麼樣的關連或衝擊？（以當時的社會環境與條件，是誰？在哪裡發表？結果又如何？答案仍欠系統討論）。就我跟原運的主力群，臺灣基督長老教會的原住民牧師們的交往及訪談中，我知道臺南神學院的黃彰輝牧師等人所引入的「鄉土神學」、「解放神學」，

2　董恕明提到，「原住民作家在書寫一些原漢對立的課題時，經常是不假辭色，但在原住民作家與漢人朋友之間的互動本身，也往往有一些很特殊的緣分，如作家陳英雄先生、瓦歷斯．諾幹等人的創作路上的『貴人』。而在學界、文化界對原住民文學有長期關注並予以支持的學者、文化工作者更不在少數」（二〇〇五年，頁九）。

開啟一九八〇年代還是神學生的他們，產生了「原住民族也要出埃及」的民族自覺。

從這個相似的角度，我想將焦點轉回到被稱為「原運世代」作家的身上[3]，了解他們的身分自覺、文化與民族認同的過程中，有哪些關鍵因素是我們還沒挖掘或者處理得不夠細緻的。例如，瓦歷斯在〈重回泰雅〉（一九九七年，頁三三、三七）提到：

十三歲的我，在往返部落與小鎮的十三公里客運車程裡，總是有一股無形的力量驅使著，將自己深埋在一本本的自修書裡。我一直認為，書堆是一口深而暗的黑洞，它將我的熱情、快樂、自在、童年都逐日地吸盡，成為蒼白羞澀的失血少年。……在五年的師專生涯裡，我遠離了部落的生活、部落的母語，我遠離了森林，遠離了大自然的智慧，同時我遠離了童年的自己……教科書不再記錄著泰雅的歷史，教科書不再鋪陳泰雅精神的可貴，教科書不再記載臺灣這塊土地的人文。

三十歲之前的瓦歷斯，因為失去了部落記憶的真確時空感，「很自然地就成為『空心人』」。「空心人」如何能同時造就出瓦歷斯創作上「犀利、孤峭的筆鋒，清晰、明確的邏輯思維，散發銳不可擋的論辯及批判能量」的特色和成就？如果祖先的「gaga」不再做為剽悍的文字獵人行動依據，那麼這些「後殖民知識分子」的思想戰力來源會是什麼？

瓦歷斯去年（二〇一五年）在個人臉書上招募志工，協助一起整理他在部落設立「溪邊有書」閱讀空間，其中龐大的個人藏書或許透露著線索。浦忠成（巴蘇亞·博伊哲努）指出，瓦歷斯·諾幹是原住民作家最擅「掉書袋」者，「掉書袋」者就是莊子所說「引重」，指議論時引述重要人物、著作的說法，藉以徵驗自身說法：

從早期就讀師專時期《夏潮》、《人間》等，以至後來日治時期統治史料如《蕃族慣習調查報告書》、《理蕃誌稿》之類，及西方後殖民論述者法農、薩依德等，他到底讀了什麼文章、書籍，實在很難管窺，而多年巡繞部落看見的、聽見的現場狀況，以及旅行國外的經歷視野，讓他的典故隨時可以信手拈來，使他的文字語言更具震撼與說服力（二〇一四年，頁三）。

---

3 關於原運世代的作者介紹，可參考魏貽君（二〇一三年，頁二六七－二七二）。

浦忠成（巴蘇亞．博伊哲努）說：

臺灣原住民作家文學的產生有幾個重要條件，其一是戰後出生並接受現代教育的原住民知識分子，其二是臺灣社會運動勃興及重視本土化的風潮，促使原住民作者對於臺灣社會及原住民知識分子在政府規劃的中小學師資、醫生養成及特考的措施下，逐漸形成有史以來最龐大的原住民基層教育、行政及醫護工作團隊……在「爭取政治參與」、「正名」、「還我土地」等運動的推動中，文學創作成為原住民表達其沉重悲傷及嚴肅目標的重要方式（二〇〇二年，頁一三）。

魏貽君也指出：

原住民運動知識青年的共同交集點是，他們絕大多數是在部落出生，在都市接受教育，也都受到世界原住民文化復興運動，以及臺灣民主運動批判性思潮程度不一的衝擊（二〇〇三年，頁一〇四）。

兩位學者共同點出了影響一九八〇年代原住民知識分子的關鍵：⑴接受現代教育，⑵臺灣社會運動風潮影響。

有關第一點的部分（至於後者，我將在下文續做討論），詩人吳晟在序文〈超越哀歌〉曾提出這樣的疑問（一九九八年，頁八）：

值得探討的是，若非經由漢人知識分子的養成教育，瓦歷斯有可能成為具有原鄉認知，並成為我們熟知的詩人嗎？成為一名知識分子的教育過程，無論是生命樣貌、思維方式，已形塑了多少泛稱的漢化？必須花費多大的力氣，才可以挽回多少原住民的質素呢？

吳晟的觀察與提問非常敏銳，因為「教育」正是斬斷戰後原住民族文化生機的機制，「沒有歷史，沒有傳統，沒有記憶，是殖民地社會共有的經驗」（陳芳明，二〇〇二年，頁三二）。對後殖民作家來說，特別是試圖從歷史失憶、殖民創傷、文化失音、母語失聲的逆境中尋求民族復甦的作家而言，其所建立的「文本世界」往往不是一個經驗的事實世界，而是一個隱喻的、重建的「意義世界」。身分／認同的模糊，導致一九九〇年代原住民知識分子間，出現一場關於書寫發聲位置及內容的論戰，焦點在於：原住民認同對象的再發現或再建構。而傅大為也提醒（二〇〇三年），漢語的書寫極有可能成為漢人文學市場的俘虜，而喪失其主體位置。

對此，魏貽君借用陳光興的話，表示原住民知識分子「遊走於兩種語言、兩個世界、兩個人種之間，這種『內在與外在性』給予他們思考與論述的可能性」（二〇〇三年，頁一〇四）[4]。換句話說，在鎔鑄這些原住民運動知識青年的文化知識體系上，不一定就是兩個世界的基本衝突，或是兩個意義系統、象徵網絡的對立，故他們的發聲位置不斷移動，也正是處於不斷形成發聲內容的過程之中；魏貽君借用 Hall 的觀點，表示文化身分的認同，既是「本質」又是「轉化」的問題。

我們都知道，戰後「生活世界」的瓦解，使原住民歷史重建工作幾乎要從零做起，因此在文化復振的過程中採借西方理論及經驗便不足為奇。我的這篇文章，便是想要借用薩依德（Edward Said）「理論旅行」的觀點，藉此來討論泰雅族作家瓦歷斯・諾幹，在他藉由文學創作與評論等方式，不斷向主流社會發聲的過程當中，西方理論對他思想的啟蒙以及創作表現方面的影響。換言之，接下來我將說明一個原住民知識分子的有機成長過程中，不同理論在不同階段，提供了他哪些思想養分？

二、後殖民之外：現代主義、社會主義、自由主義

以後殖民敘述做為臺灣文學描述的主軸，在過去十年本土論述場域裡扮演重要的角色。邱貴芬在〈「後殖民」的臺灣演繹〉一文指出：「伊格頓在《馬克思主義與文學批評》的〈序〉所言，我們知道，研究文學必須將作品放在其生產的歷史背景裡來分析，但我們卻往往忽略了理論的產生也有其特定的歷史情境」（二〇〇三年，頁二六四）。布赫迪厄（Bourdieu）也指出，每一個文化產品，每一次的論述動作其實都表達了某一種的立場，而這特定論述的意義乃建立在論述動作產生時，此特定論述與當時論述場域裡其他不同立場的論述的對話關係之上（一九九三年）。

游勝冠在〈理論演繹？還是具體的歷史文化研究：「後殖民」做為一種臺灣文學方

4 「我們必須正視此身所處的的歷史時刻，乃是混血、同化與融合的交涉磋商的空間，沒有一處神聖的故國園地」，透過 Hall 對文化身分的認同賦予「生產」概念，魏貽君說，主體的形成乃是經常在脈絡的轉變中，處於不斷轉換的狀態。「建構論」的主張，回答了前面吳晟所提問的「能挽回多少原住民質素」的「本質論」問題。

法論的諸問題〉一文也點出，西方後殖民理論引入臺灣之後，對於臺灣的後殖民論述產生一定的正面影響，然而在理論優位的思考邏輯中，往往也賦予後殖民理論高於它所要詮釋的臺灣殖民歷史經驗更高的位置，後殖民理論在臺灣的實踐不免產生抽象理論凌駕於具體歷史經驗之上的問題（二〇〇五年，頁一四）。同樣的，陳芷凡在其碩論中，借用 Dirlik 理論反省族裔文學的視角，指出後殖民論述對於原住民文學的定位有著相當深厚的影響，但「卻也可能導向單面的評判」（二〇〇六年，頁二）。

批判與抗議精神，一向是後殖民文學的基調，在臺灣原住民作家中，瓦歷斯的批判力幾乎是最猛烈而多方面的，他的評論讓我們看到，原住民的抗爭對象（與本省人〔閩／客〕政治運動不同）不單是政治、經濟壓迫背後的權威體系（國民黨政權），更是那導致文化宰制的強勢主體（漢文化）。一般來說，第三世界的原住民論述比較從「權力」的側面來剖析問題。因此在研究者看來，整個原住民運動的本質就是一種「反宰制」的行動，是對一切宰制權威的反抗（孫大川，二〇一〇年 a，頁一六二）。因著邊緣戰鬥的緣故，後殖民理論一直是分析探討瓦歷斯作品的極佳工具，但往往僅從文本出發的理論辯證，卻也可能將作家不同成長歷程的「具體歷史經驗」太快給同質化，失去了有機的、動態理解的可能。

（一）青澀、疏離的現代主義仿作

基於「番人之眼不是一天練成」的論點，我想要回頭重新整理瓦歷斯的生命歷程，來說明我的理解，在後殖民理論之前（或之外），作家早期的閱讀經驗及思想影響。

眾所周知，一九七五年國中畢業的瓦歷斯考上臺中師專，開始文學創作。一九七六年他嘗試寫了〈上帝之死〉一詩投寄校刊（主編為林輝熊）。專三的時候他加入臺中師專的「彗星詩社」（其前身為「後浪詩社」，約一九六八年左右，由師專學生蘇紹連、洪醒夫、蕭文煌等人所創）。「後浪詩社」是當時中部地區現代主義表現形式的重鎮，受到社團學長姐的影響，浪漫追隨騷人墨客的風雅，他大量閱讀周夢蝶、余光中、洛夫、張默、楊牧等人詩集，以及創世紀詩社編的《六十年代詩選》、《七十年代詩選》和《中外文學》，並自取筆名「柳翱」，成為現代主義詩風格表現形式的小學徒，而當時所謂詩觀，就是模仿「常常不知道自己是在寫什麼，總以為詩寫得讓人一下子看不懂的才是好詩」。

呂正惠表示，一九五〇年代的政治肅殺，臺灣現代主義文學最鮮明的標誌是政治冷感症，在裡面完全找不到一絲的現實的影子（一九九五年）。而現代主義的「疏離感」

恰好也真切地反映了青年瓦歷斯的母體文化蒼白及社會冷感，「寫自己部落或原住民的東西很少，幾乎沒有」（瓦歷斯．諾幹，一九九七年，頁三六）。往後直到接觸了吳晟的詩集，他才脫去文藝青年的慘綠外套（魏貽君，一九九四年）。一九八〇年在金門服役期間，一九八二年退伍前，因為「非國民黨員」的緣故，擔任師部參謀長文書的他被認為「潛伏良久」而遭關了一個月禁閉。六月退伍後，八月赴花蓮縣富里國小任教，檢視這段期間，二十二歲左右的瓦歷斯幾乎對原住民議題無知，而「陶醉在自己所編織的『文學家』夢幻中」。

瓦歷斯表示，一九八五年以前的他幾乎沒寫出關於臺灣原住民族題材的作品，甚至直到一九八六年才知道有個「臺灣原住民族權利促進會」（簡稱原權會）的組織（當時原權會已成立超過兩年），正為原住民族的權益做奮鬥，而他卻始終沒有加入原權會[5]，截然不同於當時臺大外文系的肄業生胡德夫、高雄醫學院學生拓拔斯．塔瑪匹瑪，或淡江法文系畢業的夏曼．藍波安，在一九八四年「原權會」創立之初即具名擔任創會會員或加入會員，甚至為會訊撰文[6]。一九八三年至八七年的瓦歷斯，在花蓮創作了「與學童書」、「學童記載」系列詩作（集結在《山是一所學校》），如實記錄了他的學生、學生的疑惑和他在教學上的反思。這種疏離的、遺忘的、漸次被同化的精神狀態，反映出「族群議題」尚未進入他的創作與思想世界。

瓦歷斯在〈新的聲音，新的生命：談臺灣原住民文學的發展〉一文，回顧自己的「遲到」是這樣解釋（一九九二年，頁一三八）：

> 由於族群歷史的因緣，泰雅族……喪失堅強而濃厚的族群意識。在這樣背景下，瓦歷斯隨著制式教育體制並接受師專正規華文訓練，使得早期詩作可以純熟地以中文創作，並大量沿用西方的技巧。

他也自承「與一九八〇年代初期原住民運動比較來看。瓦歷斯的覺醒速度委實太慢」、「那時候的瓦歷斯還是一位蒼白的吳俊傑」，他自承第一次的文學轉折，是在富

---

5 瓦歷斯表示，一九八四年原權會成立之初，在富里任教的他，曾經從報紙看到原權會板橋會址與聯絡電話，去電希望能加入會員，結果兩次電話皆無下文（二〇〇五年，頁七八）。

6 詳見臺灣原住民族權利促進會（一九八七年）。

里國小（瓦歷斯．諾幹，一九九四年，頁二一二）：

寫了一陣子發覺好像沒有什麼題材可以寫了，很困擾，後來我就跑去我的結拜大哥，寫小說的林輝熊那裡去，他說：你本身是山地人，你怎麼不寫你山地的東西？你可以寫你從小成長的部落故事。我聽到時是滿震撼的，自己從來沒有這樣想過，因為我不會認為寫這樣的東西是很重要的。

瓦歷斯回到宿舍開始要寫的時候，「發覺自己竟然寫不出來，發覺自己和部落的關係其實很疏遠」，陌生的山地社會「也導致我在花蓮教書兩年就請調回來，先是到梧棲的梧南國小教書，這樣我就可以比較常有時間回到部落去」，也在那時候開始注意原住民族部落的社會發展。

（二）《夏潮》雜誌與社會主義「老紅帽」

除了寫詩，你還能做什麼？（瓦歷斯．諾幹，〈夏天的歷史節奏〉，頁八二）。

一九八五年七月，瓦歷斯調回臺中市梧棲區的梧南國小後，九月認識了「老紅帽」，因緣際會地大量閱讀了《夏潮》雜誌。在雜誌的洗禮下，慢慢地得知臺灣原住民族的現狀。當時他的震撼是「為什麼我從來都不知道族人的另一面?」受衝擊後，首先想到的是自己的部落、部落裡的親人與童年的回憶，這些部落記載後來都收錄在《永遠的部落》散文集。「除了記錄族人的悲歡離合外，我捫心自問一個被臺灣大社會認定的原住民知識分子，還能做哪些事?」在一九八八、八九年左右，受眾多黨外雜誌衝擊而啟蒙「主體」意識的瓦歷斯，「我慢慢地在丟掉一些漢人社會體制當中所教給我的價值觀」，因為發現寫詩很沒有用、有無力感，他開始以族名「瓦歷斯·尤幹」寫一些評論性文章投書媒體，之後集結為首部評論集《番刀出鞘》。檢視文章原出處，涵蓋了《首都早報》、《環球日報》、《自由時報》、《民眾日報》、《中國論壇》、《臺灣春秋》、《自立晚報》、《文星》等等報章雜誌(瓦歷斯·諾幹，一九九四年，頁二〇九)：

本來我用詩或是散文創作的時候，是有一個比較大的企圖，希望經由作品不斷見報能夠改變原住民的社會地位……我真的很努力地寫，作品見報率相當高，可是我發現這樣子拚命寫了兩三年，好像一點回應都沒有，我這才慢慢地介入到社會運動裡面。

而他介入社會運動，並不是一下子就從原住民運動開始，而是從工黨進去（瓦歷斯．諾幹，一九九四年，頁二二〇）。我們先在這裡整理一下左翼思潮對青年瓦歷斯的影響，我認為大致可以分成三個面向來看：

⑴左翼開啟了他關於帝國主義、資本主義及階級壓迫的認識觀點，如族群間的剝削和歧視並不是歷史的必然產物，這些壓迫也不具有理性的合法地位，而是臺灣開發史過程中，族群資源競爭的歷史產物，部落的貧窮化、娼妓的悲歌、上山下海勞力的壓榨、土地與傳統文化流失等原因，導因於國家政策失靈和資本社會的族群壓迫（瓦歷斯．諾幹，二〇一四年）。這部分的效應我們可以很輕易地從他早期散文集《永遠的部落：泰雅筆記》（一九九〇年）、評論集《番刀出鞘》（一九九二年）[7]、報導文學集《荒野的呼喚》（一九九二年）、詩集《想念族人》（一九九四年）以及滲透到早期《獵人文化》的風格及社會觀察的觀看視角。這個時期作品中常見出現：消費、物化、異化、商品化、資本主義、剝削、帝國主義、壓迫等用語。

⑵因著《夏潮》朋友的介紹，瓦歷斯也試圖透過社會運動及政黨政治的方式介入一九九〇年代臺灣民主運動的發展，特別是一九九〇年代「四大族群」、「生命共同體」的建構運動方興未艾，似有可為，但後來他遠離政黨路線，選擇了文化戰鬥。魏貽君引

用法農的分析，表示以政黨追求國家主權合法性過程中，其組織旁支通常會集合一群文化人（二〇一三年，頁二八五），他們希望自己及同胞能從政黨行動的參與，走出貧困、自卑、順從與自我揚棄（瓦歷斯．諾幹，一九九四年，頁二二〇）[8]：

當時我很寄望不論是工黨或是後來的勞動黨也好，我能在裡面盡力做一些原住民的工作，但事實上並不是這樣子，因為當時工運在臺灣極受打壓，所以工黨或後來的勞動黨都沒有太多力量注意原住民問題，對弱勢階層的組織運動工作也很少，我就逐漸疏遠勞動黨。

---

7 例如瓦歷斯〈向歷史妥協嗎？〉一文所說：「太多的事件足以令原住民痛哭流涕，假如你還懂得記憶？假如你還能從歷史的軌跡去反省？否則我們也可以隨著資本主義的魔棒起舞，我們可以大聲地說：『你看，我們也有彩視、電冰箱、錄影機』，可以驕傲地說：『孩子也用流利的國語讀書！』甚至大膽地宣告：『這一切都是大有為政府的德政所賜』，沒有人會懷疑你的，真的是這樣，因為你已經失去了原住民的面目。」見《番刀出鞘》，頁四二。

8 可延伸參考孫大川（二〇一〇年c）。

政黨從眼前現實出發，文化人關注卻在歷史場域，退出政黨後的瓦歷斯，改組「臺灣原住民人文研究中心」（一九九二年），致力於臺灣原住民族資訊處理、事件分析及成立資料中心，並舉辦各種原住民文化營隊，投入泰雅族的歷史探訪與撰述。

(3)瓦歷斯族群意識的啟蒙跟人道關懷幾乎是同時並進的，這就不能不提到與《夏潮》同屬左統的《人間雜誌》。特別是一九八六年一月，十八歲鄒族青年、師專肄業生湯英伸因著一時衝動，殺害了洗衣店雇主一家三口，在官鴻志那篇擲地有聲的報導文學〈不孝兒英伸〉裡（第九期，一九八六年），深深地衝擊了也是師專生，且在求學過程也被同學們指稱「番仔」的瓦歷斯。湯英伸事件，或者說《人間》雜誌，讓瓦歷斯體認到報導文學的力量，這時的他已經不再以向漢人報刊媒體投稿為滿足，「當一枝筆並不能解決社會的不公時，文學工作者只有益顯無助，誰說這是最好的時代，這可能也是最混亂的時代」（瓦歷斯．諾幹，一九九〇年，頁一四二－一四八）。為了奪回原住民主體的發聲及公共論述權，一九八九年，他與南部《原報》一些朋友（林明德、台邦．撒沙勒等）認識，他們希望在南部能有一個集中於原住民運動的嚴密組織，甚至於發行刊物，他覺得這個構想很好，就投入其中，並於隔年（一九九〇年）八月在豐原創辦了原住民文化運動的刊物《獵人文化》。

（三）禁書、黨外雜誌與自由主義

「一九八〇年代的原住民族文化復振運動、文學書寫行動，並非外在於當時臺灣的文學本土化、政治改革化、人權法治化而獨立存在，俱皆連結於當時的政治民主運動、新興社會運動而被一併認識及解讀」（魏貽君，二〇一三年，頁二〇〇）。一九八五年七月，請調回梧棲梧南國小任教的瓦歷斯自述，「我們都年輕（當年二十四歲），島嶼的政治也很年輕，並且相信春天並不遠」，當時的他和同事李榮善常騎著一臺機車跨過大肚山到臺中參加各式的民主論壇，但「儘管臺上政治受難者、民主鬥士激聲昂揚，我們做為體制下的國小教師，仍舊靦腆地壓下鴨舌帽，行動鬼祟如鬼兒，以防警總便衣蒐證留念，那是個政治氛圍極為嚴峻肅殺的年代」。在二二八事件被視為苦難圖騰的歲月時，他對臺灣的認識猶在徘徊不定、猶豫不前的狀態中，「我們只能在反對黨民主陣營的騎樓書攤偷偷購置禁書，然後趁夜攜回在海岸租賃每個月五百元的屋舍，身藏二樓閱讀那些不忍卒讀的關於景美看守所與白色恐怖的隻言片語」（瓦歷斯．諾幹，二〇一二年，頁六三），瓦歷斯說，「我們以為這就是年輕慣有的衝撞，但知識與歷史的底蘊太薄弱，教育的體制太保守，因而學著春蠶奮力咬嚙書頁的文史哲汁液，讓白紙黑字的養分打通禁閉已久的任督二脈。」翻過國家設下的高牆，意味的是作家思想的脫逃和禁錮的解開。

「在那個言論受到箝制的年代中，禁書和不為執政當局所喜的政論雜誌，因此成了我的啟蒙讀物，讓我質疑課本灌輸給我的『真理』」（向陽，二〇一六年），向陽最近（二〇一六年）在聯合副刊的一篇文章〈暗夜讀禁書〉回顧戒嚴時期讀禁書的經歷，可以做為經驗參照，他說：

> 我讀他們（柏楊、李敖）被禁的書，其後知道他們因此蒙受的懲罰，讓我意識到在那個年代作家發表的自由受到箝制，他們只因為寫作，就受到法律的懲罰，這到底是他們的錯，還是查禁他們著作的政府和法律有問題？《憲法》明明寫著，人民有言論、講學、著作及出版之自由，何以他們未受保障？這樣的疑問，讓我在著迷於文學的同時，也開始關心政治議題，閱讀政論雜誌（如《中華雜誌》、《文化旗》，以及當時已遭停刊處分、只能在舊書攤才能問到的《自由中國》）。

對於「戰後世代」的人來說，閱讀「禁書」是一種集體記憶。一九四九年國民政府撤退來臺，檢討失敗原因，認為敗於思想戰是主因之一，因此展開對思想與言論的控制與取締，以戒嚴令為核心，搭配《臺灣省戒嚴期間新聞雜誌圖書管制辦法》，開始「清理書刊」，不少知識分子因為讀禁書獲罪（如葉石濤、陳映真），所以民眾閱讀也只能選擇夜半時分，而且除了信得過的好友，更不能讓他人知道，以免被抓。

同樣的，受風起雲湧的黨外運動及禁書啟蒙民主意識，在中部濱海小學任教的瓦歷斯，對於執政黨「民主」、「法治」、「經濟奇蹟」、「安和樂利社會」等口號，有了一番新的體悟，於是「我們自以為是地影印著啟迪人心的文章，發放在早晨辦公室同仁桌上，殷海光、李敖、黃武雄……，自鳴得意地觀看同仁目睹炸彈式的文字而產生的各種驚訝表情」。

一九八六年解嚴前夕，瓦歷斯遭到警總便衣到校「聊天、泡茶、嗑瓜子」而被請入校長室，後來在校長及人事組長楊老師保薦「思想沒問題」下，事件才和平落幕。瓦歷斯表示，當時閱讀殷海光的作品是他叩問個人思想如何自由的路徑，我們知道，殷海光是二十世紀、一九五〇至六〇年代臺灣最有影響的自由主義知識分子，戒嚴時期他撰寫了大量文章、著作，批判專制極權、傳播民主理念，這些著述以其深刻的思想、縝密的邏輯、激情的文字影響了海內外知識界和民眾。在這裡我們看到，青年瓦歷斯企圖通過對「異端」的承認，嘗試從閱讀中達到反抗的快感，購買閱讀禁書代表著「獨立思考」，不再依偎於權威，以做為表達對「黨國機器」意識形態宣傳不相信的手段，一方面宣示著心中「中國神話」的幻滅，「只有把不再相信的樹苗深植腦海，才能在弱肉強食的政治叢林打開活路」（瓦歷斯．諾幹，一九九九年，頁九四）。這些自由主義色彩的政論雜誌或文章，影響了他一九九〇年代初期對黨國威權體制、山地鄉選舉、政治、人權議題的觀察與評論。

另外值得補充一提的是，黨外運動與創辦《獵人文化》雜誌之間的關係，是瓦歷斯比較少在文章中提及的部分。一九九〇年他參加了臺灣基督長老教會所舉辦的「URM——城鄉宣教運動」營隊，URM是「Urban Rural Mission」（城鄉宣道事工會）的縮寫[9]，在蔣氏父子統治的年代，參加運動的成員被情治機構有意汙名化為「製造汽油彈的暴力恐怖分子」，甚至一度誣指是暴力組織「街頭聖戰士」，因此當時學員受訓時總需化整為零，分批至加拿大在加拿大籍教授Ed File教授和林哲夫教授的翻譯下學習。一九八八年十二月三十一日，座落於嘉義市火車站前的吳鳳銅像遭到第九期URM原住民學員拉倒、拆毀，影響所及「吳鳳鄉」於一九八九年三月一日改為阿里山鄉，同年九月國小教科書刪除有關吳鳳「捨生取義」的愚民故事，讓原住民族恢復民族尊嚴。瓦歷斯表示，創辦《獵人文化》是他在結訓時，心中所立下的行動方案，走過兩年歲月，完成十八篇部落報導（瓦歷斯．諾幹，二〇一二年，頁八）：

一九九〇年參加長老教會URM訓練，我選擇了文化抗爭運動，回到豐原市創辦《獵人文化》雜誌。當臺灣原運在首善之都風雲造勢、鼓動原權，我走上一條翻山越嶺、艱苦跋涉的部落田野之路。

三、發展主義（developmentalism）批判

因著《獵人文化》出刊的稿件需求，瓦歷斯開始跑遍各山地鄉，進行白色恐怖受難者、部落發展等諸議題的田野調查。過程中，他親眼所見部落傳統經濟、社會形態在國

9 臺灣URM，是由林哲夫博士等一群旅居加拿大的臺灣人志工所發起，從一九八二年開始提供URM的訓練服務。並由加拿大基督徒服務事工都市訓練計畫（Canadian Urban Training Project for Christian Services，簡稱CUT）支持協助，長期投入的訓練者為Ed File牧師。訓練的地點起初分別在北美及臺灣，一九八九年以後，初、中級班均在臺灣舉辦，而高級班則亦漸漸移師臺灣國內舉辦。從一九八二年到二〇一〇年受過URM–CUT訓練的臺灣學員，有牧師、農民、勞工、原住民等等，超過一千人。

家體制與資本主義的介入之後，逐漸凋零解體，經濟掛帥的發展模式讓傳統文化失去凝聚族人精神的力量，貧窮、汙名感與人心異化，使得「土地是生命」的價值觀被遺忘，並且紛紛離開部落轉往都市謀生。諸多的現實困境，讓年近三十歲、在豐原任教的瓦歷斯大量地購買書籍，期望透過大量閱讀了解殖民者的世界模式，並尋找到抵殖民的策略，特別是如何從第三世界國家的發展經驗中，反身思考臺灣原住民族的未來。這段期間他最頻繁讀到的關鍵詞不外乎是「中心」與「邊陲」，但這不是來自於後殖民理論，而是「依賴理論」與「發展理論」。

鍾秀梅在《發展主義批判》一書中提到（二〇一一年，頁六），早在一九八四年《中國時報》便刊登了漁父與陳映真關於「依賴理論」的辯論，而直到臺灣解嚴後才有一系列相關書籍出版。臺灣出版界在一九八七年之後出版關於發展研究的譯書，如《發展理論》（聯經）、《發展社會學》（桂冠）、《不平等的發展：論邊陲資本主義的社會形構》（桂冠）、《發展理論的反省：第三世界發展的困境》（巨流）等，除了間接回應了解嚴後蓬勃的社會運動外，如由鹿港「反杜邦運動」所帶動的環境運動（包括反核、反公害與生態保育運動），也開啟了臺灣社會對經濟成長論與唯GDP馬首是瞻的反思。當時如雨後春筍般的環境運動與社會性的刊物的出版，如《夏潮》雜誌、《大地》雜誌、《春風》雜誌、《臺灣環境》、《人間》雜誌等，直接由內部人民回應發展主義所產生的負面影響。

鍾秀梅說，從歷史脈絡來看，一九五〇年代由美國支持的大型建設和農業發展確立了資本主義性質的發展（二〇一一年，頁七）。而一九六〇年代資本積累過程的經驗，產生了兩種矛盾：1.是依賴於美國支持的資本主義世界體系，2.是臺灣的國家性質的威權化，在非西方架構的法律秩序與民主形式之外的發展，其結果是發展了低工資、高汙染、低附加價值為基礎的外銷導向產業政策。這種發展依附於資本主義的世界生產體系，如同東亞經濟學者布魯斯．康敏司（Bruce Cumongs）所爭議的「官僚威權工業政體」[10]，表明一九六〇年代到一九九〇年代，國民黨威權主義政體使用戒嚴法壓抑人民集會與各種人權，因此，在這階段，「民主運動」成為最大公約數，將「國

10 鄭為元指出，發展型國家「基本上就是一種意識形態。它體認：一、國家需要發展；二、發展需要一套政策而非讓社會各部門自由發展、各行其是；三、這種發展需要國家機構制訂、介入和協調」（一九九九年），威權、法治和官員教育能力是國家自主的來源，而技術理性官僚擁有較大決策權力，這種信念造就了一九七〇至九〇年代東亞的「經濟奇蹟」（鍾秀梅，二〇一一年，頁三－四）。

家」視為抵抗的對象。印證了一九八〇年代以後，臺灣一波波社會運動所要對抗的就是「官僚威權工業政體」，至於發展理論的譯介跟各類期刊的出版，也傳達了自由的「多元化」社會想像。

美國社會學家尼德溫．派特司（Nederveen Pieterse）表示，「發展主義被理解為線性進程的理論，被用於許多形式，如進化論、現代化理論、發展思維，這些思考扣連著西方霸權在不同時期的發展」。簡單來說，發展主義被定義為「普世的」、「歷史的」和「種族優越感的」。孫大川指出，國民黨政府播遷來臺，為穩定政局，政治上採取戒嚴手段，但為求生存，經濟上卻不得不採取較寬鬆、自由的路線（二〇一〇年b，頁二九）。一九五〇、一九六〇年代，從「土地改革」、「美援」、「吸引外資」到「加工出口區」等等措施，顯示臺灣整體社會一直處在現代化或世界性資本主義宰制或反宰制的風暴中心。一九四八年政府公布「山地保留地管理辦法」，一九五一年一月三十日又頒布「山地施政要點」，並於同年推動「山地三大運動」。我們從「三大運動」實施辦法：《山地人民生活改進運動辦法》、《臺灣省獎勵山地實施定耕農業辦法》、《臺灣省獎勵山地育苗及造林辦法》之內容來看，其政策性意圖是相當明確的，亦即欲將山地經濟整合到臺灣整體生產方式之中（孫大川，二〇一〇年b，頁二八）。

在臺灣省政府民政廳委託中研院提出《山地行政政策之研究與評估報告書》裡，學者曾將「保護」與「開發」的矛盾本質一針見血地指陳出來：

矛盾與困境的產生，實在是導源於一個事實，那就是山地經濟已經無法脫離和逃避臺灣整個經濟生產方式改變和衝擊的影響。資本主義生產方式一旦滲入另一種生產方式，鑑以近代世界經濟史的證據，最常產生的後果就是資本主義的生產方式會急遽地轉變另一個生產方式，尤其是一般較「落後」而簡單的生計方式，而將它納入到完全以市場做為取向的經濟體系裡。

事實證明，隨著一九六〇年代中期以後《山地保留地管理辦法》的修訂、變化，以及臺灣一九七〇年代以後全面的商業化，原住民的山地經濟更行凋敝、空洞，人口大量移向都市即是其無奈的歸宿。我們看到，戰後國民政府的發展主義意識形態是經濟增長比不增長好，快速又比緩慢好，這種將「發展」等同於「經濟增長」，而「經濟增長」又再等同「美好生活」的信念，本身是特定歷史的產物，卻被看成是普世的真理，也因此將豐富多元的人類需求和自然生態約化為單一面向，僅以經濟指標來衡量（許寶強，一九九九年；華勒斯坦，一九九九年）。著名的人類學者 M. Sahlins 指出，所謂「資產」是「財富」，愈多便愈好，這種觀點是資本主義社會的產物，並不適用於部落民族（一九九九年）。瓦歷斯以《冷海情深》為例，說明：「貧窮原來是指匱乏，包括物質與精神的匱乏，問題是當貧窮被『量化』『計算』之後，貧窮變成為一種社會地位，正如《冷海情深》的主人翁」（二〇〇三年，頁一六三）。

目睹國家對於原住民族部落發展的論述愈來愈只剩下資本化、觀光化跟土地開發，瓦歷斯的諸多文章與文學作品，可以視為對「發展理論」的批判與反省。例如在〈一座神話殿堂〉一文，他檢視了東埔、廬山、日月潭的觀光發展，在資本主義官資聯手下，原住民總是成為依賴理論下的邊陲供應者與受害者（瓦歷斯．諾幹，二〇〇三年，頁一五九）。他一方面以詩作控訴發展主義下原住民的邊緣與悲慘命運，一方面以報導文學及散文不斷地從將觀察到的部落問題現象，與華勒斯坦所質問的發展基本問題（一九九九年，頁一六六），「發展是什麼？究竟為誰或為什麼要發展？誰在發展？經濟增長是否就等於改善人們的福利，提高人民生活的品質？經濟增長過程中，不同社群所付出的代價又是什麼？對弱勢群體的影響又如何？」做對話。瓦歷斯指出，原住民文學所描繪的是現代化與經濟發展而導致原住民族的困境，「與班魯銳在〈發展與知識的政治〉一文有驚人的相同之處。……可怕的是，我們卻從來沒有質疑發展、現代化這個目標本身，原本就是服膺一個異己對立的、西方一元的價值觀」。

四、結語：番人之眼的理論旅行

番人之眼，獵人之眼，透視部落觀點之眼；這是一雙關注於部落的眼。來自泰雅部落的瓦歷斯．諾幹，承繼泰雅獵人的血統，以獵人捕捉飛鼠的銳利目光，穿透文明與荒野的界線，傳述來自山海部落的原住民心事（瓦歷斯．諾幹，《番人之眼》二〇一二年，內容簡介）。

瓦歷斯．諾幹的詩與散文，最主要的特色乃在於書寫原住民在島上流離失所的景象（陳芳明，二〇〇二年，頁一二三）。

瓦歷斯．諾幹是當代泰雅族最具代表性的作家之一，向以剽悍雄渾的文風著名，他用一雙原住民的犀利目光，化番刀為利筆，寫下一篇篇對於山上部落的深情關注與變遷紀錄。他的作品凸顯著一種既剽悍又帶著批判精神的姿態，讓讀者在面對原住民的現實問題時，提供了一個極具深度的視角，也令讀者不得不轉化為一個謙遜的受教者，去聆聽他在書寫中發出的震耳之鳴。我們不難在瓦歷斯的創作與評論中，看到他描寫原住民族朝向「現代」、「進步」與「文明」社會轉型的過程，其批判性文字或如烈火燎原，或如刀劍懾人。如果從一九七七年十六歲投稿校刊算起，近四十年時間，「從他的漢名吳俊傑，到文藝氣息濃厚的筆名柳翱，改為瓦歷斯．尤幹，再確定自己就是瓦歷斯．諾幹，這其中轉變，已大致說明了追尋部落原鄉的軌跡」（吳晟，一九九九年，頁七）。我想補充的是，在他以文學實踐身分認同、荒野發聲與邊緣戰鬥的過程中，也可以同步看見臺灣人文學界近三十年的外來理論傳播軌跡，瓦歷斯便是一腳踩在「外來理論」，一腳踩在「回歸部落」上，往主體建構的工程奔去，而且在我看來，西方理論對他思想的指導恐怕要比祖先的 gaga 還來得多一些。

「臺灣文化主體建構，能否完全避開殖民文化的影響，恐怕還在未定之天。文化的造成是長期歷史經驗逐漸沉澱鍛造的，殖民體制固然構成對被殖民者心靈的巨創，但伴隨此體制而來的文化並非全然都毫不足取」（陳芳明，二〇〇二年，頁一七）。法農曾經指出，殖民者在統治時期帶來的現代醫學，誠然具有種族優越感與偏見，但是一旦殖民者遠離之後，被殖民者並不必然要拒斥現代醫學；相反的，如何轉化現代醫學成為在地醫學，如何以批判的態度擇取殖民文化，正是後殖民理論中的重要課題。而如何「為我所用」也就必然涉及理論的本土變異，歐陽楨曾以民俗學上所謂「就地適應」(oicotyping)的現象，來描述外來思想如何被調整以適應在地情境的過程——理論的旅行最終命運，往往不免會陷入這樣的結局(李有成，二〇〇六年)。

李有成表示，思想或理論畢竟是社會與歷史時空的產物，在被移植到新的環境時，也難免要受制於新的社會與歷史情境(二〇〇六年，頁一〇三)。考察思想或理論的移植過程，我們不難發現，在旅行、移植過程中，思想或理論往往會遭遇被挪用、省略或變形的現象，或因水土不服，而與異鄉的社會、文化、政治情況扞格不入，或因投合異國當權或流行的意識形態或社會與政治情勢，而得以大放異彩，甚至與當道結合、搖身一變而成為霸權論述，進而壟斷整個思想或理論市場，成為市場中獨大的宰制力量。不過，儘管造化有別，但在遷徙、移植的整個符碼化、建制化的過程中，外來的思想和理論幾乎無可避免必須面對被分解、被系統化乃至於被簡化的共同命運。

薩依德的關懷主要在於理論旅行的過程及其結果，「從一個時地移轉到另一個時地，思想或理論的力量究竟會增強或是減弱，屬於某個歷史時期和國家文化的理論，在另一個情境中是否全然走樣？」對於薩依德來說，這種從一個時地移轉到另一個時地的行動，勢必涉及他所說的「與起始點不同的再現與建制化的過程」（李有成，二〇〇六年，頁一六〇）。以影響瓦歷斯的「自由主義」來說，吳乃德便指出，自由主義和民族主義是當代西方影響較大且相互對立的政治哲學，它們的分歧是多方面的，但主要表現為不同的國家觀。然而，在臺灣卻出現了調和的現象：自由主義＋民族主義者（吳乃德，一九九六年），成為一種新的本土變種。

瓦歷斯是「原運世代」的原住民文學作者之一，他們是一群「具備著歷史反思、政治批判、文化關懷及社會參與意識的基進知識分子」（魏貽君，二〇一三年，頁二八三），回顧瓦歷斯．諾幹的書寫歷程及其中理論的運用，我們可以發現，無論是現代主義、社會主義、自由主義或後殖民理論等在戰後臺灣的流行，不僅存在著時間上的錯位，同時因著臺灣戒嚴體制的關係，這些理論或思想已經與原初大不相同（陳芳明，二〇一三年；邱貴芬，二〇〇三年），而就是接觸這些變形或翻譯的外來理論，使瓦歷斯後來跨越原漢族裔的文化差異，急起直追雜揉著「族群性」與「社會性」的社會運動。我們很難想像，在他同時身兼《原報》、《獵人文化》的主筆時，沒有理論視角的「加持」，如何在層出不窮的社會議題中不斷地批判並提出建言，以及維持「荒野發聲」直到今日。不過，事情有利有弊，這些充滿理論觀點、言之有物的文化論述對於部落族人來說，有時候卻像是外國人、陌生人的技巧及語言，因此主要受眾還是限定在原住民知識階層以及關心原住民議題的漢人朋友身上，其訴求對象及傳播範圍是特定的，精英的屬性與原住民一般話語產生落差，也導致其漢語書寫在原鄉的挫敗，這一點是值得注意的。

參考資料

瓦歷斯．諾幹　一九九〇年，《永遠的部落》，臺中：晨星。一九九四年，《想念族人》，臺中：晨星。一九九七年，《戴墨鏡的飛鼠》，臺中：晨星。一九九九年，《伊能再踏查》，臺中：晨星。二〇〇三年，〈從臺灣原住民文學反思生態文化〉，《臺灣原住民族漢語文學選集：評論卷》（上）頁一五二－一七一，臺北：印刻。二〇〇五年，〈從問號到驚嘆號——我所體認的原住民族運動與原住民文學〉，收於《山海的文學世界：臺灣原住民族文學國際研討會論文集》，臺北：山海文化。二〇一二年，《迷霧之旅》，臺北：布拉格文化。二〇一二年，《番刀出鞘》，板橋：稻香。二〇一四年，《荒野發聲》，板橋：稻鄉。

向陽　二〇一六年六月七日，〈暗夜讀禁書〉《聯合報》聯合副刊D3版。

吳乃德　一九九六年，〈自由主義和族群認同：搜尋臺灣民族主義的意識型態基礎〉，《臺灣政治學刊》一期，頁五－四〇，臺北：臺灣政治學會。

吳晟　一九九九年，〈超越哀歌〉，《伊能再踏查》頁六－一八，臺中：晨星。

呂正惠　一九九五年，〈現代主義在臺灣——從文藝社會學的角度來考察〉，《戰後臺灣文學經驗》，頁三－四二，臺北：新地文學。

李有成　二〇〇六年，《在理論的年代》，臺北：允晨。

邱貴芬　二〇〇三年，〈「後殖民」的臺灣演繹〉，《後殖民及其外》，頁二五九—二九九，臺北：麥田。

浦忠成（巴蘇亞．博伊哲努）　二〇〇二年，《思考原住民》，臺北：前衛。二〇一四年，〈永遠探路的斥堠〉，《荒野發聲》頁三—五，板橋：稻鄉。

孫大川　二〇〇三年，〈台灣原住民文學創世紀〉，《台灣原住民漢語文學選集》，頁九，臺北：印刻。二〇一〇年a，〈原住民文學的困境——黃昏或黎明〉，《山海世界：臺灣原住民心靈世界的摹寫》，頁一五一—一七一，臺北：聯合文學。二〇一〇年b，〈臺灣原住民的困境與展望：一個政策面的反省〉，《夾縫中的族群建構：臺灣原住民的語言、文化與政治》，頁二一—三五，臺北：聯合文學。二〇一〇年c，〈四黨黨綱裡的原住民〉，《久久酒一次》，頁二二〇—二三二，臺北：山海文化。

許寶強　一九九九年，〈前言：發展、知識、權力〉，收於許寶強、汪暉編《發展的迷失》，頁vii—xxxiii，香港：牛津。

陳芳明　二〇〇二，《後殖民臺灣：文學史論及其周邊》，臺北：麥田。二〇一三年，《現代主義及其不滿》，臺北：聯經。

陳芷凡　二〇〇六年，〈語言與文化翻譯的辯證：以原住民作家夏曼．藍波安、奧崴尼．卡勒盛、阿道．巴辣夫為例〉（碩士論文），新竹：國立清華大學臺灣文學研究所。

游勝冠　二〇〇五年十一月十九—二十日，〈理論演繹？還是具體的歷史文化研究：「後殖民」做為一種臺灣文學方法論的諸問題〉，發表於「後殖民的東亞在地思考：臺灣文學國際學術研討會」，新竹：國立清華大學。

董恕明　二〇〇五年十一月十九日，〈烈日的爽朗．夕陽的幽微：一種對臺灣戰後原住民族漢語文學中殖民記憶再現與新文化想像的描繪〉，收於《後殖民的東亞在地化思考：臺灣文學國際學術研討會》，頁九，新竹：國立清華大學。

臺灣原住民族權利促進會　一九八七年，《原住民：被壓迫者的吶喊》，臺北：臺灣原住民族權利促進會。

鍾秀梅　二〇一一年，《發展主義批判》，高雄：春暉。

魏貽君　一九九四年，〈從埋伏坪出發：專訪瓦歷斯．諾幹〉，《想念族人》，頁二〇六—二三五，臺中：晨星。二〇〇三年，〈找尋認同的戰鬥位置：以瓦歷斯．諾幹的故事為例〉，《臺灣原住民族漢語文學選集：評論卷》（下）頁九七—一四八，臺北：印刻。二〇一三年，《戰後臺灣原住民族文學形成的探索》，臺北：印刻。

Sahlins, Marshall　一九九九年，丘延亮譯，〈原初豐裕社會〉，收於許寶強、汪暉編，《發展的迷失》，頁二一—四〇，香港：牛津大學。

Wallerstein, Immanuel　一九九九年，黃燕昆譯，〈發展，是指路明燈還是幻象？〉，收於許寶強、汪暉編，《發展的迷失》，頁一—二〇。香港：牛津大學。

林芳玫

〈從地方史到東亞史與世界史——巴代歷史小說的跨文化與跨種族視野〉

美國賓州大學社會學博士，現任國立臺灣師範大學臺灣語文學系教授。曾任教國立政治大學新聞系。研究專長為文學社會學、性別與傳播、文化認同與國族主義、臺灣歷史小說。

著有專書《解讀瓊瑤愛情王國》、《女性與媒體再現》、《永遠在他方》，原住民文學研究期刊論文有〈「眾聲喧嘩」還是「眾生宣華」？《最後的女王》與華語語系研究〉、〈從地方史到東亞史與世界史：巴代歷史小說的跨文化與跨種族視野〉等，專書論文有〈Two Historical Discourse Paradigms: Han People's Resistance Against Japan and Indigenous Peoples' Collaboration with Japan〉，並收於《Indigenous Knowledge in Taiwan and Beyond》一書，此文比較巴代小說與電影《一九八五》關於甲午戰爭的歷史再詮釋。

本文出處：二〇二一年六月，《臺灣文學學報》三十八期，頁一—三四，臺北：國立政治大學臺灣文學研究所。

從地方史到東亞史與世界史——巴代歷史小說的跨文化與跨種族視野

一、前言：原住民文學與臺灣歷史小說

自上一世紀八〇年代原住民運動蓬勃發展後，原住民文學書寫也伴隨著運動而漸次展開。當時的原住民作家往往扮演多重角色，身兼運動工作者、作家、原運刊物編輯、文史工作者等多重身分。新世紀以來，原住民文學與原運的關係變淡，作家致力於創作。卑南族作家巴代的年齡與原運世代的瓦歷斯．諾幹相似，但他新世紀才展開文學生涯，早期作品內容涉及打獵、巫術等代表原住民文化核心的活動，也如主要原住民作家以漢語寫作但加入羅馬拼音的族語書寫，呈現原住民文化的特殊性與原汁原味。

但是近年來巴代出版三本原住民歷史小說，擱置了族語的呈現，以更加流暢的主流漢語書寫，呈現駁雜的原住民歷史與文化，顯示原住民社會在過去數百年來與荷蘭人、清朝官員、漢人、日本人密切互動且彼此影響。這三本小說依據出版順序為：《最後的女王》、《暗礁》、《浪濤》[1]。若以所呈現的歷史事件之順序，《暗礁》陳述牡丹社事

件之前身八瑤灣事件（一八七一年）、《浪濤》再現牡丹社事件（一八七四年）、《最後的女王》則描寫甲午戰爭後的臺灣（一八九五－一八九六年）。

原住民文學往往以作家身分定義，似乎在臺灣文學中獨樹一格，這使得原住民文學被特殊化，占據臺灣文學一個明顯與重要的邊緣位置。當我們使用描寫主題提出「都市文學」、「鄉土文學」，或以寫作流派與技巧提出「寫實主義」、「現代主義」、「後現代主義」，原住民作家縱使描寫都會也不見得會被納入「都市文學」。本文提出「歷史小說」此分類框架，試圖將原住民文學的他者性與特殊性整合到臺灣文學，最終目的在於辯證原住民歷史就是驅動臺灣史變動與進展的主要力量，而原住民文學也動態地推動臺灣文學的更新，如：九〇年代夏曼．藍波安的作品帶動海洋文學發展，當代巴代開啟我們重新思考內建於臺灣歷史、文化、社會的跨文化與跨區域的流動特質。

本文以上述三本歷史小說為研究對象，首先探討原住民歷史小說在臺灣文學上的重

1　巴代，《最後的女王》（臺北：印刻，二〇一五年）；巴代，《暗礁》（臺北：印刻，二〇一五年）；巴代，《浪濤》（臺北：印刻，二〇一七年）。以下直接於引文後標註頁碼。

要意義。其次，筆者探討巴代的敘事策略與寫作特色為何？如何將「務實」的歷史小說由文獻資料的堆砌中，轉向小說創作的虛構與想像？最後，本文分析以原住民觀點出發的地方史，如何與世界史互相影響、展現原住民族在歷史洪流中有所為、有所不為的歷史能動性。

人類學者陳文德在思考人類學與歷史研究的對話時，曾指出如何看待歷史有兩種截然不同的取徑：較為簡單的方式視歷史為記載造成社會變遷的重大事件，並預設一個客觀的歷史過程——外來者（通常也是西方殖民者）的力量在這個過程中，將「沒有歷史的民族」吸納到一個後者只能扮演被動角色的結構體系內，進而造成其社會文化變遷。換言之，「歷史」是以殖民者為中心所開展出來的過程，被研究者族群是受害者，而不是行動者。第二種論點則認為，必須脫離並避免複製西方中心的普遍性論述，主張被殖民者（也是歷史及人類學的被研究者）以不同方式來理解歷史，把外來的歷史事件轉換納入既有的觀念體系內，從而展現主動性，而非被動的犧牲者[2]。

文學研究者陳建忠將臺灣文學中的歷史小說分成以下幾類：⑴通俗歷史小說，以高陽為代表；⑵反共小說；⑶後殖民歷史小說，以李喬、鍾肇政等人為代表；⑷後現代新歷史小說；⑸後殖民新歷史小說。陳建忠所謂的「新歷史小說」是「新歷史主義小說」的簡稱，新歷史主義視歷史為必然需要「敘事」為載體來呈現，在敘事過程中，面對眾多原始素材，書寫者勢必面臨材料的挑選、排除、編輯、組合。歷史無法單獨存在，必須透過敘事化的「歷史書寫」（historiography），因此書寫方式具有後設與自我反思能力。新歷史主義小說的特色是單一觀點的大敘事殞落，底層人物與庶民的日常生活構成了歷史。後現代新歷史小說致力於解構官方歷史，不免流於虛無與符號遊戲，而後殖民新歷史小說則在解構官方歷史之餘，仍致力於底層人物主體性與發言權的建立[3]。

同樣具有後殖民的標示，多了「新歷史」三個字有何不同？李喬於八〇年代初期出版的《寒夜三部曲》，在當時的社會脈絡下，背負了質疑大中國民族主義的重責大任，必須提出臺灣中心的史觀來代替以往的中國中心史觀。在這個階段，關於臺灣的史料並

2 陳文德，〈民族誌與歷史研究的對話：「卑南族」形成與發展的探討為例〉，《臺大文史哲學報》五十九期，頁一四八。

3 陳建忠，〈臺灣歷史小說研究芻議：關於研究史、認識論與方法論的反思〉，《記憶流域：臺灣歷史書寫與記憶政治》（新北：南十字星，二〇一八年），頁四三－四六。

不多，李喬呈現的「臺灣」同質性高，以單一的臺灣來取代、對抗單一的中國；小說敘事方式則根據單一時間軸展開，並以寫實主義的方式呈現。當時臺灣社會尚未引進後殖民思潮，李喬的抗日史觀反映了素樸、人文取向的反殖民精神，大致上可視為後殖民思潮的一部分[4]。

八〇年代後期，後現代、後殖民、新歷史主義、多元文化主義等各種思潮引進臺灣，作家對臺灣社會的想像開始分殊而歧異，在作品中以多重而又斷裂的時間線、破碎的敘事、不同故事線的交織來呈現歷史的複雜分歧。陳建忠於分析「後現代新歷史小說」時，曾簡略提及作者多為外省人作家，展現虛無傾向。若我們更仔細觀察，這五類歷史小說隱約呈現出臺灣的族群關係。高陽的通俗歷史小說與反共小說，作者為外省人，寫作主題是中國歷史。後現代新歷史小說作家有張大春、駱以軍等人，為外省第二代，以嘲諷的態度解構中國也解構臺灣，流露出作者與身處社會的扞格。後殖民小說與後殖民新歷史小說作者為本省人，與文化論述及政治論述上的本土派較為合拍共振，其代表作家如施叔青、陳耀昌、賴香吟。

在此狀況下，巴代所寫的原住民歷史小說，如何置放於上述的分類框架中？巴代這三本小說的書寫風格為寫實主義，根據單一時間軸展開故事，似乎屬於後殖民小說。但仔細追究，其實是後殖民主義與新歷史主義二者的結合。身為原住民作者，其後殖民立場並非樹立原漢二元對立，更非在尋求原住民文化主體時擬造一種不受汙染的「純粹」原住民文化傳統。他擅長創造不同族群、不同語言的互動關係，把原住民主體的生成描述為與他者互動的過程。以一八九五年日軍登臺為例，漢人史觀強調抗日，而巴代筆下的原住民部落則是協日。但是協助日本並非原住民部落的政治立場，而是利用外力想把搶劫糧食的清軍殘部趕走。原住民的主體位置是策略性、變動性的建立與某群體的合作以便驅離另一個群體。

我們發現他一方面把原住民帶上歷史舞臺，另一方面又創造各種非原住民人物，在對話中產生多重觀點，而非原住民的單一觀點。此外，原住民族本身也具有高度異質性，不但部落間彼此競爭，甚至引進外來勢力與之結盟，用以壯大自己家系以便取得部落的掌控權。巴代重回歷史大事件，以民眾的日常生活及跨文化、跨族群、跨種族的互

4 後殖民思潮的核心概念是打破殖民者與被殖民者的二元對立，強調二者的混和。李喬與鍾肇政這方面特色不強，但反殖民與去殖民的確是後殖民思潮所欲達成的目標。

動來形成歷史事件之所以發生的必要前提，並賦予民眾行為能動性與主體。他們並非被動承受歷史事件帶來的影響，而是隨時對各種人際互動做出判斷與回應，從而影響了歷史的走向。歷史不只是事後史學家或文學家如何「敘事」，在人們「對話」的當下就構成了歷史的變與不變。因此巴代的小說其實帶有新歷史主義的精神。同時，他的小說賦予原住民主體性，卻又不將其視為受害者，也可說是突破加害者／受害者二元對立的後殖民新歷史小說。

二、巴代的敘事策略與寫作特色：創造多重對話角色

大部分原住民作家試圖呈現迥異於漢文化的原住民文化，呈現其純粹性與本真性，並常使用第一人稱「我」，結合民族誌與作家個人的生命經驗，讓原住民文學具有報導文學或自傳的色彩。學者邱貴芬因而提出「文學性」的扣問：她提出，原住民需要文學「創作」嗎？她指出許多原住民作品以第一人稱的「歷史見證」訴諸真實性，但邱貴芬認為文學亦應具有虛構的特色。這個大膽的提問，預示了之後原住民文學的成熟，已可脫

離原運而存在[5]。

巴代的三本歷史小說重回「大歷史」現場，在時間軸上以單線進行，依時間先後敘述，且充滿許多歷史文獻與資料，出現許多歷史真實人物人名、官職、地名、條約名稱、軍事作戰計畫，整體看來平鋪直敘，「實」多於「虛」。「祕密讀者」評論網站因而對《最後的女王》提出許多負面評價[6]，例如：「此書的人物過於平面化，缺乏對人物內心意識的深刻挖掘」、「女主角身為女王在故事中，卻看不出什麼積極做為」、「對情節的營造缺乏細膩的鋪陳與轉折」。這樣的看法似乎流於評論者自己對小說的期待，未能從文本本身挖掘特色。所謂的「缺乏人物內心意識的深刻挖掘」假定了人物的內在性，能夠產生「內心意識」，但這種看法立足於現代性的個人主義，並非原住民社會的特色，而巴代利用「對話」來呈現人物個性，彰顯原住民社會的人物個性存在於與另一

---

5 邱貴芬，〈原住民需要文學「創作」嗎？〉，《自由時報》，E7版（二〇〇五年九月二十日）。

6 「祕密讀者」為一文學評論的部落格，寫評論的人都以匿名方式發表。參見不著撰者，〈以「小說」寫史？——巴代《最後的女王》的小說技術商榷〉（來源：http://anonymousreaders.logdown.com/posts/304088，檢索日期：二〇一五年十月十一日）。

個人說話時的「之間性」及「關係性」。

若深入閱讀巴代小說，我們可發現他的寫作有兩大特色：第一是去本真化的原住民再現，將原住民部落呈現為主動與被動吸納各種外來元素的自他（self-other）相遇空間。第二則是創造多重對話位置，打破單一的「我」之發言主體，呈現多元身分互相對話時「我」、「我們」、「你」、「你們」、「他」、「他們」不同指涉人稱之交織。巴代善於經營人物對話，經由各種不同身分人物之對話，創造多重觀看視角。這些觀看視角不一定以原住民為中心，而是根據每本書的性質，讓多重觀看視角呈現原住民、日本人、漢人等跨族群與跨區域的交流與溝通。

（一）跨文化、跨語言與跨種族的交流互動

由於原住民族沒有文字，過往事件皆依賴口傳，因此外來殖民者抵達前的原住民社會是怎樣的形態，實在難以揣摩。《最後的女王》是他寫的第一本主流歷史小說，一開始先以「楔子」的形式及全知觀點交代臺東卑南族「彪馬社」於十七世紀與荷蘭人的互動，其後則是清朝官員及前來移墾與經商的漢人。小說的前四頁已經正式表明「純粹原

住民」之不可能性，作者只能在跨種族、跨區域、跨文化的視角下來呈現「虎馬社」。

小說第一個登場的人物是虎馬社的「女王」西露姑[7]。她乘坐的是八個漢子扛的「轎子」、吸著「長柄菸斗」、穿著「黑色漢滿式袍掛」，短短三行的描述，已說明這位女性從服飾、交通工具、習慣、稱謂都夾雜著外來元素。

作者以全知觀點交代虎馬社與外來者互動的歷史。先是隨同荷蘭人尋找金礦，後來藉荷蘭人東印度公司召開跨部落會議而取得眾部落的代表權與領導權，接下來在朱一貴與林爽文事件中幫助清朝平定叛軍，因而於乾隆年間獲皇帝召見前往北京紫禁城，賞賜衣物與「六品頂戴」。至此，虎馬社領導人就把此項清朝皇室服飾當成權力的表徵而歷代沿襲。

在《最後的女王》這本書，作者還不擅長多重對話位置的營造，因此一開始就使用全知觀點來介紹虎馬社歷史。在巴代的描述下，虎馬社與荷蘭人及清朝官員的互動並非上對下或壓迫者與被壓迫者的二元對立關係，而是平行關係，虎馬社利用外來者的強勢

7 關於「女王」一詞的來源與意義，本文稍後會再詳論。

挪用其資源與權力符號，讓自己的氏族與部落取得領導權來號召統御其他部落。彪馬社被描述為擅長溝通與權謀，利用與外來者的合縱聯盟來取得自己的優勢。因此女王使用清朝服飾，並非放棄自己的文化去模仿他人，而是挪用權力符號來立威。

《最後的女王》一書中，連續兩代的女王西露姑與達達都與漢人結婚，並讓漢人丈夫以女王名義取得部落實際領導權。這樣的跨族通婚是西露姑審時度勢後的決策結果，顯示她在漢人移民人數逐漸增加的情況下，明白部落本身已無法保持孤立，與其被漢人侵吞，不如刻意引進特定漢人，將其「部落化」，用漢人的貿易長才、與官府的關係、農耕技術，來保障部落可以存活下來。

較晚出版的《暗礁》與《浪濤》二書，回溯較早發生的八瑤灣事件與牡丹社事件。這兩本書開始呈現雙重與多重的對話位置與觀視位置。《暗礁》一書描述八瑤灣事件，以宮古島人及原住民兩種觀點交織而成。八瑤灣事件係指附屬於琉球中山王國的宮古島進貢商船因颱風擱淺在八瑤灣，上岸後與牡丹社及高士佛社的「大耳人」相遇，終因誤會而在漢人村子裡兩方互殺，造成多起死亡。在此書中，住在山丘不識水性的排灣族人藉由目睹船隻擱淺，想像船隻與航行的意義，並展開他們對「世界」的好奇。巴代經由創造宮古島人彼此的對話，帶出宮古島屬於位於琉球群島的中山國，而中山國又是清朝與日本的朝貢國，在東亞海上貿易具有樞紐的地位。循著以下的連結，讀者得以串連地方史、東亞史與世界史：從原住民排灣族開始，延伸至宮古島、琉球中山國、清朝與日本、最後呈現出全球海上貿易網絡。

宮古島人被殺後，經過三年，日本政府以琉球人被殺為理由，登陸臺灣東部擬以軍事行動展開報復，這就是牡丹社事件與《浪濤》一書的內容。日軍攻占臺灣東部，最後日、清簽訂條約，清朝賠款給日本，日本正式併吞琉球，清朝確認擁有臺灣主權。《浪濤》一書以日本軍人的視角為主，原住民次之；在日本軍人中，又繼續分成政要、高階軍官、低階武士等多種身分，以對話方式呈現大歷史事件底下的日常生活與人際互動。

在此書中，日軍初抵臺灣海岸時，並非立刻發動軍事攻擊，反而是雇用當地漢人及原住民工人，幫忙在岸邊建築營區。不同部落基於自身安全考量，有些率先與日軍形成和平聯盟，不介入日軍行動。如同荷蘭人與清朝並未被描述為壓迫者，此書的日軍形象也非窮凶惡極的侵略者，而是眾多行動者中的一部分，與其他行動者時而和平結盟、時而互相攻擊。根據史實，日軍聘用美國人李仙得(Charles W. Le Gendre)為顧問，因此書中也出現美國人、英國人等角色。在軍事行動與和平談判中，在地漢人及翻譯者扮演重要的仲介者角色，經由翻譯者讓說族語的原住民、說閩南語的漢人，以及日本人、英國人、美國人齊聚一堂，展現多重語言[8]。

（二）從爭取單一發言主體到編織多重對話位置

從西方的冒險家與人類學者，到日治時期以來的人類學研究，原住民恆常處於「研究客體」的狀態。戰後在漢人主導文化下，原住民仍然是邊緣人與「他者」，因此原住民書寫者必須擺脫他者位置，回到發言主體。當代原住民文學在初期發展階段，以第一人稱「我」來爭取作者的發言權。到了巴代這三本小說，經由原住民、漢人、清朝官員、荷蘭人、英美人、日本人等多重種族的對話，以及貿易商、士兵、日本低階武士、官員、航海水手等不同階級與職業身分，巴代創造一套流動中的自他關係，也就是輪流擔任發言者與傾聽者。經由這套設計，作者有能力去創造原住民與漢人對話與互相想像的互動模式，而這套模式應用在原住民與宮古島人、原住民與日本人，更發揮了跨種族與跨地域的效果。

讓我們先從《最後的女王》開始。此書主要的對話就是西露姑與她漢人丈夫陳安生的對話，以及西露姑死後，長女陳達達成為女王，她與漢人丈夫張新才的對話。在原住民女王／漢人丈夫的對話組中，談話主題都環繞著如何讓部落生存壯大，男女雙方都以「部落」為共同關心點，也都認為要引進漢人的技術與人才方能達成此目標。但在此共同目標與手段的基礎上，達達與丈夫又有所差異。面對清朝官府的威逼，部落是否正面迎戰？達達想的是部落實力的評估，而張新才第一個反應是不要打仗以免影響生意，讓達達感到漢人的優先價值永遠是錢財。除此之外，張新才並不以漢人身分發言，而是以「女王的丈夫兼部落領導人」的身分發言。兩人經常提到「我們如何學習他們漢人」、「他們漢人很陰險，我們如何提防」。漢人以缺席方式沒有直接發言機會，而是出現於對話中。張新才的漢人身分被淡化，反而強調其融入部落生活以便領導部落。

巴代在《最後的女王》一書，尚未發展出純熟的多重對話位置，荷蘭人、清朝官兵、漢人等多重種族的登場大多以全知觀點交代。不過巴代擅長營造對話，在此書中已見端倪。達達與丈夫、母親、部落眾人等皆有對話，但很少促成關鍵性行動。反而是她

---

8 這部分的情節與場面描述深受《征臺紀事》（二〇〇三年）一書影響。愛德華．豪士（Edward H. House）著，陳政三譯，《征臺紀事：武士刀下的牡丹花》（臺北：原民文化，二〇〇三年）。

的丈夫張新才主動買馬給達達騎乘，以便彰顯女王權威。「祕密讀者」認為巴代未能探討女王的內心深處，但此書及其書名的弔詭就在於，「女王」只是男性權力交鋒中的代理人，其實並無實權。

本書書名為《最後的女王》，而其實「女王」一詞，具有特殊涵義，也令讀者及研究者好奇，卑南族所謂的母系社會，也就是長女繼承，且結婚時是男性「婚入」女性家中，這是否也意味著母系部落具有女性領導人？作者在書中明確表示，女王是借來的詞彙，是「王爺」的女性版。而所謂的「王爺」，來自當年部落長老被清朝皇帝召見並賞賜。卑南族對領導人的稱呼是「阿雅萬」，後來受漢人影響，而有了「王」與「女王」的詞彙與觀念，顯示出原住民文化必然含有「文化翻譯」的元素。若依「父系社會／母系社會」這樣的思考方式去探討卑南族的親屬組織，從原住民相關網站得到的答案總是很明確：卑南族是母系社會。這樣的答案其實簡化許多親屬構成的過程。對漢人而言，父系的親屬組織不只與婚姻、繼承有關，也與政治制度上的父權相關；因此漢人讀者即有可能因為書中有歷任「女王」而認定卑南族為母系社會。

從人類學者的研究及本書的描述可看出，卑南族具有由成年男性所組成的「巴拉冠」會所制度，它既是一個具體的建築空間，也是部落成年男性討論公共事務的場所，由「領導家系」來運作政治事務。年長男性藉由替部落男子舉行成年禮而顯示其權威。而巴拉冠排除女性的參與，只有男性可以進入。甚至到了九〇年代，普悠瑪（南王）部落，仍然禁止女性進入巴拉冠[9]。此書中，巴代不斷地重構與解構「女王」這個頭銜及其涵義。女王不能進入禁止女性的巴拉冠會所，因此她召集長老會議時，遵守傳統不進入會所，改成在會所外面開會。但是由巴代所再現的部落政治事務之運作，卻顯示陳達達很少主動講話，總是她的漢人丈夫張新才與部落長老討論後，再問達達的意見，而陳達達只能表示贊同，並無否決權。

雖然卑南族的部落政治是由「領導家系」形成的集體領導，名義上還是有特定個人為全體領導者（阿雅萬）。根據馬淵東一（Toichi Mahuchi）的看法，卑南族的繼承原則可因每次特定狀況而傳承給兒子、女兒，甚至由巫師占卜。母系似乎是常規，但變異太過頻繁，因此實際上是父系母系皆可的「兩可法則」，以及具有「選擇性」（非以血緣為原

9　陳文德，〈文化產業與部落發展：以卑南族普悠瑪（南王）與卡地布（知本）為例〉，《考古人類學刊》八十期（二〇一四年六月），頁一一四。

則，而是神喻）[10]。在小說中因而出現西露姑、陳達達這樣的「女王」，但西露姑的位置傳承自父親，而非母親。許多原住民相關網站及書籍將卑南族歸類為「母系」，又說「巴拉冠」成年會所女性不能進入，不但呈現親屬組織與政治組織的脫勾，也將原住民部落視為靜態且可輕易分類[11]。書中這兩位「女王」都和漢人男性結婚。西露姑的丈夫陳安生自己吸食鴉片，也將此習慣傳給西露姑，最後她因長期吸食而死亡。西露姑丈夫陳安生與陳達達丈夫張新才都是番產交易商，也是官府心目中的「頭目」，代表番社與官府互動。

《最後的女王》是三本書中最早出版的，此書以原住民部落成員間的交談為主，尚未發展出自我與他者的對話。到了《暗礁》一書，內容以宮古島人及「大耳人」為雙重言說主體，互相把對方當成想像客體、猜測對方的動機與行為。全書第一章與單數章為宮古島人的視野，第二章與雙數章為原住民視野，兩者平行發展，一直到全書中間篇幅（共三十四章之中的第十七章）雙方才正式相逢。

一八七一年琉球群島中的宮古島，其進貢與貿易的船隻碰上颱風而擱淺於臺灣東南部八瑤灣，人員上岸後起初被原住民猜疑，後來原住民決定接待與照顧，卻因言語不通產生誤會，最後雙方都拔刀互砍，造成雙方成員的傷亡。歷史上認為的關鍵事件（原住民殺人）只占據本書最後的幾頁篇幅，全書大部分通過原住民與宮古島人的雙重視野描述「如何認識異己？」這個認識論的議題，也可說此書探討「誤解」，到了《浪濤》一書，則以多方翻譯為方法，達成原住民與日本軍方的互相「理解」。

作者賦予原住民觀視主體的位置，從山丘上監視剛上岸的陌生人，以成員間的對話顯示原住民的領土意識：

「唉呀，闖進我們的地域，沒打招呼本來就不應該，弄到最後打在一起了，火頭上誰管得了自己的脾氣？能不殺人嗎？這一點，我可是不妥協的！外人就是敵人，不管是誰，該殺的還是要殺！」（《浪濤》，頁二一一）。

---

10 Mabuchi, Toichi, "The Aboriginal People of Formosa" in George P. Murdock ed., Social Structure in Southeast Asia (Chicago: Quandrangle Books, 1960), pp. 127-140.

11 部落的政治組織與親屬制度其實一直處於動態變遷中，而非靜態的存在。見陳文德，〈「親屬」到底是什麼？——一個卑南族聚落的例子〉，《中央研究院民族學研究所集刊》八十七期，頁一—三九。另可參考陳文德專書，《從社會到社群性的浮現：卑南族的家、部落、族群與地方社會》（臺北：中央研究院民族學研究所，二〇二〇年）。

在宮古島人這方面，他們不斷猜測上岸後會遇見吃人的「生蕃」或「大耳人」。巴代並未用「作者聲音」諷刺宮古島人的無知與偏見，而是很中性地呈現出遭遇船難的當事人就是會這麼想。作者試圖保持平衡，呈現雙方的認知與行為，到了《浪濤》一書，則偏向日本軍方與武士的觀點。

在《暗礁》一書，雙方終於正式見面後，原住民招待晚餐，餐後吹起優美動聽的鼻笛，這引起宮古島人內部不同意見的對話：

「謠傳這些人是殺人吃人的大耳生番，可是，這樣的笛聲，這樣的歌聲，分明是遠離戰爭殺伐的地方才產生得出的聲音啊。」一個商人說著，打斷了野原的思緒。「的確是這樣的，讓人聽了都忘了所有的痛苦，或者所有不幸剛剛都割除了。」（《暗礁》，頁二四一）。

「你這話就說得不得體了，音樂到處都有，不同的人有不同的表現，我們宮古島自然有我們的歌聲樂器，你不能因為聽這些歌聲笛聲大為感動，而看輕了其他的地方，甚至把這裡完全美化了，這也不過是大耳生番的習慣吧。誰知道這是不是他們殺人前的儀式呢？」一個人插了話。（《暗礁》，頁二四二）。

作者讓宮古島人成為說話主體，呈現對原住民的印象：少部分時候是讚嘆肯定，大部分時候是殺人、吃人的負面刻板印象。雖然作者的筆觸盡量維持中立，但經由宮古島人再三強調生蕃會殺人、吃人，這樣的發言主體反而成為讀者的反思對象，讓我們思考自己是否如十九世紀的宮古島人，對原住民的認知停留在很表層的印象。另一方面，作者在宮古島人中創造了「野原茶武」這個角色[12]，他觀察敏銳，對原住民文化很快就發展出欣賞與認同的態度。巴代在創造多重觀視位置與對話位置時，常喜歡用局外人的觀點來表達對原住民文化的肯定。

由於語言不通，又缺乏翻譯，其實本書大部分是原住民彼此交談、宮古島人彼此交談，「文本內」的對話非常少，而是由提出雙方如何想像對方，讓讀者在閱讀層次產生「雙方互動」的閱讀效果。當雙方在最後即將拔刀互相砍殺前，他們終於面對面直接講

12　野原茶武為真實事件中的受難者之一。

話。雙方對峙時，現場原本有可以擔任翻譯的漢人，因為害怕而躲起來。雙方各自用自己的語言表達高漲的情緒，展現作者多次觸及的溝通與認識論的主題：「是否了解自己的不了解」。原住民高度意識到自己不了解對方，所以先前做出許多善意行動。而宮古島人未能同樣地察覺自身欠缺了解對方的能力，把針對對方的錯誤想像當成是正確的了解與判斷。這場認識論的展開，其核心弔詭就是：知道自己不知道，才有可能跨出了解的第一步。

到了《浪濤》一書，日本軍方在策劃進軍臺灣前，就已派密探收集臺灣島各種地理、氣候、水文等資訊。雙方互動過程中，使用族語、漢語、閩南語、日語、英語多語翻譯，呈現各方均有意識地努力了解對方[13]。當《浪濤》這本小說中的日本軍官與下層武士對話時，看似雙方均為發言主體，但這又是作者巴代想像出來的對話。作者在此書中多處流露對日本武士道的著迷，此時作者成為研究主體，將歷史上真正存在的人物與虛構的人物當成其亟欲探究了解的客體對象，讓看似二元對立的入侵者日本軍人與受害者原住民翻轉為在各自的位置上去想像對方、想像對方如何想像自己。

《浪濤》描寫牡丹社事件，作者以全知觀點描寫事件的背景及日本維新後政壇的狀況。接下來作者以歷史真實人物樺山資紀（一八三七—一九二二年）為範本，想像如何模擬他與同儕、與下屬的對話，以對話來呈現日本人對於爭取功名、留下歷史定位之英雄主義的崇拜。此書也大量描繪下層武士在明治維新後的尷尬處境：他們被剝奪武士的正式職銜，又失去社會地位與養家活口的薪水，在此歷史轉型的夾縫中，希望經由參加征討臺灣遠征軍適應新式軍隊的生活，更期待打先鋒建立功名。經由兩位下級武士的對話，作者顯示人物的焦慮情緒、時代轉變的失落感、扭轉自身劣勢的欲望、對英雄主義的嚮往、對臺灣及其原住民的好奇。經由數位武士的對話，這場後人視為日本帝國主義擴張的入侵戰爭，被合理化與浪漫化為發揚本已沒落的武士之道：

「我們有機會參加這個戰爭立功。」藤田新兵衛說。

「你說的是戰爭耶，你怎麼說的好像我們要上京城參加慶典，那麼興奮。」

「田中君，你是害怕打仗嗎？」

13　巴代以前的著作會使用羅馬拼音來書寫族語，並以漢語擬聲字來呈現閩南語。不過在《浪濤》一書中，作者全部使用當代華文來交代日軍與原住民互動的多語現象。

「可是，軍隊建立了，目的就是要打仗啊。你想想，琉球那些屬於我們薩摩的藩民被殺了，我們沒有為他們討回公道，也對不起我們當武士的身分。」

「武士？沒有武士了，都改稱士族了，藤田君還真是執念啊。」

「對我來說是一樣啊，能有機會建立功勛，這也是你我共同的想望，不是嗎？」（《浪濤》，頁七三）

「其實，我是真的想從軍。我參加佐賀的起義，是為了日本的振奮，而今日遠征軍出征，也是為了日本的威望，我當然要想辦法參加。」（《浪濤》，頁八一）。

《浪濤》一書奇特之處在於，雖然全書充滿多重觀點與對話位置，但原住民的對話似乎不如日本武士之鮮明強烈。也許就量的表現而言，原住民發言機會並不少，但牡丹社事件的主要觀視點是想要報國、建立功名的日本下層武士。作者還創作了武士的詩歌吟詠及武士道的禪學精神，似乎相當迷戀武士道與英雄主義。例如，作者經由武士人物表達出「默」的精神：

田中腦海突然升起了一個漢字「默」。

田中回應這字義包括：寂靜無聲、暗地裡的算計，延伸出關於劍道的涵義，則必須安靜沉穩，精準算計每一個步伐與出手的時機點。田中……忽然升起了這個記憶又頓悟出這個道理。「默」的涵義除了安靜專注，還有將自身融進環境之中，讓環境因素成為力量的一環。現在如何利用天色微弱的光線隱蔽自身行動，掌握周遭聲音適時隱藏自己發出的聲響，那正是「默」的另一個更深層的涵義。（《浪濤》，頁二四九—二五〇）。

從武士精神出發，又折射為日本武士對臺灣原住民的讚嘆，認為他們體現了武士道的精神。利用創造日本武士或軍人的觀點來肯定原住民，此種敘事策略在臺灣文學與電影中並不罕見。《一八九五》這部電影描繪甲午戰爭後臺灣發生的漢人抗日事件「乙未戰爭」，片中平行使用漢人觀點與日軍觀點，而日軍以軍醫森鷗外為代表，以充滿磁性的聲音唸出他寫的日記，再配合畫面上美麗遼闊的臺灣地景與海景，由森鷗外發出讚嘆臺灣美景的話語。《浪濤》一書也有類似的敘事策略，經由英雄化、美學化、禪學化的武士形象，間接襯托出臺灣原住民具有類似精神。同樣地，作者也通過日本人的眼光，如此讚美臺灣：「光是物種的豐富，就足以建構數種獨一無二的世界級知識庫」（《浪濤》，頁二六二）。

《浪濤》一書結構類似《暗礁》，將外來者與原住民的視野互相交錯。第一章以及單數章描述原住民族各社之間的互動，第二章及雙數章描述日本軍方出兵目的、過程、結果。全書結束於第十一章，也就是單數章，在此回到原住民觀點，但最後一章內容與漢人有密切關係，描述一位原住民青年與漢人女性的婚禮，似乎暗喻原住民的未來將逐漸與漢人融合。這是單看最後一章在「文本內」的層次，原住民與漢人終將有更密切的互動，而入侵的日本軍方如浪濤般來了又去。但在「文本外」的層次及「作者聲音」的層次，日本武士道成為殘而不絕的迷戀對象[14]。這種對殖民者文化的迷戀，反映出後殖民新歷史主義的作者，能夠更彈性地運用各種文化資源來建立小說中所需要的故事張力。

但這最後一章的分量較輕，讀起來像「後記」，反而是倒數第二章〈鬼域冥土〉，具有驚悚的閱讀效果。此章敘述重點是戰爭正式結束後，日本士兵卻大量感染傳染病而死亡，並出現雇工人就地製作棺材的淒涼場面。作者所創造的日本諸位士兵與軍官的對話，在此章並未形成多元觀點，反而是眾人一齊發出感嘆與傷逝之情。在文本外的真實世界，史書以及一般人對牡丹社事件的認知是這場軍事行動日方勝利，將清朝逼上外交談判桌，清朝提出鉅額賠款給日方，也結束清朝與琉球的朝貢關係，間接承認日方對琉球的控制權。

然而，從實際參與作戰的日本士兵來看，作者經由士兵的眼光，認為這是一場敗仗。他們從未看清楚蕃人的面貌、未正面交鋒、感染疾病而死於「鬼域冥土」。從書中一路鋪陳武士道精神，到此章悲劇性的淒涼氣氛，雖然不無諷刺侵入者下場的意味，但讀起來更多的是作者對武士與武士道精神的尊崇。做為原住民作家，巴代一方面打破受害情結與反抗精神這兩項臺灣歷史論述中的核心要素，創造出有謀略、有談判能力的原住民人物，並將清朝、漢人、日本軍人去妖魔化。同時，他模擬日本歷史人物，想像出報效國家的武士行為與精神，似乎流露出作者自身對武士道的嚮往，再將之折射為對原住民戰士的肯定。換言之，若抽掉日本武士的元素，原住民戰士顯得面

14　此處係指臺灣文學、文化、以及政治與社會領域，存在著對武士道精神的執迷與興趣，最明顯的例子是前總統李登輝先生。

貌模糊。

作者使用後浪推前浪的浪濤意象，將日軍的行動比喻為時代浪潮中看似前進、又終將後退的流水。這讓我們想到施叔青在《風前塵埃》一書中，以佛教的意象暗喻日軍進攻原住民部落及統治臺灣終究是「風前塵埃」，終將歸於虛無，但女人的情欲記憶卻殘存不消[15]。巴代同樣以浪濤的快速進退，讓日本帝國主義式的軍事擴張，被武士道哲學覆蓋，留下雖死猶榮的英雄主義頌讚。作者雖然不譴責日方的軍事侵略與殘暴行為，但是經由連接微觀的地方史與宏觀的世界史，讀者被帶往世界局勢的探索，而非個別人物的是非評價。

筆者將於下一節討論地方史與世界史的關係，並依據歷史事件發生之先後順序來分析，因此首先探討《暗礁》一書，其次是《浪濤》，第三是《最後的女王》。

三、地方史與世界史：大歷史邊緣的行動主體

長期以來，官方歷史的書寫著重政權的變異更迭、帝王將相的事業、個別英雄的崛

起與沒落；民間與地方上的小人物或者消失、或者出現於稗官野史與民間傳說。後現代與後殖民思潮的出現，使得大歷史與大敘述的重要性消退，出現書寫民間歷史的熱潮與挖掘底層人民的聲音。臺灣自八〇年代以來，歷史研究從中國中心轉成臺灣中心，又繼續帶動地方文史工作者探索範圍更小、主題更細緻深入的地方史。地方政府設置各種地方文學獎，也造成小說作家以地方史及地景地誌為寫作題材，形成後鄉土小說的書寫路線[16]。

巴代書寫的特點一方面呼應上述現象中對底層與邊緣發聲的重視，另一方面則重回大歷史，想像重要歷史事件發生過程中，小人物如何以其有所為與有所不為而發揮能動性，與大歷史匯流。不同於以往將地方視為被動地受外來大歷史的接受者，只能單方面被影響，巴代在這三本歷史小說中，讓地方史與世界史產生互動，互相影響。

---

15 施叔青，《風前塵埃》（臺北：時報，二〇〇八年）。

16 後鄉土小說雖然著重鄉土空間的重新想像，但也將時間空間化，帶入地方史的探索。參見范銘如，〈後鄉土小說初探〉，《臺灣文學學報》十一期，頁二一—四九；陳惠齡，〈「鄉土」語境的衍異與增生——九〇年代以降臺灣鄉土小說的書寫新貌〉，《中外文學》三十九卷一期，頁八五—一二七。

（一）《暗礁》：大歷史事件背後的日常生活

巴代在《暗礁》一書的後記指出，八瑤灣事件向來只是牡丹社事件的背景與舞臺（《暗礁》，頁一三六），沒有受到多一些關注，扮演著「原因」與「前情提要」的地位。而巴代則試圖想像意外與日常、劇變與常態之間的關係。

過往的史書或當代歷史教科書在描述八瑤灣事件時，甚少著墨於宮古島人上岸經過，僅以「數字」描述上岸結果：被原住民殺害。由此我們可看出，以漢人或日本人為觀點的歷史敘述，在涉及原住民時，一方面剝奪其主體位置，另一方面又賦予他們「殺人」的能動性，並將原住民視為究責對象。巴代認為重大歷史事件或一件殺人事件並非獨立發生，必有其發生的脈絡與過程。因此他以想像的方式，呈現遭受船難者心情的驚恐，以及原住民面對外來者時初期的態度是謹慎保守，防衛自己的領域不要受攻擊，而後則是以同情及友善方式接待宮古島人，最後又因語言不通與各項誤會導致「雙方」忽然拔刀互砍。殺人行動在此書中被描寫為原住民與宮古島人雙方都互砍，且不在雙方的預期中，而是在彼此誤會的狀況下，瞬間發生的武力衝突。

官方歷史記載著重在「原住民殺害宮古島人」，而巴代小說《暗礁》一書，鋪陳許多部落與外來者的互動，但實際的肢體衝突與意外殺人，只有四頁。此書與官方記載大異其趣之處如下：⑴不是一般人以為的原住民殺人，而是雙方互砍，是意外事件。⑵篇幅只占四頁，史書中記載原住民砍下許多人頭並帶走人頭，在小說中未提及。⑶意外的導火線是「了解」與「不了解」二者的綜合。雙方彼此語言不通，當宮古島人解釋自己為何背棄原住民友善接待而偷偷逃離現場，當野原提出說明，原本雙方言語不通，野原卻偏偏提到「關鍵詞」是原住民聽得懂的，反而引發殺機。這些關鍵字句是：

「我們都聽過臺灣殺人吃人的生蕃，我們無時無刻不感到極大恐懼」野原說。

「生蕃？」卡嚕魯聽懂了這一句，然後忽然暴烈地吼著：「我們生蕃怎樣？你們又多了不起，吃我們拿我們的你們感謝過嗎？呸！」（《暗礁》，頁二八二）。

這短短的對話，說明原住民固然不了解外族語言，卻充分了解各方對他們的誤解與刻板印象：「殺人吃人的生蕃」。如果沒有這句話的刺激，也許暴力就不會發生。巴代在三本小說中，都提起荷蘭人以來，各種外來者與原住民相遇互動的真實歷史事件。這些說明不只是提供歷史背景，也意味著原住民有豐富且成熟的對外互動經驗，並非一看到外來者就直接殺害。

根據歷史記載，高士佛社與牡丹社族人殺害宮古島人後，又將頭顱砍下，帶回部落，屍體則由當地漢人就近埋葬，形成頭顱與身體易位的狀態。日後日軍侵臺（牡丹社事件），輾轉尋找這些頭顱，並設法帶回琉球。日方經由重新取得頭顱擁有權與祭祀權，藉此宣示死者乃是「日本人」，奠定日方替國民報仇的正當性。上述這些真實且戲劇化的過程，不論是《暗礁》或是《浪濤》都沒有提及。《暗礁》一書絕大部分在鋪陳原住民及宮古島人日常生活的細節，而《浪濤》則注重日本軍方的攻臺動機、策略、軍事過程、外交談判結果。巴代避開尋找頭顱的情節，可能是不願意強化讀者「原住民出草」的刻板印象。

正因為牡丹社事件在臺灣史與日本史上都具有重要地位，「原住民殺人出草」似乎是理所當然的「原因」，巴代需更費功夫去化解單一的因果關係，將歷史重新理解為「意外與日常」二者的擦撞火花。他對日常生活的描述包括自然環境之地理地形、動物、昆蟲、植物，原住民的住屋、排灣族鼻笛吹奏、青年男女的求愛過程、婚姻制度、部落公共事務。其中鼻笛部分就用掉整章（第十四章），此章不只描寫鼻笛音樂的美妙，更包括所吹奏的曲調涉及多年前祖先率領族人遷移的歷史。由此處我們可看出原住民對歷史的看法與再現方式與漢人大為不同。若說歷史必然是「敘事」，那麼音樂具有「敘事」的功能嗎？音樂如何成為訴說遷移史的載體？這方面巴代並未進一步說明。

日常生活並不意味著部落處於孤立且靜態的狀態。藉由幾個主要原住民人物的對話，巴代表達出這些人對外界事物的好奇，亟欲求取新知識與新技術，例如耕種、貿易、漢語，但又擔心過多外來影響損及部落的核心價值觀。主要人物之一阿帝朋說道：

> 「嗯，別說海上了，就算在陸地上，隔個山，我們恐怕也弄不清楚那些在卑南覓的卡地步人怎麼活著，北方那些已經占據平地的百朗真正是怎麼過生活的，只能猜測或聽說來著。不同的族群總要有個接觸、溝通、交往，才有可能進一步的認識啊。」（《暗礁》，頁七四）。

同時，他們也擔心與漢人互動學習可能帶來無窮的欲望：

「他們更貪婪[17]，想要擁有更多的物品。但是，一旦我們的欲望變成他們一樣無窮無盡時，我們就得學他們，就需要他們。」—（《暗礁》，頁九一）。

也許對許多讀者而言，《暗礁》一書過於平淡，缺乏戲劇性高潮與張力，且殺人經過又只有短短的四頁。正因為如此，我們更加有機會反思被視為理所當然的歷史思考方式：我們需要一個「事件」來當成複雜歷史過程的「原因」，這個事件往往被實體化而失去本應是多重面向的權力關係及語言溝通的運作。單一化的歷史思考把事件賦予一個主詞與受詞。原住民（生蕃）是主詞與加害者，事件是殺人，宮古島人是受詞與被害者。主詞是文法上的一個位置，它未必保證發言權與主體性。巴代小說的特點，就是把單一歸因的歷史事件之主詞找出來，賦予原住民發言、想像、行動的主體。這個主體不見得是特定個人，而是一群人，在對話過程中展現他們的視野、立場、生命經驗、政治判斷、愛情歷練。當我們能把原住民視為主體——而非殺人的主詞，那麼關於他們的整體生活就不只是遇到宮古島人並將其殺害，而是生活中的所有歷練。

《暗礁》一書似乎不像歷史小說，但其實此書可以挑戰「歷史是什麼？」的探問。歷史離不開人、活動、時間之流，巴代詳細再現了原住民身為人的價值與尊嚴，他們猶如水面下的珊瑚礁，肉眼只可見到水面上的一小部分，而其實整個浸潤海底的珊瑚礁形成生態系，支持跨物種的交流與共生，形成筆者所謂的「暗礁主體」。

暗礁有什麼特色？將原住民視為暗礁主體又是什麼意思？暗礁具有下面五項特質。首先，礁岩高低起伏，藏在海平面以下，隔著一段距離肉眼無法看見暗礁。其次，海平面下降或是觀視者潛入海中，就可以看到。第三，暗礁並非只是岩石，而是廣義的珊瑚礁，本身即是一個多物種共存的生態系，有岩石、魚蝦貝類、海藻、微生物等。甚至，過去的沉船，也是這個生態系的一部分，訴說人類航海史的貿易史，以及海難造成的殘骸形成的類礁岩狀態。第四，珊瑚礁代表重層的時間性。已經死去的珊瑚礁如同祖先，與現在活著的珊瑚共存，也聯繫到不斷改變中的未來生態系，因此是過去、現在、未來三種時間共存。最後，暗礁本身存在於那裡，人類及其搭乘的船是行動主體，因為要航海，然後遇上颱風或是水手經驗不足而撞倒暗礁。人們的認知與陳述卻將因果關係顛

---

17 此處「他們」指「百朗」，也就是漢人。全書很少讓漢人直接出場發言，而是出現於原住民彼此對話中。巴代這三本小說讓漢人以不在場的方式被原住民提起，並以簡潔的對話表達原住民對漢人的看法：不誠實、狡猾、陰險。

倒，變成「暗礁」造成船隻擱淺或翻覆，暗礁成為加害者與歸咎對象。

由此延伸出的暗礁主體扣合著上述特色，筆者提出以下詮釋：原住民主體長期在臺灣被漢視忽略，有如海平面下的礁石。藉由觀視者的「浸潤」[18]，將自己往海裡投入，才可能看到暗礁。原住民的生活與大自然緊密結合，自然本身以及和原住民的關係就是原住民的文化與知識系統，因此主體並非西方個人主義式的單獨個體，而是與周遭動植物形成的跨物種的互動。原住民的祖先乃至於族群起源神話，都存在於說故事的當下，而原住民日常生活都與祖先維持密切互動。由回溯傳統與文化復振運動，都指向未來原住民文化與傳統的協商與更新。暗礁並非孤立存在，海難帶來外來的人與物，訴說著暗礁主體與外界的相逢。最後，由八瑤灣事件、牡丹社事件，及歷次與原住民相關的歷史事件，外來的侵入者並不想為自己的航行負起全責，而將意外與傷亡說成是「原住民殺人」。若是以原住民為在地的主體，外來者侵入他們的領域，而他們盡力提供食宿，最後仍因誤會而造成雙方傷害。巴代經由小說書寫，翻轉了「生蕃殺人」的固定敘事。

「浸潤」或是「沒入水中」這樣的概念昭示著水與陸的連續體，也可以超越自我與他者的對立。擁抱新的暗礁主體意味著：一個跨物種、結合自然與文化、集體與個人、傳統與現代的存有。暗礁起起落落，很難指認「一個」或「兩個」岩石，其時而綿延、時而斷裂的狀態，揭示當代原住民主體生成過程與各種文化及臺灣的歷史與社會脈絡互相鑲嵌的過程。

排灣族住在山上，對海洋並不熟悉。經由真實的海難事件，以及想像這些事件中原住民的角色，巴代將排灣族帶往海洋、潛入海水下面。這個海洋的轉折，呼應臺灣文化論述從本土論的土地想像到海洋想像的變化過程。巴代又進一步將海洋論述帶向「海平面以下」、「浸潤」、「潛水根」的面向。大家都知道，夏曼·藍波安早就在上一世紀九〇年代就描述了潛水到海底的經驗，巴代的特色與貢獻在於他將海平面以下的暗礁由寫實帶向寓言的性質。這是一則關於臺灣的寓言，也是關於地方史、國族史、世界史的寓言。

---

18 德蘿蕾（Elizabeth DeLoughrey）在其論文中介紹浸潤（immersion）的概念，她提出「海平面以下」的研究觀點，從而激發筆者提出「暗礁主體」。DeLoughrey, Elizabeth, “Submarine Futures of the Anthropocene”, Comparative Literature, vol. 69, no. 1 (2017), pp. 32-33.

（二）《浪濤》：牡丹社事件與國際公法下的民族國家

大多數臺灣民眾與中國民眾都知道甲午戰爭，這可能被視為臺灣歷史上最關鍵性的事件。其實在更早之前，一八七四年的牡丹社事件——日方稱為「征臺之役」，日本第一次進軍臺灣攻擊原住民部落，臺灣命運從那時就開始走向一個新的階段，成為日本覬覦的對象，而清朝也在牡丹社事件後加強對臺灣的防守與建設，並採取「開山撫番」的政策。這次的征臺之役受直接影響的原住民只有牡丹社與高士佛社，其他番社保持中立。此役對日本意義更重大，因為它是日本明治維新實施軍隊國家化與現代化之後的第一次對外進軍，也是日後日本走上擴張主義的開端。

而日本進軍臺灣的理由，就是發生於一八七一年的八瑤灣事件，也就是《暗礁》一書的內容。與其說宮古島島民被殺是「起因」，一八七四年日軍征臺是「後果」，不如說，日本在明治維新的過程中，將自身由地方諸侯統領的封建幕府時代與鎖國時代，改造為現代國家，以「萬國公法」來理解國際關係與主權國家。汪暉曾在分析琉球歷史時，提到明治維新後日本如何經由對國際法的理解與實踐，成功將琉球脫離清朝朝貢國地位而成為日本的一部分[19]。日本經由聲稱替被殺的琉球人討回公道——且琉球人是日本人，成功地實驗一場國際關係的改造。這場實驗，就是把朝貢藩屬關係轉化為萬國公法中具有主權的民族國家之間的關係。清朝被迫在此次事件中放棄傳統朝貢藩屬關係，將自身的傳統帝國重新理解為主權與治權合一的民族國家。

琉球歷史悠久、漢化頗深，明朝時是明朝的朝貢國，清朝時繼續維持朝貢國地位，以此關係成為東亞海上貿易的重要轉運站。十七世紀薩摩藩崛起後，勢力介入琉球群島，琉球也成為日本的朝貢國。在傳統的東亞國際秩序下，琉球這樣的「兩屬」地位並不矛盾。朝貢關係固然有上對下的階序差別，但上國並無對下國具有「主權」宣稱。清朝一國與多個朝貢國的關係是親疏遠近、有彈性與模糊的關係，統治樣態多元化，內外的區分不似近代民族國家那麼明顯。而近代民族國家則具備清晰的國界線與主權，內外區分具有剛性特質。不論是朝貢關係的琉球，或是臺灣東部的「生蕃」，對清朝而言都不具有清楚的內外區別並依各屬地特性有不同治理方式。比如清朝一方面宣稱擁有全部臺灣領土，又因為生蕃具有自己的風俗習慣，因此乃「化外之民」，不受清朝統治。

19 汪暉，《亞洲視野：中國歷史的敘述》（香港：牛津大學，二〇一〇年），頁一九六－二〇一。

薩摩藩在十七世紀侵略琉球，後來逐漸增加對琉球的掌控，這種實質上的控制，仍然不具有現代國家體系下所稱的琉球屬於日本「內部」。經由宮古島人被殺，日本得以宣稱宮古島／琉球群島屬於日本，接下來以戰爭為手段，最後用外交手段與擬訂條約讓清朝放棄與琉球的朝貢關係，日本再將琉球併吞，使得琉球成為實質上與法理上日本的一部分。這整個過程，是日本扭轉傳統的朝貢關係，以「國家主權」的概念來處理琉球，並運用「萬國公法」的國際法概念與清朝談判[20]。

宮古島人被殺的八瑤灣事件，若非數年後日軍進攻臺灣南部，這次的原住民與外來者的「相逢」就沒有特殊意義了，也難以稱為「事件」。讀者從巴代的寫作中已可得知，從荷蘭人以來，原住民已經跟外來者「相遇」很多次。原住民與外來者的接觸，除了荷蘭人、宮古島人、日本人，還有英國人與美國人。當然，最頻繁且密切的是漢人移民與清朝官員。漢人定居下來，與原住民通婚，起初漢人是番社內的少數人口並融入部落文化，久而久之，經由與頭目女兒結婚取得土地與領導權，給部落帶來重大且深遠的改變。前述的歐美人士與宮古島人，則是發生船難、船隻擱淺而上岸。十九世紀美國船隻羅妹號於臺灣南部擱淺，船上人員上岸遭原住民殺害，美國也曾派軍艦入侵，軍事攻擊結果並不順利，最後由美國外交官李仙得與原住民部落簽訂協定，保證以後船難上岸的外國人能受到保護。此次事件清朝並未介入，而十九世紀美國對於亞洲，也許因為遠隔重洋，尚未採取計畫性的軍事侵略與長期占領的政策。上述的美國軍隊登陸臺灣只是一時的行動，不如日本的「征臺之役」具有以軍事為目的達成外交談判的長期意義。在此次征臺之役，日本軍方雇用美國外交官李仙得為顧問，還邀請美國記者豪士隨同報導，豪士之後寫成《征臺紀事》一書[21]，讓整個事件不單是東亞區域日本與清朝的衝突，同時也涉及英美等國對此事件的態度。例如英國對日軍征臺起初採觀望態度，後來擔心戰爭影響東亞貿易，改為反對，並禁止英國航業界租借船隻給日本。《征臺紀事》一書為巴代寫作的重要參考依據，書中許多場景取材自此書[22]。

對於地處東亞的日本而言，明治維新後確立自身為民族國家，再以萬國公法的概念，搭配清朝認為臺灣生蕃為化外之民，得以讓日本視臺灣東部為無主之地而加以占

20　同註十九。

21　House, Edward H., The Japanese Expedition to Formosa (Tokio: [publisher not identified], 1875). 中譯本參見註八。

22　例如《浪濤》一書中，日軍與部落頭目伊瑟見面會談的場景。參見《浪濤》，頁二七六。

領。雖然戰爭後與清朝的外交協商讓清朝保留臺灣主權，卻也得以讓日本迫使清朝中斷與琉球的朝貢藩屬關係，同時把琉球人視為日本人，於一八七二至一八七九數年間正式併吞琉球，設立沖繩縣。在十九世紀西方帝國主義的脈絡下，將自己的政體視為「民族國家」，被想像成由同一的民族、語言、文化所構成的具有明確邊界及主權的民族國家。但擴張性的帝國主義其實是西方民族國家的另一面，以侵略或訂定條約的方式建立與亞洲、非洲的關係。在萬國公法的形式中，國與國的關係是平等的，但建立條約之內容卻是不平等的。相反地，在清朝的朝貢體系中，清國具有上位而朝貢國是附屬地位，形式上的階序格局帶來的也許是互惠的內容。在清朝朝貢體系下，琉球享有實質的獨立自主地位。牡丹社事件後，琉球失去獨立自主，被日本併吞。日本曾是西方條約的受害者；經過明治維新後的國力躍增，日本也想要效法西方這種「不平等的平等」，以主權國家與民族國家的概念來定義自身以及日本與清國的互動。琉球人被定義為「日本人」，日本政府有正當性替他們復仇，清國在牡丹社事件後續的談判中，提供金錢賠償，放棄琉球為其藩屬國，並暫時保住對臺灣的主權。

（三）《最後的女王》：東亞政治秩序的重組

有別於臺灣主流歷史書寫中的抗日史觀，《最後的女王》描述甲午戰爭次年（一八九六年），臺東卑南族如何協助日軍登陸臺灣、趕走清軍。當時的部落「領導人」是卑南族女性陳達達[23]，巴代以平實手法描述陳達達為了部落生存而與各種不同的勢力結盟。「部落中的眾人」是本書的主角，而非陳達達個人。這樣的敘事法未將陳達達英雄化或神格化，凸顯原住民部落的公共事務乃是集體決策的過程。

巴代在此書後記表示，他從小喜愛歌仔戲、布袋戲、京劇等地方戲曲，更深深為京劇中的女將軍「梁紅玉」一角著迷。後來他有機會看到陳達達的史料，因而決心以她為主角，寫出巴代自青少年起就有的「女英雌」崇拜，把陳達達看作是卑南族的「梁紅玉」（《最後的女王》，頁二六五－二六八）。儘管作者自陳其英雌崇拜，身為讀者與研究

23　卑南族的領導方式是以「巴拉冠」會所組織進行集體領導，而非單一的頭目，本書出現的「女王」並無統治實權，詳見本文稍後段落。

者，筆者認為巴代致力於描寫族群關係中的權力糾葛，陳達達並未被歌頌為權力無邊、武功蓋世，反而在當下的原漢關係及原住民本身的部落關係中，受到許多限制以及為突破限制而做出的謀略。這樣的呈現方式更能顯示歷史的複雜，遠勝對主角歌功頌德，誇大其威力。

甲午戰爭是日本於明治維新後第一次對別國的正式宣戰，並以現代化的軍隊作戰。當時的清朝尚無由國家統一徵召、訓練、領導的軍隊，而是由個別政治強人所徵召的地方武力，因而有湘軍（曾國藩領導）、淮軍（李鴻章領導）等稱呼。日本在幕府封建時代，負責作戰的武士也同樣是聽命於特定將軍。從幕府時代到明治維新的轉型過程中，武士階級被廢除，形成社會上一群失業的人，造成社會動盪不安。西鄉從道為了管理這群人，想出征臺計畫，讓這群人有報效國家的機會。因此，征臺之役乃是現代化國家軍隊與下層武士的混和。《浪濤》一書也花費許多篇幅描述武士的心情。這種新舊軍隊雜混的情形，到了甲午戰爭已不復見，日本展現國家統一後軍隊管理的現代化，而儘管清朝花錢購買西方軍艦與各式武器，卻沒有現代化的軍隊制度。根據西方學者龍恩（Stewart Lone）的看法，甲午戰爭不只是日本與清國兩個國家的戰爭，更是日本有意識地在西方強權面前展示自己的實力，日本戰勝清朝也改變了東亞的政治秩序[24]。

不管是中國史觀還是臺灣史觀，對甲午戰爭後日軍登臺的後續發展，都抱持抗日觀點，以記錄史實的方式記載苗栗客家人吳湯興等人的抗日事蹟，這群人也成為愛國精神下的英雄。而這種抗日史觀也讓大眾對甲午戰爭的認知停留在「這是日清兩國的戰爭」，忽略日本向西方展演自身實力的戰爭企圖。主流史觀不只強調抗日，也隱含著漢人中心與男性中心的盲點。巴代在《最後的女王》一書，打破漢人中心與男性中心的抗日史觀，提出三重的解構與重構：從抗日轉而協日，以原住民為中心，把被淹沒的女性人物重新帶入文學與歷史的舞臺。

李喬所寫的電影劇本《情歸大地》[25]，正好與《最後的女王》形成強烈對比。《情歸大地》以乙未戰爭中客家抗日英雄吳湯興為主角，女性的角色不是母親就是妻子，她們擁有堅毅的力量支持男性的抗日行動。女性總是以大地之母的形象出現，不惜犧

---

24 Lone, Stewart, Japan's First Modern War: Army and Society in the Conflict with China, 1894-95 (London: Palgrave, 1994), pp. 4-5.

25 李喬，《情歸大地》（臺北：行政院客家委員會，二〇〇八年）。

牲自己來成全丈夫或兒子的行動。劇本中出現的閩南人，即使剛開始嘲諷抗日行動者的天真不切實際，最後也都被民族精神所感召，投入抗日行動。在抗日英雄主義的歷史想像中，日軍的形象是殘酷而邪惡的。這個劇本因而擁有二元對立的「好人對抗壞人」的價值觀。

當我們將焦點放在乙未戰爭與客家人抗日事件，我們看到的是單一事件，而非臺灣這塊土地上延續性的日常生活與巨變二者的交織互動。甲午戰爭之前的重大事件是「牡丹社事件」，這種以重大事件為中心的歷史敘事法，使得歷史由一個個單獨的「點」所構成，每個「點」有其主角與配角，歷史的本質容易流於單一面向或同質化。《最後的女王》不只是以原住民為中心，提出原住民協助日軍登臺的另類歷史，同時也打破單一事件的歷史觀點，從多族群互動的觀點描述人民的日常生活。在此書中，以及另外兩本，原住民從來就不是以純粹的、獨立自主的方式出現，而是在多重族群互動關係中顯現。書中一開始的楔子就以全知觀點介紹卑南族曾與荷蘭人合作尋找金礦，又利用荷蘭人之外來勢力讓自身成為區域性的領導者。清朝期間在林爽文事件中協助清軍，族人因而受清朝皇帝召見，並賜予皇室冠服。從這個開頭，讀者就可清楚得知，卑南族以自身部落的生存與壯大為優先目標，外來者既非仇人，也非效忠對象，而是因勢利導，並無一貫的對外政治立場。

當漢人史觀頌揚客家抗日英雄之時，巴代卻告訴我們，在一八九六年的臺灣東部，由於島上的清軍尚未完全撤離，因缺乏薪資與糧餉而劫掠卑南族部落，卑南族之「彪馬社」為了自身的生存而與日軍合作，對抗清軍。這不只是「抵抗／協力」二種史觀之差異，更牽涉到「歷史性」的本質。《情歸大地》以及許多主流書寫關注於單一事件，外來者是侵略者與加害者，本地人則是受害者與反抗英雄。在《最後的女王》一書，原住民數百年來就與荷蘭人、漢人、日本人互動，在此互動中有時是受害者，有時則利用外來勢力的槓桿操作，增加自己在原住民區域的影響力。「原住民族」不是一個同質化的群體，而是許多小單位團體依循血緣、遷移、通婚、貿易、戰爭、疾病等諸多因素而動態地組合。

《最後的女王》一書，不只是對既定的歷史書寫提出「補遺」的作用，而是從原住民出發，啟動我們去觀察多重權力關係在歷史形成過程中複雜的糾葛。筆者提議「以原住民為研究方法」，由此看出臺灣與世界的互動。原住民一方面被包括在臺灣之內，另一方面又因為語言屬於南島語系，所以又超出臺灣之外。原住民長期位於社會最底層，歷次政權更迭中，當權者以其原住民政策來確認統治界線的有效性，因此從原住民出發，可以啟動最具活力的研究進路。甲午戰爭扭轉了西方對日本的看法，也牽動整個東亞局勢，宣告日本帝國主義登上世界舞臺，與西方帝國主義並列，更預告了日後韓國與臺灣殖民與抵殖民的歷史發展。

若把李喬《情歸大地》與巴代《最後的女王》比較，前者並未讓我們了解一八九五年之前的臺灣漢人之日常生活樣貌，也無法讓我們了解是怎樣的社會脈絡與動力造就苗栗客家庄吳湯興的英勇抗日，更不用說放棄抵抗，甚至主動迎接日本軍隊的漢人，其動機與心態為何？當漢人抗日的歷史觀點成為主流，歷史也跟著簡化為「事件」，有了加害者與受害者、英雄與惡棍。巴代歷史小說呈現出原住民族內部的異質性，即使同屬於卑南族，不同領導家系仍互相競爭，並視每個特定狀況而與其他部落或其他族群結盟。巴代小說的歷史性在於把單一重大事件當作許多貿易網絡、族群互動關係網絡、文化交流網絡的「節點」（nodal points），而非一個個孤立的點。這些網絡呈現出原住民的日常生活、行為模式、決策模式、權力關係，使得歷史具有多重因果關係與多重結果。

四、結語：以建立發言主體超越悲情與受害者身分

巴代這三本歷史小說乍看下以單一時間線與寫實的方式呈現小說主題與內容，讀來不免有枯燥之感，與著重後設敘述與多層次時間的後現代、後殖民新歷史主義小說差異甚大。然而，巴代善於營造多重人物的視角，並以對話方式讓不同背景、不同身分的人物表達其觀點。他一方面讓原住民掌握發言權，另一方面也讓對立的他者有說話的權力。《暗礁》平行呈現出牡丹社／高士佛社的觀點與宮古島人的觀點，二者各自想像對方，這樣的想像是否符合現實？此書因而探問一個認識論的議題：「人與人之間的了解如何可能？」作者把主流歷史上簡短的一句「原住民殺人」及此句話背後的究責意味，翻轉成原住民日常生活的所思所感，讓原住民成為具有思辯能力的知識主體，而最關鍵的殺人行動在此書中只以寥寥數頁呈現，讓讀者把單一的殺人事件重新理解為跨文化與跨語言兩群人的相遇與誤解。而「暗礁」不只是讓船撞毀的石頭，更寓意海平面以下珊瑚礁生態系，使得原住民主體猶如暗礁，必須浸潤於水中方可理解其豐富性。

《浪濤》一書描述牡丹社事件，此書不似《暗礁》呈現平衡的兩方觀點，反而略微失衡，以較細緻的方式呈現日本下級武士的心情、抱負、用武的哲學，透露出作者對武士

道的著迷。此書也呈現出當地人(包括漢人與原住民)在當時的社會脈絡下,並無「日軍要入侵臺灣」的概念,而是密切關注日軍的一舉一動,盤算自己的利益是與日軍合作或是對立。書中也顯示軍事行動只是外交談判的前置手段,真正的戰場是外交。作者因而寫出許多當時知名的日本政壇人士,如大久保利通、樺山資紀等人,還有美國人李仙得及最後參與調停日、清二國、協助雙方訂定條約的英國大使威妥瑪(Thomas Francis Wade)。原住民並非國際關係中一枚被動的棋子,相反地,原住民經由作戰、躲避、簽約等各種方式保護自己的家園。

《最後的女王》是此三書最早出版的一本,巴代尚未在此書發展出不同族群的多重對話位置。他以第三人稱全知觀點交代卑南族與荷蘭人、清廷官員、漢人移民的互動,讓讀者充分了解原住民文化的混雜性。此書的對話仍然值得一提,主要是彪馬社內部成員的對話,包括西露姑女王的漢人丈夫陳安生及陳達達女王的漢人丈夫張新才,也就是融入原住民部落的漢人及其「內部性」與「外部性」的雙重特質。此書也呈現出「女王」乃是文化翻譯的結果,讓我們了解到原住民文化、親屬組織、政治組織、部落定義乃是不斷變遷的過程。

巴代的小說重新詮釋歷史大事件,並將這些事件放在日常生活中無數小事件所堆積的行動法則。小人物與歷史邊緣的人物並非被動地接受外來的大事件，而是依循當下自身所處脈絡來理解互動者，從而做出判斷與行為。這些判斷與行為又進一步被對方了解或誤解，然後繼續做出回應(或不回應)。歷史是由各種不同結構位置的行動者共同建構而成，也可能日後被遺忘，然後又重新被發現。巴代的小說超越原住民的悲情與受害者身分，以同理心編織跨文化、跨語言、跨種族的互動網絡。透過原住民，我們才能真正了解臺灣歷史的錯綜複雜，以及其不斷開放、容納新觀點的特質。我們不再是單獨研究臺灣本身，而是經由巴代的小說及當代史學者、文史工作者的集體努力，看見臺灣本身就是世界史與東亞史運作的舞臺。從西方傳教士、探險家、外交官，到清朝官員、宮古島商人、日本軍隊，臺灣展現出全世界經貿活動與外交軍事力量在這個舞臺的競逐，並認識到原住民在此競逐過程中，策略性的與各種團體結盟，成為歷史舞臺上的重要角色。

參考資料

不著撰者　〈以「小說」寫史?——巴代《最後的女王》的小說技術商榷〉，http://anonymousreaders.logdown.com/posts/304088；檢索日期：二〇一五年十月十一日。

巴代　二〇一五年，《最後的女王》，臺北：印刻。二〇一五年，《暗礁》，臺北：印刻。二〇一七年，《浪濤》，臺北：印刻。

李喬　二〇〇八年，《情歸大地》，臺北：行政院客家委員會。

汪暉　二〇一〇年，《亞洲視野：中國歷史的敘述》，香港：牛津大學。

邱貴芬　二〇〇五年九月二十日，〈原住民需要文學「創作」嗎?〉，《自由時報》E7版。

施叔青　二〇〇八年，《風前塵埃》，臺北：時報文化。

范銘如　二〇〇七年，〈後鄉土小說初探〉，《臺灣文學學報》十一期，頁二一至四九。

陳文德　一九九九年，〈「親屬」到底是什麼? 一個卑南族聚落的例子〉，《中央研究院民族學研究所集刊》八十七期，頁一至三九，臺北：中央研究院民族學研究所。二〇〇三年，〈民族誌與歷史研究的對話：「卑南族」形成與發展的探討為例〉，《臺大文史哲學報》五十九期，頁一四三至一七五。二〇一四年，〈文化產業與部落發展：以卑南族普悠瑪(南王)與卡地布(知本)為例〉，《考古人類學刊》八〇期，頁一〇三至一四〇，臺北：國立臺灣大學人類學系。二〇二〇年，《從社會到社群性的浮現：卑南族的家、部落、族群與地方社會》，臺北：中央研究院民族學研究所。

陳建忠　二〇一八年，《記憶流域：臺灣歷史書寫與記憶政治》，臺北：南十字星。

陳惠齡　二〇一〇年，〈「鄉土」語境的衍異與增生——九〇年代以降臺灣鄉土小說的書寫新貌〉，《中外文學》三十九卷一期，頁八五至一二七，臺北：國立臺灣大學外國語文學系。

邱貴芬、陳芷凡

〈當代臺灣原住民族文學〉

邱貴芬

美國華盛頓大學比較文學博士，國立中興大學臺灣文學與跨國文化研究所榮譽教授。曾任國立中興大學臺灣文學與跨國文化研究所講座教授、國立清華大學臺灣文學研究所教授、臺灣文學學會理事長、中華民國比較文學學會理事長、高教評鑑中心理事等職。

著有《臺灣文學的世界之路》、《看見臺灣：臺灣新紀錄片研究》、《後殖民及其外》，合編 The Making of Chinese-Sinophone Literatures as World Literature 等中英文論文集多部。

陳芷凡

現任國立清華大學臺灣文學研究所／人社院學士班副教授、清華大學原住民資源中心諮詢委員、清大人文社會學院「世界南島暨原住民族中心」執行委員。

曾任國立清華大學臺灣研究教師在職專班主任、北京中國社科院民族文學所訪問學人、山海文化雜誌社編輯。研究領域為族裔文學與文化、臺灣原住民族文獻、十九世紀西人來臺踏查研究。

著有《臺灣原住民族一百年影像暨史料特展專刊》、《成為原住民：文學、知識與世界想像》；主編《臺灣文學的來世》；共同編著有《The Anthology of Taiwan Indigenous Literature：1951-2014》。

本文出處：改寫自"Indigenous Literature in Contemporary Taiwan" in Taiwan's Contemporary Indigenous Peoples, edited By Chia-yuan Huang, Daniel Davies, Dafydd Fell. London and New York: Taylor & Francis. pp. 53-69.

當代臺灣原住民族文學

一、前言

原住民族文學在一九八〇年代初出現，乃當時原住民族運動的一個分支。本論文提出了一個兩階段的時間分期，來描述原住民族文學自一九八〇年代出現以來的發展軌跡，並試圖界定各個階段原住民族文學的特色。本文認為，第一階段（一九八二年至二〇〇〇年）的原住民族文學以「原汁原味」為主要訴求，常見的主題包括尋根、搶救失落或瀕危的原住民文化遺產、原住民族文化復振，以及對主流文化的抗拒。而第二階段（二〇〇〇年以後）的原住民族文學則趨向一種揉合「世界感」（cosmopolitanism）的原住民書寫，雖然持續第一階段原住民族文化復振的關懷，但似乎更注重如何通過新的說故事的方式來重新創造原住民文化的再生，以因應文化生產和消費環境的快速變化所帶來的新挑戰。

二、原住民族文學與原住民題材文學：定義

由於「原住民族文學」的定義隨人而異，我們採用 John Balcom 在臺灣原住民族文學選集（Indigenous Writers of Taiwan: An Anthology of Stories, Essays, & Poems, John Balcom ,2005）的談法，區分原住民題材文學（aboriginal literature）和原住民族文學（indigenous literature）。Johan Balcom 把「山地文學」界定為「原住民題材文學」，意為「非原住民作家所寫的有關原住民的作品」，而「原住民族文學」這個概念特指「原住民作家創作的作品」（Balcom，二〇〇五年，頁 xix）。過去原住民文化並沒有文字紀錄，而是通過口述故事和吟唱此類的口頭傳承來表達和傳播。在一九八〇年代之前，原住民作家創作的文學作品稀少，陳英雄的短篇小說集《域外夢痕》（一九七一年）和曾月娥的文學報導《阿美族的生活習俗》（一九七八年）可算是少數的原住民作家的文學作品。因此，原住民族文學堪稱一個當代現象。

三、臺灣原住民題材文學

原住民和其文化在十七世紀開始出現在非原住民作家的作品中；在十七世紀漢人作家和荷蘭傳教士的著作中，可看到一些最早對臺灣原住民的描述。在日本統治時期（一八九五—一九四五年），日本作家和臺灣漢人作家也產出一些有關原住民文化、歷史的作品。一九四九年，臺灣由國民政府接管以來，非原住民作家對原住民文化和歷史仍然保持高度興趣，客家作家鍾理和的短篇小說〈假黎婆〉（一九六〇年）、詩人陳黎的獲獎詩作〈福爾摩沙，一六六一年〉（一九九五年）和自然作家王家祥在一九九〇年代所發表的數部歷史小說，為其中較凸出的作品。原住民題材文學可說是臺灣文學裡的一個重要區塊。

一九八〇年代堪稱一個分水嶺，原住民學運動促使許多原住民開始透過文學創作表達原住民的心聲和觀點。當時的原住民族作家從獨特的原住民視角探討原住民族議題和歷史。經過四十年的發展，這些文學作品逐漸形成了一個具有特色的臺灣原住民族文學傳統，原住民族文學經典也逐漸產生。

四、原汁原味的原住民族文學時期：一九八〇—二〇〇〇年

一九八〇年代以來，臺灣原住民族文學的發展大致可以分為兩個階段：第一階段從一九八四年到二〇〇〇年，第二階段約始於二十一世紀初。一九八〇年代可說是臺灣社會運動風起雲湧的時代，這些運動促使政府於一九八七年宣布解除戒嚴（Hsiao and Kuan，二〇一六年，頁二五四），當時原住民族文學的興起與原住民運動的發展息息相關。紀駿傑認為，這是臺灣原住民首次提出了全面的權利主張：包括文化認同權、使用原住民語言的權利，以及擁有原住民土地和資源的權利（Chi，二〇一六年，頁二七〇）。

一九八三年，由臺灣大學四名原住民學生創辦的《高山青》雜誌，開啟了臺灣的原住民運動。《春風》詩刊在一九八四年也首次推出了原住民族文學特輯，此後，《山外山》（一九八四年）、《獵人文化》（一九九〇年）和《山海文化》（一九九三—二〇〇〇年）等文學雜誌推波助瀾，進一步推動原住民族文學的發展。這些原住民刊物的主要讀者為原住民作家、社運人士和非原住民族的社會運動者。一九九五年，《山海文化》設立了「原住民族文學獎」，成為原住民作家的一個重要文學平臺。同時，拓拔斯·塔瑪

匹瑪、莫那能、瓦歷斯．諾幹、孫大川和奧崴尼．卡勒盛等原住民族作家，也透過《中國時報》和《聯合報》等主流媒體的文學獎項，在臺灣文壇嶄露頭角，成為原住民族作家與非原住民讀者之間的溝通橋梁。許多原住民作家在這一時期所發表的創作，至今已經成為臺灣原住民族文學的重要經典作品（陳芷凡，二〇二二年）。

紀駿傑討論原住民族運動的意義，提出了兩個重要觀點。首先，原住民族的權利對於建立多元民族、多元文化的臺灣國民意識至關重要（二〇一六年，頁二七七）。此外，原住民族的自治訴求，有助於把臺灣界定為一個和中國不同的獨立國家（Chi，二〇一六年，頁二七七）。邱貴芬在二〇〇九年的一篇英文文章中也指出，原住民作家對原住民身分的重新認識與臺灣人對本土的重新認識相契合，鑄造出獨特的臺灣身分（Chiu，二〇〇九年，頁一〇七三）。因此產生了一個極其獨特的弔詭：原住民性（indigeneity）不僅在臺灣的多元文化中代表著一種文化異質性，它也被視為臺灣本土性（Taiwaneseness）的象徵，乃臺灣「自我」的核心部分（Chiu，二〇〇九年，頁一〇七五）。這樣既是他者又是自我的弔詭，讓原住民在「臺灣身分認同辯證」和「多元文化社會發展」裡占據獨特而無法取代的位置。解嚴之後，原住民性和臺灣身分之間的相互作用，是解嚴後原住民族文化在臺灣政治和文化脈絡裡扮演重要角色的一個重要原因。

一九八〇至二〇〇〇年間，在臺灣特殊的歷史背景下，原住民作家通過一系列知名文學獎項的肯定（如中國時報文學獎、聯合報文學獎、吳濁流文學獎等），迅速獲得了臺灣文壇的認可。從拓拔斯．塔瑪匹瑪在一九八六年以《最後的獵人》獲得吳濁流文學獎開始，原住民作家在臺灣文學創作領域扮演了重要的角色，他們的作品不僅登上原住民族文學代表作品名單，也進入了臺灣文學典範。

在原住民族文學的第一階段，去漢化和取回原住民族種種被剝奪的權利（包括姓名、語言、文化習俗、土地等等），堪稱當時原住民族文學的兩大重點議題，這些思維也反映在當時原住民族文學的創作中。此階段原住民族文學創作的特點大致如下（孫大川，二〇〇三年；瓦歷斯．諾幹，二〇〇三年）：⑴採用漢文與原住民族語混雜的文學語言，在漢文敘事裡帶進原住民詞彙；⑵這樣的文體具有類似以漢文翻譯原住民文化的寫法，使得句式與表達上充滿矛盾與瑕疵，這種閱讀障礙凸顯原住民族文化無法為漢語收編的異質性；⑶民族誌式的族群文化描繪；⑷召喚原住民族文化記憶與傳統；⑸原住民作家使用第一人稱來標示自己的主體位置。

當時原住民族文學的論戰當中，原住民的文學語言是辯論的一大議題。孫大川指出，傳統原住民並無文字書寫文字系統，許多原住民族文化的概念無法用漢文表達，這是原住民作家試圖透過創作來進行文化復振所面對的第一個難題（二〇〇三年）。由於原住民族文化本無書寫系統，又因不同原住民族的族語不同，堅持使用母語進行寫作，難以溝通，有礙泛原住民族意識的形塑。因此，以漢文做為文學語言，雖然不是最理想的選擇，但對原住民作家來說，堪稱兩害取其輕的做法（孫大川，二〇〇三年）。然而，採用漢語做為創作語言，對許多原住民作家而言，仍有障礙，因為流利的漢文書寫並非易事；另一方面，戰後臺灣推行國語政策，多數原住民對於母語也有所隔閡，母語成為生疏的語言，難以運用自如地寫作。因此，使用漢語創作，但帶入羅馬拼音化的原住民族語或直譯的原住民詞彙，藉以凸顯漢文語言的暴力和原住民族的文化異質性，應是原住民族文學創作的可行策略（孫大川，二〇〇三年；瓦歷斯．諾幹，二〇〇三年）。

這種特意夾雜原住民語彙的漢文寫作方式，成為原住民族文學的一個鮮明特徵，標示原住民的異質性。然而，放在臺灣文學的發展脈絡，這種混語書寫並非原住民作家的創新之舉，而可追溯到日本殖民時期臺灣新文學之父賴和所主張的「臺灣話文」。早在一九二〇年代，賴和的寫作即採用特意夾雜臺語和日語詞彙的漢文來做為文學語言，展現臺灣在多種文化交鋒之下的語言張力和文化特質。戰後鄉土文學時期，這種混語寫作模式再度成為當時臺灣文學革命的焦點，著名的鄉土文學作家王禎和把被戰後臺灣社會貶抑的庶民日常生活語彙與文化傳統帶進漢文為主的敘事裡，造成閱讀障礙，創造一種前衛姿態的語言實驗，也無意間凸顯了當時主導的中國文化與被壓抑的臺灣本土文化之間的緊張狀態。從這個臺灣文學史發展的脈絡來看，原住民作家不僅試圖召喚消失中的原住民口述傳統文化，似乎也從臺灣本土文學傳統中汲取資源，轉化成原住民作家的資本。從這個角度來看，外來文化不必然是一種壓迫，也可能是原住民可策略性轉化為己用的資產。

這種語言混合也開啟了原住民族文學的第二個特點：類似翻譯模式的寫法。邱貴芬（Chiu，二〇一三年）指出，許多原住民作家企圖凸顯原住民族文化的語言異質性，這讓他們採取一種翻譯學者 Lawrence Venuti 所稱的「非常式忠誠」（abusive fidelity）的寫作策略（Venuti，一九九二年，頁一二）。何謂「非常式忠誠」？按照 Venuti 的說法，這是一種試圖保留異文化特異性的翻譯，強調其不為主流價值觀所馴化的姿態（Venuti，一九九二年，頁一二）。另外，原住民族文學的這種類翻譯寫作特色也可以用 Jacques Derrida 所謂的「相關的」（relevant）、「經過調味」（seasoned）的翻譯概念來理解其意義：這種翻譯可以「調味原文，添加不同的風味」（Derrida，二〇〇一年）。我們可以說，原住民化的漢文寫作帶來了不同的風味，擴展了華文文學創作的視野。從這些翻譯的角度來理解原住民的寫作特色，凸顯了原住民族文化元素在原住民族文學創作中的重要性。對原住民作家來說，寫作成為一種儀式性的翻譯，用來保存逐漸消失的原住民文化（Chiu，二〇一三年）。

原住民族文學的第三個特點是經常在作品中加入豐富的民族誌細節，以強調原住民文化在現代社會中的價值（Chiu，二〇一三年）。第四個特點則是在寫作中召喚集體歷史記憶——包括神話、儀式、習俗和其他文化元素（瓦歷斯．諾幹，二〇〇三年）。第五個特點則是使用自傳體，以標示原住民作家的主體位置（孫大川，二〇〇三年）；這是因為歷史上原住民鮮少占據寫作主體的位置，而通常都是被書寫的對象，因此，原住民作家採取第一人稱的寫作位置，表達原住民自我，有其歷史背景的特殊意義，乃是一種主體宣稱的姿態（孫大川，二〇〇三年），這是何以如浦忠成（巴蘇亞．博伊哲努）所言，原住民族文學發展的第一階段，散文是最大的文體（二〇〇三年）；散文以第一人稱為敘述聲音，是一種主體說話的文體。

這些原住民族文學的特色反映了此時期原住民作家試圖回應的兩個主要議題——去漢化和贖回原住民被剝奪的權利。除了抗議漢人主導的社會結構對原住民的壓迫和剝削外，原住民作家也強調原住民族權利的重要性。他們採用策略性寫作手法來敘述有關原住民族文化認同、原住民族語言、原住民族土地和資源等等原住民族經常遭遇的壓迫和剝削問題，這些獨特的形式也在二〇〇〇年以來的原住民族文學創作中持續發展。然而，如果「去漢化」可視為第一階段原住民族文學的主導議題，二〇〇〇年之後第二階段的原住民作家似乎更在意如何開發新的形式來訴說原住民的故事，他們作品中有許多形式上的實驗。新出道的原住民作家常使用時空穿梭（time travel）和奇幻（fantasy）這些元素來反思原住民族文化在當代世界中的意義。如果第一階段的原住民族文學通常採用寫實主義的形式來強調原住民族議題在現實社會裡的迫切性和真實性，二〇〇〇年之後的原住民作家則常安排非寫實場景，這是當代臺灣原住民族文學值得注意的發展趨勢。

五、第一階段代表作家與作品：一九八〇年代—二〇〇〇年

當原住民族文學在一九八〇年代中葉出現之時，原住民作家熱切回應「回歸部落」的呼聲。許多人返回部落，試圖與他們的部落文化重新連結，並把漢名改回原住民名字。

本文接下來討論五位不同部落背景的著名作家，勾勒從一九八〇年代中期到二十世紀末的原住民族文學風景：布農族的拓拔斯．塔瑪匹瑪、泰雅族的瓦歷斯．諾幹、排灣族的利格拉樂．阿𡠄、達悟族的夏曼．藍波安、魯凱族的奧崴尼．卡勒盛。他們的作品明顯展現返回部落對他們寫作的影響，我們或可稱此時期為原住民族文學的後殖民時期。

拓拔斯．塔瑪匹瑪是首位在臺灣文學界以原住民身分嶄露頭角的原住民作家，他在還是大學醫學院學生時就獲得文學獎項。他的短篇小說集《最後的獵人》於一九八七年出版，當時原住民族文學正逐漸形成一種特殊的寫作模式，這本書提供了獨特的布農族視角來描繪經濟發展對原住民造成的衝擊。故事的主要場景為布農族原住民村落，描繪資本主義和漢人主導的價值體系對布農族人文化與生活的影響。同名的短篇小說〈最後的獵人〉主角是一名布農族人，在現代漢人主導的社會裡備受屈辱，他回到部落，在傳統布農族狩獵文化的實踐中找到了力量。然而，狩獵涉及森林保育等種種問題，被政府視為過時的野蠻習俗而遭到禁止。故事凸顯了原住民族傳統、動物權益和林業保護各方面複雜的衝突，標題「最後的獵人」暗示了作者對原住民族文化存續的悲觀態度。

拓拔斯．塔瑪匹瑪的第二本短篇小說集《情人與妓女》（一九九二年）則描述現代性對其他原住民族的負面衝擊。短篇小說〈救世主的來臨〉敘述蘭嶼爆發了一場流行病，新聞記者自稱人道主義的救世主，抵達現場報導疫情情況，然而，他們對原住民的負面刻板印象重現了主流媒體對這個島嶼的呈現，暴露出記者們虛偽的救世主情結。拓拔斯．塔瑪匹瑪的故事充滿諷刺，凸顯了漢人社會和國家政權對原住民族所施加的種種暴力。與這兩本短篇小說集相比，《蘭嶼行醫記》（一九九八年）探討原住民族彼此文化差異的問題，相當特別。這本散文集以拓拔斯．塔瑪匹瑪在達悟族部落裡行醫的個人經歷為基礎，呈現現代醫學和傳統達悟文化的衝突。雖然作家具有原住民族身分，但布農族的他在其他原住民部落裡一樣不是局內人（insider），他發現自己面臨困境，傳統達悟風俗有礙行醫，他如何應對成為了一大挑戰。這部作品呈現了複雜的原住民視角。

瓦歷斯．諾幹和利格拉樂．阿𡠄是兩位在一九八〇年和一九九〇年代深度涉入原住民運動的原住民作家，可視為原運世代作家。他們於一九九〇年共同創辦了《獵人文化》雜誌，以原住民族社會議題為主要訴求。根據吳宛憶的看法，《獵人文化》強調三個主題：抗議漢人主導的國家機器對原住民的壓迫，呼籲「回歸部落」，以及培育基層組織來發展原住民族運動（吳宛憶，二〇一〇年）。瓦歷斯．諾幹的早期作品，如《永遠的部落》（一九九〇年）、《荒野的呼喚》（一九九二年），都呈現他積極介入有關國家公園、基督教教堂、市場經濟和原住民族部落旅遊等等議題的辯論。在處理這些議題的過程中，他意識到自己對原住民族文化和歷史的了解不足，隨後便進行了深度研究和田野調查，挖掘遭到壓抑的泰雅族歷史記憶，完成了《迷霧之旅》（二〇〇三年），這是最受好評的原住民族文學報導作品之一。

除了散文和報導文學，瓦歷斯．諾幹的詩作也相當受到矚目。他於一九九六年以詩作〈伊能再踏查〉獲得了中國時報文學獎的評審獎，這首詩展現了他做為原住民詩人的才華。此詩題名裡的「伊能」指涉的是日本人類學家伊能嘉矩，他在日治時期詳盡的原住民族文化調查紀錄《臺灣踏查日記》，於一九九六年翻譯成中文在臺灣出版。〈伊能再踏查〉的開場召喚伊能嘉矩的靈魂，顯示百年前的老靈魂出現在二十世紀末的新書發表會場如何不自在，靈魂因此展翅飛向二十世紀之交臺灣被日本統治時，他曾經進行田野調查的原住民部落。這首詩通過對比過去和現在，揭示了過去一百年來原住民文化景觀發生的巨大變化。而在瓦歷斯．諾幹的近期作品中，例如《戰爭殘酷》（二〇一四年）和《七日讀》（二〇一六年），作家展現了跨文化的觀點；《戰爭殘酷》將臺灣戰時的原住民苦難與其他時空的戰爭受害者（例如巴勒斯坦難民和紅色高棉的受害者）聯繫在一起（陳芷凡，二〇一八年），《七日讀》將臺灣原住民與十五世紀的美洲原住民聯繫在一起。這種跨文化的觀點將臺灣原住民議題的討論置於全球少數族群的框架。正如本文將在下一節討論的，這種轉變在二〇〇〇年之後也可以在他同輩作家夏曼．藍波安的作品中找到。從「回歸部落」到「跨國連結」，我們看到了原運作家從二十世紀步入二十一世紀的創作轉變軌跡。

利格拉樂．阿𡠄是少數的原住民女性作家，來自母系社會的排灣族。她嫁給瓦歷斯．諾幹，與他共同創辦了《獵人文化》雜誌。在這個過程中，她逐漸發展出了女性主義意識，她注意到了母系社會的排灣文化與父系社會的泰雅文化之間的差異，在三本散文集《誰來穿我織的美麗衣裳？》（一九九六年）、《紅嘴巴的vuvu》（一九九七年）和《穆莉淡．．部落手札》（一九九八年）表達了對原住民女性的性別和族群的反思。在這三本作品中，利格拉樂．阿𡠄受到她母親和祖母的啟發，發展出獨特的原住民女性主義觀點。這些散文作品除了描繪不同的原住民族女性，也描述原住民族婦女遭遇的家庭暴力。《祖靈遺忘的孩子》訴說作者母親的故事，她曾嫁給一名中國士兵，但後來離異。母親一開始因她原住民的身分而遭到了丈夫的中國同袍及家人的排擠，而離婚後，則又被自己的排灣族人拒之門外，因為他們視離婚為恥辱；這故事凸顯了原住民族女性在族群身分認同中的困難處境。《想離婚的耳朵》以作者的排灣族祖母為主角，她堅決要求離婚，與很多默默忍受婚姻暴力的婦女形成鮮明對比。母親和祖母的故事成為利格拉樂．阿媽創作的泉源。論者認為，在某種意義上，作者寫母親和祖母的故事，乃是一種回歸家園的象徵（楊翠，一九九四年）。

夏曼．藍波安是另一位受到高度評價的原住民作家。他從淡江大學畢業後，在臺灣做過各種工作，但在一九八九年決定返回故鄉蘭嶼，重新連結傳統的達悟族文化。一九九〇年代，「學習成為一個達悟人」成為他作品中最凸出的主題（Chiu，二〇〇九年）。夏曼．藍波安藉由學習傳統的達悟技能，如捕魚和造船，在兩本自傳式作品《冷海情深》（一九九七年）和《海浪的記憶》（二〇〇二年）中凸顯自己的達悟原住民身分（Chiu，二〇〇九年）。這些作品頌揚達悟族的海洋文化，不僅展現了以第一人稱「我」為主體的原住民性格，還將他定義為自信、有尊嚴且熟悉原住民族文化的達悟族人。抗議漢人的剝削不再是重點，取而代之的是藉由對文化實踐的細緻描述來拯救原住民文化（Chiu，二〇〇九年）。

夏曼．藍波安原以散文為主要創作文類，在一九九九年出版了第一本小說《黑色的翅膀》，描繪四名原住民男孩的成長過程，以及他們在環境變遷中走向不同的人生道路。這部作品見證了原住民族傳統文化在新的經濟生產方式、現代教育和西方基督教的影響下逐漸衰落。《大海浮夢》（二〇一四年）可以視為《黑色的翅膀》的續集，故事主角前往南太平洋島嶼，展現一個原住民跨文化網絡。學者黃心雅認為，這部作品中出現了她所言「太平洋原住民」網絡，把達悟族視為跨越原住民大洋洲文化的一部分(Huang，二〇一六年)。夏曼．藍波安把達悟族的海洋文化置於更廣泛的跨文化網絡中，開發原住民族書寫新的面向，也隱隱指向一種原住民族文化未來的發展願景。

如同以上的四位原住民作家一樣，奧崴尼．卡勒盛也回應了回歸部落的呼喚，於一九九〇年回到魯凱族的原鄉。從此之後，他致力於建造傳統的石板屋(Rudai)，這也成為他寫作的主要題材。我們在本節中討論的所有原住民作家都強調田野調查的重要性，並從部落耆老那裡學習，試圖重新找回自己的身分。奧崴尼．卡勒盛也實踐這樣的信念。《野百合之歌：魯凱族的生命禮讚》(二〇〇一年)是以作者父親的生平故事為基礎的小說，故事背景設定在西魯凱族的好茶部落，描繪在現代力量到來之前，魯凱族家庭的生活和歷史如何對應自然生生不息的循環。他們的儀式和習俗反映了他們生活的節奏和步調。對比這幅田園風光的描繪，《消失的國度》(二〇一五年)聚焦於好茶部落在莫拉克颱風之後發生的劇變和隨之而來的重建，小說展示了部落族人在重建上的合作，將一場自然災害轉變為回歸部落的召喚，最終在重建社區的過程當中找到了回家的路(陳芷凡，二〇一九年)。

六、發展世界感的原住民族文學：二〇〇〇年—

原住民族文學的第二階段大致始於二十一世紀之初。如果我們將「世界主義」(cosmopolitanism)和「本土主義」(indigenism)視為臺灣文學的兩個主要範式(Chiu，二〇一三年)，第一階段強調的「原汁原味」似乎在第二階段轉化成在地與世界的錯綜複雜交織。所謂的原住民族文學的本土主義，意指原住民作家在他們的作品中經常強調原住民族的文化、語言、傳統等等，成為第一階段原住民族文學的創作特色。然而，自二〇〇〇年以來，原住民族文學似乎發生了微妙的變化。黃心雅認為，世紀之交後的原住民作品通常採用全球和跨文化的視野，將主題擴展到包括「生態學、現代性、全球主義和行星意識」等議題(二〇一三年，頁二五一)。這樣的說法應該也適用於瓦歷斯．諾幹、夏曼．藍波安和奧崴尼．卡勒盛這樣的第一代原住民作家在二〇〇〇年之後的創作。邱貴芬在其著作《臺灣文學的世界之路》裡，曾分析瓦歷斯．諾幹二十一世紀的創作如何凸顯了一個「第四世界文學」的概念，展現原住民族文學的跨國連結，透露出獨特的「世界感」(邱貴芬，二〇二三年，頁一一二—一一四)。如上所述，黃心雅、陳芷凡的夏曼．藍波安研究，也強調其創作展現的南島民族跨太平洋的詩學與反思(黃心雅，二〇一六年；陳芷凡，二〇二一年）。

相對於這些原住民前輩作家在主題上的跨國開展，二〇〇〇年之後出道的原住民作家的世界主義視野，更展現在文學形式上。他們承續前輩作家拯救瀕危文化遺產的努力，書寫原住民族文化傳統，但是這些新興原住民作家更常借用西方電影和大眾文學的元素來塑造他們的敘事。社會寫實主義在前輩原住民作家的作品中占主導地位，而新興作家如巴代、乜寇．索克魯曼和多馬斯．哈漾，則經常以魔幻寫實手法來說故事。被視為魔幻寫實盛產地的拉丁美洲文學裡，魔幻寫實正是表達拉丁美洲本土神祕世界觀與現實揉合的最佳寫作模式（陳正芳，二〇〇七年）。時間旅行、巫術和魔法，是這些新興原住民作家作品中常見的元素。如果在第一階段原住民族文學創作裡，「去漢化」主導原住民族文學創作，在第二階段裡，如何透過新的說故事方式創造原住民文化的再生，似乎更是新興原住民作家所念茲在茲的。

閱讀一九九〇年代和二〇〇〇年之後的原住民族文學，可發現一些差異。第一階段的原住民族文學一般採用寫實主義風格，並強調尋根的主題，而二〇〇〇年後的文學則更傾向於具有世界性的觀點來探討原住民的議題。這種新的原住民世界性在不同的作家身上有不同的表現方式：在瓦歷斯．諾幹和夏曼．藍波安的案例中，原住民作家似乎試圖將他們的原住民身分放入跨文化脈絡中，把臺灣的原住民文化與其他地區的少數民族文化聯繫起來。而在新興作家的筆下，原住民世界感則表現在運用全球流行的文學或文化表現形式，如魔幻寫實主義或時間旅行，來訴說原住民的故事。

由於我們在討論瓦歷斯．諾幹和夏曼．藍波安的最新作品時，已經討論了他們作品中展現的新框架，接續我們將專注於巴代、乜寇．索克魯曼、多馬斯．哈漾這三位新興原住民作家的作品。這三位作家在二〇〇〇年後也接續獲得了臺灣的文學獎項，正可說明新一代原住民作家的發展方向。

七、第二階段代表作家及作品：二〇〇〇年—

卑南族的巴代以《笛鸛：大八六九部落之大正年間》（二〇〇七年）建立其文學聲譽，被視為新世紀傑出的原住民作家，產量豐富且具特色。這本歷史小說是基於巴代對日本統治下卑南族歷史的深入研究，被譽為原住民作家的第一部歷史長篇小說。巴代指出，官方紀錄與原住民耆老的口述歷史不一致，啟發了他想要透過小說形式來召喚原住民歷史記憶的念頭（巴代，二〇〇七年）。從《笛鸛》開始，他以真實歷史事件為基底，發表了許多以原住民族視角為主的歷史小說。巴代創作的另一個特點是「卑南族巫術」在他作品中扮演著核心角色；他在小說中詳細描述了卑南族的巫術，可以看作是一種拯救衰落卑南族文化的嘗試。

在《笛鸛：大八六九部落之大正年間》裡，巫術場景中，魔法與現實世界的融合，類似於魔幻寫實主義的寫法。Wendy Faris 認為魔幻寫實主義有五個主要特點：⑴魔法為故事敘述必要的元素；⑵有細緻的現實世界描繪；⑶敘述中虛實交織，讀者難以分辨；⑷敘事中魔法和現實融合；⑸擾亂我們一般對於「時間、空間和身分」的理解（Faris，二〇〇四年，頁七）。在魔幻寫實作品中，兩個世界的連結通常挑戰主導文化，藉由敘述受壓抑的群體的歷史和文化記憶來激活挑戰（Bowers，二〇〇四年，頁八五）。然而，儘管《笛鸛》中似乎已出現類似魔幻寫實的元素，但無法確定作家是否有意識地將全球流行的魔幻寫實手法融入其原住民故事敘事當中。相較之下，《巫旅》是一部明確地借用了許多主流大眾文化元素的小說。這部小說敘述一位十五歲的卑南族女孩如何從一名普通的中學生轉化成卑南族女巫的故事。其中的冒險元素包括時間穿越；除此之外，主角與眾樹靈聚集開會的安排，令人聯想到《魔戒》中的場景，讓這部小說有了一個跨文化流動的面向。邱貴芬的《臺灣文學的世界之路》收錄了巴代的創作自述(巴代,二〇二三年,頁二〇一—二〇八)。他自陳,小說中咒語的呈現,乃以卑南族巫術儀式為基礎,參考《哈利波特》的影視與電影經驗,重新編寫而成,而樹精、樹靈的橋段則參考臺灣民間信仰裡的神仙鬼怪傳說以及《山海經》的神獸妖精故事,並採用電影和小說《魔戒》的手法來製造樹精及樹魂開會打架的效果(巴代,二〇二三年,頁二〇七)。原住民書寫裡世界感的出現,暗示原住民作家敘述原住民故事的一種新方式。巴代最近的作品反映了原住民族文學在新時代所出現的一些微妙轉變。

類似的世界感也出現在布農族作家乜寇.索克魯曼的第一本小說《東谷沙飛傳奇》(二〇〇八)之中。「東谷沙飛」是布農語「被雪覆蓋的山峰」的意思(乜寇,二〇〇八年,頁一二)。在小說的序裡,他明確表示這本小說受到了《魔戒》的啟發,大量使用布農族的傳說、風俗和古老的歌謠,敘述原住民主角與邪靈的奇幻戰鬥,小說所描繪的東谷沙飛是一個充滿神靈和鬼怪的神奇世界。作家的第二本小說《布農青春》(二〇二三年)也設定兩個主人翁展開冒險之旅。乜寇的作品常常呈現神奇和現實世界的交融(陳芷凡,二〇一一年)。他相信部落的傳說和口述傳統展現了一個獨特的原住民族世界觀,而原住民作家的使命是以新的形式傳承這些傳說和故事,讓原住民傳統在新時代重生(乜寇，二〇〇八年，頁一三)。乜寇的小說體現了Derrida所謂的「傳承」(inheriting)，那不是機械性地複製前代的遺產，而是以新的形式重新詮釋這些遺產，賦予它新的生命而得以獲得「來世」(Derrida，二〇〇四年，頁四)。原住民作家採取一種世界觀的態度，汲取世界各地的文化資源，或可另闢蹊徑來贖回他們想要搶救的原住民族文化記憶，賦予它們新生命。

泰雅族作家多馬斯．哈漾也利用現在主流文學流行的時空穿越技巧來講述原住民的故事。在他的得獎作品《雪國再見》(二〇〇六年)中，主角回到臺灣日本統治時期，幫助原住民對抗日本軍隊，主角心知肚明，他們正在進行一場必敗的戰爭。之後，多馬斯在他的中篇小說《異空間飛行》裡，再度使用了時間旅行的敘述，描繪原住民被殖民的經歷。

總結而言，二〇〇〇年後的臺灣原住民族文學呈現出一種所謂的「世界感」。雖然部落原鄉依然是新生代原住民作家的重要靈感來源，但這些作家不像上一代的原住民作家在一九九〇年代回應「返回部落」的號召那樣把部落視為永久的家；二十一世紀出道的原住民作家穿梭於城市和原住民部落之間，這樣的生活方式對他們的創作產生了不可忽視的影響。雖然他們仍以原住民族文化和歷史為主要題材，但他們也從外部世界的文化資源中尋找新的說故事的形式。相較於以寫實主義敘事模式為主的第一代原住民作家，第二代通常使用奇幻元素和時間旅行來構建他們的故事。在文學市場迅速衰落的挑戰下，二〇〇〇年後的原住民作家面臨著與第一代作家不同的挑戰，如何講述一個有趣的原住民故事成為新世紀原住民作家的首要之務。

八、結語：原住民族文學研究的貢獻與發展潛能

原住民族文學的重要性可以從臺灣研究、華語語系研究、環境研究和跨文化研究等層面來理解。自一九八〇年代原住民運動興起以來，原住民族文學作品成為原住民族發聲，主張權利並介入公共辯論的重要途徑。原住民問題與臺灣的問題相關，原住民族文學無疑提供了豐富的資源，以理解原住民族的視角和關切。「原住民性」的定義與臺灣身分認同的打造互相交織，對於臺灣研究來說是一個不可忽視的複雜議題（Chi，二〇一六年；Chiu，二〇〇九年）。

臺灣的原住民族文學也引起了臺灣研究領域之外的關注。史書美將臺灣的原住民族

文學置於華語語系理論背景中，臺灣的原住民族文學並不是孤立的研究，而是與世界其他地方的華語語系社群文學作品進行比較（Shih，二〇一三年）。例如，Brian Bernards 將臺灣的原住民作家與西藏作家進行比較，因為對這兩個群體來說，華語寫作都意味著中國霸權的象徵性暴力（Bernards，二〇一六年，頁七五），他們與中文的協商方式和馬來西亞華人作家的方式截然不同，後者使用中文來強調自己的族裔身分（Bernards，二〇一六年，頁七五）。對於 Andrea Bachner 來說，臺灣的原住民族文學是「極小文學」（ultraminor literature）的隱喻，邊緣文學的邊緣，有助於探討「少數族裔」理論（Bachner，二〇一七年）。

另一個有潛力的研究方向，是將臺灣原住民族文學與環境人文學（environmental humanities）連結，許多學者已討論了原住民族文學或電影中的環境主題的重要性（Chiu，二〇一三年；Huang，二〇一三年；Chiu，二〇一七年）。保持傳統原住民文化實踐對原住民族文化的生存至關重要。Jeannette Armstrong 認為，原住民族語言歷經多代原住民的經驗交互作用而形成，它們隱含特定的原住民世界觀（一九九八年）。然而，在許多問題上，原住民活動家與環境運動者之間仍有衝突，顯示了所謂的「瀕危人類 vs. 瀕危自然的倫理」兩難問題（endangered humans vs. endangered nature），此問題極其複雜棘手而難解（Buell，二〇〇一年，頁二三〇；Russell，二〇一〇年，頁一七〇）。如何對臺灣原住民族文學中的環境主題進行較深入的生態評論研究，卻又不單純地把原住民當作是理所當然的生態保育者，是一個值得進一步深入研究的議題。

致謝：

本文由陳芷凡和邱貴芬共同撰寫，對等的貢獻。陳芷凡主要負責選擇和詮釋本文中多數原住民作家的文學文本，而邱貴芬則提供了原住民族文學發展的歷史階段論述以及各階段的原住民族文學特徵、定位等。邱貴芬感謝國科會對她「『世界華文文學』、『華語語系文學』和『做為世界文學的臺灣文學』」計畫的支持。她在本文中的論述是該研究的部分成果。陳芷凡感謝國科會對她在原住民族文學各項研究議題的支持，以及原住民族委員會和《山海文化》雜誌在她的研究不同階段的幫助。同時，感謝助理李婉如協助書目格式整理以及徐博明博士、尹振光博士生協助中文版的校對。

參考資料

乜寇・索克魯曼　二〇〇八年，《東谷沙飛傳奇》，臺北，印刻。二〇一三年，《Ina Bunun！布農青春》，臺北，巴巴文化。

巴代　二〇〇七年，《笛鸛：大巴六九部落之大正年間》，臺北，麥田。二〇一四年，《巫旅》，臺北，印刻。二〇二三年，〈襲用或巧合？——巴代小說的奇幻物語〉，收於邱貴芬《臺灣文學的世界之路》附錄，頁二〇一—二〇八，臺北：國立政治大學。

瓦歷斯・諾幹　一九九〇年，《永遠的部落》，臺中：晨星。一九九二年，《荒野的呼喚》，臺中，晨星。一九九六年，《伊能再踏查》，臺中：晨星。二〇〇三年，《迷霧之旅》，臺中，晨星。二〇〇三年，〈臺灣原住民族文學的去殖民：臺灣原住民族文學與社會的初步觀察〉，收於《臺灣原住民族漢語文學：評論》（上），臺北：印刻，頁一二七—一五一。二〇一四年，《戰爭殘酷》，臺北，印刻。二〇一六年，《七日讀》，臺北：印刻。

多馬斯・哈漾　二〇〇六年，《雪國再見》，臺南：國立臺灣文學館。二〇一七年，〈異空間飛行〉，《鏡文學》，檢自：https://www.mirrorfiction.com/zh-Hant/writer/147,accessed，二〇一八年十一月三日。

利格拉樂・阿𡠄　一九九六年，《誰來穿我織的美麗衣裳？》，臺中：晨星。一九九七年，《紅嘴巴的vuvu》，臺中：晨星。一九九八年，《穆莉淡：部落手札》，臺北：女書店。二〇一五年，

《被祖靈遺忘的孩子》，臺北：前衛。二〇一五年，〈想離婚的耳朵〉，《被祖靈遺忘的孩子》，臺北：前衛。

吳宛憶　二〇一〇年，〈《原報》與《獵人文化》的抗爭與回歸〉，《原教界》三十五期，頁二〇—二五，臺北：國立政治大學原住民族研究中心。

拓拔斯．塔瑪匹瑪　一九八七年，《最後的獵人》，臺中：晨星。一九九二年，《情人與妓女》，臺中，晨星。一九九八年，《蘭嶼行醫記》，臺中：晨星。

夏曼．藍波安　一九九七年，《冷海情深》，臺北：聯合文學。一九九九年，《黑色的翅膀》，臺中：晨星。二〇〇二年，《海浪的記憶》，臺北：聯合文學。二〇一四年，《大海浮夢》，臺北：聯經。

浦忠成（巴蘇亞．博伊哲努）　二〇〇三年，〈原住民文學發展的幾回轉折——由日據時期以迄現在的觀察〉，收於孫大川主編，《臺灣原住民族漢語文學：評論》（上），臺北：印刻。

孫大川　二〇〇三年，〈原住民文化歷史與心靈世界的摹寫：試論原住民族文學的可能〉，收於孫大川主編，《臺灣原住民族漢語文學：評論》（上），臺北：印刻。

陳正芳　二〇〇七年，《魔幻現實主義在臺灣》，臺北：生活人文。二〇一一年，〈奇幻「山海」：另一種說故事的方式〉，收於《我在圖書館找一本酒：二〇一〇臺灣原住民族文學作家筆會文選》，頁三六六—三七五，臺北：山海文化雜誌社。

陳芷凡　二〇一四年，〈第三空間」的辯證：再探《野百合之歌》與《笛鸛》之後殖民視域〉，《臺灣文學研究學報》十九期，頁一一五—一四四，臺南：國立臺灣文學館。二〇一五年，〈田雅各、巴代等人的都市書寫策略與世代關照〉，《臺灣原住民族研究學報》五卷四期，頁一—一九，臺北：臺灣原住民族研究學會。二〇一八年，〈戰爭與集體暴力：高砂義勇隊形象的文學再現與建構〉，《臺灣文學研究學報》二十六期，頁一二三—一五〇，臺南：國立臺灣文學館。二〇一九年，〈家園的永恆回歸：奧崴尼．卡勒盛的風災書寫與社會韌性建構〉，《中外文學》四十八卷三期，頁一六九—一九四，臺北：國立臺灣大學外國語文學系。二〇二一年，〈以「南島」為名：原住民族文學中的認同政治與島嶼想像〉，《中山人文學報》五十一期，頁八一—一一〇，高雄：國立中山大學文學院。二〇二二年，〈成為原住民(文學)：原住民族文學獎場域中的同志議題與非寫實風格〉，《臺灣文學研究學報》三十四期，頁八一—一一九，臺南：國立臺灣文學館。

奧崴尼．卡勒盛　二〇〇一年，《野百合之歌：魯凱族的生命禮讚》，臺中：晨星。二〇一五年，《消失的國度》，臺北：麥田。

楊翠　一九九四年，〈認同與記憶：以阿媽的創作試探原住民女性書寫〉，《中外文學》二十七卷十一期，頁七一—九七，臺北：國立臺灣大學外國語文學系。

Armstrong, Jeannette C.　1998, " Land Speaking, "　in Simon Ortiz ed., *Speaking for the Generations: Native Writers on Writing*. Tucson: The University of Arizona Press. 174-194.

Bachner, Andrea.　2017, " At the Margins of the Minor: Rethinking Scalarity, Relationality, and

Translation.” *Journal of World Literature 2*: 139-157.

Balcom, John. 2005, “Translator's Introduction.” In John Balcom ed., *Indigenous Writers of Taiwan: An Anthology of Stories, Essays, and Poems*. Columbia: Columbia University Press. xi-xxiv.

Bernards, Brian. 2016, “Sinophone Literature.” In Kirk A. Denton ed., *The Columbia Companion to Modern Chinese Literature*. New York: Columbia University Press. 72-79.

Bowers, Maggie Ann. 2004, *Magic(al) Realism*. London and New York: Routledge.

Buell, Lawrence. 2001, *Writing for an Endangered World: Literature, Culture, and Environment in the U.S. and Beyond*. Cambridge, MA: The Belknap Press of Harvard University Press.

Chi, Chun-Chieh. 2016, “Indigenous Movements and Multicultural Taiwan.” In Gunter Schubert ed., *Routledge Handbook of Contemporary Taiwan*. London and New York: Routledge. 268-279.

Chiu, Kuei-fen. 2009, "The Production of Indigeneity: contemporary indigenous literature in Taiwan and crosscultural inheritance," *The China Quarterly, Vol. 200* (December 2009), 1071-1087. 2013, “Cosmopolitanism and Indigenism: The Use of Cultural Authenticity in an Age of Flows.” *New Literary History*, 44.1:159-178 2017, “Mapping Taiwanese Ecodocumentary Landscape: Politics of Aesthetics and Environmental Ethics in Taiwanese Ecodocumentaries.” *Journal of Chinese Cinema Vol. 11*:1: 13-29

Chow, Rey. 2008, “Translator, Traitor; Translator, Mourner (or, Dreaming of Intercultural Equivalence),

” *New Literary History 39, no. 3 (Summer 2008)*: 573.

Derrida, Jacques. 2001, “What Is a “Relevant” Translation?” *Critical Inquiry 27, no. 2* (2001): 174-200.

Derrida, Jacques. Elisabeth Roudinesco. 2004, “Choosing One's Heritage.” In *For What Tomorrow: A Dialogue. Trans.* Jeff Fort. Standford: Standford University Press. 1-19.

Faris, Wendy B. 2004, *Ordinary Enchantments: Magical Realism and the Remystification of Narrative.* Nashville: Vanderbilt University Press.

Freud, Sigmund. 1957, “Mourning and Melancholia,” in *The Standard Edition of the Complete Psychological Works of Sigmund Freud, Vol. XIV* (1914–1916), trans. James Strachey. London: Hogarth Press. 222–58.

Gyasi Kwaku Addae 1999, “Writing as Translation: African Literature and the Challenges of Translation,” *Research in African Literatures, 30, no. 2* (Summer 1999): 80.

Hsiao, Michael Hsin-Huang. Yu-Yuan Kuan. 2016, “The Development of Civil Society Organizations in *Post-Authoritarian Taiwan* (1988-2014).” In Gunter Schubert ed., *Routledge Handbook of Contemporary Taiwan.* London and New York: Routledge. 253-267.

Huang, Hsin-ya 2013, “Sinophone Indigenous Literature of Taiwan: History and Tradition.” In Shu-mei Shih, Chien-hsin Tasi, and Brian Bernards eds., *Sinophone Studies: A Critical Reader.* New

York:Columbia University Press. 242-254. 2014, “ Toward Transpacific Ecopoetics: Three Indigenous Texts, ” *Comparative Literature Studies* 50.1: 120-147. 2016, “ Re-Visioning Pacific Seascapes: Performing Insular Identities in Robert Sullivan's Star Waka and Syaman Rapongan's Eyes of the Sky, Landscape, Seascape, and the Eco-Spatial Imagination. Routledge, New York. 179-196.

National Digital Library of Theses and Dissertations in Taiwan Database https://etds.ncl.edu.tw/cgi-bin/gs32/gsweb.cgi/ccd=k3L4DT/search#result

Russell, Caskey. 2010, “ Wild Madness: The Makah Whale Hunt and Its Aftermath. ” In *Bonnie Roos and Alex Hunteds., Postcolonial Green: Environmental Politics and World Narratives.* Charlottesville, VA and London: University of Virginia Press. 157–176.

Shih, Shu-mei. 2013, “ Against Diaspora: The Sinophone as Places of Cultural Production. ” In Shu-mei Shih, Chienhsin Tasi, and Brian Bernards eds., *Sinophone Studies: A Critical Reader.* New York: ColumbiaUniversity Press. 25-42.

Staten, Henry. “ Tracking the ‘Native Informant’: Cultural Translation as the Horizon of Literary Translation, ” in Sandra Bermann and Michael Wood eds., *Nation, Language, and the Ethics of Translation.* Princeton and Oxford: Princeton University Press. 111-126.

Tu, Kuo-Ch'ing. 1998, “ Aboriginal Literature in Taiwan. ” *Taiwan Literature: English Translation Series* no. 3 (June 1998): xiii-xx.

Venuti, Lawrence. 1992, "Introduction." In Lawrence Venuti ed., *Rethinking Translation: Discourse, Subjectivity, Ideology*. London and New York: Routledge, 12

陳芷凡

〈以「南島」為名——原住民族文學中的認同政治與島嶼想像〉

現任國立清華大學臺灣文學研究所／人社院學士班副教授、清華大學原住民資源中心諮詢委員、清華大學人文社會學院「世界南島暨原住民族中心」執行委員。

曾任國立清華大學臺灣研究教師在職專班主任、北京中國社科院民族文學所訪問學人、山海文化雜誌社編輯。研究領域為族裔文學與文化、臺灣原住民族文獻、十九世紀西人來臺踏查研究。

著有《臺灣原住民族一百年影像暨史料特展專刊》、《成為原住民：文學、知識與世界想像》；主編《臺灣文學的來世》；共同編著有〈The Anthology of Taiwan Indigenous Literature：1951-2014〉。

本文出處：二〇二一年七月，《中山人文學報》五十一期，頁八一—一一〇，高雄：國立中山大學文學院。

以「南島」為名
——原住民族文學中的認同政治與島嶼想像

一、前言：以「南島」為名

地理大發現、帝國殖民鞏固了「大陸—國家」視角，人們已重新思索群島世界的內涵。大洋洲島民，同時也是人類學者、小說家、詩人艾培立．浩鷗法（Epeli Hau'ofa）於一九九三年與一九九七年發表兩場演講〈我們的群島之洋〉（Our Sea of Islands）、〈海洋長在我心〉（The Ocean in Us），以「群島之洋」（a sea of islands）翻轉世人對大洋洲區域的既定印象。浩鷗法指出，若是以「群島之洋」重新看待這些島嶼，特別是從大洋洲島民的神話、傳說、口述傳統以及宇宙觀，就會發現島民立足於海洋，並非以如此微縮的範圍理解世界（頁五二—八四）。因此，浩鷗法不只是提出一個重新觀看大洋洲的方式，作者更期盼「群島之洋」此一認識論能建立島民主體性與文化認同。

浩鷗法「群島之洋」的觀點，不僅成為臺灣海島住民觀看世界的養分，亦是官方建構南島文化的重要參照。做為原住民族委員會（簡稱原民會）一〇七年度《南島文化選集翻譯計畫》中譯選本之一，《以海為身，以洋為度：浩鷗法選集》的翻譯與引薦，說明原民會嘗試以「世界南島」為基礎，從中建構臺灣的「南島世界」（童元昭，頁八—一一）。「世界南島」的範疇是以南島語言（Austronesian language）[1]做為主要依據。這些共同說著南島語的民族，在語言上呈現系統性之演化關係，人種上大都同屬於「海洋蒙古種」，在文化上亦有許多相近之特質（臧振華，二〇一二年，頁八七）。為了建構臺灣的「南島世界」，學界透過考古學、語言學、基因學等研究確認臺灣與世界南島的可能關係；官方在此基礎上推動南島外交、舉辦世界南島論壇，致力於「臺灣是南島原鄉」（簡稱臺灣原鄉論）的文化與政治論述。即使一九七〇年代中期已有美、澳學者提出臺灣原鄉論，一九八〇年代中期獲得更多證據支持，直到一九九〇年「臺灣原鄉論」才被重視（許維德，頁二九五—二九七），並轉介成為原住民社會運動與臺灣國族主義

---

1 南島語是世界上最大的語系之一，在地理分布上，北到臺灣，南到紐西蘭，東到祕魯西邊之復活節島，西到非洲東岸的馬達加斯加島，涵蓋了太平洋和印度洋約三分之一以上的廣大水域。

運動者的立場，打造南島民族 vs. 炎黃子孫、臺灣 vs. 中國二元對立的框架（劉璧榛，頁四○五－四五九；吳秉謙，頁七九－八二）。

臺灣「南島」論述的建構，包括一九九○年原住民社會運動與臺灣國族主義運動者之參與。一九八四年「原住民」此稱正式為臺灣原住民族權利促進會（簡稱原權會）使用，一九八八年原權會發表〈臺灣原住民族權利宣言〉，該宣言強調「臺灣原住民不是炎黃的子孫，而是屬南島語系（Anstr-ones 或 Malayo-Polyne），與認為自己是炎黃子孫且均屬於漢族的閩南人、客家人和外省人不同」（夷將．拔路兒，頁一九二）。「原住民」這一名稱逐漸成為泛族群意識建構的依據；「南島語系」則是人種分類依據。以語言、血緣為基礎的「南島語系」之說，提供原漢分野更為確切的證據。

南島民族 vs. 炎黃子孫分立之說，呼應臺灣國族主義運動者所提倡的臺灣 vs. 中國之二元立場。學者蕭阿勤指出，八○年代中期之後平埔族歷史引起廣泛注意，其中一個原因是福佬人與客家人尋根的過程中，發現自己有著平埔族的血脈。這個發現，對於擺脫「中國沙文主義」與「漢人中心主義」框架有重要影響。臺灣人混血的事實，強化臺灣與中國大陸不相統屬的獨特性、主體性，對於臺灣史觀的建構有莫大意義（蕭阿勤，頁二七四－三三二）。因此，在八○年代建構臺灣史觀的脈絡中，臺灣漢人具備平埔血脈的說法，定位了與中國大陸分道揚鑣的「臺灣性」。這番見解，趁勢帶起一九九〇年代平埔族研究與平埔族復名復權運動[2]。一九九三年噶瑪蘭族開啟了平埔族復名復權運動，二〇〇二年噶瑪蘭族正式被認定為第十一個法定原住民族，二〇〇六年蘇煥智縣長成立了「臺南縣西拉雅原住民事務委員會」，承認西拉雅族為臺南縣縣定原住民族。即使平埔族復名復權運動屢屢顯現出原住民族委員會、地方政府、平埔族競奪資源的角力（王泰升、陳怡君，頁一一一－三四；吳人豪，頁八五－九八；黃居正，頁九九－一一八），筆者以為平埔族正名為法定原住民族的成果，提供了臺灣人有著平埔族血脈、平埔族正名納入原住民族、而後原住民族溯源至南島民族之視角，此一關聯建構了臺灣人與世界南島民族連結的機會。

在考古人類學、語言學、基因學者的努力下，臺灣南島語言的獨特性進一步說明了「出臺灣假說」（out of Taiwan Hypothesis）——臺灣是南島語族原鄉的可能。臺灣

2 多位文化工作者長期致力於平埔族正名運動，如潘朝成以「熟番是殖民壓迫種下之惡」、「買辦階級的壓迫」，說明被動拋棄原住民族身分的平埔族具有合情、合理、合法的正名依據（二〇一二，頁一七五－一八七；二〇一八，頁六七－九三）。

原鄉論雖然受到不少挑戰，卻成為當權者政策發展的立論基礎，李登輝總統執政時期所推行的南向政策，以及二〇〇〇年至二〇〇八年陳水扁政府、二〇一六年至今（二〇二一年）蔡英文政府致力於將「南島語族」的研究成果對應於「南島民族」、「南島文化」。原住民族委員會為了支持政府政策導向，二〇一八年積極推動臺紐文化尋根之旅，重啟南島民族論壇等活動。這些做為，一方面顯現執政者望向南方，將臺灣置於南島語系、南島民族、南島文化的樞紐位置，努力擴大外交版圖；另一方面以「南島」為名的想像，在國際政治、外交突圍之外，揭示了一九九〇年代至今臺灣人認同的複雜論辯。

除了原運、臺灣國族主義以及學界的推動，臺灣「南島」論述的建構也須留意原住民族作家作品的聲音。原運與原住民族文學的關係密切，然而，文學一方面延續原運的核心精神，後續也做為回歸部落、文化復振之平臺，再加上一九八〇年代以降文學場域、世代更迭的影響，我們得以透過文學察覺一個更加不同的「南島」觀點。一九九〇年代原民知青為了營造公共論述空間，自辦報刊雜誌論辯重要的公共議題，「南島」的概念與運用正式登場。曾參與原運的林明德擔任《南島時報》主編，他鼓吹「南島民族」、「炎黃子孫」的對立。相較於此，《山海文化》的總編孫大川認為，臺灣原住民族可透過文學文化與第三世界原住民結盟，審慎評估族人於書寫中擷取、應用、論證「文化中國」與「文化南島」的靈感和資源，孫大川指出南島語言的混語現象，將是探察臺灣歷史縱深之重要視角。

相較於孫大川，夏曼．藍波安以後殖民書寫姿態自居，從《八代灣的神話》、《冷海情深》至《大海浮夢》，呈現作者「成為」一個達悟男人的心路歷程，二〇〇四年至二〇〇五年間航向南太平洋的經歷也讓他與世界南島住民相遇。然而，相較於官方所宣稱的臺灣原鄉論，夏曼．藍波安在討海生活、勞動經驗中確認彼此的親疏關係，傾向以「拉馬克模式」分野陸上的人與海上的人，辯證性地挑戰了以血脈、語言認定的「南島」觀點，勾勒以海洋為家國的認同張力。

民進黨政府、原運領袖將「南島」政治化的考慮，有其歷史脈絡，相較於此，筆者將指出孫大川、夏曼．藍波安與官方「同聲複調」的南島觀點，這些觀點指出以「南島」為名的政治與限制，呈現以文學作品回應南島文化的格局。

二、「臺灣原鄉論」政治化的論述歷程

南島語族「共同來源」與「擴散路徑」的探索，解釋西元前人類移動、定居以及人際互動的結果，也帶出臺灣在南島語族議題上的重要位置。考古學者臧振華指出，南島語族的來源與擴散路徑可分為「快車假說」（Express-train Hypothesis）、「出東南亞假說」（out of Southeast Asia Hypothesis）、「慢船假說」（Slow Boat Hypothesis）、「糾纏地帶假說」（Entangled Bank Hypothesis）、「三I假說」（Tripple I Hypothesis）等（臧振華，頁八九—九一）[3]，其中，「快車假說（Express-train Hypothesis）」是「出臺灣假說」的論述基礎。

臺灣南島語言的獨特性，讓美國語言學者白樂思（Robert Blust）與澳洲考古人類學者貝爾伍德（Peter Bellwood）提出立論，支持「出臺灣假說」的可能性。白樂思比較南島語族的分群和詞彙，提出原南島語（proto-Austronesian）分化為福爾摩沙語（Formosan）和馬來玻里尼西亞語（Malayo-Polynesian），分化的地方即是在臺灣或其附近，白樂思因此推測臺灣應該是南島語的起源地，至少是非常接近這個起源地（Blust，頁四五—六七）。從考古學的角度，貝爾伍德指出南島語族的祖先是居住在大

陸東南沿海的新石器時代的農民，因需要新的土地耕作，於西元前六千年開始海外擴散，西元前五千五百年到達臺灣，西元前五千年繼續擴散至菲律賓北部，西元前四千至兩千年南島語族占居了東南亞（Bellwood，頁一七四－一八五）。白樂思與貝爾伍德指出臺灣做為原南島語分化的可能區域、臺灣做為南島語族遷徙必經之地，顯示了臺灣與

3 「快車假說」緣於對人類拓殖波里尼西亞的探討。在語言學的證據下，該假說指出波里尼西亞人的祖先快速地從東亞移居至波里尼西亞，南島語族自大陸東南的原居地（包括臺灣）向外擴張。「出東南亞假說」認為南島語族的源頭是在島嶼東南亞。「慢船假說」是由遺傳學者依Y染色體標記，指出波里尼西亞人的祖先源於亞洲，但在他們進入大洋洲之前，已經與美拉尼西亞人有廣泛地混血。「糾纏地帶假說」提倡者特勒爾（John Terrell）指出南島語族在太平洋的移民史不是簡單的擴散，透過社會與貿易網絡，形成一個複雜糾纏的過程（一九八八年）。主張「三I假說」（Triple I Hypothesis — intrusion, innovation, integration）的葛林（Roger Green）同意南島語族擴散議題的複雜性。他指出代表南島語族的Lapita文化之所以出現在太平洋，並非直接由東南亞移入，而是源於非土著亞洲元素的進入、當地新的發明，以及非土著與土著元素的整合（一九九一年）。

南島語系互動的網絡。雖然這只是眾多說法的其中一種[4]，卻被臺灣學者視為重要線索，並在這樣的基礎上提出更直接的證據。

臺灣學者試圖在考古學、人類學、語言學及分子遺傳學的證據下，確認臺灣與南島語系更為直接的對應關係。考古學者臧振華指出，若干考古遺址的出土，如臺灣大坌坑文化、澎湖七美島史前石器製造場的發現，以及臺灣原住民族可能連結遺址的發現，如臺南南科大道公遺址、宜蘭淇武蘭遺址、臺東舊香蘭遺址等（臧振華，頁九七－一〇一），考古證據強化了「快車假說」。語言學者李壬癸延伸小川尚義的研究成果，重申臺灣南島語言的獨特性，包括歧異性以及保存許多古南島語的現象。他以「人稱代名詞系統」的重建為例，指出語音系統、構詞、句法方面，超過百分之九十的證據，都來自臺灣南島語言（陳其南，頁一六六－一六八；李壬癸，頁一－三六），這些證據說明了臺灣南島語言系譜的對比性與可參照性。此外，分子遺傳學者林媽利指出從染色體上的基因及粒線體DNA的研究可以看到臺灣南島族群與印尼、菲律賓（東南亞島嶼）的族群相近。林媽利宣稱其實驗室最先藉由粒線體DNA（母系血緣）證明臺灣原住民與玻里尼西亞人有直接血緣的關聯，並推論玻尼西亞人的父系血緣是在遷徙過程中得到的，該研究揭示了「出臺灣假說」的合理性（Broadberry, Chu, Lin, Loo, Trejaut & Yu，二〇〇五年；陳其南等人，頁一七二－一七六）。從「快車假說」至「出臺灣假說」，學者們強化世界南島論述中臺灣的位置與影響，這些研究成果也成為政府發展臺灣原鄉論——臺灣是南島語族發源地的論述基礎。

在中國國族主義與臺灣國族主義對立之下，民進黨政府促成南島民族論述的建制化（吳秉謙，頁七九－八二；劉璧榛，頁四〇五－四五九），因此，「南島」一詞從南島語系轉變為南島民族共同體的想像，也強化臺灣原鄉論之立場。這些論述，不僅成為臺灣與太平洋國家建立實質夥伴關係的基礎，也建構了「南島兄弟姊妹」的真實存在。

---

4 不同於白樂思與貝爾伍德，美國人類學者威廉·索爾海姆（Wilhelm Solheim）和美國考古學者威廉·梅卡姆（William Meacham）主張「出東南亞假說」（out of Southeast Asia Hypothesis）。索爾海姆指出現有的考古資料不支持南島語族自北向南移動的說法（Solheim，頁七七－八八）；而威廉·梅卡姆依據臺灣長濱文化和菲律賓石瓣、石片工業傳統在年代模式的相似性，卻不見中國大陸有其史前文化，因而推測南島語族大約是在西元前一萬年到西元前五千年之間，由菲律賓向臺灣擴散（Meacham，頁二二七－二五四）。

李登輝政府開始推動南向政策[5]，陳水扁政府、蔡英文政府延續南向之方針，進一步建構南島民族之論述（黃奎博、周容卉，頁六一－六九）。盧梅芬整理陳水扁總統執政期間的南島文化政策與活動，說明臺灣政府如何強化「南島民族」、「南島文化」論述的能見度。這些政策與活動包括二〇〇二年交通部觀光局將臺東南島文化節列入每月具代表性之十二項大型民俗節慶活動；同年，時任臺東縣長徐慶元提出設置南島文化園區、舉辦南島文化節；同年十二月，時任原民會主委陳建年辦理第一屆「南島民族領袖會議」，簽署《南島民族領袖臺北宣言》。二〇〇三年行政院籌辦「南島文化園區」，接續舉辦南島民族國際會議。二〇〇五年史前館《南島研究學報》創刊，陳水扁與原住民立委進行南島文化外交。二〇〇七年教育部成立「世界南島學術研究計畫」辦公室；同年八月，陳水扁宣布「南島民族論壇祕書處」成立（盧梅芬，頁三五－九三）。盧梅芬指出，陳水扁執政期間強調南島身分的政治性，並透過南島文化外交策略拓展國際空間。

延續陳水扁執政時期所建構的南島論述，蔡英文總統再次深化「南島民族」與「南島文化」的定位。蔡英文總統自二〇一六年上任之後，積極推動新南向政策，深化臺灣與東南亞、南亞、紐西蘭、澳洲等十八個國家的夥伴關係，南島民族論述便是在此契機下重新啟動。首先，二〇一七年十月蔡英文總統啟程前往南太平洋馬紹爾、吐瓦魯、索羅門群島鞏固邦交，外交部定調為「永續南島．攜手共好」的「尋親之旅」（〈十月底首訪南太平洋友邦，蔡總統「尋親之旅」避十九大〉，二〇一七年）。二〇一八年八月一日臺灣重啟停辦十年的南島民族論壇，首次復辦共有十三個太平洋島國與地區與會，總統蔡英文致詞時，強調臺灣與南島民族的密切關係，期盼透過交流合作，讓南島民族兄弟姊妹之間形成更緊密的夥伴關係（蔡英文，二〇一八年）。在這個基礎上，二〇一八年原住民族委員會與紐西蘭北島 Ngāti Manu 毛利部落共同推動「臺紐青少年文化尋根」計畫，透過雙方青少年互訪實地交流，深化兩國夥伴關係並擴大南島文化圈的概念（莎韻．斗夙、雅柏甦詠．博伊哲努，二〇一九年）。二〇一九年三月南島民族論壇執委會於帛琉舉行，蔡英文政府肯認原住民族在南島區域的重要性，正式通過「南島民族論壇二〇二〇至二〇二五年的中長程計畫」（原住民族委員會，二〇一九年），該計畫分五大策略，以語言文化為核心，向外延伸出區域產業發展、學術與政策研究、人力資源發

5　李登輝政府時期推動的南向政策，包括一九九四年至一九九六年推動（第一期）「加強東南亞地區經貿工作綱領」，一九九七年至一九九九年持續推動並強化與寮國、緬甸、柬埔寨、紐西蘭、澳洲等國的聯絡，制定「加強對東南亞及紐澳地區經貿工作綱領」。

展及基礎型會務建構（原住民族委員會，二〇一九年a）。原住民族委員會主委夷將．拔路兒於帛琉南島論壇的開幕式上，援引蔡總統之語，再次強調「南島民族」共同體的願景：

> 從陸地的觀點來看，太平洋島嶼既分散又渺小。但事實上，從南島民族特有的海洋觀點來看，我們共享全球最大的海域，具有遼闊的視野，可以為全世界帶來重要的貢獻（蔡英文，二〇一八年）。

蔡總統強調原住民族是「南島的兄弟姊妹」，共同具備「海洋觀點」，共享全球最大的海域。這些論述，透過政府決策、宣言以及相關部會的支持與活動辦理，展現民進黨政府透過原住民族連結南島文化共同體的過程。

考古人類學、語言學、分子遺傳學者持續探索「南島語族」的起源與擴散議題，民進黨政府運用臺灣原鄉論的說法，打造南島民族、南島文化共同體，正面迎擊中國政權的挑戰。事實上，「臺灣原鄉論」不僅是學術課題，也是臺灣民眾確認主體性的路徑之一。筆者側重「臺灣原鄉論」政治化之過程，特別聚焦在民進黨政府政權，並非忽視其他領域所發展的南島語系論述，我們可以預見的是，透過政府政策之推動，特定領域的發展將大有可為，諸如「南島民族論壇二〇二〇至二〇二五年的中長程計畫」的通過，政府、原民會提供經費與人力支持語言文化、區域產業發展、學術與政策研究、人力資源發展及基礎型會務建構等面向，協力打造臺灣與世界連結的南島論述。不過，正如同一〇六年度監察院針對「南島文化對新南向政策之意義」案件之批評，包括戰略目標游移、在全球與兩岸互動格局的定位不清；並提出應深化南島文化優勢……等建議（監察院，二〇一七年），「臺灣原鄉論」政治化過程中的協力與角力並存，事實上也影響臺灣原住民作家對於南島民族、南島文化的理解。文學做為族人以第一人稱發聲的方式，作家作品「以南島為名」回應了哪些議題？皆為臺灣南島文化建構的重要參照。

三、南島做為一種立場：《南島時報》、《山海文化》的認同思索

原運興起，是族人回答「我是誰」的重要契機，「先住民」、「原住民」與「南島語系民族」哪一稱呼最能取代「高山族」，成為當時臺灣社會討論的焦點。一九八四年臺灣原

住民族權利促進會正式使用「原住民」。不過，時任中研院院士李亦園，以及時任國立自然科學博物館館長漢寶德，皆反對使用「原住民」一詞。兩人依據科學證據指出「原住民」並非最早居於臺灣，故「原住民」一詞是政治目的，應以學術上所使用的「南島語系少數民族」、「南島民族」最為合理[6]。

相較於李亦園、漢寶德之說，中研院學者張茂桂、黃應貴、蔣斌、陳茂泰、石磊、瞿海源聯名主張應尊重原住民的自稱，強調族人自我命名的權利應受到尊重。他們反駁使用「原住民」一詞的質疑，卻也對原運人士未能運用「臺灣南島民族」建構族群意識而感到遺憾。學者們指出族人建立族群認同感的過程中，執著於「原住民」一詞，正是近三百年來族人深受華人統治與華人教育，而僅將眼光侷限於臺灣本地族群關係的結果[7]。學者們從科學依據以及漢沙文主義回應「原住民」自稱，這些論爭也成為了林明德創辦《南島時報》的起點。

林明德力圖擺脫漢字「原」的各式限制，主張用「南島民族」做為統稱，一九九五年七月自辦綜合性報紙《南島時報》，創刊號解釋以「南島」命名的考慮：

我們選擇了臺灣社會最陌生的「南島」做為報刊的名稱，雖遭受到主張堅持以

「原住民」做為族群統稱者的質疑反對。但是為了跳脫「原」的思考盲點與可能限制，我們寧可選擇最艱困的路。其實，近代考古學家、語言學家已相當確定，臺灣原住民不但是南島民族的一員，甚至是整個南島語系的發源地，因而用「南島」統稱臺灣原住民，不但最符合科學的事實，也可以擺脫漢人玩弄文字遊戲的魔障，甚至可以跳脫漢人所制定的遊戲規則，提供族人一個全新的視野，也為民族創造一個更寬廣的發展舞臺（林明德，頁二）。

林明德指出原住民的「原」字，引發諸多爭議，他希望「南島」一詞能跳脫漢文化之視野。這份期待如何落實？首先，報刊設立「南島民族系列報導」專題。《南島時報》發刊日一九九五年七月一日第八版強調「臺灣是南島民族的原鄉」，該系列報導附上南

---

6 李亦園口述，〈李亦園院士對族群稱呼的主張〉（一九九二年），頁六九—一〇一。漢寶德之意見參照Vicker（二〇〇九年）。

7 黃應貴、蔣斌、陳茂泰、石磊、瞿海源，〈尊重原住民的自稱〉（一九九二年）。

島民族遷徙圖、南島語族簡介，以及蔡百銓〈臺灣：南島文化的復興基地〉一文，後續刊登〈臺灣原住民族簡介〉（一九九五年七月二十日）、〈臺灣平埔族簡介〉（一九九五年七月廿七日）、以及〈玻里尼西亞諸國：庫克群島〉（一九九五年八月三日）、〈東加友善群島〉（一九九五年八月十七日）、〈尼威、吐瓦魯〉（一九九五年八月廿四日）、〈紐西蘭毛利族〉（一九九五年八月三十一日）、〈大溪地〉（一九九五年九月八日）、〈復活節島〉（一九九五年九月十五日）、〈夏威夷〉（一九九五年九月廿二日）、〈美拉尼西亞諸國：美拉尼西亞〉（一九九五年九月廿九日）、〈斐濟〉（一九九五年十月六日）、〈所羅門群島〉（一九九五年十月二十日）、〈巴布亞新幾內亞〉（一九九五年十月廿七日）、〈密克羅尼西亞諸國：密克羅尼西亞〉（一九九五年十一月三日）、〈諾魯〉（一九九五年十二月八日）、〈關島〉（一九九五年十二月十五日）、〈帛琉〉（一九九五年十二月廿二日）、〈羅塔島〉（一九九五年十二月廿九日）。「南島民族系列報導」每一國家僅有半版篇幅的介紹，不得不簡化人口、地理環境、族群文化等項目之描述，繼羅塔島之後未見該系列報導之延續。此外，《南島時報》主要關注臺灣政壇與原住民社會事件，世界南島住民的報導比例不高。

即使如此，讀者仍可察覺一九九〇年代臺灣社會對南島議題的關注，包括以南向政策、國際外交串聯臺灣與南島民族的關係：〈臺灣原住民是李總統南向政策的先鋒〉（一九九六年五月九日）、〈臺灣原住民組團到南島語系國家親善外交〉（一九九六年十月十日）、〈李登輝：臺灣將成南島研究重鎮〉（一九九九年五月十三日）；或南島區域的個別串聯，如〈蘭嶼和巴丹島醞釀成立蘭巴共和國〉（一九九八年三月廿四日）、〈一九九九臺東南島節：縣長邀帛琉總統來臺參加盛會〉（一九九九年五月十三日）。這些報導顯示南島文化藝術結盟的機會，不僅拓展臺灣的外交版圖，亦能豐富臺灣南島文化的建構。

相較於《南島時報》對立「南島民族」與「炎黃子孫」，一九九三年創刊的《山海文化》雙月刊秉持國際原住民文化同盟的理念，同時正視「文化南島」與「文化中國」交會於族人的多重影響。《南島時報》以「南島」定位臺灣原住民，《山海文化》總編孫大川則以「山海」召喚族人的存在感：

對原住民而言，「山海」的象徵，不單是空間的，也是人性的。它一方面明確地指出了臺灣「本土化」運動，向寶島山海空間格局的真實回歸，另一方面也強烈凸顯了人類向「自然」回歸的人性要求。……我們的視野並不希望被侷限在臺灣原住民身上。彼岸甚至廣泛的第三世界少數民族的處境、經驗及其豐富的文化資產，都是我們關心、探討的主題。我們深深相信：一個僅僅以漢民族為中心的歷史敘述或文化論述，不僅不完備，甚至會窒息整個民族文化的生機；而以白人為中心所宰制的世界，也終將逼使人類枯槁而死（一九九三年，頁四）。

孫大川以山海觀點重新定義「原住民」，他指出原住民回歸山海空間，不只是回應臺灣本土化趨勢，還在於強化人類回歸自然的普世價值。普世價值根植於人性，孫大川指出，原住民卑微、苦難的經驗更能觸及生命本質與人性底層（一九九三年，頁四）。因此，若族人能參看中國、第三世界少數民族的處境、苦難經驗與文化資產，形成跨越國界的文化同盟，將能改善漢人中心、白人中心的困局。事實上，孫大川提出的「文化同盟」與一九九三年聯合國國際原住民年的決議密切相關，也使得《山海文化》第二期設定「國際原住民年的回顧與展望」專題，特別刊登〈一九九三聯合國國際原住民年主題：原住民&新夥伴的關係〉一文，指出一九九四至二〇〇三年為世界原住民族國際十年，主要目標是加強國際合作，解決原住民族在人權、環境、發展、保健、文化和教育等領域之問題。孫大川以原住民族所遭遇的苦難經驗為基底，呼應「國際原住民年」之訴求。

一九九五年一月，《山海文化》第八期「國際原壇」專題首次出現「南島民族」之詞，該詞回應新夥伴關係的訴求與期盼。「國際原壇」專題收錄蔡百銓的兩篇文章〈臺灣：南島文化復興基地——序「大洋洲報導」開講篇〉、〈文化南島：為臺灣尋找另一個座標《大洋洲史》出版序〉，以及兩篇由蔡百銓翻譯的文章，分別是紐西蘭語言學者安德魯·鮑來（Andrew Pawley）的〈南島語族〉（Austronesian Language）與貝爾伍德（Peter Bellwood）的〈臺灣：南島民族的發源地〉（The Austronesian Dispersal and the Origin of Languages）。值得留意的是，貝爾伍德一文中文直譯的標題應為〈南島語族擴散與語言的起源〉。貝爾伍德指出，古老的南島語族就在臺灣發展成熟，而後移民至東南亞、大洋洲。

原文如此，但譯者蔡百銓直接推論為臺灣是「南島民族」的原鄉，不僅將標題譯為「臺灣：南島民族的發源地」，更極力推崇正宗的南島文化，「能夠保存正宗南島文化者，當推我國原住民與大洋洲島民」、「南島文化之重振與創新，必然將以臺灣為基礎而大放異彩」（蔡百銓，頁一一四—一一五）。蔡百銓之說雖然論證不足，不過，該篇文章不僅刊載於《山海文化》雙月刊，也刊登於同年七月《南島時報》的創刊號，更成為《南島時報》發刊詞的重要依據。相較於《南島時報》立論，《山海文化》總編孫大川表示「國際原壇」的設立，是為了辯證臺灣歷史文化交會、混雜，甚至是衝撞之現實，「臺灣文化的內涵是豐富的，不能夠僅以『文化中國』來涵蓋。蔡百銓這一期以及今後一系列的論述，將不斷凸顯這個主題，擴大原住民與臺灣的文化歷史縱深」（一九九五年，頁一）。這番話語，不僅辯證性地看待「文化南島」與「文化中國」之交會，更希冀能藉由「南島文化」擴充原住民與臺灣文化歷史縱深。

語言的使用，將是一個透過「南島文化」擴充原住民與臺灣文化歷史縱深之視角。孫大川鼓勵族人同時以漢文或羅馬拼音文字書寫，除了族語書寫，更力倡漢文書寫「可以考驗語言受異文化的可能邊界，豐富彼此的語言世界」（一九九三年，頁四）。發表於一九九三年的〈山海世界〉，展現孫大川建構原住民族漢語文學之立場，阿美族阿道．巴辣夫的詩作〈肛門說：我們才是愛幣力君啊！給雅美勇士，在立法院〉與散文〈好想「彌啁啁」啊，現在〉更是孫大川屢次舉證之佳作。〈肛門說：我們才是愛幣力君啊！給雅美勇士，在立法院〉一詩當中，「肛門」具有排遺器官和政府（government）的雙重意義，「丁字褲」兼具貼身衣物以及達悟人之指涉，而「愛幣力君」則可同時表示為嗜利的君王（政府）以及土著（aborigine）。透過諧音，詞語因而有多重意義的組合：

節奏完全是阿美族的，拼音和漢語書寫夾雜，文白相間，加上詼諧幽默的筆調，實在令人暢快。姑且不論它是否介入、解構了百朗書寫，它其實開啟了整體臺灣文學一個全新的視野和領域（孫大川，二〇〇三年，頁七四）。

詩作中英文意的轉折，一方面是作者運用諧音批判的巧思，卻也呈現了中國、南島，以及美國、日本帝國交會於族人身上的權力關係，顯現語言與異文化交會的邊界，亦實踐孫大川透過南島文化（語言），擴充原住民與臺灣文化歷史縱深的期待。此一觀點，在學者魏貽君的論述下進一步強化。魏貽君指出，移民者或殖民者的外來語言終究、必然促使了土著社會原本存在的語言政治生態，衍生出有機的、辯證的混語現象，「因此，混語書寫之於他們，不是為了圓滿個人的美學習癖，而是在探察了殖民歷史傷痕之後，深沉地檢索、驗證族群的、自我的多元文化身分認同線索」（頁三七一）。南島語言繁複的混語現象，表現在作家作品之中，也同步展現了臺灣歷史銘刻在原住民族身上的影響與痕跡。

在南島語言的混語基礎上，孫大川除了說明「漢語番化」、「番語漢化」之運用，他援引了學者詹素娟平埔族研究的成果，試圖說明從「漢人」回到「熟番」，從「熟番」

找到「土番」，再從「土番」連接到「野番」（生番）的一個迴向過程，進而強調「返來作番」的姿態，辯證地展現對於主體、認同的看法：

> 平埔族意識的折返，其核心的意義與價值，並不在他選擇了「什麼」或向「誰」來認同，而是接受「兩邊」做為他認同的共同源頭，這才是人的存在或文化存在的真實狀態。所謂純粹的漢族或純種的原住民，若非虛幻的想像，便是狂妄的偏執。……平埔意識，讓我們理解到浮動的族群邊界，也讓我們有機會不斷揚棄自己主體的主體（二〇〇七，頁三）。

平埔意識的折返，其價值是接受原漢、父輩母系做為認同的「共同」源頭，亦為孫大川反思族群認同與身分主體的路徑。因此，南島語言的混語書寫、平埔族混血的認同政治，是一個觀察臺灣歷史縱深的重要視角，也是《山海文化》辯證性地看待「文化南島」與「文化中國」之期盼。如同魏貽君「沒有母語，如何混語？」的提醒，南島語言文化及其混雜，足以深化臺灣多元歷史縱深之視角，亦是原住民族給臺灣的禮物。

文學語言的討論，肩負著一九九〇年代「原住民」、「南島民族」正名論辯的政治性，以及如何定位臺灣原住民族文化的考慮。曾參與原運的林明德挪用具有民族主義之「南島民族」概念以抵抗「炎黃子孫」，孫大川採取國際原住民族聯盟的位置，指出臺灣原住民應與第三世界原住民各族結盟，並認為臺灣文化內涵的深度，是建立在一種辯證關係之上，臺灣文化不能只依據「文化中國」視角，還需重新發現「文化南島」帶給臺灣的禮物。在此，南島民族 vs. 炎黃子孫的二元對立，以及文化南島 vs. 文化中國的辯證關係，具體而微地呈現了後續原住民建構身分認同的考慮與挑戰。

四、以海洋為家國：夏曼‧藍波安的群島想像

不同於《南島時報》報導〈蘭嶼和巴丹島醞釀成立蘭巴共和國〉（一九九八年三月廿四日）、〈蘭嶼與巴丹島簽署雙方交流『備忘錄』〉（一九九八年三月廿四日）、〈蘭嶼達悟人再訪巴丹島，尋找與比對飛魚原鄉文化〉（一九九九年五月十三日）的政治效應，夏曼‧藍波安於日常之中體會蘭嶼和菲律賓巴丹島的密切關係，也透過勞動經驗確認自身與世界南島住民的關聯。二〇〇四年十二月至二〇〇五年二月，夏曼‧藍波安前

往南太平洋、拉洛東咖島(庫克群島國)與斐濟;二〇〇五年五月至七月,他與日本航海家山本良行(Yamamoto Yoshiyuki)、五名印尼人乘印尼傳統獨木舟環行太平洋。這些經歷不僅化為《大海浮夢》的章節,也完成了夏曼・藍波安始終嚮往的「爛夢想」。有意思的是,不同於官方、學界所建構的南島文化,作家的南島視角呈現在海上勞動的生命形態、以海為生的生命情調。夏曼・藍波安透過作品提醒我們,唯有透過勞動經驗方能深入南島文化的肌理。

夏曼・藍波安於九〇年代回到蘭嶼,重新學習如何當個達悟男人,作品反映其確認身分認同的軌跡。第一本作品《八代灣的神話》(一九九二年)以記錄達悟族口傳神話為書寫起點,字裡行間透露著作者回應神話傳說、回歸部落、回覆傳統的姿態。散文集《冷海情深》(一九九七年)、《海浪的記憶》(二〇〇〇年)描述其學習潛水捕魚、伐木造舟,透過勞動理解達悟族的海洋文化,也透過聆聽父執輩的教誨認識達悟傳統。當他獲得族人以及父執輩的認同,也就愈能感受到身為達悟人的驕傲,然而,這樣的歷程充滿挑戰。夏曼・藍波安第一本小說《黑色的翅膀》(一九九九年)描繪四個達悟男孩的成長歷程,這四個孩子面臨傳統文化的快速消逝、現代經濟帶來新的價值觀、國民教育的偏見、西方基督宗教的影響,呈現了達悟人的矛盾與衝突,使得他們對這個正在變動的世界抱持著不同的嚮往與反省，其中，抗拒現代化誘惑與威脅，留在島上成為捕撈飛魚高手的卡洛洛，是夏曼．藍波安心之所嚮的理想角色。

這個形象在後續作品出現的「龍蝦王子」、「海洋的大學生」延續下來，這個角色不僅成為夏曼．藍波安反覆書寫的寄託，亦是其後殖民書寫策略的具體表徵。不過，成為龍蝦王子、海洋的大學生並非讓自己只能守在島上，相反地，這樣的生命經驗成為夏曼．藍波安連結南島民族之契機。二〇一四年出版的《大海浮夢》為夏曼．藍波安回顧自身之作，第一部分「飢餓的童年」回溯他的童年時光，第二、三部分描述他實踐了兒時航行於遠洋的夢想，不論是在庫克群島國，或是在環太平洋的島嶼上，他再次驗證了浩鷗法以「群島之洋」（a sea of islands）定義大洋洲，讓海洋成為主體，海洋便是「多物種共生連續」（multispecies connectivities）之繁複世界（浩鷗法，二〇一八年，頁五二－八四；Huang，頁三－一九）。

事實上，海洋是多物種共生連續的繁複世界，始終是《冷海情深》、《海浪的記憶》至《老海人》、《天空的眼睛》等作品的核心議題，《大海浮夢》一方面延續此書寫主軸，另一方面擴大了浩鷗法名言「我們是海」（We are the ocean）的「我們」（we）指涉。

夏曼・藍波安與海共生的情感，是作者「成為達悟人」之起點，「我們是海」則是他與世界南島住民快速熟稔的關鍵，行文中的「我們」不僅是達悟人、南島住民，還包括同樣以海為生、在海上勞動的人們。首先，夏曼・藍波安延續後殖民書寫的批判立場，強調達悟人與南島住民同樣承接核廢料的處境，以此建構「我們」此一共同體。《大海浮夢》第二章〈放浪南太平洋〉並置蘭嶼、拉洛東咖島居民反核行動，連結島嶼間共同的受害經驗。作者遇見A君——一位反核的猶太人，A君尋找父親並至醫院擔任志工的行為，令作者聯想起自身參加一九九六年於大溪地舉辦的「西元二〇〇〇年廢除第一世界運儲核武、核廢至第三世界」活動，以及一九八八年蘭嶼「驅除惡靈」社會運動。然而，相較於小島面臨的威脅，拉洛東咖島民不談反核，他們的生命態度一如達悟族人的低調與勤勞。島民對核廢料的沉默，使得夏曼・藍波安重新思考自身與世界南島住民的關聯。

除了受害經驗，夏曼・藍波安察覺日常生活經驗的交會才是共構「我們」的基礎。作者遊歷南太平洋、印尼沿海的過程中，多半是透過語言、日常慣習確認彼此為世界南島住民的一分子。當他們航行於摩鹿加海峽，停靠 Samitigi 漁村岸邊時，男人聚在一起嚼檳榔、吐檳榔汁，並邀請夏曼・藍波安加入。夏曼・藍波安很自然地為自己製作檳榔，動作與方式與當地人相似，也因此獲得他人信任：

這個小小的動作卻是我們彼此之間的「共通語言」，驅除陌生的距離。我因而跟他們數著一、二、三……以及說著臉部五官的稱呼，眾人嚇了一跳。……吃檳榔，以及數字、單字的相似，說明了「南島語」使用區域是非常廣闊（二〇一四年，頁三〇七）。

夏曼．藍波安的膚色、形貌、身高與玻里尼西亞人相仿，在日常習慣與語言的相似性下，他們拉近了彼此距離，那份在語言、血緣基因相似的親切感，對作者而言，遠勝於祖國，或是相同宗教信仰所凝聚的認同感。在這個基礎上，夏曼．藍波安還驚喜地發現在庫克群島所遇見的人，對海洋的理解與感受與他如此一致：

海洋的韻律，……證實了我孩提時期與諸島嶼島民的相遇是親切淹過陌生，感受彼此間的親和熱情是由海洋的洋流臍帶所牽引的。……然而，對於我的房東，她的兒子彼得，我本人，那位女性以及其他許多的南島族人，海洋是我們共同祖先追尋太陽升起的地方的捷徑，是海洋讓我們認識這個星球，那何謂「海洋」呢？其實就是會流動的、有情緒的水（二〇一四年，頁一五三）。

相較於語言與風俗習慣的相似性，夏曼．藍波安指出庫克群島住民同為南島民族，對海洋既依戀又敬畏的感受是彼此最「一致」的行為。《大海浮夢》中描繪密克羅尼西亞的卡洛琳群島男性，在航海經驗下具備觀星的知識、月亮與潮汐的常識，甚至能感知二十八個風的名字（夏曼．藍波安，二〇一四年，頁一九四）。感知環境能力的相關描述，始終是夏曼．藍波安作品之特點，而這樣的感官知覺，不僅是當地男性普遍的常識，亦為海洋民族共感的環境知識，更是作者思考「南島文化」建構的路徑。換言之，這些民族透過勞動經驗能感受到海洋的情緒、擁有以海洋觀看世界的眼睛，對夏曼．藍波安而言，這些經驗、感情才能厚實「南島民族」的內涵。

除了這一群與海共生的南島民族，「我們是海」的「我們」，還包括另一群與海共生的人們——從臺灣、大陸前來庫克群島國的遠洋漁工。這些遠洋漁工為了脫離貧窮，將自身命運交給了船家。同樣與海共生，遠洋漁工用生命、用經驗所理解的海洋知識、所體會的海洋情緒，與南島民族如出一轍，讓夏曼．藍波安充滿感情地描述這一群「海上的人」。來自臺灣的陳船長為了生存，學習看氣候、測水溫、測洋流，評估雲彩與風速對船隻的影響，還得熟記魚市行規、不同公司的漁撈術語、國際海上的漁撈事務。海浪淬鍊他的人生，十噸的船因此成為他的世界。同在一艘船上的羌族人小平、發仔，也從平地小夥子蛻變為熟悉各項漁業事務的漁工，這些因經驗而來的「野性知識」，是夏曼·藍波安重視且同理的部分：

> 他的叛逆期是在海上過的，是海浪淬鍊了他，是魚鉤給了他細心，是魚線給了他耐性與節儉，月亮與氣象給了他智慧，許多許多的人生哲學是每波海浪給他思索。……他討厭知識分子只想服從科學儀器建立知識，卻對他的野性知識如何被訓練並不感興趣（二〇一四年，頁一七九）。

陳船長的人生哲學是在海上習得的，他照顧來自大陸的少年船員，猶如父親見證少年們在技術上、人格上的成熟，這些經驗讓夏曼·藍波安有感而發，「我體悟了閩南人在海外獵魚的韌性、耐性與耐心，在海外與大陸漁工自成一個『漁業國家』的命運共同體」（二〇一四年，頁二三九）。此一命運共同體的想望，就是一起努力改變貧窮的生活。不論是船長或漁工，赤貧讓他們離開原本的家園成為討海人，赤貧讓他們在海上心智提早成熟，那些生死患難的共在感，讓大海成為他們心中一致的國家。

南島民族以海「為」生，根植於文化脈絡的經驗讓族人具備感知海洋情緒的能力；漁工則是以海「維」生，生存法則讓漁工敏銳於海洋氣象的變化。不論是「以海為生」還是「以海維生」，海上的人有別於陸上的人，海上的人透過勞動經驗而具備的野性知識，是彼此惺惺相惜、形成共同體的基礎。

夏曼．藍波安將這一群「與海共生」的人們視為我群，回應了「拉馬克模式」的人類學視角。人類學者喬赫林．林內金（Jocelyn Linnekin）與林特．波易爾（Linette A. Poyer）依據大洋洲民族誌資料提出人群分類與身分界定的方式，分為強調「先天」特質的「孟德爾模式」（Mendelian Model）以及強調後天特質的「拉馬克模式」（Lamarckian Model）。

孟德爾模式指出人在出生前所獲得的特質具有可傳承性，比較接近西方強調「出身」的族群觀念；相較於此，拉馬克模式強調個體與環境（包括土地、自然環境、社會環境）互動、學習所獲得之特質，呈現一種集體社會構成之人觀。多數大洋洲地區幾乎具備「拉馬克式的認同」，即該區域人們界定某人屬於我群或他群的關鍵並不以血緣為基礎，而是以實踐為主；換言之，成為什麼人並非血緣，而是因為做了什麼事（Linnckin & Poyer）。大洋洲重視環境、行動、人群關係展演的拉馬克模式，廣受族群研究學者引用。學者們提出「拉馬克模式」不只是呈現大洋洲島民的特質，還在於省思僅以「出身」（血緣）做為人群區辨與認同依據的限制。

事實上，我們都能創造另一種分類方式，甚至指出夏曼．藍波安說法的偏頗，不過，人類學者何翠萍、蔣斌指出了最為關鍵的問題：「在什麼情況下強調血緣的族群性成為一個社會體系之中如此重要的象徵？」學者們指出殖民主義的國家擴張、現代國族與國家意識之鼓吹，使得強調血緣的族群性成為當代最普遍的一種認同形式（何翠萍、蔣斌，頁一－二九）。

在現代國族意識的鼓吹下，不論是殖民者或是被殖民者皆透過共同祖先、語言、血緣強調族群性，臺灣官方的南島論述、夏曼．藍波安的後殖民書寫策略正是立基於此。然而，夏曼．藍波安雖然刻意對照蘭嶼、拉洛東加島核廢料影響當地原住民的事實，強化南島民族深受其害的經驗，但作者也察覺這些「論述」真正回饋給島民的部分有限，就像《大海浮夢》藉由陳船長的話批評藍綠政客們，「我們的國家是藍色大海，魚類是我們的衣食父母，臺灣嗎？是亡魂回歸的島嶼」（二〇一四年，頁二三二）；又或是諷刺充滿政治術語的南島文化，「當時副總統呂秀蓮女士說『臺灣是一個海洋國家』，但是這句話放在政客身上，成為合理說謊的政治工具，這是我客觀的說詞。」（二〇一四年，頁二七四）。筆者認為，正是在這樣的基礎上，使得夏曼．藍波安強調「勞動經驗」的南島觀點以取代充滿政治意味的「論述」。

透過勞動經驗，夏曼．藍波安以此區辨「海上的人」與「陸上的人」，而「海上的人」包括南島語族與遠洋漁船船員，他們皆以海為生，從中培養判斷天象與海象的敏銳度，讓海上勞動成為肯認自我、完成自我的一部分。大洋洲「拉馬克模式」認同，讓實踐同一件事的人視彼此為「我群」，南太平洋島嶼住民、遠洋漁工因討海的勞動經驗而相知相惜，一艘船上即使存在不同階層、國籍與族群，漁工們能掌握海洋情緒，與南島住民一樣對大海保有敬畏之心。

以海洋為家國的住民感受、善用環境的「野性知識」，是彼此建構共同體的關鍵，先有野性知識為根基，而後才有語言表現的果實。如果「我群」的辨識只憑藉語言的相似度，而忽略了多重文化交會下的經驗實踐，恐流於表象；同樣地，血脈「正統」不代表具備認同感，生活經驗才能凝聚對外的共識，不同族群與國籍的漁工，他們正透過經驗獲得野性知識，實踐南島住民感知萬物的姿態。

筆者認為《大海浮夢》展現了「以海洋為家國」的南島觀點，夏曼．藍波安一方面實踐後殖民書寫策略，批判「陸上的人」以大陸思維、西方學術知識輕視達悟人、南島住民以海為生的野性知識，顯現了跨原住民性（trans-indigeneity）[8]的積極意義；另一方面，作者以勞動實踐為依據，將達悟人、南島住民、遠洋漁工視為「海上的人」，重新思考人群分類的方式，批評臺灣 vs. 中國二元對立的政治想像。以海洋為家國的「南島」觀點，重視勞動與生命經驗，不僅回應拉馬克式的族群認同，也展現認同框架的建構與超越。

8 這些視角諸如邱子修以「交織含混互動主體」為論述主軸，比較夏曼．藍波安《航海家的臉》、莫瑞斯（Rodney Morales）《當鯊魚反擊時》、湯姆斯．金（Thomas King）《草長青、水長流》，詮釋跨文化主體生成的不同考慮。黃心雅比較夏曼．藍波安與太平洋東加作家艾培立．浩鷗法，指出原住民族跨越疆界的海洋論述，得以對抗、批判以「民族－國家」主權為基礎的殖民政治，重新定義陸地與海島的關係。

五、結語

臺灣做為一海島，海洋是連結臺灣與世界的路徑，與其他群島互為參照，臺灣有其機會共同探索群島世界之內涵。《文化研究》二十八期「群島思想與世界」專題中，主編王智明引介日本文化人類學者今福龍太《群島·世界論》，以及濱田康作、東松照明的影像創作，揭示島嶼如何被想像與理解為一種「共鳴體」。群島共鳴體之所以可能，涵蓋了島嶼之間人的漂流、語言的演化、歷史的複寫以及文化的交涉（王智明，頁四）。相較於大陸－國家思維，今福龍太指出「如今，我們正要佇立在『大陸－國家』相反極端處、在海底互相聯繫的『群島－世界』之浪潮岸邊」（二〇一九年，頁二一四）。作者提示人們必須拋擲對於土地的既有概念，以隔海互相聯繫的群島之「關係性」做為信賴與根據之視野。事實上，如同王智明的詮釋，今福龍太所意指的「群島」不只是地圖上一串連續的「島」，更是當代人類在現代制度——亦即時間、地圖、法律、市場經濟、文字語言的另一側，所賦予新的「關係性」與「接續性」視野的名字（二〇一九年，頁二一九）。換言之，今福龍太以《群島·世界論》重新反省人們的慣常思維，期許群島世界觀能帶來新的想望。

我們可從「以南島為名」的各式運用，發現臺灣、群島與世界的關係，原住民族更是連結此一關係的重要角色。王甫昌指出「族群」並不是因為有一些本質性的特質（例如血緣關係或語言文化特質），所以才存在。族群團體其實是在差異認知、不平等認知、集體行動必要性認知中建構而得（頁九一五一）。因此，即使在清朝、日治時期已有「番人」、「蕃人」等指涉，卻未如戰後同化政策下族人深受多重威脅，產生一種反抗壓迫的認知與集體行動之結果。

在這個向度上，一九八〇年代原住民社會運動者標誌臺灣兩大族群的對抗：漢人vs.原住民，這是泛原住民族認同的基礎。延續王甫昌的族群觀察，學者許維德梳理「臺灣原住民起源」不同派別的說法，標誌了日治時期「南來論」、戰後提出「西來論」、「臺灣原鄉論」的軌跡（許維德，頁二六五一三一八）。日治時期人類學者伊能嘉矩、鳥居龍藏、宮本延人指出，臺灣原住民是經由東南亞北上抵達臺灣，鼓吹南來論。戰後林惠祥、凌純聲兩位民族學者以「古代閩越人」概念為中介，認為臺灣原住民是從中國東南沿海渡海而來，建構臺灣原住民西來論。一九九〇年被正視的臺灣原鄉論，轉介成為原運以及臺灣國族主義運動者的立論，持這派說法的論述者進一步提出南島民族vs.炎黃子孫、臺灣vs.中國二元對立的框架。漢人vs.原住民族的二元對立，在一九九〇年代臺灣原鄉論以及臺灣國族主義運動的支持下，擴大了漢人（漢藏語系、中國）vs.原住民族（南島語系、臺灣）對立的指涉。

當然，原住民族、南島語系、臺灣的關係並非直接對應，本論文指出串連三者最關鍵的線索，是平埔族與漢人混血的歷史事實。為了與中國炎黃子孫進行區隔，臺灣國族運動者強調臺灣漢人多數混雜平埔族血脈，與中國漢人有別；對內建構臺灣四大族群為「新臺灣人」的論述。

一九九〇年代後期平埔族正名運動趁勢而起，噶瑪蘭族、西拉雅族正名為原住民族，二個平埔族正名為原住民族的事實，形塑了混血臺灣人、平埔族、原住民族聯名的關係，強化「新臺灣人」之說更立體的證據。同樣於一九九〇年代備受重視的臺灣原鄉論，立基於語言學、考古學的證據，揭示臺灣原住民和世界南島的可能系譜。後續在政策的加持下，強化了臺灣、原住民族、南島語系的連結，這些論述讓臺灣「南島民族」與「南島文化」現身。在李登輝、陳水扁、蔡英文三位總統推動南向政策之下，臺灣與南太平洋島嶼區域的文化交流熱絡起來，也因此促成諸多以南島為名的各項活動。這些具有政策目的之締結，強化臺灣國族主義、南島外交的發展，有其重要意義；然而，文學文本提醒了我們：過於單向、政治化之論述恐將阻礙南島文化建構的完整性。

本篇文章之重點聚焦在原住民族文學如何「以南島為名」，展現作者對於主體認同以及島嶼想像的思考。首先，筆者並置了《山海文化》與《南島時報》對於「南島」一詞的討論，藉由一九九〇年代族人對於「南島」概念的指涉，一探臺灣原住民族與臺灣人主體認同的策略。這些論辯不僅觸及臺灣原住民族的起源，也顯現了當時臺灣四大族群的競奪關係。參與原運的主編林明德，在《南島時報》創刊號即說明以「南島」統稱臺灣原住民，其目的是為了擺脫漢字魔障與遊戲規則。相較於二元對立的史觀，《山海文化》一方面強化世界原住民族文化同盟之立場，強調族人的苦難經驗是連結彼此的基礎，另一方面則辯證性地看待文化中國與文化南島對族人、對臺灣人的影響，因此，孫大川指出「南島」是觀察臺灣歷史縱深的重要參照。事實上，孫大川、魏貽君等學者提醒讀者留意原住民族文學的混語現象，不只是混語的狀態、時機與策略，更為深沉的呼籲是邀請臺灣人「返來作番」的心意，南島語言、南島文化的混雜性因此成為臺灣人理解歷史、形構多元文化的重要基礎。

如果孫大川揭示了一九九〇年代「南島」做為臺灣人身分認同的線索，夏曼．藍波安則在後殖民書寫策略的基礎上，反省官方、學術界過於論述的南島觀點，他以勞動經驗提出「以海洋為家國」的島嶼想像。夏曼．藍波安與南太平洋島嶼住民熟稔的方式，除了共有的南島語言，還在於「我們」都透過勞動經驗感知海洋的情緒，並深刻地體會浩鷗法「我們是海」的真義。不過，對作者而言，「我們是海」的「我們」還包括一群來自中國、臺灣遠洋漁工。這些漁工因貧苦而遠離家園，與達悟人如出一轍；經歷討海人的生活與考驗，船長與漁工們對於海洋的理解竟與自己、與南島住民如此相似。南太平洋的外籍漁工、島嶼原住民們具體而微地表述了底層社會單一選擇的命運，以及因勞動經驗而來的野性知識與我群觀點，呼應了強調後天特質的「拉馬克模式」。夏曼．藍波安提出以海洋為家國的島嶼想像，提供了一個思考海洋認同與海洋文學的新方向。

臺灣南島文化的建構，無疑是拓展臺灣外交版圖的重要策略。不過，如果僅用政治、政權與地理範疇來理解南島，在很多的議題上可能變得既無趣又無解。相反地，「以南島為名」的文學視角，卻能激發臺灣人認同與島嶼想像之空間。孫大川與夏曼．藍波安的南島觀點，提醒讀者重新思考漢 vs. 原、炎黃子孫 vs. 南島民族並置的意義，族群認同邊界的混雜與超越，見證了在血緣與語言之外，「我群」形塑的繁複過程。

民進黨政府突顯「南島」做為一個對應「炎黃子孫」的另類差異主體，或許不易延伸至臺灣不同主體對「南島」的理解，不過，原住民族文學做為一種回應，同樣聚焦於反省、論辯臺灣人身分認同之議題。因此，筆者相信，有很多個「南島」觀點，才得以協助我們描繪、理解、分析一般概念中那個龐大的「南島」；筆者也相信，這些同聲複調的南島觀點，最終都將匯聚在回答「我們是誰？」的島嶼想像。

參考資料

王甫昌　二〇〇三年，《當代臺灣社會的族群想像》，臺北：群學。

王智明　二〇一九年，〈編輯室的話：沒有人是一座島嶼〉，《文化研究》二十八期，頁四—八，臺北：中華民國文化研究學會。

夷將．拔路兒（編）　二〇〇八年，《臺灣原住民族運動史料彙編》上冊，臺北：國史館。

何翠萍、蔣斌　二〇〇三年，〈導論〉，何翠萍、蔣斌編，《國家、市場與脈絡化的族群》，臺北：中央研究院民族學研究所。

吳人豪　二〇一五年，施正鋒編，〈原住民欺負原住民？西拉雅族正名訴訟的省思〉，頁八五—九八。

吳秉謙　二〇〇九年，〈臺灣原住民族的南島民族想像：以一九九〇年代《南島時報》為例〉（碩士論文），臺北：國立臺北大學社會學研究所。

李壬癸　二〇一二年，〈百年來的語言學〉，《臺灣語文研究》七卷一期，頁一—三六，臺北：臺灣語文學會。

李亦園　一九九二年五月六日，〈族群名稱應避免訴諸激越感情〉，《聯合報》八版。

林明德（編）　一九九五年，《南島時報》，高雄：南島時報社。

邱子修　二〇一四年，《他方閾境的生命政治：環北太平洋區域少數文學的跨文化翻譯／異》，臺北：翰蘆圖書。

阿道・巴辣夫　一九九二年三月廿二日，〈好想「彌喁喁」啊，現在〉，《臺灣時報》。二〇〇三／一九九三年，〈肛門說：我們才是愛幣力君啊！給雅美勇士，在立法院〉，孫大川編，收於《臺灣原住民族漢語文學選集：詩歌卷》，臺北：印刻。

施正鋒（編）　二〇一五年，《西拉雅平埔原住民身分論文集》，臺南：臺北市政府。

原住民族委員會　二〇一九年a，〈南島民族論壇六年計畫〉，臺北：原住民族委員會，檢自：www.cip.gov.tw/zh-tw/news/data-list/F6F47C22D1435F95/2D9680BFECBE80B674198AA1F0A3DA44-info.html。二〇一九年b，〈南島民族論壇二〇一九年執委會在帛琉舉行〉，臺北：南島民族論壇，檢自：austronesianforum.org/zh-tw/big-plan/index.html。

夏曼・藍波安　一九九九年，《黑色的翅膀》，臺中：晨星。二〇一四年，《大海浮夢》，臺北：印刻。

孫大川　一九九三年，〈山海世界〉，《山海文化》雙月刊第一期，頁一—五，臺北：山海文化雜誌社。一九九五年，〈搭蘆灣手記〉，《山海文化》雙月刊第八期，頁一，臺北：山海文化雜誌社。二〇〇八年，〈從生番到熟漢：番語漢化與漢語番化的文學考察〉，《臺灣原住民族研究》一卷四期，頁一七五—一九六，花蓮：國立東華大學原住民民族學院。一九九三年，孫大川編，《山海文化》，臺北：山海文化雜誌社。

莎韻・斗夙、雅柏甦詠・博伊哲努　二〇一九年，〈一〇八年度臺紐文化尋根計畫赴紐團出國報告〉，〈十月底首訪南太平洋友邦，蔡總統「尋親之旅」避十九大〉，檢自：https://report.nat.gov.tw/ReportFront/PageSystem/reportFileDownload/C10800939/001。。二〇一七年，《民報》，《中山人文學報》十三期，檢自：https://www.peoplemedia.tw/news/c88be8a4-7bae-4f85-848e-edfbe9d697e1。

許維德　二〇一三年，〈把臺灣「高山族」變成中國「炎黃子孫」：以臺灣原住民起源「西來論」為核心的探索〉，《族群與國族認同的形成：臺灣客家、原住民與臺美人的研究》，桃園：國立中央大學。

陳怡君、王泰升　二〇一五年，施正鋒編，〈從「認同」到「認定」：西拉雅族人的原住民身分認定問題〉，頁一一—三四。

陳茂泰、蔣斌、黃應貴、石磊、瞿海源　一九九二年五月十六日，〈尊重原住民的自稱〉，《自立早報》四版。

陳國棟、陳其南、何傳坤、李壬癸、李毓中、林會承、林媽利、童元昭、翁佳音、吳榮順、臧振華　二〇〇七年，〈專題座談會議實錄：臺灣南島研究的展望〉，《文資學報》三期，頁一六五—一九八。

童元昭　二〇一八年，〈推薦序：原住民、南島與世界〉，《Epeli Hau'ofa》，頁八—一一。

黃居正　二〇一五年，施正鋒編，〈多元文化主義與西拉雅族正名：一個對後設國家權力平衡算式的思考〉，頁九九—一一八。
黃奎博、周容卉　二〇一四年，〈我國「南向政策」之回顧與影響〉，《展望與探索》十二期，頁六一—六九。
監察院　二〇一七年，〈「南島文化對新南向政策之意義」通案性案件調查研究〉，監察院研究報告，檢自：https://www.cy.gov.tw/AP_Home/Op_Upload/eDoc/%E5%87%BA%E7%89%88%E5%93%81/107/1070000171010700857p.pdf。
臧振華　二〇一二年，〈再論南島語族的起源與擴散問題〉，《南島研究學報》三卷一期，頁八七—一一九。
劉璧榛　二〇一〇年，〈文化產業、文化振興與文化公民權：原住民族文化政策的變遷與論辯〉，黃樹民、章英華編，《臺灣原住民政策變遷與社會發展》，頁四〇五—四五九，臺北：中央研究院民族學研究所）。
潘朝成　二〇一二年，〈臺灣沒有「平埔族」，只有原住民族〉，《臺灣原住民族研究學報》二卷一期，頁五—一八七，臺北：臺灣原住民族研究學會。二〇一八年，〈變與不變：平埔族群復名復權運動〉，《臺灣原住民族研究學報》八卷四期，頁六七—九三，臺北：臺灣原住民族研究學會。
蔡百銓　一九九五年，〈臺灣：南島文化復興基地：序「大洋洲報導」開講篇〉，《山海文化》八期，頁一一四—一一五。

蔡英文　二〇一八年八月一日，〈出席南島民族論壇，總統盼增進與南島民族的對話與合作，攜手為太平洋地區的和平與繁榮帶來貢獻〉，《總統府新聞》，檢自：www. president.gov.tw/NEWS/23536。

盧梅芬　二〇一六年，〈從南島語系到南島奇觀：南島文化園區規劃及其文化再現之形成脈絡〉，《臺東大學人文學報》六卷一期，頁三五—九三。

蕭阿勤　二〇一二年，〈書寫民族歷史〉，《重構臺灣：當代民族主義的文化政治》，臺北：聯經。

魏貽君　二〇一三年，《戰後臺灣原住民族文學形成的探索》，臺北：印刻。

今福龍太　二〇〇八年，《群島：世界論》日本：岩波書店。二〇一九／二〇〇八年，〈序言〉，朱惠足譯，《文化研究》二十八期，頁二一四—二二五。

Epeli Hau'ofa　二〇一八年，林浩立、黃郁茜、郭佩宜譯，《以海為身，以洋為度：浩飀法選輯》，臺北：原住民族委員會。

Bellwood, Peter　1980, "The Peopling of Pacific." *Scientific American* 243.5: 174-185.

Blust, Robert　1988, "The Austronesian Homeland: A Linguistic Perspective." *Asian Perspectives* 26.1: 45-67.

Broadberry, Richard E., Chu Chen-Chung, Marie Lin, Loo Jun-Hun, Jean A. Trejaut & Yu Lung-Chih　2005, "Genetic diversity of Taiwan's indigenous people. Possible relationship with insular Southeast Asia." Roger Blench, Laurent Sagart & Alicia Sanchez-Mazas (eds.): *The Peopling of East Asia:*

Putting Together Archaeology, Linguistics and Genetics (London: Routledge), 70-87.

Green, Roger C.　1991, “The Lapita Cultural Complex: Current Evidence and Proposed Models.” *Bulletin of the Indo-Pacific Prehistory Association*, no.11: 295-305.

Huang Hsinya　2010 “Representing Indigenous Bodies in Epeli Hau'ofa and Syaman Rapongan.” *Tamkang Review* 40.2(June): 3-19.

Linnckin, Jocelyn & Linette Poyer (eds.)　1990, *Cultural Identity and Ethnicity in the Pacific* (Hololulu: University of Hawai'i Press).

Meacham, William　1995, “Austronesian Origins and the Peopling of Taiwan.” Li Jen-kuei (ed.): *Austronesian Studies Relating to Taiwan* (Taipei: Institute of History and Philology, Academia Sinica), 227-254.

Solheim, Wilhelm G.　1988, “The Nusantao Hypothesis: The Origin and Spread of Austronesian Speakers.” *Asian Perspectives* 26.1: 77-88.

Terell, John　1991, “History as a Family Tree, History as an Entangled Bank: Constructing Images and Interpretations of Prehistory in the South Pacific.” *Antiquity*, no.62 [237]: 642-657.

Vicker, Edward　2009, “Rewriting Museums in Taiwan.” Shih Fanglong, Stuart Thompson & Pual-Francois Tremlett (eds.): *Rewriting Culture in Taiwan* (*Abingdon: Routledge*), 69-101.

——《臺灣原住民文學選集・文論》作者名錄 ——

文論（一）作者

浦忠成（Pasuya Poiconx）
鄭光博
劉秀美
陳孟君（Tjinuay Ljivangraw）
楊南郡
林和君
徐國明
劉育玲
魏貽君
陳敬介

文論（二）作者

孫大川（paelabang danapan）
謝世忠
劉智濬
黃季平
黃惠禎
董恕明
劉柳書琴
馬翊航（Varasung）
蔡佩含
陳伯軒

文論（三）作者

下村作次郎
陳榮彬
黃心雅
楊政賢
楊翠
王應棠
黃國超
林芳玫
邱貴芬
陳芷凡

——感謝各界協助出版——

臺灣原住民文學選集·文論（一）~（三）

2025年1月初版
定價：新臺幣1550元

選文暨編輯團隊
召 集 人：孫大川
行政統籌：林宜妙
小　　說：蔡佩含、施靜沂
詩　　歌：董恕明、甘炤文
文　　論：陳芷凡、許明智
散　　文：馬翊航、陳溱儀

作　　者　浦忠成等
主　　編　孫大川
副 主 編　陳芷凡
執行主編　林宜妙
叢書主編　孟繁珍
特約編輯　楊書柔
　　　　　黃衷之
　　　　　鄭之雅
打字校對　楊書柔
　　　　　黃衷之
　　　　　鄭之雅
內文排版　劉琦
　　　　　溫盈盧
封面繪圖　蔡佩含
封面設計　兒日

出 版 者　原住民族委員會
　　　　　中華民國台灣原住民族文化發展協會
　　　　　山海文化雜誌社
　　　　　聯經出版事業股份有限公司
地　　址　新北市汐止區大同路一段369號1樓
叢書主編電話　(02)86925588轉5318
台北聯經書房　台北市新生南路三段94號
電　　話　(02)23620308
印 刷 者　世和印製企業有限公司
總 經 銷　聯合發行股份有限公司
發 行 所　新北市新店區寶橋路235巷6弄6號2樓
電　　話　(02)29178022

編務總監　陳逸華
總 編 輯　涂豐恩
總 經 理　陳芝宇
社　　長　羅國俊
發 行 人　林載爵

行政院新聞局出版事業登記證局版臺業字第0130號

本書如有缺頁，破損，倒裝請寄回台北聯經書房更換。
ISBN 978-957-08-7251-4 (平裝)
聯經網址：www.linkingbooks.com.tw
電子信箱：linking@udngroup.com

國家圖書館出版品預行編目資料

臺灣原住民文學選集・文論（一）~（三）/浦忠成等著．
孫大川主編．初版．新北市、臺北市．原住民族委員會、中華民國台灣原住民族文化發展協會、山海文化雜誌社、聯經．2025年1月．
共1448面．14.8×21公分．
ISBN 978-957-08-7251-4（平裝）

863.83 112022365